无 字

第一部

张 洁/著

茅盾文学奖 获奖作品全集

本书荣获第六届茅盾文学奖

人民文学出版社

图书在版编目(CIP)数据

无字:全3册/张洁著.—北京:人民文学出版社,2014(2022.5重印)
(茅盾文学奖获奖作品全集;特装本)
ISBN 978-7-02-010649-3

Ⅰ.①无… Ⅱ.①张… Ⅲ.①长篇小说—中国—当代 Ⅳ.①I247.5

中国版本图书馆 CIP 数据核字(2014)第 253678 号

策划编辑　杨　柳
责任编辑　刘　稚
装帧设计　刘　静
责任印制　任　祎

出版发行　人民文学出版社
社　　址　北京市朝内大街 166 号
邮政编码　100705

印　　刷　三河市中晟雅豪印务有限公司
经　　销　全国新华书店等

字　　数　821 千字
开　　本　880 毫米×1230 毫米　1/32
印　　张　32.375　插页 3
印　　数　33001—36000
版　　次　2011 年 9 月北京第 1 版
印　　次　2022 年 5 月第10次印刷

书　　号　978-7-02-010649-3
定　　价　96.00 元(全三册)

如有印装质量问题,请与本社图书销售中心调换。电话:010-65233595

出 版 说 明

一九八一年三月十四日，病中的中国作家协会主席茅盾致信作协书记处："亲爱的同志们，为了繁荣长篇小说的创作，我将我的稿费二十五万元捐献给作协，作为设立一个长篇小说文艺奖金的基金，以奖励每年最优秀的长篇小说。我自知病将不起，我衷心地祝愿我国社会主义文学事业繁荣昌盛！"

茅盾文学奖遂成为中国当代文学的最高奖项，获奖作品反映了一九七七年以后不同时段长篇小说创作发展的轨迹和取得的成就，是卷帙浩繁的当代长篇小说文库中的翘楚之作，在读者中产生了广泛的、持续的影响。

人民文学出版社曾于一九九八年起出版"茅盾文学奖获奖书系"，先后收入本社出版的获奖作品。二〇〇四年，在读者、作者、作者亲属和有关出版社的建议、推动与大力支持下，我们编辑出版了"茅盾文学奖获奖作品全集"，并一直努力保持全集的完整性，使其成为读者心目中"茅奖"获奖作品的权威版本。现在，我们又推出不同装帧的"茅盾文学奖获奖作品全集"，以满足广大读者和图书爱好者阅读、收藏的需求。

茅盾文学奖四年一届，获此殊荣的长篇小说层出不穷，"茅盾文学奖获奖作品全集"的规模也将不断扩大。感谢获奖作者、作者亲属和有关出版社，让我们共同努力，为当代长篇小说创作和出版做出自己的贡献，为广大读者提供更多的优秀作品。

人民文学出版社编辑部

献给我的母亲张珊枝

大音希声,大象无形。

——老子

第 一 章

一

尽管现在这部小说可以有一百种,甚至更多的办法开篇,但我还是用半个世纪前,也就是一九四八年那个秋天的早上,吴为经过那棵粗约六人抱的老槐树时,决定要为叶莲子写的那部书的开篇——

"在一个阴霾的早晨,那女人坐在窗前,向路上望着……"

只这一句,后面再没有了。

这个句子一搁半个多世纪……

二

她为这部小说差不多准备了一辈子,可是就在她要动手写的时候,她疯了。

也许这没有什么值得遗憾的地方,个案,不过于造就那个案有关联的事物才有意义,对他人,比如说读者,又有什么意义呢?

而且这件事也不值得大惊小怪,每时每刻有那么多人发疯。事实上你并不能分辨与你摩肩接踵,甚至与你休戚相关的人,哪个精神正常,哪个精神不正常。

但吴为的疯却让人们议论了很久。

当然,这不仅和她是一个名人有关,还因为她从小到老,一言一行,总不符合社会规范,在她那个时代、那一代人中间,甚至说是很不道德。哪怕与她仅有一面之交的人,也能列举出她的种种败行劣迹——虽然现代人会对此不屑一顾。

所以她的疯,在疲软的、需要靠不断制造轰动效应来激活的人际社会,实在是个再好不过的谈资,至少有那么一会儿显得不那么萧条。

在她发疯之前却没有显出蛛丝马迹。

相反,据她的一些朋友说,她甚至活得意趣盎然——

就在不久前,由她出面,为一位年届八秩,门前车马稀落的前辈,安排了一个生日聚会;

她刚从西藏旅游回来,给每个朋友都带了礼物,那些礼物品位不俗,总能引起朋友们的意外喜悦;

还给自己买了一套意大利时装,据说价格不菲;

又请了几次客,并亲自下厨,偶尔露峥嵘地做了一两个菜,在她并不稳定的厨艺纪录上,那几道菜肴的口味真是无可挑剔;

还有人说,在一场盛大的、庆祝什么周年的文艺活动中看到她,装扮得文雅入时;

…………

一个要发疯的人,怎么可能对已经沦落到不三不四的日子,还有这样的兴致?

在别人看来,她的发疯实在没有道理——不幸如叶莲子者并没有疯,吴为又疯的什么意思?

虽然她发疯的那天早晨,有位记者打过一个电话,开门见山地问:"听说你有个私生子?"

她语焉不详地放下了电话。

想不到三十多年后,还有人,特别是一个男人,用这个折磨了她一辈子的事情羞辱她。

但她已不像三十多年前,如美国小说《红字》的女主人公那样,胸脯上烙一个大红 A 字,赤身裸体地成为众矢之的,任人笑骂羞辱而入地无门了。

要是这样的羞辱能解救她反倒好了。惨就惨在她的伤痛是这样的羞辱既不能动摇,也不能摧毁的。

有多少年,她甚至期待着这样的羞辱,以为如此可以赎去她的罪过,按照以毒攻毒的赎罪理论,总有"刑满释放"的一天。

这种电话算得了什么!比这更惨绝的羞辱她忍受了几十年,可她的灵魂从未感到轻松,没有,一点儿也没有。不但没有,反倒越来越往深处潜去。

有那么一天,她豁然开朗,便不再空怀奢望,撑起心肠,归置好她的万千苦楚,明明白白地留下一处规矩方圆的地方,端端正正地安置好这只能与她同归于尽的耻辱。

每当想起这些,她的眼前就漫起一片冥暗、混沌。在那冥暗混沌之后,一道咫尺天涯、巨无尽头、厚不可透的石墙就会显现,渐渐地,又会有一束微光射向那石墙的墙面。

那束微光的光色,与叶莲子去世数天后她看到的那缕暗光的光色分毫不差。在那个凛冽的冬日,她趁黑夜尚未交割清楚的时刻去到天坛公园,并在那几百年来不知存储了多少奇人脚步的小径上流连。一板一眼,按照一位据说能开天眼的高人指点,应在受到无论什么由头的惊吓时猛然回头——突然,她被凌空飞来的一嗓剧嗽吓得一惊,回头一看,果然有一缕暗光在她身后一闪即逝,据说那就是母亲对她最后的关爱、眷顾。

回家的路上,天色仍旧晦暗,她走在行人还很稀少的路上,仰面朝向沉暗的天幕。那时,只有众生顶上的苍穹才能包裹她的创痛,且得是不见光明的、晦暗的。除了这晦暗的苍穹,一事一物似乎都在不过几步之遥却无望消抹的距离之外冷眼相望,毫无恶意却着实戳痛着陷于孤绝的她。

走着走着,她猛然看见天幕上出现了一个大大的"恕"字。

这个"恕"字,是她很少想到、也很少用到的一个字,遍查她所有的作品,的确很难找到。

"恕"字和"谅"字不同,它只能解释为对他人所犯之大罪,相对于以牙还牙这一极端的另一种极端,如宽恕、饶恕、恕罪等等。那恰恰是叶莲子的典型语言,是她从幼年时代就沦落于苦难之中学会的第一课:如何掂量这个世道的轻重?

这不也是对吴为不孝的回答?

在重要的关节上,吴为总能于冥冥中看到什么文字或是形象。

好比每每面对那石墙,便会在溟濛中看到有铭文在墙上时隐时现,铭刻着与她休戚相关而又不可解读的文字。起先那铭文像是刚刚镌刻上去的,而后又像遭风霜雨雪的经年琢磨,反倒越来越深地蚀入石墙,或者那石墙如血肉之躯不断生长,渐渐将那些文字无痛无觉地嵌入自己的身坯。

那是一种莫测的、说有形又不可见、说无形又很具体的力量,日夜镌刻不息的结果。

之后,她安安静静地吃完了一顿早餐,包括一片奶酪,一片抹了黄油和果酱的烤面包片,一杯咖啡和一杯牛奶,一只很大的梨,然后去厨房洗刷她用过的餐具。

她刷得很仔细,连叉齿中间的缝隙,也用洗洁布拉锯般地擦了很久。

到了二十世纪末,除了英国的皇家御厨,或是已然寥若晨星却仍固守旧日品位的高档饭店,或是某个冥顽不化的贵族之家,还有多少人在擦洗餐具的时候,擦洗叉齿中间的缝隙呢?

可能因为她是作家,对细节有着非常的兴趣。

当初,从方方面面来看,胡秉宸和吴为还分别处于两个极端到绝无碰撞可能的地界时,吴为正是惊鸿一瞥地从胡秉宸一个站姿断定,总有一天,他们之间必有一场大戏上演。

而胡秉宸的触点却截然不同。他在对吴为一无所知的情况下,首先认识的是她的舌头。

事实上,隔着那么远的距离,即便不在茫茫的大雪中,他也不可能看见吴为的舌头,但他一直固执地认为,他看到了她的舌头。

在几十年前那场茫茫大雪中,胡秉宸走在"五七干校"四野空寂的田间小路上,正享受着一刻"独处"的自在,却迎头撞见一个女人站在旷野里。

像大多数有了阅历的人那样,他已经非常习惯于在大庭广众之下扮演一个角色。

但他自己也不甚明白,如他这种背景的人,大方向尽可无穷变幻,而诸多最具本质意义和再生能力的细节却难以泯灭。即便有所改变,也不过是一时一事的权宜之计,也可以说,是一种自觉或是不自觉的韬晦,一旦环境有变,仍会还原旧我。由于他的执着或软弱,清醒或迷茫,不论旧我或角色,都已深入骨髓,有时连他自己也难以区分哪一个是真正的自己。

好比对"独处"的这份心领神会。

那时,他刚刚从"文化大革命"强加于他的种种罪名中解脱出来。

凛冽的风雪裹挟着、抽打着他,有如置身一场冬浴,五脏六腑、从里到外,感到了一番略带刺痛的洗刷。他一面享受着这沐浴后的洁净,一面眯着眼睛回想历次政治运动,因了他的睿智、严谨,更因了他的幸运(纯粹是幸运吗?)而从未伤及皮毛,惟独"文化大革命"未能幸免⋯⋯

在这之前,也不是没有过独处独省的时刻,但他的思绪总是零乱驳杂,而这一天却流畅顺达。也许那一日四野飞絮,渺无人迹,天地间有一种混沌初开的气势,面对混沌初开的浩淼,难免让人生出沉潜其心、细说从头的心思。

要是人们以为他在怜惜抚爱自己,可就小瞧他了。像他这种从小就在"场面"中浸润的人,这一次落难真算不了什么。

出于对历史的爱好,他禁不住把纵横上下几十年的经历,当做一个宏阔的题目来温习。

他不曾意识到,这温习早已成为一部乐曲中的主旋律,曾在,也将在他生命的每一个乐章中反复出现。而每一次出现,都像《命运交响曲》中那几声敲打命运之门的重击,反复叩问着一个世纪的疑惑。

或许他本来就是那疑惑中的一个部分,这温习也就始于疑惑,止于疑惑,终究不得其解,长期处在"剪不断,理还乱"的状态。

一阵劲风平地旋起,在风雪强劲的旋涡中,他平添了身不由己、飘浮悬坠的感觉。

从幼年时代起,抱负远大、方方面面堪称卓异的胡秉宸,不得不在这风雪交迫的裹挟中,发出"嗨——"的一声长叹。

也许因为他的漫想。

也许因为那雪。他突然想起祖宅里那几棵腊梅,还有腊梅散发出的淡极并沁着泥绿色的幽香。

那祖宅早已隐去,就像从未存在过地消失在他以后的空间里。可彼时彼刻,他却毫无道理地想,他没有在那宅子里白白生长。他的作为,他的遭际,似乎都与那老宅子不无关系。

否则当时他也不会有一份心情。正是这一份心情,才使他对迎头撞见的那个女人发生了兴趣。

纷纷扬扬的大雪模糊了她的身影和她身后的老树、丘陵,还有丘陵后的山峦、灌木、田野。他只注意到她奋力向上伸展着躯体,长伸着舌头,专心致志地去承接那根本不可能接住的雪花,却没有注意到,当所有"五七战士"都在这大雪纷飞的日子偷得一日闲地拥在炉边取暖的时候,这女人却优哉游哉,独自潜入雪裹那份"野渡舟横"的情致。

他马上拐入另一条小路,爬上一道小丘,在确信无人发现的情况下,对这个景致注视了一会儿。

从田埂上跑来一只摇头晃脑的狗。只见她弯下身子,在雪地上拢起一捧雪攥成雪球,向那只狗打去。她没有打中,狗儿却兴高采烈地欢叫起来。

她似乎也没有想要打中的意思,只是因为这雪、这狗、这了无人迹,才想攥一个雪球。

他突然涌起一阵冲动,想要攥个雪球向她甩去,相信一定甩中。随即又摇了摇头,觉得自己实在荒唐。

然后嘴角上带着一抹连他自己也不曾察觉、不曾了解其含意的笑意离开了,随即也就忘掉了这个大雪纷飞的日子和雪中这个独一无二、不意之中闯入他视野里的女人。

不过他小看了那一个雪日的经历。

只有在后来和吴为的邂逅中,这个雪日的情景才重新浮现出来,并常常用来佐证他对她的爱始自彼刻、年深日久、源远流长,而并非因为吴为后来地位的变化。

这种情况时有发生。如果人们把一件子虚乌有的事情翻来覆去想了又想,最终就会为那事情找到一个他自己也深信不疑的源头。

而这的确是个很好的铺垫。

至少说明他对她的"印象"自彼而始。

三

同样,吴为这个擦洗叉齿的细节就有点耐人玩味。

四

正在她擦洗叉齿间的那些算不得污垢的污垢时,电话又响了。她想,可能又是那个记者,便有了准备地去接那个电话。

但不是那记者,而是一个久已不见的胡秉宸的熟人。他又说天气又说股票又说儿女们的出息……突然猝不及防又并非十分意外地向她一袭:"有件事我不知道该不该说,不过我是不相信的……大家都说你把胡秉宸一脚踹了,又嫁了一个比他有钱有势的人。"

开始她还真以为是误会,"人们是不是听错了,把胡秉宸再婚当成了我?"随即想起,她已不是第一次听到这样有谋有划的流言了。

更有一种说法是她长期滞留国外,又嫁了个"老外",她是彻底地把胡秉宸抛弃了,所以根本不给胡秉宸写信,他连她在国外的行止都无从得知。

难道他多次要求离婚,乃至到了叩首相求,言称全家老少将会为此感谢她大恩大德的信,没有寄到她的手中而是寄到外星去了?幸好她把那些信都交给了律师。可她有必要让律师将那些信公之于世,或是影印给所有认识他们的人吗?

而她不正是为了逃避胡秉宸蓄意制造离婚口实——哪怕一个茶杯放得不是地方也成为闹事的借口——才不得不效仿当年的托尔斯泰,逃离在外,有家不能归的吗?

在一个家庭里,如果配偶中一方已经打定主意离婚,那么,类似一个茶杯放得不是地方的细节实在太多,不胜枚举。对这样的不胜枚举,吴为这种只有小聪明却无雄谋大略的人,是太缺乏胜任能力了。除了逃遁,"三十六计,走为上计",还有什么盾牌可以抵挡?

胡秉宸要求离婚,自然有他要求离婚的道理,但这无论如何只是他们两个人之间的事!

她到底是嫁了一个比胡秉宸更有钱有势的人,还是嫁了一个"老外"?

可惜她太老了,否则他们说她当街卖淫也未可知。

在胡秉宸和她离婚之后,不知道谁在运作这样的舆论,沸沸扬扬,很有成效。

这就是她在和胡秉宸近三十年的关系中,甚至他们离婚以后,事无巨细都得面对的局面——永远处在四面埋伏之中。

第 二 章

一

难道是白帆?

在白帆又反过来成为他们之间的第三者,而吴为也明明白白知道,胡秉宸和她离婚不过是为了和白帆复婚之后,吴为却没有像白帆当年整治她那样对白帆以牙还牙,制造社会丑闻,发动一次又一次全方位的围剿。

三十年河东,三十年河西。她现在有了这个条件。

她也没有拖住胡秉宸不放。在时间上,比之白帆和胡秉宸,她也占有绝对优势。

不,她没有,而是白白地拱手把胡秉宸还给了白帆。

何止如此!

吴为至今还保留着胡秉宸在和白帆离婚过程中写给中央某位领导同志的那份细数白帆种种历史、道德污迹的报告,蝇头小楷,洋洋三大页。在这个报告中,白帆的形象不但不比吴为贞节清白,可能还不如吴为。

在党内兢兢业业做了一生的胡秉宸掂量得很清楚,那可不是和女人调情的情书。他可能对女人们撒些无伤大雅的小谎,但绝不会对一个中央领导人撒谎,对法律撒谎。所以那蝇头小楷虽小,每笔每画却如袖中小刃。

如果说胡秉宸真对白帆有过什么伤害的话,比之这个报告,那些伤害真是九牛一毛。在他们同居后的漫长岁月中,凡是白帆那样一个人(在吴为至今还保留着的、胡秉宸写给她的那些情书中,他不止一次地说到"白帆是一个无赖,他们全家都是无赖")对胡秉宸所做的一切,终于让这一纸报告彻底扳平。

　　随着时间的流逝和观念的改变,这份报告中所列举的桩桩件件早已不再有其影响,但认死理的白帆,还会感到非常的痛切和非常的在意。虽然她现在已经没有什么前程可言,并早已从岗位上退了下来,但她至今仍然认为,中央某个人的某个看法,对她的命运还有举足轻重的作用;至少对她即将盖棺论定的一生,大有功亏一篑的负面影响。她无法像吴为那样,对盖棺论定的神圣,采取那种没脸没皮、玩世不恭的态度。

　　而且,对于直到现在还不忘拿着私生子问题以及"破鞋""婊子"这一类字眼,时不时向吴为刺出一剑,以证明自己贞节的白帆,胡秉宸的这个报告,不但会使她丧失这些最具杀伤力的武器,还会活活剥去她一直戴在脸上的、可以在众人面前特别是在吴为面前扮演节妇烈女的面具。

　　…………

　　即便如此,吴为也没有像当年白帆广为散发她的"材料"那样,把胡秉宸留在她这里的、写给中央某领导,细数白帆历史、道德种种污迹的材料,出示给任何一个人,更不要说广为散发。

　　她从自己爱了胡秉宸二十多年的经历就能知道,她对胡秉宸的爱有多么艰难,白帆对胡秉宸的爱就有多么艰难。

　　如果不是这样,她也可以照着白帆对付她的办法,对白帆做点什么,以牙还牙。

　　她不能不做这样的猜测:白帆对胡秉宸多年的折磨,诸如扇耳光,用燃着的香烟头戳烫他的身体,将滚烫的茶水泼上他的脸……可能事出有因。

　　要是吴为再把胡秉宸动员她同意离婚的那些具有密谋性质的

体己话告诉白帆,白帆可能又得在胡秉宸脸上重新掴起响亮的耳光。

如今的吴为,对胡秉宸那些具有密谋性质的甜言蜜语,只能伤心而宽宏地一笑,再也不会当真了。

她对胡秉宸的了解,说是"剔透",恐怕不算过分。

不能说胡秉宸是个爱说谎的人,但他很会动之以情,特别是对女人。他的情话让吴为现在回想起来,还能耳热心跳。

按照佛家的说法,六根不净是人类致命的弱点,他是深谙其味的。可那不也是女人们的自投罗网?——无论白帆还是吴为。

怪得了谁!

况且在对他人动之以情的时候,难免有"常在河边走,哪能不湿鞋"那样无法两全的遗憾。胡秉宸在鞋子湿了的时候,也可能会失去十分的把握,说些计划外的话,做些计划外的事。不能说胡秉宸的所言所行全是出于设计。

在胡秉宸青少年时代的生活轨迹里,的确看不出这一点。那时的他,是耻于用这种类似空手道的办法来换取、骗取一些什么的。

也许后来多年从事地下工作,环境险恶,他不得不改变许多,随机应变,真真假假。那种情况下,感情用事常会留下许多漏洞,从而贻误大事。

在革命尚未积累起足够的老本,前途也胜负难卜的情况下,或不便以签字画押败坏、佐证你情我爱的甜蜜时刻,或一穷二白无从当场兑现的条件下……动之以情不失为一种获取成功、简单易行、无本万利的办法。不但不会留下把柄,纵使有一天需要面对承诺,也可以在细节上大有伸缩。

那么,对那些"俱往矣"而又不肯罢手的女人呢?这一套经验也不是没有可以借鉴的地方。

至于胡秉宸所说的因吴为大度,放他一马,他们全家老少将会感谢她的大恩大德的话,吴为也从未企盼过言而有信,没有。

白帆难道不该对她说声谢谢?

奇怪的是,在一个人不长的一生里,胡秉宸怎么总是游刃于这两个照他的话来说,是偷人、养私生子的女人中间,并先后、分别和她们结为夫妻?

吴为无法计较胡秉宸的反复无常,她得理解一个男人在各种力量左右下的艰难取舍。

那不也说明,胡秉宸对她的真爱?

那不也说明,胡秉宸到底是个肯对女人负责的男人?如果不是这样,他只需睡了吴为便是,何苦翻腾出白帆几十年前偷人养私生子的旧案,来佐证几十年后与白帆的离异、与吴为的婚姻言之有理,或在与吴为的婚姻之外,继续保持白帆的外室地位?他又何苦倒腾出吴为几十年前偷人养私生子的旧案,一而再地使用同一个理由,制造与吴为离异的口实?难道他不知道,这样做的结果很可能会败坏自己?

不过精明如胡秉宸者,怎么会把这份写给中央某领导的报告,还有那些写给各有关部门的材料,留了一个备份在吴为手中?

如同二十多年前胡秉宸为表明自己的清白,与白帆联手写给吴为的那封痛斥她丧失社会主义道德、介入他们家庭的信,也留了一个备份在白帆手中一模一样。

回首胡秉宸这个前后相隔二十多年、毫无二致的重复,吴为既为她爱了二十多年的这个男人心痛如绞,也为自己心痛如绞。

但如此春秋笔法,的确又不像是白帆的运作。

白帆对吴为的仇恨和报复,是一览无余、大刀阔斧、赤膊上阵、肆无忌惮的。好比虽然有了更为人道的、用注射剧毒化学物质代替枪决的办法对判处死刑的犯人行刑,但对白帆来说,还是一刀一刀,把肉从吴为的身上剐下来为好。

已然过去多年——

白帆的拳头和指甲上那可以切肤断骨的力气,让吴为至今回忆起来惊悸犹存;

"破鞋""婊子"的叫骂,也都言犹在耳;

赤橙黄绿青蓝紫似乎仍在点染、斑斓着她的身坯;

如狮般的狂吼还在振聋发聩;

压在她身上的那个臀部,也还如磐石般地不可推移……

那一年白帆的六个耳光,让身患冠心病的胡秉宸大面积心肌梗塞。

关于这六个耳光的缘由,白帆这样说道:

"……粗暴的行为只是因为发现你欺骗了我,你和吴为的关系竟然发展到那样亲密,我悲伤、震怒,感到被侮辱、被损害。你为了证明自己的清白,跪在我的脚下赌咒发誓声言没有此事,在征得你同意下,我打了你六个耳光。实在说来,何曾打重?而你居然说耳朵几乎被打聋,并导致你的心肌梗塞,何其言过其实得太!"

她又说:"……当我在夫妻生活上未能满足你时,你生气地说:'你不稀罕我,别人要还要不到哩。'以后你说要去找个寡妇代替我解决问题,我认为是开玩笑,也以玩笑的态度同意了。哪里想到弄假成真,让吴为钻了空子。而现在你则被吴为掌握在手心里了,这个作家可真是个有妲己般狐媚的极端利己主义者。你和吴为早在你病前就计划好了和我离婚的两套方案,却一直把我瞒得死死的,尽管吴为两个月前早就打电话通知了我,难道我没有权利要你'说清楚'吗?对不起,我将向法院控告吴为破坏我的婚姻家庭,有的是事实也有的是证人,而人们是站在我这一边的。你也会在一片诉讼声中身败名裂,你的病情将更加恶化,彻底崩溃,发病而死。"

如此,白帆给胡秉宸的六个耳光,难道不值得同情和理解吗?

白帆果然不食言,迅速征集起证人队伍,甚至和那些或因政见不同或因各种矛盾而与胡秉宸纠缠不清的对立面联合起来。

而吴为从胡秉宸那里得到的却是完全不同的版本,以致吴为在听了这样的版本之后,即便刀山火海也在所不辞地给白帆打了一个电话:"要是胡秉宸有个三长两短,我一定要把迫害他致死的原因公之于众!"

作为第三者的吴为,居然敢冒天下之大不韪、不知羞耻、理直气壮地给白帆打那样的电话,不是欺人太甚又是什么!她难道不该惹起公愤,遭受白帆的反击以及世人的唾骂吗?

胡秉宸确因这六个耳光几乎送命,在生死难卜的情况下写信给吴为,要求她无论如何到医院一见。

他以为他仍旧像当年地下工作时策划得那样周密稳妥,岂不知白帆也有同样的身手,更还有发动群众的经验,她得到了保姆的密切协作。

保姆反身下楼电告白帆,白帆立刻赶到医院,演出了一场"棒打鸳鸯"的折子戏。

几年后,这个保姆又到了胡秉宸和吴为的新家。

保姆早年在家乡参加过土地改革,实在懂得如何运用贫下中农苦大仇深的武器,她对白帆的控诉得到了吴为的同情。

不过也不要把吴为的动机想得那么单纯,她留用这个保姆,不过是为了显示她对"医院告密"的宽宏大度、既往不咎,并自以为得计地认定,那保姆将因此深受良心的谴责,从而对比出白帆和她的不同。特别要显示不是老革命的她,比之白帆那样的老革命,对劳苦大众更具阶级感情。

在吴为和胡秉宸的新家中,在吴为对劳苦大众比白帆更有阶级感情的环境中,这保姆除了打发他们的两餐饭,还利用他们的一间屋子,开起一个很赚钱的裁缝小铺。后来吴为提出让她增加一个打扫卫生的项目,她便立刻辞职不干。那时,她已经有了一个相好的男人,何况那男人还有一间小屋,可供裁缝之用。

这是后话。

更不凑巧的是,白帆前一天刚刚用十个指甲抠过胡秉宸的眼睛。

只要白帆一进病房,胡秉宸就闭上眼睛不屑一顾。据医生说,他的心电图还因她的到来而急剧波动,他的心脏经受不了这样的负担。医生竟然建议她顾全大局,尽量不要来医院探望。

这真是落井下石。难道她不是胡秉宸副部长合法的妻子胡夫人!

无论她说什么,胡秉宸更是一个不理不睬。

就像他心肌梗塞之前,为了改善和他的关系,她也曾到他的床上去过。可是她一上到他的床上,胡秉宸立刻卷起铺盖睡到书房去。

每当那时,她便抑制不住地对着他的背影喊道:"我知道你不和我……是为了对吴为……"

她越是这样地不可抑制,就越是遭到胡秉宸的冷蔑。失去胡秉宸的尊重,何谈关爱?

在不与女人调笑的时刻,胡秉宸是不苟言笑的,因此他的不理不睬,比之他人更具威慑力。即便在与女人调笑的时刻,女人们也从不敢因他的宠爱而失去对他的敬畏。有一种男人,是永远君临于女人之上的男人,胡秉宸就有幸成为这为数不多的男人中的一个。

白帆并非对胡秉宸不敬,她只是被胡秉宸逼得失去了理智。

那天她一进病房,胡秉宸原来还睁得大大的眼睛,马上就闭了起来,可她还是看到了那双瞪着天花板不知在想什么的眼睛。对一个危在旦夕的病人来说,那眼睛是过于明亮了。

如果说胡秉宸的眼睛仅仅闭了起来,对已经迈起脚来准备进入的她,是迎面关上的一道门,但毕竟还有打开的可能,而独自亮着而且诡谲地闪烁,就意味着她永远无法进入的绝断。

一股阴火在她的身体里游窜,所到之处无不抠起青烟,却又不能轰的一声燃烧起来。

对着胡秉宸那张冷脸,她莫可奈何了好一阵,忽然心生一计,幽幽地说:"吴为来了。"

胡秉宸猛地睁开眼睛,急促地向门口张望了一下。

白帆在那猛然睁大的眼睛里,一瞬间就读到了她在几十年中也没有读到过的文章。

门口不过是一个空落落的画框。

胡秉宸又立刻闭上眼睛,一时间什么也没说,只一味长长短短地运气。

他不只是被冷不防地捉弄,他的尊严受到了侵犯。

胡秉宸是收敛的,并且非常过分,几近病态,以致失于矫饰。

但在青少年时代绝非如此。

三十年代,国难当头。国家兴亡,匹夫有责,中学里也有了军训课。

胡秉宸上军训课的时候,总是在出右腿的时候出右手,出左腿的时候出左手(无独有偶,二十多年后吴为上体育课学正步走的时候,也是如此),于是他讨厌了军训课。

军训教官是个军阀时代的老头子,上课的时候,经常拿出一个带盖的大表来看时间。胡秉宸有一次在队列中大声提问道:"老师,你的表是周朝的吧?"

结果是他的军训课不及格。

不过,那个带盖的大表和他出右腿的时候出右手、出左腿的时候出左手有什么关系?惹着他还是碍着他了?

到了大学预科,教英文的是个流里流气的英国人,一到暑假,就和女儿到北戴河开咖啡馆,这首先让世家出身的胡秉宸看不起了。

每次上英文课,他都在课桌底下看其他书籍。教师可能早就注意到了,有一天把他叫了起来问道:"你为什么不听课?"

他说:"你讲的我都知道了,再说,你还经常讲错文法。"

英文课是大课,上课学生约有一百多,本就众目睽睽,那些目光再一束束从阶梯教室的高处掷下,平添了多少压迫?教师极难收场,但也无奈他何,只好很响亮地打了自己两个耳光。

胡秉宸想你爱打就打,然后泰然坐下。

最后校方以换一个美国人教英文收场。

从这些事情可以看出,胡秉宸不只是不收敛,几乎还是张扬而刻薄的了。

这样的锋刃,到了延安以后才渐渐收入剑鞘。

初到延安,他被分配到陕北公学学习,成仿吾校长见到他的第一句话就是:"你是广东人。"

非常肯定。

对校长这个小小的失误,本可一笑了之,他却马上分辩说:"我不是广东人。"

成校长笑了笑,告诉他教室在坡上的窑洞里,让他上课去。

很快,类似的事情就越来越少发生了。

桀骜不驯的胡秉宸自己也没想到,突然之间,他身不由己地变做了一个肯于接受教训的人。

当他的革命资历,一页一页积累成一部百科全书的时候,回想起这个身不由己的改变,他甚至得出受益匪浅的结论。

他受到的教训不多,大约只有那么两三次,可是很有成效。

第一个教训缘于他去看望了一位仰慕的朋友。

朋友留学德国,很有学识,在上海地下党工作时曾被"中统"逮捕,如《四郎探母》那场戏里的杨延辉一样,用了一个假名,假降,方才出狱。

当然他也可以像后来的小说或电影里写的、演的那样:等待党的营救;再不就通过狱中内线,将消息传送出去,静候党的指示等等。可是党并不知道他被逮捕,他也不知道谁是狱中的内线……

《四郎探母》是经久不衰的剧目,除五十年代后期至"文化大革命"期间被废黜一段时间外,从咸丰年间演到现在。

朋友到了延安自然受到批判。又因性格过于耿直得罪了不少人,始终不甚得意。所以说,戏剧是戏剧,和生活不是一回事。

而且这并不是最后的结果。

如果你的朋友不甚得意,总应该去看望一下,这也是古已有之的规矩。他那时还不懂得一旦什么人不再得意,即便亲爹也要脱钩,最好是落井下石。这一次看望,让胡秉宸做了好长一段时间检讨。古已有之的规矩从那时起,就已成为作不了数的老皇历。

引子却是他用老曲子开了个玩笑:"黄河之滨,冻死了一群中华民族倒霉的子孙……马马虎虎、吊儿郎当是我们的作风……"被人汇了报。

胡秉宸填写的歌词,和原版的歌词"黄河之滨,集合着一群中华民族优秀的子孙……团结、紧张、严肃、活泼,我们的作风……"不但相距遥远,简直就是背道而驰。

背道而驰是什么?是反动。

胡秉宸不服地遍查延安的文字,觉得很多都是有章可查的旧瓶新酒,怎么到了他这里连玩笑都不行?

他惊讶,区区小事也能做出这样大的文章。然后他开了窍,"汇报"实在是这里需要学习的重要科目。但他并不懊悔不曾早日得到高人的指点,这种事只能靠自学成才,不能指望他人传授。

如同顾秋水和包天剑将军到了延安,最先遭遇、最不能忍受的就是"汇报"一事。"连咳嗽一声都有人汇报!"顾秋水如是说。后来他们又从延安返回花花世界,不能说与此毫无干系。

后来胡秉宸又总结出,挨"整",一般都是从这种不起眼儿的小事开始。你以为不过如此的时候,枪子儿可能已经为你准备好了。

一九四三年,这朋友自然不能逃脱"抢救运动"的"抢救"。

几年后,胡秉宸听到消息说,一九四七年胡宗南大举进攻延安,中央决定战略撤退。途经永坪镇时,这位朋友与几个在"抢救运动"中被"抢救"、历时四年也不能结案的犯人,甚至还有几个不知到延安来干什么的西方人,被子弹送上黄泉之路,又被效仿慈禧太后,把他们的尸体投入井中。如果不是追击至永坪的胡宗南部从井中挖出他们的尸体并就此大造舆论,他们则会像泡沫一样消失得了无痕迹。然而他们却没有珍妃的运气,日后成为电影或电视剧取之不尽的素材——那无论如何也算是一种平反。

如果不是胡宗南大举进攻延安,如果中央不从延安战略撤退,如果假以时日对他们继续审查……也许不至于落得如此下场。

当时延安干部不过三万多人,外来干部不到两万,这些外来干部在"抢救运动"中很少幸免。保安处关押犯人的窑洞人满为患,约十平方米的窑洞,即便挤进八个犯人也不敷使用。比之那时的盛况,死于永坪的一干人,无论如何,也算是执行了毛泽东同志"一个不杀,大部不抓"的指示。

所以问题还是出在胡宗南的身上。

当胡秉宸辗转收到一张不知何人所写、何人所托,大不过巴掌,周边参差缺损的粗麻纸字条时,对那没头没脑的文字已不再书生意气——

…………

"你是怎么到延安来的?说具体的,具体的。"

"先是坐火车,后来又换汽车。"

"啊!我们革命这么多年连火车什么样儿都没见过,你倒是又坐火车,又坐汽车。你说说,什么人才能坐火车和汽车?"

"什么人都可以坐嘛,有票就行。"

"你还诡辩!国民党能给你坐火车、汽车的待遇,你还不是特务?"

…………

不但不再书生意气,而且随即对一个跟随他多年的地下工作人员说:"虽然我很了解你,但如果组织上说你是特务,我也会马上枪毙你,绝不手软。"

他庆幸自己"抢救运动"时已经离开延安,如果还留在延安,肯定不能幸免。不谈火车、汽车,只凭知识分子这一条就够了。

没想到"万般皆下品,惟有读书高"是如此坑害了一代读书之人。他沉吟着敲击着桌子,思忖道:知识分子今后恐怕很难做人了。

以后每逢"运动",胡秉宸都会不由自主地想:朋友的在天之灵,说不定会感谢在永坪镇遭遇的那颗子弹。

其二是在地下工作时期,有过一场比较严重的、对女人的沉迷,几乎导致胡秉宸和白帆的分道扬镳。

一九四九年以前,胡秉宸和白帆有过四次几乎导致分手的冲突,但以这一场最为剧烈。

除政权易手之外,一九四九年还将是很多事情的分界线。

除了分道扬镳,恐怕找不到更合适的字眼来说明他们当时的状况,因为他们从来没有履行过结婚手续,因而也就无法使用离婚这个具有法律意义的字眼。

那时的革命者还相当古典,谁和谁同居,或有一段长久关系,或在长久关系之外偶尔有一短暂的插曲,甚至点染着世界大同的色彩,简直算得上是革命的潇洒。手续等等,更是形式主义。

白帆却很传统,她把和胡秉宸的同居看得相当正式,所以很长一段时间内,她为和柳彤的偷情,非常自谴。

一起工作的同志,不止一次在办公处的地板上、桌子上、床铺上捡到白帆写给胡秉宸的信,信中充满哀怨和乞怜,内容大致相同:"你就不能原谅我偶然的错误吗?"

胡秉宸和白帆非常的不同,他从未对他人说过白帆一再发生的"偶然的错误"究竟是什么错误,也从没对他人说过他为什么不能原谅那"偶然的错误",只是要求分手。

不过,他为什么把白帆写给他的私人信件这样乱丢、乱放?而在白帆这些信里,又有多少只能说给他一个人听的、需要他通融的尴尬和隐秘?这让人不得不猜想,他的大度是真是假。

如果不是组织出于工作考虑进行干预,如果不是地下工作的秘密性质所限,如果他们不是忠诚于无产阶级革命事业的共产党员,他们早就分道扬镳了。

那场沉迷的破绽,则始于一个很小的细节。

白帆像研究、破译国民党电台的密码那样——她在这方面有着非凡的才能——对胡秉宸那突发的、对交际舞的迷醉进行了破译,果然从中找出破绽,打了一个翻身仗,她的自谴才稍稍得到缓解。

所以就难怪近二十年后,即便在四野无人的雪寰中,胡秉宸也会马上拐入另一条小路,爬上一道小丘,在确信无人发现的情况下,去欣赏一个在风雪中优哉游哉的女人的那份"野渡舟横"的情致。

虽然胡秉宸一再对吴为强调他不会跳舞,并且在说到"跳舞"这两个字的时候带着明显的厌恶,吴为还是在与胡秉宸的一次共舞中发现,他的跳法,与三十年代电影里的跳法如出一辙。那种耳鬓厮磨、相拥入怀、醉翁之意不在酒的跳法,自一九四九年后,至"大款"这种人物登上历史舞台之前,在大陆中国几近绝迹。

她在胡秉宸的舞步里,听到一个遥远的回声,在他往事之湖的深潭里,肯定沉入过对一个女人的记忆,那女人也肯定不是白帆。

那个跳舞的胡秉宸可能很有故事。

吴为只是对他的佯装懵懂不以为然。

其三,一九四五年下半年,抗战刚刚结束,国共双方还处在第二次合作的虚情假爱之中。

一方面,蒋介石想缩编部队。抗战八年,损失惨重,通货膨胀,民不聊生,继续给养四百万军队,财政上负担不起;并可以此为由,要求共产党同时裁军,以稳定国家财政,同时达到削弱共产党的目的。另一方面,蒋介石不想与共产党和谈。他认为日本投降后,所有用于抗战的军队、装备,都可以转向围剿共产党,所以极力破坏国共合作,制造口实,以图消灭共产党。

共产党军队却不足一百万,在如此悬殊的条件下,亟需时间积蓄力量,不能打、不想打,提出开始"和平民主新阶段"、成立联合政府,从而渗入国民党内部,出的是"和平演变"这张牌。决定打是后来的事情。

在毛泽东与蒋介石谈判裁军问题之前,中央希望在这个问题上全党能够统一认识。

林伯渠老在周公馆召集大家讨论并分别征求意见,胡秉宸自然在列。

抱负的落实需要机遇,没有机遇,任何伟大的抱负只能是"等闲白了少年头,空悲切"。

机遇对胡秉宸似乎格外关照。

当时周公馆周围至少有四十多个特务,连汽车都进不去的江边,还有胡同口小饭馆里的跑堂儿都是特务,专门用来监视周公馆的活动。

可是他们从未抓到过胡秉宸。当然也不好抓,总算国共两党合作时期,只能继续跟踪,以图掌握更多线索,一旦需要,立即收网。

胡秉宸的本事就是什么尾巴都能甩掉。他在周公馆对面租了个小院,院子后面就是山,每每从周公馆出来,直进对面的院子,穿院子,出后门,进山。这种办法算不得稀奇,甚至可以说水准不高,而特务们却始终不知道他是一个比较重要、经验非常丰富的情报交通。

因为住在周公馆外,进去述职也很不容易,谈晚了就留下吃饭、过夜也是常有的事,不但多次有机会和董必武老、林彪一起吃饭,甚至还和周恩来吃过一次饭。有一次董老还邀他一起喝酒,一瓶茅台全喝光了,直喝得二人似醉非醉,进入微醺的最佳状态。关于这次对酌,他认为董老也有寂寞的时候。从"寂寞"的不能消亡,说明彻底丢弃某种教化是非常不容易的。

重庆谈判初始,毛泽东与赫尔利同住歌乐山蒋公馆,二人各据半壁江山;如到城里公办,则下榻张自忠的桂园。周公馆的人很不放心,认为蒋介石随时可能做手脚,比如说来个软禁或是在食物中下毒,连周公馆给毛泽东送点什么东西,还要通过蒋介石的警卫检验。大家建议毛泽东搬到周公馆。周恩来说:"大家的建议很好,我负责向毛泽东反映。"毛泽东听取群众意见搬进了周公馆,住在二楼右手最后一间。

毛泽东入住周公馆后,党内首脑人物云集,五行相生,阴阳相协。可人畜两旺、相安无事的周公馆,突然着了两次火。

可见哪位也压不过真龙,毛泽东合该是那真龙天子的命。

一次是办事处招待所的几间草房烧了起来,办事处所有的人都跑去救火了,只有毛泽东手里捏着一支香烟在二楼走廊上"胜似闲庭信步",边走边说:"旧的不去新的不来,茅草房烧了正好可以盖洋楼。"

二次是某天上午九十点钟,三楼机要员烧毁密电码时,没等火炉完全熄灭就离开,纸灰余烬又燃烧起来。正好胡秉宸到周公馆接受任务,一头钻进熊熊烈火,第一个冲上三楼机要处,抢救心肝宝贝机要文件箱……他的头发、眉毛都烧焦了,所幸脸上没有留下伤疤。事后,胡秉宸对着镜子一面抚摸自己的脸庞一面想,不如留下一些无伤大雅的伤疤。

当他奋起抢救机要文件箱时,并不知道毛泽东在一旁冷眼相看。胡秉宸自诩天降大任于斯人,在可能献身的事业上一往直前,从未怀揣"作秀"的动机。多年后,人们还记得胡秉宸在烟火中横冲直撞的样子,一旁冷眼相看的毛泽东却没有留下什么印象。

唐宗宋祖"略输文采",成吉思汗"只识弯弓射大雕",仅仅一个奋不顾身的胡秉宸,怎能让毛泽东略作顾盼?——即便几年之后,这个年轻人为寻找他的儿子几乎丧命。

但其他领导却对此留下深刻印象。可想而知,林伯渠老征求胡秉宸的意见,该是水到渠成。

那一阵子胡秉宸是欢欣的,觉着终于可以了却工业救国的夙愿,又暗自揣度,他的所长也可趁此崭露头角,更有中央的政策为依据……一切似乎万无一失。

他慷慨激昂,侃侃而谈,甚至夸夸其谈:"我赞成建立南北朝,我们可以据北大力发展工业,势力强大之后,自然能通过和平演变的方式把国民党吃掉;南方不打自灭,也可避免解放中国一战的重大牺牲。

"……还可以利用国民党的技术力量,他们虽然集中力量扩张军队,但也注意了工业建设,成立了资源委员会,其中大部分成员是留美学生,很有水平,并且倾向我们。抗日期间还成立了经济部,日本投降后也由资源委员会接管。还有一个兵工署,都是德国留学生……如果让资源委员会搞建设,可能比我们搞得好。因为他们懂行,在技术方面和世界各国有着千丝万缕的联系,信息也比我们快捷,和西方的技术交流就不会断档,和联合国以及西方国家的关系也不会中断。政治上有个互相的监督……只要我们好好干,肯定干得过国民党。"

虽然他为那一次谈话认真考虑了许久,做了很多准备,然而事后推敲起来,还是相当幼稚,尤其"政治上有个互相的监督"之说。

就在他侃侃而谈的时候,情况突变。面对国民党发动的全面内战,共产党不得不打,不得不放弃开始"和平民主新阶段"以及成立联合政府的计划。

胡秉宸也不可避免地从依靠对象成为批判对象。和后来的"反右"斗争相比,倒也算不得"引蛇出洞",但他此后不再"知无不言,言无不尽"。

不再"知无不言,言无不尽",并不等于真认为自己有错。胡秉宸一生从未认过错,不管国事、大事、家事,还是情事……即便暂时失利抽身隐退,一遇风吹草动也会秋后算账;即便不能明算,也会私下算个没完。

所以他一直记得那栋土木结构的小楼,那不也是某种意义上的荣耀?

这三两个教训不算是多,但基本上涵盖了为人处世的方方面面,对胡秉宸日后改弦更张如何做人,起了决定性的作用。

回顾这些经历,他总是心领神会地一笑——"做人""做人",人可不就是"做"出来的!

说难也不难,说易也不易。倒也有了明锐后的轻薄。

这一笑之后的胡秉宸,与从前日渐不同。

虽然胡秉宸常常收敛着自己,并且非常过分,几近病态,甚至失于矫饰,骨子里却恃才傲物。

既有恃才的潇洒,也有傲物的虚浮,难免有失从容和内敛——与一字之差的"收敛"可就失之千里——像一张绷得太紧的弓,很容易绷断,伤害着自己也伤害着周边的人。

谁若侵犯了他的尊严,他能六亲不认,至死不悔。

"文化大革命"初期,一个凶多吉少的晚上,领导"大革命"的一位"首长",把胡秉宸召到了钓鱼台。

根据他在"大革命"里的表现,他知道这个"召见"意味着什么,心中不免忐忑。

虽然开谈之前,"首长"还和他拉了两句"家常":"你过去是做什么工作的?"

他回答说:"很长一段时间在社会部。"

"首长"似乎沉思片刻,再开口就有些熟络:"也算是我的老部下了。"

谁说他们不需要人才!

他又怎能不知道胡秉宸的历史?"大革命"的开场小锣一响,他对胡秉宸就做了一番调查,档案资料说明,由于他的精明强干,完成过很多艰难的使命,难怪得到周恩来的器重。所以呼风唤雨之始,便指派胡秉宸担任一项重要工作,没想到他是如此的不听招呼,连阳奉阴违都不是,简直是和他背道而驰。自延安得势以来,什么时候容下过这样的不从!

胡秉宸听出话里的微妙。在党里做了几十年,他明白微妙之间就是一个人的沉浮乃至生死存亡。以他那时对"做"人的领悟,趁势说些无伤大雅却不失原则的话,诸如"我水平不高,请老领导多多批评帮助"之类,情况可能就会是另一种样子。

而且这么说也能沾上一点边,当年,这位"首长"的确是"克格勃"的老头头。

尽管心中忐忑,可他偏偏不说,绷着脸,梗着脖子站在那里,脸上一点表情也没有,甚至连头都没有点一下。

原因是远在延安时期,胡秉宸就对这位"首长"有了怀疑,虽然不甚明确。

首先起始于"首长"的讲话。

胡秉宸是挑剔的。从他少年时自己走不好正步,从而讨厌了军训课、捉弄军训教师,就能看出他的挑剔近乎偏执。

他觉得这位"首长"说起话来中不中、西不西,还以假洋鬼子的洋腔洋调自得。一个革命家,有什么必要卖弄这些?而一个喜欢卖弄的人,难免不让人怀疑另有所图。

一作报告就是托洛茨基,说来说去就是托派主张由日本人来占领中国,很没意思。中国的托派不过尔尔,有什么值得这样虚张声势、大书特书?

一个人要是老把什么挂在嘴上,那要么就是他的心病,要么就是除了那个其他什么都不知道。

这个本在王明极盛时期追随王明、长驻苏联的人,曾几何时,是个何等忠心、膝下承欢的佞臣,在共产国际的会议上甚至高呼"王明万岁!"

胡秉宸亲眼看到过他和王明在延安城外,惬意地骑着马儿闲遛。马儿踩着细碎的小步,两人在马上有说有笑。他们的欢声笑语,让马儿的小步颠簸得起起伏伏,跳跃着逸豫的韵致。那是一个星期天,他从驻地盐店子到延安去买点日用品。野外没有他人,骑在马上的这两个,在贫瘠的黄土地上,在清心寡欲的革命环境中,在对革命事业磕头点地的赤诚中,是那样招摇,那样带有背叛革命群氓的意味,让他不满地频频回头。

三十年风水轮转,这位与王明策马同游的人,一九四二年整风伊始,便审时度势,很快靠了过来,转眼成了批王明的得力干将。

那时胡秉宸已远去重庆,没能眼见那份赤裸的精彩。

"整风"于一九四三年转入"抢救运动",近两万名千里迢迢、到延安投奔革命的干部,几乎全部收审关押,成了特务。他用这些人的政治生命乃至他们的机体,维持了他那个中央社会调查部部长的位置。

有人反映此人阴险奸诈、心狠手辣、陷害忠良,据说都被这样的说法推挡回来:我们就是要用他来杀人,用他来揭王明的老底。

胡秉宸的目光从半掩的眼皮下,急速地在"首长"脸上扫过,试图一瞥那对隐约在眼镜后面、久已不见庐山真面目的眼睛。可他一无所获,只瞥见一团稍纵即逝、不分皂白的浊光。

就在那时,他接上了中断多年的怀疑。

人类怎么会有历史?钟情历史?矢志于历史的真实?他突然觉得十分好笑:这岂不是糟蹋自己,和自己过不去?

难怪有人一旦登上帝王的宝座,就要消灭历史。

时隔二十余年,其间风云变幻,"运动"迭起,此人却更加飞黄腾达,不可一世,兼而每在"运动"中呼风唤雨,胡秉宸就越发觉得"大革命"的怪诞。

不能不说,对人、对事,胡秉宸具备一对火眼金睛。

经过多年的磨合,胡秉宸"做"得已渐自如,但他知道并非事事都可蒙混,现在终于到了一个不能"做"的关头,何去何从,必得有个抉择。

三思而后,他拒绝了眼前的机会。在手中握有"尚方宝剑"的几个男女蒸蒸日上之时,很有些大风起兮、慷慨就义的意思。

那个拒绝,何止是对他心智、胆魄、忠诚的考验?也是对他根基的考验,对来自他那个家族,那个源远流长的根基——不苛求目的(天上掉馅饼则另当别论)的放达,荣辱不惊的沉毅的考验。

但也不能排除"首长"和他谈话时的那副坐相,那种狐假虎威的腔调,让他觉得深受其辱。这种因素于胡秉宸的作用,并不亚于政治上的权衡。

"情况是这样,戚本禹同志反映对你的来历不甚了解,需要清查一下……"

不提戚本禹还好,一提,就想起戚本禹对他拍桌子的事。胡秉宸更是铁了脸,完全不顾"首长"的话里欲藏不藏地藏着"一箭数雕",但也可能容他有一隙回旋之地的凶险。

戚本禹是什么玩意儿?竟然向他拍桌子!

胡家那浪漫而躁动的血,在他的血管里不可遏制地奔突起来。"首长"一下就明白了"孺子不可教也"的忤逆。

"那么你承认不承认执行了资产阶级反动路线,还散布过许多反对'文化大革命'的言论?"

他回答说:"我不知道什么是资产阶级反动路线。我所有的讲话都有录音,领导可以调审……如果非要说我说了,我也没办法。"

胡秉宸听见"首长"用手指弹了弹手里的一张纸,还有"嗖"的一声从指间刮过来的那一窄条阴风。

随即他被告知开除了党籍,其因是违抗"中央"的指示,定性为反党、反社会主义、反中央的敌我矛盾。

"对于中央的这个决定,你个人还有什么意见?"

他直直地站在"首长"面前,说:"对组织的这一决定,我保留意见。我不承认我是反动分子,也不同意开除我的党籍。"

说完,他心里反倒不忐忑了,而是横下心来考虑,如何度过根本看不到头的"反革命"生涯,或准备身首两地。

可想而知,在那个回合里也不曾腿软的胡秉宸,白帆的捉弄是怎样激怒了他。他更加冷蔑地说道:"你这股浑劲儿、固执、暴戾、无知,完全源自你的父亲,属于一种遗传基因的作用,是无法改变的了。你母亲一生就这样地活在你父亲的阴影下,你以为我也会这样生活在你的阴影下?"

白帆当即把带去的小菜、羹汤摔了一地,铝制饭盒在光滑的地板上不识时务地旋转着,如没有铆足劲的手摇老唱机,又逢一个老式胶唱片,奏出了一曲沙哑变调的哀歌。

正是在这种情况下,她伸出十指抠着胡秉宸的眼睛喊道:"我非让你睁开眼睛看着我不可,我非让你睁开眼睛看着我不可——"

这喊叫在病房了无生气的走廊里游走回荡,沉闷的内科病房陡然变做生动的精神病房。医生护士更觉此人暴戾,还说难怪她一进病房,胡秉宸的心电图就不规则地波动。

……………

任凭风吹浪打,胡秉宸也没有睁开眼睛。

白帆眼瞅那双合着的眼睑倏忽之间不但不再抽搐反倒淡定地展平,也就是说,她眼瞅着胡秉宸在她面前,瞬间筑起了一道比铜墙铁壁更难以攻克的屏障。而她只能一筹莫展、眼睁睁地看着那工程的实施,无论怎样也不能阻挡大势已去的局面了。

锥心的绝望让她又狂号出一句极不理智的话:"我就是要气

死你！——"

在白帆如此败坠深渊的时刻,吴为却明目张胆、厚颜无耻地到医院来和胡秉宸幽会,不是乘人之危又是什么？

为胡秉宸的遭遇哭哭啼啼、柔肠寸断的吴为,与癫狂失态的她形成了强烈的反差,有如一个精心设计的对比,居心是何等险恶！

如果和胡秉宸一对一地较量,还只是胡秉宸对她的伤害,而吴为和胡秉宸的幽会,则对她不仅是一个联手的伤害,还是胡秉宸当着她的仇敌对她毫不吝惜的出卖。这出卖把她置于极其狼狈的境地,没有给她留下丝毫进退的余地……这种伤害,仅仅是加倍就可以计算出来的吗？

她的拳脚、诅咒、辱骂、怒吼……难道不是她的正当防卫,不是吴为罪有应得？

谁敢说她残暴！换了另一个女人也许比她做得还过分。

而吴为不肯大打出手,那左推右挡的招架,更让她想到以退为进的佯装,让她又失一招地恨意倍增。

即便她把吴为置于死地又怎样？她仍然被不言不语的吴为杀了个落花流水,片甲不留。胡秉宸早替吴为缴了她的械。

吴为只能左推右挡。

她明知自己夺人所爱,而一个夺人所爱的人,不论遭遇什么,还有什么可说？

可又不能不夺。那时她以为是虎口夺人,很久以后才知道,事情不那么简单。

更何况胡秉宸沉疴在身,任何刺激都可能导致他转眼之间一命归天。

她有什么道理像白帆那样翻江倒海、大有作为？

但白帆的打法着实让她大开眼界,原来女人也可以如此大打出手。在那一瞬间,她居然还能想到叶家女人的无能。要是叶莲子有这十分之一的魄力,也不至于落到任人宰割的境地。

至于她自己,面对白帆那十八般武艺的全面出击,也只会结结巴巴地说:"你,你,你怎么可以这样打人?"

白帆近近地逼着她的脸说:"打的就是你这个婊子!怎么样,你敢到派出所去验伤吗?"

仓皇中,她扭头看了看胡秉宸。胡秉宸绷着脸,一副无视无闻的样子。她被这两个无论从哪方面来说,都比她经验丰富、技艺精湛、胸怀大略的人挤在了中间,挤得她无所适从,哑口无言。

胡秉宸一声不响地看着吴为在那摧枯拉朽之力的研磨下,挣扎也无可挣扎,逃遁也无可逃遁,一点点地化为齑粉。

吴为不得不原谅他的一声不响,因为他生命垂危,无能无力。

但他至少可以说明一句,她是应他的要求到医院来的。

虽然事后胡秉宸解释说:"……当时你默默走开是最好的办法,否则弄到医院院部,成为全体病人的笑料传出去,或到了派出所……派出所一定会找三方机关,那才真会造成以后的被动局面。"吴为也未能全然释怀。考虑如此全面的胡秉宸,对要求她到医院一见惹来的祸事,为什么不置一词?

即便胡秉宸澄清责任,难道白帆就会手软?

白帆不能不为保卫自己的利益而战。而经过长期、多种战斗洗礼的白帆,在解决这类危及切身利益的原则问题上,一派大江东去的浩荡。

吴为从来不是白帆的对手,永远不可能是。

以后发生的事,将会证明这一点。

尽管如此,吴为对胡秉宸还是言听计从——

"你是个小仙女而我是个凡人,是个多年在行政部门工作中混的老手。相信我处理问题的能力,把处理此事的责任交给我,那实在不是文学家的事。"

胡秉宸的考虑是正确的,就像他常对吴为说的那样,不论多么困难的事,只要坚持,也包括坚忍,就是胜利。

如果吴为当时不采取忍让的态度,白帆绝对会像他预料的那样,以此为由制造非常事件,不仅他和吴为的前途更加渺茫,吴为也会更加迅速地坠入深渊。

不论重病在身还是病愈之后,胡秉宸都是吴为誓死捍卫的对象。"我有病,活不了多久,请给我最后的自由",更是胡秉宸的软刀子,与白帆离婚用的这个理由,与吴为离婚时用的也是这个理由,日常也是惟我为是地要挟——谁让女人个个看不得她的所爱受苦受难?

吴为不得不替重病在身的胡秉宸承担来自白帆的反击,更要承担来自白帆与胡秉宸的对手们的联手重击。

她的处境是那样险恶。

不论情况多么艰险,这个无谋无略、胡秉宸心目中"永远的二年级女大学生",却坚守决不出卖他的原则。

只要交出他的一封信,不但可以从如此凶险的沼泽中拔出她的腿,甚至因反戈一击有功,得到如他周围那些人梦寐以求的机会。

不是吗?胡秉宸刚刚提拔为副部长的时候,至今仍然像隐蔽极深,不到关键时刻不会出面的情报人员那样,从来不事张扬的胥德章、常梅夫妇,立刻带着一瓶好酒前来祝贺。看得出那瓶酒存放了好些年头,更见得开启它的机缘多么隆重。记得他举起那杯酒,并向他们夫妇道谢的时候,心中固然得意,可也不无尖酸地想:他们来得是不是太快,惟恐落于人后?

……………………

吴为却说:"这有什么难?又不是让我去和人家斗法。这个,只要咬紧牙关,什么也不说就是。"

吴为的坚守和白帆的倒戈相比,令胡秉宸感慨万千。如果说白帆的反击尚可理解,那么她的倒戈,可就是不能原谅的、品格上的不贞了。

为此他曾对吴为说:"我已经打算好,如果你因此被迫到农村劳改,我就到劳改场附近租个小屋长住下来。好在现在自由市场可以买到粮食蔬菜,只要我的离休工资照发,这些都可以办到,再订些杂志买些书,住上几年也无所谓。"

不知如此慷慨多情的胡秉宸考虑过没有,要是闹到连离休工资也没有的时候怎么办?在劳改场附近租个小屋住上几年自也无妨,但对吴为来说,代人受过、劳改几年是什么滋味?

一旦这种局面果然出现,除了退求其次,在劳改场附近租个小屋住下,陪吴为度过几年劳改生涯,不知胡秉宸为什么没有考虑挺身而出,坦陈真相,解脱吴为?

至于胡秉宸对要求吴为到医院一见惹来的祸事未置一词,不过是因为在这场不亚于你死我活的斗争中,这样的事实在太具体、太琐碎了。有谁见过在寸土必争、炮火连天的战场上,一个指挥官会为一栋在炮弹下消失的房子而感伤,或宁可失去消灭敌人的战机,而让他的炮火绕过那栋房子?哪怕那栋房子修建于三个世纪之前。

那的确只是文学家的事。

其实吴为的要求并不高,哪怕胡秉宸说一句"对不起,让你受苦了"也行,可是他没有。也许这样的要求,于一个指挥官是太苛刻了。既然胡秉宸已经打算陪她去劳改,又何必纠缠于这样一句华而不实的话呢?

再说,爱是不必说对不起的,即便到了该说对不起的份儿上,又都成了周瑜打黄盖——一个愿打一个愿挨,活该不活该只有女人自己心里明白。

吴为也没有理解胡秉宸"挥泪斩马谡"的谋略。她像大多数女人那样,在那种情况下,没有识大局的素养。她感到委屈,做不到胡秉宸要求的"你将要做宰相门中的媳妇和二品侍郎夫人,要有这个门第的豁达和气势"。

这不仅仅是调侃,那个在几百年风雨的涤荡中已经剥蚀、褪色的门第,影响着胡秉宸的一生,如同吴为两岁时遭遇的那个楼梯。

在权力的争夺中,不该成为、却成为了牺牲品的"二品侍郎",功名已如黄鹤杳然而去,不管胡秉宸意识到或是没有意识到,"此地空余黄鹤楼"的怅惘或遗恨以及被人暗算的不甘,已经深烙心底。

不知胡秉宸对吴为的恋情,时感格律平仄的对称和谐之外,是否也杂糅着觅到一个为他肝脑涂地的红粉知己的意外喜悦?

她的不理解,不期然地成为一个转折。多年来,吴为不甚在意的那些迹象,那些以为是偶发的、桩桩件件难以理解的事,渐渐聚拢,虽然它的映象暂时还很模糊。

只是当胡秉宸再次要求吴为到医院探望时,她无论如何不肯再做那样的冒险。

正是从这个事件开始,她不再像从前那样,每求必应。

白帆一定没有想到,倒是这些战争的副产品,对吴为和胡秉宸爱情的杀伤力,比她的正面攻击有力也有效得多。

二

这些舆论当然也不是胡秉宸当年那些"对手"营造的。吴为作为胡秉宸现在的"前妻",那些做大事的人物,早已失去了对她的兴趣。当初他们之所以对她兴趣有加,不过是为了从她这里打开缺口而已。如今,不但胡秉宸,连他那些"对手",俯仰之间已成陈迹。

时间岂止是无情,简直可以说是残酷。

三

她也不愿相信这是胡秉宸的作为,虽然他们分开了,她和他的恩恩怨怨却不是一纸离婚书可以了断的。

不过要是胡秉宸这样运作，吴为也能理解。在大众舆论面前，他也难免尴尬和胆怯——虽然他一再对吴为说，他从不在乎什么舆论。

按照约定俗成的社会心理，当然是吴为抛弃胡秉宸。因为吴为比他年轻，而他已经年老体衰……

到了这把年纪，还能如此准确地把握大众的社会心理并运用得从容自如，不能不让吴为叹为观止。

如果真是这样，吴为还会伤心——胡秉宸怎么一点东西也不给她留下？至少让她觉得她对他二十多年的爱，到底没有轻抛一片心。

可吴为更多想到的，是那个常常在头上无声无息地掠过、半人半兽、一双眼睛深藏大恨却又美丽异常的神秘影子……每次掠过，都会从她这里带走一些什么，直到一点不剩。有时她觉得认出了它，感觉非常清晰，可又一闪而过，清晰的感觉重又朦胧起来。

它的出现是如此的猝不及防，哪怕是她和胡秉宸做爱的时候，也无边无际地遮拦着她和胡秉宸的生活。

就像少年时在黄土高原丹阳观的大殿下，等待那可依可靠的黄昏如约来到，并期待着独享随黄昏而至的那份孤独时，总会与她一起等在大殿檐下，擦着她的脑门儿飞来掠去的巨大蝙蝠。它们的影子也是这样覆盖着属于她和黄昏的孤守，使她的傍晚变得暧昧起来。

如今，它终于胜利了，报仇雪恨了！

四

客观地说，扩散这种舆论倒也不是事出无因。像吴为这样一个走到哪里也没法儿不闹出点"丑闻"，厚道一点说是没法儿不闹出点"笑话"的人，这样的"因为所以"不应在她的头上又应在谁的头上?

好比一个早已洗手不干的贼,一旦有人失窃,在没有水落石出之前,不要说人们首先想到的就是他,就连那真正的贼,也要率先羞辱耻笑他一回,以洗清自己。他明知大家的猜疑,可又无法辩白。若是辩白,岂不中了"做贼心虚""此地无银三百两"的套路?

有朋友说,沦落到这步境地是因为她太呆。但吴为不认为自己呆,她只是觉得不会和人接触而已。

根据她的阅历以及她在遭遇各种大难时的所作所为,绝对应该把她归为胆小怕事那一类——不是一般的胆小怕事,而是非常的胆小怕事。

但她看起来又似乎天不怕,地不怕。

一般人很难体会,一个人胆小或是害臊到了无计可施的地步,就会用天不怕地不怕,或是破罐破摔——说是厚颜无耻也无不可——来掩盖这种无计可施的局面。

而在心的暗处,她始终认为世上最大的学问是和人打交道的学问,世上最可怕的东西就是人。你不知道他什么时候、从什么地方、以什么方式下手,不像面对枪炮或是虎豹豺狼,总能知道危险在哪儿、从哪个方向来的,就是一命呜呼,也知道自己是怎么死的。

据说虎豹豺狼肚子不饿的时候并不进攻,人呢,可就不一定要有什么理由,或许仅仅是因为你的存在(存在就难免会有某种成功的可能)对他就是一种妨碍,或许践踏别人也不失为对许多不便张扬的目的一种曲径通幽的表达和叙述,更或许什么都不为,只是你的女婿比他的女婿高了五个厘米……

她老是怀着敬仰的心情说,"世事洞明皆学问,人情练达即文章"可谓百年警句,却始终难以融会贯通,只好宽慰自己:一个人,能做什么、不能做什么,那是与生俱来的。

反过来说,一个人之所以成为众矢之的,道理通常是有的。关于虎豹豺狼的理论,不过是吴为的偏激之谈,读者不难在她的作品中看到这样无处不在的漏洞,这也是她始终不能成为最出色作家的根由之一。

能这样打电话的人,果真想的是青红皂白吗?

吴为本来想对胡秉宸的那个老熟人说"谢谢你的电话",临了却面目全非:"是,是这么回事,我是又嫁了一个比老胡更有钱有势的人。"

出乎意料的是对方不无艳羡之情——虽然是打着哈哈地说:"哦……哦,你们的存款一定很多喽?"

她也打着哈哈地回答:"噢——不算太多,几百万大概是有的。"

是她提出的离婚怎么样?不是她提出的离婚又怎么样?

到了她这步田地,所谓的"舆论",在她心里还值几何?又能将她如何?

她不正是为了争取返回那可以得到一席公正待遇的地位,忍让了一生不公正的待遇,尤其是把她的母亲和孩子亏待了一生?到了,她们还不是被人毫不手软地大卸八块?

她对这个世道曾经寄予的希望是太大了。

如果说人生一世都有一个过不去的情结,那么这可能就是她的那个情结:冤有头、债有主,为什么还要把那惨绝的羞辱对准她无辜的母亲和孩子?

是她提出的离婚怎么样?不是她提出的离婚又怎么样?

反正是她失去了胡秉宸,而不是胡秉宸失去了她。

放下电话之后,吴为到超市去买了一盒牛奶。

回到家里,她闲散地拿起了电话号码本。

难道在大清早就接到那样两个电话之后,她也想打个电话向谁一诉心结?似乎是,又似乎不是。她从头到尾,没有明确目标地浏览着那些名字和名字后面的电话号码,最终一个电话也没打。

又盘算着——

要不要换一套入时的衣衫,到一个环境可人的地方去吃一顿饭,再次验证一下她那"天马行空""独往独来"的精髓是否坚不可摧?

或是去买束自己搭配、色彩过渡得有情有致的鲜花?

再不就捡拾一下地板上摊得满脚满地的报纸杂志,打扫一下四处絮飞尘飘的房间,擦一擦家具上甚至可以用来书写的灰尘……

像往常那样,勉力地让他人、更让自己相信,她的日子过得有滋有味?

最后还是放弃了她很擅长的、演出这一类小品的打算。

有那么一瞬,她甚至想,电话铃何不再响起来?哪怕里面藏着比刚才那两个电话更多的心机。

她跟自己聊了一会儿天:

"你觉得该不该去看那场芭蕾舞?"

"当然该去。"

"票好买吗?"

"………"

"我得去一趟医院,拿点儿安眠药。"

"现在有种新药好像很有效。"

"什么药呢?"

"………"

后来又朗读了一会儿英文;

自得其乐地打开音响,放大了音量;

房子里热闹起来……

她歹毒地笑了笑,走进洗澡间,对着镜子,将自己那如孤狼一般歹毒的脸细细打量,在无有穷期的险恶中,她已经彻底地荒废。没人可以救她,也无可救药,她只能是孤军一人了。

回眸之间,镜子里突然映出许多大而黄的牙齿。那些牙齿胜利在握、不慌不忙地从她身后逼压过来,她的全身于是就被咬在了这些大而黄的牙齿之间。她感到了直穿内底之痛。

猛然回身,想从那些牙齿中间挣扎出去,却一头撞在身后的墙上。

血从她的额角蜿蜒流下,在她久已无味的脸上,增添了一些婉约,甚至是略显风尘的动人之处。

在疼痛中她慢慢清醒,原来那不是牙,而是墙上的一块块瓷砖。但那些瓷砖怎么看怎么像一排排的牙齿——可真不是她的矫情——并且是在侵华战争时期那些日本人才有的、大而黄的门牙。

经过半个多世纪的人种进化以及牙科医学的进步,现在的日本人肯定不会再有这样大而黄的、并像蟋蟀那样向外龇着的大门牙了。但在侵华战争期间的日本人,却不得不尴尬地长着这样的大门牙。

而她洗澡间里的这些牙,不但黄而大,不但像蟋蟀的门牙那样向外龇着,每个牙缝之间还嵌着根深蒂固的黄色牙垢。

她不由得拿起凿子,信心十足地想要剔除那些牙垢。剔着剔着她忽然明白,这么多牙和这么多牙缝,她是无论如何也剔不干净了,于是就拿起凿子和榔头,连撬带敲,一块块敲碎了那些牙。

她干得很安静,很从容,一点也不疯狂。

过后只是觉得有点累,便点了一支烟,对着那支烟低叫了一声"宝贝儿!"又对着空中高喊了一声"妈!——"

吸烟的感觉真好,现在,最让她放松的时刻,最让她感到亲切的事,就是吸上这样一支既不对她怀有怜悯,也不对她怀有恶意的烟了。

她坐在厕所门前的地板上,一面瞧着那些被她敲碎的大黄牙,一面冥想着世事的无定。可不,转眼之间,这些大黄牙就碎了,就像一个本来形影不离的人,突然之间躺进了棺材。

这时她一回头,一个头戴纱帽、身穿朝服的男人走了进来。那男人的脸上,眉毛、眼睛、鼻子、嘴巴全无,只光板一张。光板上纵横地刻满隶书,每笔每画阔深如一炷线香,光板的边缘还翻卷着。

这张刻满隶书的脸板,无声无息地跟踪着她,与她一起在房间里走来走去。她就转身俯向那张脸,问道:"让我看看,这上面写的什么字?"

可她怎么看也看不懂。

从此她逢人便问:"你能告诉我,那脸上写的什么字吗?"

…………

第 三 章

一

几年前,有个本应清朗却再也清朗不了的城市早晨,他们正好坐在阳台上吃早餐。

吴为垂头看报,当太阳混浊的光影,在她那不曾打理过的头发上游移的时候,胡秉宸一面缓缓地呷着咖啡一面对她说:"你的精神有病,应该把你送到医院去,每天给你打几针就好了。"

在任何情况下,连小到早餐喝咖啡、日常喝绿茶这种秩序都不会错位的胡秉宸,这个建议当然不是无的放矢,却又绝对不是因为吴为不曾打理过的头发或颜面,让他心生嫌弃——虽然吴为婚后的邋遢、不事修饰,也是让胡秉宸觉得受骗上当的一个部分。

吴为抬起头,对着他的脸若有所思地想了一会儿。有那么一瞬,她真想对胡秉宸说:"亲爱的,你就是我的心理医生。"可她犹豫了一会儿,又把这句话咽了下去,低头继续看报。

于是,本不那么胸有成竹的吴为就有点让人感到胸有成竹,对用心细如发丝的胡秉宸,更有了那么一点叛逆和挑衅。

不过胡秉宸还是带吴为去看了两次心理医生。

医生对她的叙述不但很不耐烦,甚至没有一点好奇之心。如果你的对手对你连好奇之心也没有了的时候,任何人也会打不起精神。当然,阔大的病室里用做隔扇的白布帘更让吴为感到压抑和封闭。她听见一条白布帘后流行歌曲的声音;而另一条白布帘后,某个病人热烈高亢、敞开胸怀的叙说,不但让她分心,恐怕也让她的医生分心。

以后胡秉宸再带她去看心理医生,她就再也不肯就范。

不久吴为就准备学习绘画。

见到她开始学画画,料事如神的(至今这仍然是她为之迷恋的一个部分)胡秉宸笑嘻嘻地说:"现在你至少是个半疯,不是全疯也不是不疯,而是半疯。"

他忘记了吴为也许是很久以前(比如说他们结婚之始,抑或是他们热恋的时候)就对他说过她想学画,也忘记了他几乎就让木匠给她做个画架,以示支持。

她淡淡地说:"我最喜欢的就是半疯,这比任何一种状态都让我喜欢。"

那时她已经开始和胡秉宸犟嘴,忘记了当初对胡秉宸立下的誓言,比如他就是她的生命、她的太阳之类的海誓山盟。

一个人怎么可以对他的生命、他的太阳犟嘴?这不是吴为的负心负义又是什么?

不要说对一个作家来说,"生命""太阳"之类的海誓山盟毫无新意,就是比起胡秉宸写给她的情书也逊色很多,陈腐得、"鸳鸯蝴蝶"得别说是让局外人,就是让他们现在的自己回想起来,也深感肉麻。

可也不能说胡秉宸绝情。

虽然"海枯石烂"自古以来就被作为证明爱情不朽的誓言,然而尴尬的是,比之海枯石烂,爱情的的确确是一种短期行为。

梁山伯和祝英台的恋爱程序,只经历一个回合的磨难就殉情化了蝶,如果他们不那么过早地殉情化蝶,而是像胡秉宸和吴为那样,在历经那许多波澜壮阔、迂回曲折的爱情程序之后,梁山伯也难免不会对祝英台,也或许是祝英台难免不会对梁山伯说:"你有精神病,应该把你送到医院去,每天给你打几针就好了。"

谁知道呢!

要是那一年,他们按照胡秉宸的建议一起喝了敌敌畏,可能至今还保持着那场轰动全国上下的爱情的原汁原味。所以说,殉情化蝶可能是保持爱情神话的最佳方案。

不过算起来,吴为学画的打算肯定是在他们结婚以后。在他们结婚之前,由于情况的险恶复杂,胡秉宸是不可能让木匠给她做一个画架子的。

她终于画得有了点模样。那些极端冲突的颜色,突兀、狰狞地纠缠在一起,不负责任、毫无章法地恣意挥洒,纵横在铺得满地的纸上,且不留一点想象的空间,让人悚然。

纸张也越用越大,老觉得纸张的边缘紧箍着她,让她无法突出重围。直到有一天,她顺手拿起一管颜色,连笔也不用地在画面上乱挤、乱压,随后发现那原来是一管她最不喜欢的红色——虽然她是个极端的人,但从不喜欢红色,这事看起来可不有点蹊跷?

胡秉宸没有错,这种人生中途突然出现的对绘画的爱好,确是说明一个人离精神失常不远了。

也有一个会看手相的朋友,惊诧地对她说:"你手掌上什么时候出现了这条自杀横纹,我怎么不知道?这很不好。"

这么说,一个手上本没有自杀凶纹的人,以后是可以有的。是什么力量可以在一只本来没有自杀凶纹的手上,刻上一条自杀的凶纹?这难道不是一个很有意思的现象吗?

换而言之,那本来就有的自杀凶纹,也可能自行消失?

命运可以改变还是不可以改变?也许改变也是命中注定。

而吴为言不及义地回答说:"可惜自杀还是一件很不完善的事。比如煤气自杀,如果自杀者把煤气放得时间过长,又没人发现的话,会不会殃及公寓的左邻右舍,甚至引起火灾?触电或上吊也许不会给他人造成什么危害,但肉体上遭受的痛苦太大。据吃过大量安眠药却自杀未遂的人说,后果也很痛苦……应该发明一种把自杀变得像睡眠那样舒适的事情就好了。"

事后她翻出叶莲子的照片,仔细研究对照,在叶莲子不同时期的照片上,果然发现了命运(不谈岁月)之痕。可惜她没有叶莲子更早期的照片,最早一张也不过始于她和顾秋水新婚时在蒲圻镇"相真"照相馆拍的那张结婚照。

叶莲子的照片不多,除非必须,她从不光顾照相馆。不是她不喜欢拍照,哪个漂亮的女人不喜欢拍照?照片是对"曾经"的一种挽留,一种立此存照,在时光的打磨中,如铁一般难以磨灭,以便留待日后品味再三,一唱三叹"最是人间留不住,朱颜辞镜花辞树"的凄美无穷,或暗藏着"秋后算账"人的尖诮逼仄的阴沉。

可是因为贫困,叶莲子不得不摈弃许多类似的与吃饱穿暖毫无关联的消费。于是她不多的照片,便有了明显的阶段性,于她过往的日子,就像一个朝代和另一个朝代那样,截然分明。

特别叶莲子的那张嘴,让吴为沉思默想了很久。她想,叶莲子在世的时候,她怎么从没注意过她的嘴,却要在她去世、无从探问考证之后才注意起她的嘴?

所以她觉得她注意上叶莲子的嘴,不是没有缘由。她从叶莲子的嘴看出,叶莲子的哀伤是上辈子就攒下来的。

一切看似没有意义的物件,却能一眼引起他人的注意,差不多都是负有一点使命的。

吴为慢慢回忆着她遇到过的人。奇怪的是,她只在女人脸上搜索到这样的嘴,在男人脸上却没有。她又发现,凡是长着这种嘴的人,无一不是男人脚下的蝼蚁。不但是男人脚下的蝼蚁,还注定要受他人的欺凌和愚弄。

虽然几十年后叶莲子一剪子从中剪开了这张结婚照,而且剪得很苦,很无反悔的余地,连顾秋水的身影都没有留下,只沿着她的发际和脸庞,剪下自己的一个脑袋,却无法剪下她的嘴,也就是她的命运。

此后,吴为又注意到自胡秉宸决定和她离婚起,他的面相乃至头骨也都有了明显的变化。颧骨剽悍而威风凛凛地突出；脖子令人惋惜地向两个肩胛中缩进；后头骨正中，蛮横却又曲线圆润地凸起……依旧的风流倜傥里，有了一种让吴为感到陌生的东西，与他从前的照片比较，简直判若两人，过去的胡秉宸已然了无痕迹。如同叶莲子晚年的照片，越来越回归到她的本原。

吴为相信，每个人转了一圈之后，又回归到出发点的时候，都会把不是出生伊始就附着在身上的东西抖搂干净，有点佛家所说"生不带来，死不带去"的意思，与岁月催人并无干系。

胡秉宸这些细部的变化，明白无误、越来越向白帆的面相靠拢，似乎他本人也从造就他的、无论是东方文化或是西方文化的滋养和框架中渐渐析出，还原为本原的他。于是吴为明白，胡秉宸和白帆本该是此生此世的夫妻，那才是真正的"天作之合"，是不是"天赐良缘"就很难说了。而胡秉宸和她的婚姻，的确带有误入歧途的性质。

这种回归的启示，可能也是她轻放胡秉宸一马的诸原因之一。

而胡秉宸和白帆怎么也不会想到，他们曾得益于吴为一头钻进了这种玄而又玄的牛角尖。

二

吴为的发疯又似乎很有计划，很有步骤，冥冥中好像有人指挥安排了一切。

比如，她花了很多时间整理了日记；处理了所有的杂务，包括信件、债务往来；与出版社了断了出版事宜；寻访了很多故人旧地……

她是独自前往的，没有惊动任何人，也没有请人陪伴。她在那些被现代生活废弃的地方待了很久，没人知道那里有什么吸引她以及她都在那里干了些什么……只能从她笔记本上杂乱、前后不搭的文字里猜测，可能和她要写的那部书有关——只是可能而已，真正的目的已经无法确证。

这些杂乱的文字,读来却很有趣——

1.……终于回到塬上。

……我的塬破败了,它的破败用悲凉是无以详尽的,任何欲说其详的尝试,比之这样的物换神移都过于飘浮。但它对我仍然意蕴十足,像老朋友一样明白无误地把当初给予我的暗示,对我再一次肯定。

少年时代在五丈塬下卧佛寺里抽的那一签,回首一望,可不预言了我的一生?这一生该算是有求必应,既应好也应坏,不过,应好应坏都是我的咎由自取。

卧佛寺已荡然无存。在武侯祠外与当地农妇核实记忆中的卧佛寺:"卧佛寺山门朝东,卧佛殿门朝北,卧佛头朝东脚朝西卧躺……那时卧佛寺的香火很旺,可是?"

农妇们答道:"是的,是的。"她们的颧骨上,依旧网罩着塬上的日光往复穿梭而染就的缕缕糙红,如我少年时看惯的那样。

向晚时分,在武侯祠前邂逅一江湖相士,虽他自言"我的推算用的是外祖传下的唐朝相书《相理衡真》,他老人家曾是一代名相……"却难以寻觅通灵之气。

可我还是抽了一签。展签一看,眼前跳出四句,比之四十多年前在卧佛寺抽的那一签,简直是狗屁不通的诗文。想不到的是最后一句,让我惊跳起来:

刘阮探药上南山,幸运仙姬也快哉。
此地生长多有份,故乡何事又重来?

老天果然知道我为什么重返这个说故乡不是故乡,不是故乡又让我总是难忘的地方,只是他不点破而已。

我们没有故乡,没有根。我们是一个漂泊的家族,从母亲,到我,到禅月。如今的我,更是一无所有。

我转而寻求一个灵魂的故地。可,人有灵魂的故地吗?我灵魂的故地又在哪里?

寻找是一个怪圈,最终可能一无所得。所谓"故地",也许是个手也摸不着、脚也走不到,根本不知道在哪儿的地方。说不定就怀着"回归"的假设,死在"回归"的路上——这个结局倒也不错。但"寻找"的过程,是一个让漂泊之人感到有所归属的过程。这样说来,人是害怕魂无所依的,所以总在寻找一个"故地",连我也不能除外?

那相士在解卦前,自是一派讨口赚钱的行话,到了后来却有了意思:

"……心眼儿宽,人心不凡……对老人很孝顺,感情受挫,年轻时多情。你母有一暗眼(到此二惊),主生贵子","九〇年、九一年不顺,六亲中家有疾病,亡故(到此三惊)……"

早年那副卦和我,不过是个偶然的碰撞;而今这副卦和我,也不过是个偶然的碰撞。可两对偶然的碰撞都应在我一个人身上,就有了反复论证的命定意味。

太阳落下去了,我和相士相伴着踏着暮色步下塬去,空气里混杂着新麦的清香和历史醇厚的霉味。

这江湖相士能让我三惊,倒不是他或他外祖的通灵,而是这块地的地气还没有耗尽——虽然诸葛亮祭天灯的高台早已被后人铲平,种了庄稼,几近全毁。

放眼四望,被黄土高原四面埋伏的旷野平川,真是一派大好战场。旌麾不招摇,战鼓不催征,干戈不血刃,真真可惜了这一脉地势。

遥想蜀汉建兴十二年(公元二三四年),诸葛亮为克复中原,重兴汉室,六出祁山伐魏,就驻兵在我现时踩着的五丈塬。

我任脚下的步履随意游移,眼睛却定定地望着渭河北岸。

北岸的景色,在我游移的脚步中,在渐深的暮色中,线条粗犷晦涩起来,苍茫地模糊了时空的界限……

那正是魏国驻兵四十万、司马懿据以下寨北塬,又拨兵五万,在渭河上架起九座浮桥的地方。

两军交战,地动山摇,电闪雷鸣……

多少英雄豪杰的鲜血染透了这荒原平川,而蜀国丞相诸葛亮也于该年八月二十三日亡故五丈塬。

可我又觉得,诸葛亮的一双眼睛,直到如今,还在不甘地凝视着这一马平川、渭河之滨的关中平原。为什么五丈塬上这武侯祠里供奉的诸葛塑像,却有着一双多情的眼睛?

…………

少年的我,多少次独自踩着河里的石头,蹚过渭河,爬上五丈塬,四仰八叉地躺在当年诸葛亮祭天灯的高台上,苦苦地追思着彼时的情景。

朦胧中,似见诸葛亮在秋夜的寒索中仰观天文,突见相辅列曜的三台星座客星倍明,主星幽暗……他惊悚地低首回身,料知自己不久人世。又见上知天文、下知地理,呼风风来、挥雨雨去的诸葛亮,如何运筹帷幄,于中秋之夜先布七盏大灯,又外布四十九盏小灯,最后内布本命灯一盏。他祈禳北斗:若七天之内主灯不灭,可增一纪之寿。他徘徊踱步,五天五夜不能成眠,至第六夜见主灯仍然明亮,以为大功即将告成,眉间泛起一丝喜色的时候,想不到却被魏延一脚踢灭!我甚至看到惊恐和悔恨如何让魏延大失颜色……于是一颗赤色大星忽地裹起一柱狂飙,自东北向西南流泻,我甚至听见它撕裂寒空的轰鸣,三起三落后哀绝地坠于蜀营之内。是夜,诸葛亮亡故五丈塬。

我对三国故事并无兴趣,使我惊诧的是伟圣如诸葛亮者,最终不也被这"想不到"所左右?这让少不更事的我就心生模糊的凄凉,就感知人对"命"的无奈,它可不就是永不能破的遗憾?

我也始终不能明白,能通神鬼的诸葛亮竟然还能暗喜?怎么就算不出再过一会儿,主灯就会被魏延一脚踢灭?

而司马懿的帅帐又安在哪儿?也许就安在与五丈塬笔直相向、我和母亲生活了十年的丹阳观也未可知。过渭河踩着的那些大石礅子,是否就是司马懿那九座浮桥的遗骸?

…………

顺着盘塬的山路继续下行,相士的絮语我已不能倾听。

再度置身层叠、莫测、往天际延伸而去的塬上,顿时感悟少年时代的朦胧猜想并非没有根由。古时关中八百里秦川该是渭河的河道,而两侧的塬正是它的河界。

彼时的渭河又是何等浩荡,那一条条横贯在筋骨裸露的塬上的皱褶,可不就是渭河年复一年的拍击镌刻出来的?

而那时的炎黄子孙,该是一个何等健壮的婴儿,摊手摊脚地躺在岐山上,迎着彼时距人类还很近的太阳,不断发出嘹亮的啼声。

沉暮中,看来已经毫无脾气的平实枯燥的塬,渐渐呈现出凝重、悲怆的底色,越来越还原出它原始的威严、傲气、霸气、王气,如帝王般稳坐在大地的宝座上,俯视着芸芸众生以及他们所有的"猫儿腻"和软弱,明达中有一种大慈大悲的收容和包裹。

似乎重又回到与塬日日相向的少年,那来自灵境的大气,重又拂荡、贯通于天地之间……我那独特的感悟生命的禀赋可不得益于此?

自十八岁那年离开关中,我们再也没有回来过,我以为这个山坳永远从我的生活中退去了。

"故乡何事又重来?"

我以为不过是重温一下我们在这里的生活,在母亲走过的路上重蹈一次她那无奈而又绵韧的脚印,重新体味一下她当时独自走在塬上那份孤苦无告的凄楚,也或许是在寻找我自己的一部分人生……

后来明白,我是在寻找母亲,虽然知道再也找不到她了,但我还会不停地找下去。或者不如说,我是在寻找自己上一辈子没有了结的故事。

在这寻找(回归?)的过程中,很多当初不甚明了的事情现在竟有些明了。

这才发现,我们住了十年的这个村子叫做零霭村!

真如醍醐灌顶,前生今世,可不早就让这三个字说得一清二楚。

我不知道母亲当年是不是知道这个村子的名字。

……所以我觉着应该在这里找一块地,将来把我和母亲的骨灰都埋在这里,对漂泊而又无处可以安放骨灰的我们,这可能是惟一的落脚之地。

到过世界上那么多国家,游历过那么多世界闻名的美景,可是我最怀念的是这个"晴天黄土没脚面,雨季泥泞没脚踝"的塬;最留恋的反倒是和母亲——后来当然有了禅月——一起度过的那些困苦而不是所谓时来运转的日子。也曾在爱情的甜蜜、事业的辉煌里,风光过、快乐过、疯狂过、志得意满过……都如过眼云烟,反倒不像困苦的日子那样安帖。

如果没有它们,又如何衬托日后的时来运转?

冒雨寻访丹阳观。再也找不到当年的情景,沿途净是残破丑陋的房子,如雨后毒蘑般汹涌,你吃我、我吃你地拥挤着。

上哪儿再去找那个满眼黄土、清贫自律,如罗过的细面捏制而成,干净、疏朗有致的零霭村?

潦倒的灌木、芦苇、衰草,四面包抄着渭河,昔日浩浩荡荡的渭河,瘫了,萎缩了、沦落、断裂,如一块块肮脏的碎玻璃片。

何处可寻丹阳观?我们住过的那个厢房,地基已经塌陷。

看着那块塌陷的地基,我知道自己的气数已尽——实际上我的气数早和母亲一起去了。

何处可寻丹阳观后一片森绿、守护着泉水的老柏树?

出丹阳观山门,下三十三级台阶拐向右上方,那该是我的麦地,一个独行侠般小女孩的麦地。初夏,拨开齐腰的、扔在塬上任它自生自熟的麦子,准能看见我在猫着腰寻找黑麦、野菜和甲虫,或是脱下母亲一针针、一线线缝制的布鞋,用长时间没有剪过的指甲,专心致志地抠鞋底。鞋底上的每一处针脚里,都黏黏地粘着泥土与脚汗合成的臭烘烘的泥垢。作为一个女孩子,实在不该随身带着这样的泥垢,可我没有袜子承接它们。母亲买不起袜子,我一直赤脚,好像隆冬也没有穿过袜子,关于袜子的事,我记不清了……

躲在麦地里的感觉真好,有如回到母亲的子宫。以后再没找到过这样一块让我感到安全的地方。

冬季是乏味的,但可以在麦地上放风筝……

可是我的麦地,如今已变做一座丑陋的化肥厂。

绕至丹阳观后,那阔如围墙、野生野长的蔷薇屏篱已然了无踪迹……猛的一个磕绊,目光跌在了那棵老歪槐上。它依旧歪着,在雨日的泥泞里,苍凉地垂下头,一言难尽地俯视着我。雨滴顺着它的叶脉如泪水流下,点点滴滴扑打在我的脸上、身上。

它比从前更老,更寒碜,更不堪于眼睛的消遣。可它原本不就是为着陪伴我们的寒夜?尤其在凄风苦雨之中。

只有泥泞依旧……

只有泉水的潺声依旧……

我哑着老嗓子,唱起辛老师教过的歌:"看泉水出山口,急急忙忙向前流,朝朝夜夜流不休。岸上垂杨柳,倒斜柔丝想挽留,无奈泉水总是不回头。小鸟声啁啁,似不胜忧愁,因为他将失去好朋友。横想留,竖想留,竭力啭歌喉,无奈泉水总是不回头……"

当年泉边柳枝倒斜、水草繁茂、水道宽阔,水中游弋着小鱼和蝌蚪,它们无数次地听我唱过这支歌。

贪婪的我,掬起一捧又一捧蝌蚪,和着泉水一起喝进肚里,乡里人说,从此不会上火。

我大概是喝多了,成为我们家最怯懦的一个。

那时觉得我就是那向山口流去的泉水,后来又觉得我就是那只小鸟,再后来就觉得自己什么也不是。

而折向坡下的一处弯道,已经变做水泥与鹅卵石砌成的石湾……

一面循坡而上,一面哭叫着母亲,除了几只被雨水淋湿了羽毛、满脚泥泞却给我慰藉的鸡,四野什么也没有。

沿着已然细若一带的泉水上溯而去,终于看到一个田姓男人在侍弄他的试验田,田里培植着冬青苗。他就住在附近,年纪和我不相上下。蒙他好心,带我到了一个多边形的凹处,说,这就是珍珠泉了。

据他说,六十年代初,有人异想天开,要在塬上修渠引水,就把塬掘了。开天辟地以来就积攒着的黄土,从凤鸣岐山的老塬上倾泻而下,埋葬了这不知突涌了多少世代的泉眼。

一根丑陋萎细的铁管从黄土下伸出,想来铁管的另一端,就是久违的泉眼。

我向那颤颤地悬在铁管上的一线泉水扑去,一脚踏在不稳的石块上,险些滑倒。田姓男人搀住了我,说:"不远千里而来,却是荒草一片了。"

他告诉我,零霉村的人大部分姓李,可这个沟叫做秦家沟。

本想在那里寻找一块埋葬我和母亲骨灰之地的白云小寺,也一同淹没在那黄土的巨流之下。天下虽大,我们却连一块落脚之地也不可得了。

只寻得一块残碑，横跨在两块耕地间的沟渠上。我撩起田里积水，抹去残碑上的泥污，断碑上有只字片语显现："零霭村北坡有白云寺，形如卷阿而小，内……嘉庆二十一年次岁丙乙吉日……"

又下塬来到大槐树的旧址……

那个十岁的、独一无二的早晨……

如果人们细心，就会在"那个十岁的、独一无二的早晨……"下面，看到一条画得很粗的提醒线。

粗约六人抱的老槐树，亦于忽然心血来潮、想要赶上英国的公元一九六〇年，在大炼钢铁的土炉里灰飞烟灭。那炉子既然胆敢吃掉这样一棵树，就难怪现世的败落。

在向晚适宜阴魂隐现的空濛雨色中，我悟到那是一个"数"的开始。

从老槐树往北上塬，当年旧貌依稀可见。但我走不动了。

又从零霭村下塬去火车站，那少年时曾觉繁华似锦的地方。站口有小铺，叫卖卤肉、茶叶蛋、绿豆面黄豆芽素丸子和烧饼，还有一个小店卖小酥鱼。一九四九年全国解放后，我们的生活有了着落，母亲做过小酥鱼，让我带到就读的西安中学。第二天一早，同学从蚊帐前的一地小鱼头发现我的劣迹，有人报告了老师。

出站口往前，该是布店、杂货店，形状、位置一点没变，只是改为砖木结构，反倒比当年的土木结构更为败落。在店里见到一匹花布，保留着几十年前的风格。我呆住了，并在那图案上找回一段我和母亲的岁月，想起母亲穿过的、那些蓝色底版上印有白色石竹小花的旗袍，不过现在这匹是紫色底版。我敢断定它是西北一家纺织印染厂的产品，我们过去的衣着，与这个纺织印染厂息息相关。买了一段，准备给禅月做条裙子,暗中希望禅月能从这段布料上感知我们过去的日子。

　　沿铁工厂围墙往东南而去,该是麦地。拐进镇里,路口有染房,一年四季散发着靛蓝的矾汞味。染房前的小街该是卖饸饹、凉粉、酿皮的摊子……自然全已消失。

　　现在一看,所谓繁华似锦的老火车站,不过弹丸之地。

　　沟窄了,道窄了,地貌像人一样的老了,一副不胜折磨的样子。它们在千万年岁月中的衰老速度,也抵不上这几十年……

　　2. 秦老师说:"这个烟斗是你妈妈送给我的,现在还给你吧。"

　　我摩挲着,端详着那个周身布满烟垢的英国烟斗,说:"不,还是您自己留着吧,我能看看它就很好了。"

　　秦老师怔了怔又说:"给你们也没有什么意思,用了几十年……现在连烟丝也买不到了。"

　　"等我回北京以后,给您寄一些。"

　　他颇为踌躇地停顿了一阵,说:"也许我会把它传下去?"

　　我忙说:"您谁也别给,这是我母亲送给您的,如果……"我不知道说下去还是不说下去,可是看到曾经那样伟岸的秦老师,如今几乎驼为侏儒的样子,料想缘会难期,只好硬着心肠说下去,"您百年之后,顶好把这烟斗带上。"

　　"当初我对你母亲还是有感情的,可是我没有勇气表白,再说当中隔着廖瑞鸿,她对廖瑞鸿有报恩之情……一九四九年以后看苏联电影《区委书记》,里面有这样一个细节:那书记手里整天拿个烟斗,是离婚的爱人给他的。有一次出门忘带了,义返回家找。烟斗被他后来的爱人藏起来了,没有找着,两个人还生了一场气……看到那里,我就想起你妈妈送我的这个烟斗……"那行将就木的声音里,散发着布满霉点的遗憾还是追悔?

他怎么会变成这样一个侏儒?烟斗又是哪里来的?像零霝村这样的地方,不要说当时,就是现在,也不可能找到一个英国烟斗。

在"怎么会变成这样一个侏儒"和"烟斗又是哪里来的?像零霝村这样的地方,不要说当时,就是现在,也不可能找到一个英国烟斗"下面,都有一条很粗的提醒线。

3.……在武昌一个小旅馆里等着换乘第二天去蒲圻的汽车。

晚上,蜷缩在小旅馆冷硬的铁床上,辨听着细霰如何弹奏那凋零的灌木和树枝,一如昔日弹奏我们糊着麻纸的窗。现在还有麻纸糊的窗吗?

在细霰的弹奏中,重又感到清贫简约的抚摩,如母亲本该纤柔却不能纤柔的手在抚摩着我。

头顶那盏飘摇不定、忽明忽暗、瓦数很弱的灯,演绎着飘零者的艰辛。母亲当年带着我千里寻夫的艰难,一一在眼前重现:一个从未闯荡过江湖、两眼一抹黑的女人,带着个不懂事的孩子,识字不多,又没有丁点出门在外的经验,最要命的是口袋里没有多少钱,还要通过敌伪军的不同占领区……我心疼得不敢再想下去。

连衣服也没脱,就这样睡去。可却两次梦见母亲,头一次是她让我不要到某个地方去。什么地方?我反复记诵了多次,醒来却忘了。难道是不让我去蒲圻?

…………

三环陆水、背靠阜群山的蒲圻镇,像条老船似的在江雾中起起伏伏。

既然可以地老天荒,蒲圻镇城墙上的石头,也如料想中那样不可幸免地老了。

沿当年东北军一一二师的路线,从车站经南城门进县城。一九二七年阴历三月,唐生智同样沿这条路开进蒲圻镇。当时只有一条小路,无法行车。一九三〇年才修了一条通向火车站可行吉普车的土路。

我暗暗对母亲的骨灰说:"妈,我带您来重游幸福时日的旧地了。"

当我带着她的骨灰赶到马永和客栈的时候,那栋小楼已让风雨岁月压弯了脊梁,铺排在椽子上的瓦片,如一把断了扇子骨,已然无法展开、收拢的折扇,在压弯的脊梁上一波三折地塌趴着。

可它毕竟还立着。

想必母亲也设想过有朝一日旧地重游?

可她是否知道,旧地重游何止物是人非?更多的时候是人物皆非。长存的不过是对故地一种情迷的固执,特别是我这种人的固执。

她可知道,旧地重游,是眼睁睁地看着在繁芜、如烟的往事里,淘了又淘、筛了又筛,只留下最为值得、最可珍惜、保存了多年的回忆,骤然在眼前撕裂、坏损,乃至灰飞烟灭……只剩下一缕绵长不绝的惨痛,缓缓从心底抽出又缓缓流散的过程。

现在的户主,李姓老人说:"马永和客栈是三十年代初至沦陷前蒲圻镇的惟一客栈,兼营餐饮,偷贩烟土。也是当地士绅、社会贤达议事聚会的地方。"

小楼还保持着当年的格局,楼上有三间客房:一个单间,一个套房。

我一眼就看出,那个单间,就是母亲婚前那个晚上和她继母住过的房间。

对于这一点,我确信无疑。

因为我一站到那个地界,脑袋立刻就像紧上了一道箍子,似有电流从那道箍子簌簌地蹿向整个头皮和脸面,紧跟着就"嗡"的一下发麻,发热,发紧。

有很多事情,我不可能与母亲一同感知,亲历。但,凡是与母亲有过密切关系的地点、景物,我一旦置身其中,脑袋立刻就像紧上一道箍子,似有电流从那道箍子簌簌地蹿向整个头皮和脸面……

那个单间,笔直地对着一个没有扶手、摇摇欲坠的楼梯。并且还像半个多世纪前那样,摆着一张棕绷大床,可能连方位都没有变。母亲和她继母当夜正是睡在这样一张床上,她们还不具备除了夫妇不能与家人同睡一张床的文明习惯,也就不可能花无谓的钱去租用隔壁的套间。

屋顶上,裸露着一条条羸弱的房椽和席毡,除了临街那扇木板墙外,其他三面墙上裸露着砌墙的石头,连粉饰也省略了。

临街的木板墙上有一方小窗。母亲该是站在那里,张望过这条小街,想象过第二天早晨,怎样从这条石板铺就的城隍街小路走向蒲圻镇南门外那紧挨京汉铁路,经营麻、茶、南竹、杉木、丝(那时蒲圻家家都养蚕)等土特产的马耀华转运公司。她和我未来的父亲老顾,将要在那里举办婚礼。

六十多年前,一九三五年一个早春的晚上,就是这样一个房间、这样一张床,承载过我彻夜不能成眠的母亲和她对未来旖旎的憧憬。

也就在那个时候,在中国工农红军红一方面军中初掌帅印的毛泽东,刚刚指挥完四渡赤水的战役,挥兵向陕北红军靠拢。

关于这个挽救红军于东奔西突、弹尽粮绝之地的重大决策,有一个传播甚广的说法。

所以每当有人唱起"抬头望见北斗星"那首著名歌曲时,我却老是想到一张报纸,裹在贵阳某个人去楼空的县政府或国民党部办公室的一堆旧报里,破损,百分之九十九会被人忽略,载有陕北"共匪"作乱的消息;还有一只伸向它的手,顾长秀美,夹着一支劣等纸烟,神经质地轻颤不已。

于是那支初始目的并不明确、从江西老根据地仓皇流向湖南的队伍,从此才折兵向西。

历史上从此有了工农红军从长江南北根据地向陕北根据地战略转移的说法。

如果没有这张只有百分之一概率被人注意的、宿命的报纸呢?

而东北军一一二师的将士,彼时在鄂、豫、皖剿匪副总司令张学良将军的指挥下,沿平汉铁路布防,意在消灭羊嵝洞一带共产党徐海东部。无论如何不会相信,两年多后,他们会带着钱饷、兵马、军械、粮草辗转奔赴延安,投奔他们正在围剿的敌人。又在不长的时间里,带着剩余的四十多名卫队离开延安,到达陪都重庆时,只剩下师长包天剑和笃信忠臣不事二主的顾秋水。

一一二师的司令部就设在马耀华转运公司,师部军官,特别是少壮派军官,常在马耀华转运公司盘桓,顾秋水更是这里的常客。

一位七秩又八,当年在马耀华转运公司当过侍女的老人还能记起,当年有个顾上尉,一有什么难事,军官们常常挂在嘴上的是"找顾上尉!"至于这个顾上尉的模样,她倒忘记了。

与偶然乍富的情况大同小异,马家在武汉跑马场中了头彩,发财后就经营起转运公司。

也许因为马耀华转运公司具备文明世界的一些物质条件,便吸引了东北军的老少军官。比如说,地上铺着打蜡的木地板,四壁装着木墙裙。备有中、西两式客厅,中式客厅里有一套可以拼接的清代家具,价值一百个"袁大头",购自武汉某位官宦人家。还有一块镶在雕有飞龙的檀香木中的玉石,也来自败落的官宦之家。西式客厅里摆了张大桌,供宴会、打牌或打扑克之用。当时洋派人物打扑克,旧派人物打麻将。老顾打的那手好扑克,可能就是这里练出来的,使他日后穷途末路之时得以此技为生。楼上有个不要说在蒲圻,就是在当时的武汉也不多见的抽水马桶……所以马耀华转运公司名声了得。

马老爷只有一个儿子。也许因为总被父母装置在棱角生硬的全套西式服装里(即便在蒲圻镇),那孩子更显得弱不胜衣。马老爷为这惟一的财富继承人——不爱吃喝、十分内闭的马少爷,费尽了心思,为此不惜将那块镶在雕有飞龙的檀香木中的玉石,送给了某位名医。可是没人能够治好马少爷的病,他就那么恹恹地活到一九四九年。巨富的马老爷和马太太,早在一九四九年之后的土地改革运动中结束了他们的人生之旅。弱不胜衣、不爱吃喝、十分内闭的马少爷,却突然开放、壮硕起来。人们常会看到那个游荡于蒲圻镇各条小街的流氓无产者马少爷的巨大身影。早知共产党能治好马少爷的病,马老爷当初何必操那么多心?不但如此,马少爷还成了一个没脸没皮、偷吃成性、屡教不改的坏分子,并饿死在一九六〇年的冬季。即便有很多人在那个时期饿死,即便马少爷成了偷吃成性的坏分子,人们还是不太容易接受少时对吃喝那样深恶痛绝的马少爷饿死的事实。他们觉得谁都可能饿死,但无论如何也轮不到马少爷饿死。

而今的蒲圻面目全非。我却迈过一轮又一轮岁月,走进了当年的蒲圻。

出南门乘船过河,走在河岸边。萧索的荒野里,对四周瑟瑟的芦苇说,六十年前,他们正是经这里到侯王庙去赶庙会的……

于仙人观山麓之西,找到正在修复的侯王庙。

"侯王鲁肃生于东汉末年,少时与周瑜知交,后得信孙权,辅佐王业建都金陵,号东吴……初兴新邑于西泉湖畔,改沙郡为蒲圻,次建粮秣城于鲍口,修太平城于蒲首,筑七星台于南屏,联西蜀诸葛亮祭东风、借烈火,破北魏曹军,赢赤壁之战……"我似乎听见老顾对母亲这样说。

这事可真有点蹊跷,我怎么老生活在与三国故迹沾边的地方?算起来,老顾的精子该不是在蒲圻着的陆。可我怎么老觉得我本该是个铁骨铮铮的男儿汉,不知落地时如何阴错阳差变做了阴柔缠绵的女儿身。

从我行为断事多少有点男儿风范可知,我的猜想不算毫无缘由。直到和胡秉宸结婚前,我对男人一直抱着"铁骨铮铮"这种非常老套的概念。

记得零霤村小学操场西北两墙交界处有棵老桑树,我常趁着星光在那里操练"飞檐走壁"。土垒的校墙上,满布着我一脚脚、一级级蹬出来的凹槽。

差不多十天就会穿坏一双鞋。那些鞋全是母亲那双小而弱的手一针针一线线做出来的。她总是拿着鞋无奈何地问我:"你是穿鞋还是吃鞋呢?"

不论她动之以情,还是晓之以理,都没有改变鞋的状况。

我虽未学得"飞檐走壁"的本领,但不知这种无稽并始自少年的修炼,对我是否起过意想不到的影响?

走着、走着,城隍街也好,南街也好,马耀华转运公司也好,突然在我眼前凝固起来,像从冷却的火山岩浆下挖出的庞贝古城,杳无人迹。

只见穿着新嫁衣的母亲,站在马耀华转运公司的门前,迎送着前来参加婚礼的人们;或抿着嘴,抿着饱涨起来的幸福,偷眼瞟着老顾怎样应对劝酒的客人……却听不见任何声响,也看不到其他人的身影。

距他们居所不远的西城门也不可避免地拆毁了,旧址上是一栋染成绿色的医院。我投宿的招待所地基下,是当年西门外的叠秀山麓,叫做金鸡山的地方,那该是他们采花、捕蝶、挖笋之处。

难怪有位能开天眼的先生,在母亲去世后的头七对我说:"你母亲已经做完了所有的事,她该走了。她对世界已经没有多少留恋,但还没有完全离开这个世界,她还要到生前去过的地方再走一遍。现在她正走在一条河边……非常平静、非常自由自在地走着,已经没有牵挂,可能还有一点对女儿和外孙女的思念,可是也不多了……"

当时我想了很久,我们生活过的地方哪儿有值得母亲留恋的一条河?家乡村外的那条小河?柳江?漓江?渭河?都不对,那些河里,无一不掺和着她的眼泪。

可第一眼看到陆水,当即就明白,母亲是回陆水来了。在母亲的一生中,这儿,可不就是她最不能忘情的地方?别管那个叫做顾秋水的人后来怎样送她下了地狱。

对母亲来说,那时的陆水,就像一行不了的泪——一行不是因为忧伤而是因为感动、惊喜(它们将应许她多少幸福和欢乐)而涌起的,没有长大也没有长结实,因而也就不够饱满的、柔软的泪。

她之所以把本该是铁骨铮铮男儿汉的我,中途变做阴柔缠绵的女儿身,很难说与此无干。

但为什么在我看来,那却是一行不断的、肮脏的冷泪?

陆水是平和的。即便有一座水泥桥和一座木桥的畸零桥墩和桥桩,点散、残留在一带陆水之上,却像五线谱上残缺的音符,只写下了一些零散的乐句,无法成章。

对于过去,不完整可能比完整包含着更多的内容,但不论完整或不完整,都不能搅扰陆水的什么了,也或许它们从来就未能搅扰过它的什么。如今这些不连贯、不系统的符号,只能对我这样的人,断断续续、支离破碎地暗示些什么。

桥墩和桥桩的历史,不算久远。一九四九年五月二十一日,南逃的国民党为阻止中国人民解放军的追歼南进,炸毁了蒲圻铁路大桥,中断了粤汉铁路线的交通。但是国民党没能阻止中国人民解放军的南下追击,追击者紧挨着水泥桥又架起了一座木桥……

那胜利者的木桥,如今也只剩下参差不齐的桥桩,它们与失败者的水泥桥墩,组成了这些无法成章的音符。

只有冷峭的、不断穿过桥墩和桥桩的江风和江水,仍然淡定地吟唱着一首从不可追溯的久远以来就不曾断绝的、没有起伏的、单调的老歌。

我坐在陆水之岸,在江南冬日阴骨的冷风里,与那对相依相伴的桥墩和桥桩,一起倾听着陆水的低哦长吟。

而母亲和老顾举行婚礼的马耀华转运公司已荡然无存。一条新铁路,不甚必要、剖肠解肚地从转运公司正中穿过,离老铁路不过几十米。

不知人们用了多少生命和血汗,来证明这一场场交替。

只有转运公司对面老桥旁的木材厂还在。那正是一九三六年张学良将军声泪俱下,发表抗日救国演讲的地方,据说听众无不为之动容。

离去时,回首遥望陆水和像陆水一样老去的蒲圻城,我的目光突然剥去依城而建或摞在城墙之上那些只能遮风挡雨的掩体——有人把那东西叫做房子也无不可——把它还原为三国时代陆逊的粮城模样。真不愧为江南独一无二的石城!一条条青石垒筑的城墙上,偶有青铜般凝重的流影在阳光下冷然闪过,它的坚实不仅抵御着外侵,也让自己不堪重荷。

我又一次失去了母亲,那个隐秘的、在蒲圻找到母亲的幻想,破灭了。

回到北京,当夜高烧,我大概在蒲圻镇碰见了"什么",那不是三国时代兵家的必争之地吗?

4. 前廊和玄关上的顶灯,竟还是当年的。每一处弯头、每一根线条、每一小块玻璃上的花饰,无不体现着老欧洲的精致和风情。

来到地下室那供佣人居住的地方,抚摸着房门上式样老旧的铜把手,知道它还是几十年前的旧物。我和母亲在这间房子里一住两年多,她年轻的手和我的小手,不知多少次从这个把手上滑过……转身去地下室的厕所,抽水马桶依旧,只是上面结满垢石。

……回转头去,再次凝望那昏暗的走廊……清清楚楚看到病重的母亲,在那个深夜,摇摇晃晃扶着走廊的墙面,喃喃地对自己说:"我不能病,明天一早还得给二太太洗换床单呢。"

上到二、三层楼。楼道里纷呈着杂居之所式样各异的炉灶,墙面上铺排着由那些炉灶坚持不懈烟熏火燎制造的油垢,又在烟熏火燎的腐蚀熏陶浸润中龟裂起翘。如一张红颜褪尽、不得不靠浓厚粉黛支撑的脸,落魄、风尘。让我不由得想起二太太,她后来的命运如何?

在龟裂起翘的油垢下寻觅,隐约可见老墙皮的原色。

橡木上同样沾满油泥,如一支饱蘸墨汁的毛笔,随时准备落定惊叹号下那一滴墨豆。

啊,那就是我没齿难忘的楼梯!

除了油漆耐不住往来脚步的消磨,上好的橡木楼梯依然棱角分明,嵌在台阶边缘上的铜条竟还锃锃发亮,极不得体地坚持着昔日的一份奢华。当年这些楼梯和地板上的蜡,都是瘦小的母亲跪在地上一寸一寸打出来的。

还有我!

还有我!

还有我——

直到现在,地板蜡的气味似乎还盘桓在鼻腔里不肯消散。我恨这些楼梯,不,我恨那个把我推向这楼梯的人!

在楼梯上上下下,在地板上来来去去,为这一寸寸何止见证过母亲汗水的旧时相识,为何曾有人怜惜过那瘦小、匍匐在地的身影,而无限伤情。

这栋由德国工程师设计施工的小楼,这些楼梯,肯定禁得起再一个六十年的生生死死、风风雨雨。当初活在里面的人,多半都离开了人世,相信连我也活不过它们。

在"那就是我没齿难忘的楼梯"和"我恨那个把我推向这楼梯的人"的下面,不是画着一条,而是两条触目惊心的提醒线。

5. 我拿到了那张所谓"借据"的拷贝件——

收到

长江部转来福特卧车壹辆(缺电瓶)

西北军大　金仲华(印章)　六月八日

这辆为中国共产党、为抗日战争的胜利,立过汗马功劳的老"福特",就是张学良将军滞留西北期间的专车。它该是怎样疾驶在那个著名的、一九三六年西安的冬日里!

而这张写着二十九个字、长不足半尺、宽不足两寸的纸条,却也不经意地泄露了它在辗转易手中,将要面临的结局。

对街鼎有张将军的纪念馆,但,如此"福特"何处寻?

张学良将军的卫队营,已改为一所中学,院子东南角我们住过的营房地基上,建起了一栋楼房。而院子东北角张冠英老夫人的小院地基上,也起了一栋新楼。所幸院子西北角还剩有三间旧房,铺在天花板上的苇席还算完整,后墙上的一方小窗,边角也还整齐……我们当年住过的营房,大体如此。

6. 想不到,我独自一人来到胡家的老宅子。这是我们多年前的愿望,结婚以后同来这个地方,还要到富春江住些日子……

我站在破败的门楣下,向那曾经是钟鸣鼎食之家的庭院张望。

——树影迷离,有飞鸟从深处惊起,我听见鸟翅扇动的回声;游蛇遁入草丛,掠草飞走声如急雨。

已是黄昏时分,晚风在每一处残缺里萧萧穿过,起起伏伏,不绝如缕,连缀着古今不堪、不经的故事——却不对我说出一个字。

——谁人会登临意?

7. 燕已不在人世,五十三岁死于心肌梗塞。我的玩伴,那个梳着"童花头"、穿着英格兰花呢裙的小姑娘,就这样地没了。

豹已偏瘫,只能对着我呀呀咿咿不知所云。

虎在西北空军某部工作。

陆先生已近九秩,除了那件挂在书架上的千缀百补的晨袍,再也找不到一丝在老英格兰长期生活过的影子。

满地腌菜缸,满桌子塑料花、假陶制品,一堆堆里窝外撅的铝制器皿……哪里还能感受陆先生当年始创"工合"①的爆发力?

写字台下还有一双露脚趾的棉拖鞋。

见到陆夫人写于一九四九年的一封信,被陆先生珍爱地

---

① 工合,即中国工业合作协会促进委员会简称。成立于1938年春,由美国记者埃德加·斯诺与新西兰国际友人路易·艾黎等人共同发起组织,旨在建立和发展工业合作社,支持中国的抗日战争。

收在相册的透明纸下。那封信寄往瑞士的陆先生,彼时他正在联合国难民局任远东事务顾问,而夫人先行回到一九四九年后的中国,一片赤诚地动员陆先生回来。

"……只是招待所里虱子太多,床单每天并不洗换……"虱子和不洗换的床单只是顺带一笔,并没在意诸多的不惯、不适、不便,尔后将如何尖锐地呈现在他们英国积习的面前。

…………

总之,吴为的札记里有太多的线索,太多的沧桑,而且处处都是伤心的,却没有一处记载着她曾经的欢乐。

一个人怎么可能一点欢乐的记忆也没有?

三

在不长不短的日子、诸般事体都有个了结之后,吴为的眼神就黯淡滞怠起来,像是到了一部长篇小说的结尾,再也不会有情节的跌宕起伏了……

四

吴为的病情日益加重后,有一日白帆从胡秉宸又是刮脸又是洗浴又是翻箱倒柜地试装猜出,他肯定是去探望吴为。

白帆勉力做出玩笑的样子,"又是去看她吧?"

胡秉宸避开了"又",一本正经地说:"人家病成那个样子,又无亲无故,难道我不应该去看一看吗?"

"你不是说她从不照顾你的生活,才让老战友们找我说和,协议复婚的吗?现在你也没有照顾她的义务。"

这话听上去就有点得了便宜又卖乖了,胡秉宸有些变了脸色。在他和吴为婚后的生活里,白帆精心策划的那些"策反"工作,就算吴为不明白,他还能不明白?现在却说他找老战友们"说和"!

可是他也不便显出羞恼,任何一句她觉得不顺耳的话,都可能成为扣押他的理由,便苦笑着问道:"你不是个最有同情心的人吗?"

白帆的确向往做个最具同情心的人。然而同情心这种东西,像所有高尚的东西那样,禁不住实利的碰撞和摔打。

她想起胡秉宸一生对她桩桩件件的背叛和负情负义,特别在他这样浪荡一圈之后,她不但收留了他,还处处迁就,以图重修旧好,而他却不知感恩图报,现在又故态复萌干起这样的勾当,更是良心丧尽。

这样思前想后的时候,她把自己在这场旧梦重温中的形象渐渐幻化,忘记了她之所以收留胡秉宸,与青春年少时对他的迷恋已然不同,更多的是为了向吴为报仇雪恨。

更想到,如果胡秉宸和吴为的关系死灰复燃,不但仇未报、恨未雪,人们对她和吴为的说法,将面临平反后的再次平反。

鉴于以往的经验,白帆知道不能重蹈覆辙,再次将胡秉宸逼上梁山,像上次那样,反倒把胡秉宸推向吴为。

"那么我和你一起去。"白帆情急地说。

她又不是第一次面对这种局面,本该熟悉这个规则:一个三心二意的男人,根本无法把握。就像那句老话说的,你就是把他拴在裤腰带上也白搭。

吴为后来倒是懂得了这一点,对胡秉宸只好听之任之,而听之任之的结果,是招致不关爱胡秉宸的遣责。

总之,你得为一个三心二意的男人,面对两只攥着让你猜猜看的空拳头。

胡秉宸就不只有些变了脸色,而是乌云密布、风雨欲来的样子了,"你觉得这样做合适吗?"他尖声问道。

胡秉宸绝对不能容忍别人对他智商的忽略,尤其白帆这个谋划,是如此的低能和纠缠。

在这种气势下,白帆只好不甘地缴械。正在不知如何筹措之际,忽有神来之笔,算是急中生智——

她拿出二十块钱交给胡秉宸,说:"好吧,那就替我买二十块钱橘子给吴为,可是别忘了对她说,这是我送给她的。"

见白帆做出和解的姿态,胡秉宸也趁势缓和下来,毕竟他还得到吴为那里去。在与吴为离婚之后,时而到吴为那里旧情重温,这不是第一次也不是最后一次,闹得太僵,只能为以后的行动增加困难。

他接过那钱,刹那间也曾猜想,这是不是来自白帆的大度或是感激,毕竟吴为什么条件也没讲地把他还给了她。但他马上否定了这个想法。

听听她说的那句话!

如果只说到"给吴为买二十块钱的橘子",不管真假,可能得个满分;而到了"别忘了对她说,这是我送给她的",就变成了白卷——无论出于什么动机和角度,都是一张白卷。

如果不是吴为病重,胡秉宸对这句话可能忽略不计,可是现在,他从白帆的这句话里,读出了"歹毒"这两个字。

这二十块钱的橘子,不过是用来证明她对吴为的最后胜利。无论从他们的复婚,还是从吴为现在的疾病以及方方面面的窘迫来说,吴为都是他们的手下败将。

对重病中的吴为,这个已然不能称其为对手的对手,这些橘子难说不是一服虎狼之剂。

白帆的确有了长足的进步。

要是再听到吴为收下这些橘子,她肯定会觉得这二十块钱"花得其所",物超所值。

胡秉宸觉得白帆算账的方法也不实际。一生背诵了那许多马列主义的词条,行为处事却有资本的色彩 只进不出。

"又要马儿好,又要马儿不吃草"的便宜是没有的,你要想得到一个出色的男人,你就得有失手的思想准备。

世上红粉高手多多少,你就得为这个出色的男人担惊受怕多多少。

这也是胡秉宸多次开导吴为的话:"记住,你看得上的男人,也是其他女人看得上的男人;你能爱上的男人,也必定是其他女人能爱上的男人。"

对于女人来说,爱情是面对炼狱也能从容就义的行为。再说,道德能够拦住的爱情,算得了爱情吗?

吴为后来完全接受了胡秉宸的开导,所以不能不说,这也是吴为同意离婚的原因之一。

不论从哪方面来说,她已承受不了一个出色的男人。

她已经山穷水尽,为享有一个出色的男人亏空不起了。

吴为的样子是更加潦倒。

胡秉宸想起初识吴为的时光,老让他觉得像个大学二年级的女学生。不是一年级的,一年级的女学生太嫩,像只羽毛未丰的鸡雏;三四年级的女学生就有点老三老四地老气横秋,开始想到钓个金龟快婿,或是考虑一个好的出路。

再也找不回来那个健康、富有朝气、大学二年级的女学生了。

胡秉宸不能不追溯吴为的病因始自何时。也许始自和他生活的年月,也许始自和他的第一场恋爱,也未可知。

不论有意无意,在他和白帆手里,吴为有点像他们股掌之中的骰子,或者说是他股掌之中的骰子。

可这并不妨碍胡秉宸用白帆那二十块钱买了橘子,并且对吴为一字不差地转述了白帆的叮嘱。

吴为接过那些橘子的时候先是意外地一怔,也或许根本就不是意外的一怔,她那时的行为已渐虚无,隔了一阵才想起补上一句:"请你替我谢谢她的好意。"然后往沙发背上一靠,满目索然地望着他。

那一阵,胡秉宸真想对吴为说:"你不要以为她是好意。"

可他看出,不论白帆的歹意还是其他,都不能奈何她了。

更觉得她浑身上下冒着一种死亡的气息,不是肉体的死亡,而是精神的死亡。即便早年在他们恋爱处于最艰难的时期,她也不曾失去的活活生气,如今已荡然无存。

其实吴为的情况,还没有胡秉宸想象的那么严重,她不说什么,只是因为她觉得胡秉宸也好,白帆也好,她自己也好,都怪可怜见的。

这的确就是吴为考虑问题的路数,是那样地不求甚解,那样地舍本求末。

她的潦倒让胡秉宸满怀感伤,他不由得说:"你要快乐一点儿,即便我们离了婚也无法分开……而且那些日常的琐事也不再纠缠你了,你可以专心地工作,养病……"

吴为笑了一下。

胡秉宸像被火燎了一下,整个人往回一缩,即刻想起他们共同生活中那许多让吴为觉得痛苦不堪而又算不得什么矛盾的矛盾……和一个敏感的女人恋爱,可能像雀巢牌速溶咖啡的广告"味道好极了",但到底是"速溶"咖啡,一旦生活在一起,那些想得太多又死钻牛角尖的女人就成了男人的灾难。作为女人,白帆自然也死钻牛角尖,但她钻的那些牛角尖大部分是大路货,大路货的好处是有章可循,而且白帆的表述方式也比较直截了当,胡秉宸可以一目了然。吴为就显得来无影去无踪,还很抽象,像胡秉宸这样的大哉男人,又如何承担得了抽象?

还是离婚的好。

吴为那一笑也许是回应,也许是无意义,也许是心不在焉,也许是善解人意,甚至是酬对……

当然也不排除她想起了办完离婚手续那天,刚到家就接到胡秉宸的电话:"你看,你要是说个不同意离婚不就得了嘛!"

"我难道没有说过吗?与其现在这样说,你当初不提离婚好不好?就在办理手续之前,我还委托律师多次问你我们的婚姻有没有挽回的可能,你都表示坚决要离。"

· 71 ·

胡秉宸嘻嘻地笑了,"闲话少说,言归正传,你还是跟我到我们老干部局去一趟吧。"

她问:"干吗?"

胡秉宸说:"我是为你好。我们老干部局的人都说你把我抛弃了,觉得我挺可怜。其实和你离婚的事,我从来没有和芙蓉或是战友们商议过,他们一直蒙在鼓里,是我们老干部局的工作人员告诉芙蓉和老战友的,'老胡现在很可怜,吴为把他抛弃了,希望你们以后多多关心他。'所以我要带你到老干部局去肃清一下影响,你可以对他们说,'我和老胡离婚了,请你们以后多多帮助老胡,照顾老胡。'"

让吴为意外而又不意外的是,胡秉宸两处提到芙蓉和老战友。要是一个人老解释什么,里面恰恰有耐人寻味的东西。

胡秉宸是慎之又慎的人,他可能不会与他人商讨离婚计划,但哪怕只有一个人可以磋商,芙蓉绝对就是那惟一的一个,如同当年与她磋商和白帆离婚的诸多细节。

结婚以后,吴为终于明白,对胡秉宸最具影响力的,既不是他几十年的战友和同志白帆,也不是他曾经爱之弥深,并为之孤注一掷的自己。

办理离婚手续时,并没有人要求胡秉宸说明离婚原因,他却有点奇怪地一再声明:"离婚以后我准备和我女儿一起生活,安度我的晚年……"与他一向的慎言大相径庭。

看起来,像是对他的离婚目的一个心虚不实、声东击西的小策略。但世界上却没有一种算计可以包罗万象,"智者千虑,必有一失",说的正是过于精明的败笔。

她又犯了那种君臣关系间的大忌,也正是他们婚后生活中的大忌,像一个笨蛋总怕别人把他当笨蛋,并且以为这样一来他就不再是笨蛋那样不无得意地说:"轻描淡写之间,就把你们老干部局的工作人员垫进去了。这还不是你造的舆论……算了,不说了。

我不去,我是再也不会给你当道具了。"

胡秉宸最见不得吴为卖弄她肤浅的小聪明,干脆硬邦邦地直说:"那就当这最后一次。"

"从今天上午十一点起,我已经不是你的太太,你再也没有权利支使我了。不过我觉得奇怪,你为什么到处造谣说是我提出的离婚?"

"这不是把面子留给你嘛,省得别人说你被我抛弃,多不好听!"

"秉宸,我不在意好听不好听,我在意的是'实事求是'。"

胡秉宸摔下了电话。

如此心思繁重,一天到晚猜来猜去、斗来斗去的两个人,确实离婚为好。

当初,"一山不能容两虎"的考虑也是吴为对这个婚姻犹豫的原因之一,可是胡秉宸振振有词地说:"如果是一只公老虎和一只母老虎,就不成问题。"

要是他们之间仅仅是公母之分,问题可能还不那么复杂。

胡秉宸也把"性"的能量估计过高了,以为它不但可以化解两性之间的矛盾,还可以化解两强之间不能相容的对立。

谁让胡秉宸对自古以来的家庭功能突然心生不满,居然想要把它变成一个文化沙龙,把男女之间本来非常简单、非常有限、方圆不过一张床的关系改造成为清谈馆,异想天开重返时光隧道,拾起老掉牙的共同理想、语言、气质、事业、奋斗等等条件,作为择偶、配偶的要素……难道没有料到,一个具备许多"共同"的女人,可就像自己面对自己那样不好打发,不好驾驭?

而且他果真进化到能从容接受他的绝对权威、他的意志为意志的历史终结,并永不反悔?

结婚之后,他们不断因"共同"而生分歧,而且愈演愈烈。胡秉宸就说:"你愿意嫁一个什么大事都以你的意见为准的男人吗?仔细想想,那种没性格的男人你是不会喜欢的,你喜欢的是真正的男子汉,像我这样的。"

说得也对。

吴为的总体状态,毕竟让胡秉宸生出世事苍凉的感伤,所以在吴为那里的逗留,远远超过了白帆交代的只能"看一看"的时间。

他不得不对白帆佯称,回家晚是因为路上塞车。这样说着的时候,还看了司机一眼,好像在吁请司机的佐证。

可是白帆尖酸地笑着说:"你的艳福可是不浅,有个大老婆,还有个小老婆。"

胡秉宸一愣,白帆"两个老婆"的说法,与吴为从前的说法何其相似乃尔。就像她们之间有过串联,只是吴为把小老婆叫做小妾。

当吴为还是他妻子的时候,每当她接到白帆找胡秉宸的电话,总是说:"你大老婆来电话了。"

他虎着脸问:"那么你是谁?"

吴为嬉皮笑脸地说:"我是你的小妾。"

他可不又进入了另一轮循环?

不久胡秉宸就发现,他书桌抽屉上的锁被人打开过,一个里面装着吴为来信的大信封也被人拆开了。

他抽出里面的信,那一封封按照日期仔细排列的信,顺序也被打乱,还有几封更是没了踪影。

肯定是白帆干的。

打乱的顺序和失窃的信,说明了这一行为的寻衅性质。

以白帆那样漫长的地下工作历史、那样丰富的地下工作经验来说,即便偷看了这些信,也完全可以使之恢复原貌,或是不留痕迹地拷贝复制几份,何至偷窃?

可是她不,她偏不!

他质问白帆:"你偷开了我的抽屉,偷看,还偷走了吴为给我的信是不是?"

白帆不但没有一丝不安,甚至还有些得意,解恨地说:"是。"

这情绪可能来自她对那些信的读后感。

那是仇恨?得意?嫉妒?……她也说不清楚,但肯定不是理解。

那些信烫着她的手,烧着她的心,让她望尘莫及地回忆起胡秉宸和她离婚时她的所作所为。

要不是担心她和胡秉宸的新生活可能又闹出乱子,她几乎就把剩下的那些信扔进炉子里烧掉。

这情绪又可能来自历史的轮回。

胡秉宸有什么道理对她发火!

如果他没有忘记的话,当初他们闹离婚的时候,趁她不在家,胡秉宸又把原本交她归存、吴为早年写给他的信偷走了。

如果不是这样,她在那场官司里,肯定会把吴为置于无法腾身的境地。幸亏她还分散在别处两封,分量虽然差了许多,但也让吴为焦头烂额了好一阵子。

现在她重又获得了吴为的信,难道不是"天助我也"?

她接受了已往的教训,把其中可能有用的几封不但反复拷贝,还把原件收藏起来。说不定什么时候,这些信就能发挥意想不到的作用。吴为虽然病得很重,可还没有死。

这些备份分藏在不同的地方,即便胡秉宸故技重演搜出一份,还有其他几份以备使用。

胡秉宸不在家的时候,她常常翻出那些信,再三阅读、分析和研究它们的可用价值,以至烂熟于心。

当然也是在阅读、检阅自己的胜利。这种把吴为掌握在手,想什么时候出击就什么时候出击的主动,给了她极大的自信和满足。

亲爱的秉宸:

你好,九月二十六号的信收到,让我伤感,当然也感谢你说出了心里话,这是我期待已久的事。

对任何人来说,第二次婚姻本就相当复杂,加上不是一方亡故,而是感情变异而产生的第二次婚姻,这是我们始料所不及的。

人的感情相当微妙、灵敏,承载它的天平也不是一成不变,它随人们感情上的微妙变幻而不断来回倾斜。

记得当初我对你说过,我们不结婚而是同居也许更好一些。就在那时,我已从你离婚前后的许多做法中,隐约地预感到我们这个婚姻的前景相当艰难。可你那时不同意我的意见。

后来越来越明白,我们的婚姻,真不止是你我两个人的事情,当中有太多的力量在把我们扯向相反的方向,而且都是我们无法抗拒的力量,甚至可以说我们对它还有一定的亲和力。

我很对不起你,尽管我努力想要尽好妻子的责任,可我做得很不够。忙写作和出国是一个方面,上面说到的才是最根本的原因。

你的老同事曾打电话给我:有人说老胡是"妻妾成群",白帆现在还是他的第一夫人,但也是名副其实的第三者。

"妻妾成群"谈不到,但我始终觉得自己是个需要讨好你周围任何人的小妾,而结果是费力不讨好。

刚结婚的时候,我真不能忍受你和白帆、和我的多边关系。那时我很爱你,这种多边关系几乎使我发狂。

后来渐渐反省到,你原来的家才是你的生命之本,它是根深蒂固的、历史的、人性的,只有它才能给你我永远无法给你的一切。这也就是我后来反倒尽量让你与白帆相聚,并常常想到多照顾她的原因。

我们婚后的日子缺陷很多,这使我常常想到,我虽然逃脱了白帆的惩罚,但没有逃脱上帝的惩罚。所以说,生活还是很公正的。

但我感谢此生有这样一次豁了命的爱恋,我从没这样爱过,从没有一个人像你这样让我动情,以至把我一生的两性相悦之情都在这次燃烧光了。至今想起我们那时的恋情，仍然心动不已。

当然我也从没有为另一个人受过这样多、这样深的伤害和折磨，也不曾为另一个人像保护你这样，在多年漫长的时间里，独自承受了来自社会上层，可以说是最具实力的打击，做出过那样大的牺牲……这样的人生经验再也不会有了。和你这样一个痛苦多于幸福的关系，占有了我从三十三岁到五十七岁三分之一的人生。

如今我真的希望你能和白帆复婚，和孩子、孙子们在一起，再享受几年如你所说的、一个老年人最需要的天伦之乐，过一个安稳的晚年。不要说你，就是我，还有多少时日？你已经轰轰烈烈地爱过，在生命的黄昏，应该复归宁静。潮起又潮落，原是很自然的规律。

来日苦短，在这生命所剩无多的日子里，更不必在乎他人说长道短，不过要是需要我来承担什么舆论上的责任，以减轻人们或你那些朋友对你的不解，我也甘愿帮忙。

如果需要我写一个什么文件给街道办事处，我也会为你做。这样的话就不必通过法院，手续简单得多。

你还有什么要求也尽管讲，我不是一个胡搅蛮缠的人。就是你回到白帆那里，我们的爱也会永远留在我的记忆里。作为一个故事，它仍然是美丽的。

心里尽管忧伤，但人生也像戏剧一样，总是一场接着一场，每个角色也要轮换。

你说得对，谁和我在一起都没法过日子。因此我注定不能有"家"。

亲爱的，纪念我们原来的爱。

吴　为

寄自美国

亲爱的秉宸:

请原谅我拒绝了你想到机场送我的建议,原因是我很想为你和白帆重建的家园尽一份微薄之力。这也是我为什么不愿你我离婚后,你老是给我打电话的原因。

既然你已经决定回到原来的婚姻里去,就好好地和白帆过日子,再没有多少时间可以让你白白地折腾自己,还有我,还有白帆的感情了。你要珍惜她给你的这个最后的机会。

同样,我也为你珍惜这个最后的机会,自你提出离婚后,你可从我的一切做法上看出我这番诚意。我明知你和我离婚是为了和白帆复婚,但我并没有"以其人之道还治其人之身",像她当年那样——诸如拖下去就是不同意离婚,(我有这个年龄上的优势,对不对?)或是闹个丑闻,到法院、新闻舆论界、党组织,控告她是第三者,或是提出什么刁难的要求等等,这也算是我对芙蓉当年帮助我们的一种报答,对白帆当年痛苦的一种补偿吧。你该记得,过去你常对我说:"你是个厚道的人。"

当然从感情上来说,我多么希望和你再见一面,我不知道什么时候才能回到中国,更不知道我们是否还能再见,想到这里我很伤感。直到现在,我还深爱和我恋爱时的你。

在国外接到你要求离婚的信后,多少日夜想象着如何与你重建我们的感情,可是从我们恋爱起到现在,二十七年中千难万险、感情上受过的种种伤害,使我身心俱疲,如果没有你的诚意和协助,我是再没有勇气和力量来做这个尝试了。

回国后去街道办事处正式办理手续之前,不但我自己,也请律师多次问你:我们的婚姻有无挽救的可能?你都否定了。

看来我们今生的情缘已了。只好这样了。

但想到你有一个安定的晚年,毕竟还是为你高兴的。

…………

我又到穆尔河来了,小河从我的脚下温存地流过。你还记得吗,八七年春天我们到这里来过,在小河边拍照留念?

……我把照片也带来了。　　祝
生活美满!

吴　为
寄自欧洲

亲爱的秉宸:

你的信使我热泪长流。

我非常懊悔同意离婚,那是在一种赌气和自尊心作用下的同意。你当时如果态度和善些并给我些时间,听我把这些年的委屈以及造成我精神疾患的原因说一说,不会有今天!你我闹到这个地步,实在是我们性格的悲剧。

多年以前我就对你说过,我是个非常敏感而又感情细腻的人,你又总是那样多情——对旧日的,还有随时都可碰到的——而不为为你投入了全部生命的我一人所有。让我多么伤心!

说什么也晚了……

吴　为
寄自欧洲

…………

胡秉宸气得用手指点着白帆,"白帆,白帆,这些信我原想等我死后,请你还给吴为。可是你像个乡下老娘们儿,像个没文化的家庭妇女那样,偷看、偷拆我封好的信件。没想到你是这样没有风度,没有水平,你怎么干得出来这种事?看来我是所托非人了……你根本不配我的尊重、我的信托!"

白帆反唇相讥道:"你就配我的尊重、我的信任?你和吴为直到现在还偷偷摸摸见面,我要不防范一点儿还了得!"

胡秉宸大吼一声:"你带着小保姆给我回你原来的住处去!"

这一下白帆才噤声不语了。

不过,胡秉宸为什么想要在他死后让白帆把这些信还给吴为?这门心思里又埋伏着什么玄机?

五

胡秉宸一走,吴为随手就把那些橘子给了开电梯的工人。

她把这看做是一种洁身自好。

她不可能像当年白帆那样,在医院里一面嚼着她给胡秉宸送去的营养品,一面解恨地说着:"吃!不吃白不吃,反正吴为这婊子、破鞋有的是钱!"

吴为又不肯当着胡秉宸的面这样做。在胡秉宸面前,她给白帆留足了面子,毕竟白帆是他的现任太太。

此外也不能排除吴为那点小计谋,她料定胡秉宸回家之后,面对白帆的审问,不得不点滴不漏地汇报此行的细枝末节。

她的淡然处之,正是这样地把白帆远远留在了永远不能企及、不能超越的地方。

之后不久,吴为的情况就越来越糟。

算起来,从两岁开始就落在她肩上的种种责任全了结了,真到了她该发疯的时候了。

这本该应在叶莲子头上,但叶莲子没有疯,因为她肩上负有责任。一个有责任感的女人是不会疯的,就像吴为在责任未了之前也不能疯一样。

可是叶莲子把使她致疯的缘由攒了下来,这种积攒就像财富的积攒那样,是可以继承的。

这些缘由历经差不多一个世纪的化解,却一点也没损耗地传到了吴为头上,加上吴为自己的存货,她就足够地、放心地疯了。

开始,零霖村上的那片蓝天,常常幻化在吴为的眼前。

她对着那蓝天久久地微笑。那是一种无从延伸或演绎的微笑。

她也常常看到她的灵魂飞飏起来,在早已不存在的零霭村和早已不存在的丹阳观外一望无垠的塬上,追逐着老也追逐不到的叶莲子。

渐渐地,她很平稳地过渡到了能吃、能喝、能活,就是不会说话的状态,不论见了谁,不论回答谁的话,都是一句"妈妈"。

自从她能感知这个世界以来,她说过、写过多少句子?现在她全不知道了,只记住了一个"妈妈"。

她的嘴唇老是不出声地嚅动着,诵经似的。

那是她的魂魄正行走在莽莽大荒之上,边走边将自己一生的罪过,对天,对地,一一陈诉。

可是周遭连个让她可以抵消罪孽的——比如说报应,或讥诮,或辱骂——也没有。莽莽大荒沉默着,不肯舍给她丝毫赎罪的可能,她是不能得到谅解的了,尽管她的一生也是千疮百孔。

一个人,不论犯了多大的罪,只要还能用某种形式赎回他的罪,就还有那种叫做希望、赖以支撑的东西。吴为是连这样的希望也没有了,即便她不疯,还能有什么别的出路?

所以她并没有完成她一出生就睁着一双黑黝黝的小眼睛,义无反顾地对叶莲子许下的那个愿:妈,我是为您到这个世界上来走一遭的。

人们不得不把吴为送进精神病院。

在精神病院里,折腾了一辈子的吴为再也不折腾了,她的生活也终于安静、平安下来。那是世人只有到了疯狂的地步,才能得到的安静和平安。

疯子是什么?疯子是不再能构成意义。

叶莲子会不会感到吴为有负于她呢?虽然她已不在人世。

第 四 章

一

　　进了精神病医院的吴为,难免不被医生们研究过来研究过去,他们的确希望治好她的病。
　　遗憾的是,心理医学实在是近代医学中一个不伦不类的分支。以它就事论事的浅显而言,难免有苟且之嫌;对人何以失去神志的解释,也难免牵强附会。但自本世纪以来,却被人们当做治疗精神疾患的灵丹妙药。
　　凡人怎么可能解释天人之间的关系?如果没有镇静药物的帮助,可以说心理医生从未治愈过精神疾患。
　　只有弗洛伊德还想到了对梦的猜测和解析,总算靠近边缘。

二

　　医生们绝对不会想到,吴为的疯,首先和叶莲子对"生"的固执有关。

三

　　什么都不是无缘无故。
　　比如说,叶莲子和吴为住了差不多十年之久的丹阳观后面的那棵老歪槐,在吴为旧地重游之后立刻遭了雷殛。只剩下一具从正中劈裂的躯干,如一张对着天空呐喊的嘴,在声嘶力竭中,突然地、永远地凝固。

老槐树一直在等待,不是等待叶莲子,而是等待吴为的归来。

它的等待明明白白没有长相厮守的奢望,只是忠心耿耿地坚守。它坚守了几十年,不过为了再见她一面,对她有个交代。于是它的等待又有了苟延残喘的悲怆。

老歪槐在和吴为重逢的时刻说了些什么,那是无人可以知晓的。只能从吴为的札记里得知,那是一个雨天,当吴为搂着它的躯干时,它苍凉地垂下了头,一言难尽地俯视着她。雨滴顺着它的叶脉,如泪水般流下,点点滴滴扑打在吴为的脸上、身上……

老歪槐活了多少年?几百年都不止。人们只知道松柏长生,却不知槐树们也会像松柏一样的长命。

可它遭了雷殛。

它为什么遭雷殛?难道是因为它的等待?

比之让人砍伐,遭雷殛可能是一棵树最壮烈的结局?谁能知道。

无论对叶莲子或是对吴为来说,这难道不也是一个暗示?

如果说,那棵老歪槐在和吴为见过一面之后便遭雷殛是个偶然,而蒲圻镇城隍街上马永和客栈的倒塌,就应该说是必然了。

那栋二层小楼,更是从叶莲子在那里等候第二天的婚礼开始,就等待着吴为的到来。它耐心地等了半个多世纪,在和吴为见过一面、有个交代之后,才安心地去了。

和老歪槐不同,它去得十分安详。

小楼从屋脊处缓缓断裂,裂痕如春水的涟漪荡漾开去,人们甚至可以看见屋脊在断裂以及倒下的瞬间,那舒缓的笑靥。

正像吴为在她札记里写的那样,两个偶然应在一个人的身上,就有了反复论证的命定意味。

四

叶莲子没有离开老家的时候不叫叶莲子,叫秀春。

秀春是个非常通俗的名字,从这名字可以猜出,她出生在一个春天的日子。如果她不那么多愁善感,不走出老家、离开土地,也许还会有个像这名字一样庸常的日子。

也许应该说叶莲子的起点就错了,她本不该到这世界上来。

她的母亲,也就是吴为的外祖母墨荷,在秀春之前,有过三个不能成活的孩子;在她之后,又有过三个不能成活的孩子。

可是叶莲子没有参透前几个兄姊以及后几个弟妹只匆匆地瞥了这个花花世界一眼,就心甘情愿放弃这个已经一脚踏入的世界连忙转身离去的现实,非要活下来不可。

就当时来说,生育的确是桩凶险的事。但也不至于像墨荷那样,闹了个"九死一生"。

不管他人如何看待这回事,这实在与墨荷有关,似乎她和她的孩子之间有种默契。

不能不说墨荷是个非常明智、聪明绝顶的母亲,世上很少有女人如她这般挚爱自己的子女。可她由不得自己,还是得一个接着一个生育。可以想见,做这种违心的事于她是如何的痛悔。

秀春却拒绝了这个默契。她后来不是没有机会对这个错误的抉择做一个挽回,但她却一再地不肯回头。她后来的遭际,怨得了谁?

墨荷似乎也没有做好当母亲的准备,根本没有给她的婴儿提供维持生命的奶水。按她原来的想法,秀春也不会活下来。

秀春硬是喝着高粱米醭子——那发了酵的高粱米粥上的稀汤,换句话说,也就是喝着泔水活下来的;连刚煮出来的新鲜高粱米粥上的那点稀汤,也没有得到过一口。

就算秀春是个男儿,"母以子贵"的规律到了她这里,也得变成"子以母贱"。谁让墨荷那样的不入俗,按照秀春奶奶的话来说,就是"没有眼力见儿"?

她的后代也没有接受她的教训。除了自己把自己断绝、抛弃于社会的繁华之外,清高能给她们带来什么世俗的好处?

所谓社会的公正,本就相对着竞争,包括正当或不正当的竞争。更多的时候,那不正当的反倒旗开得胜。她们却对不论正当或不正当的竞争,无一例外地给予蔑视、抵制,那就只得接受社会的不公正。夫复何言!

凡如此还能活下来的婴儿,就不能不让人猜测他们的来由。

有人就说秀春的命硬,把前几个哥哥姐姐都"妨"死了,还说她的眼睛"毒"。

连她那个有着秀才功名的爷爷,更不要说奶奶,也觉得她的确有些不妥,以后母亲再生产的时候,就把她支到看不见的地方去。可是她的姐妹兄弟仍然固执己见,置叶家传接烟火的期待于不顾,毅然决然地拒绝了这个世界的诱惑。

很难说他们离去的时候,有没有掩嘴胡卢而笑。他们可能窃笑不已,因为他们把该由他们承受却又逃脱了的灾难,一股脑儿地推给秀春担待去了。

五

秀春的眼睛到底"毒"不"毒"?谁也无法考证。

本世纪初期,更不要说久远的过去,那些掩藏在深山老林、尚未被现代生活浸淫的农村、部落里,有很多这种似是而非的传说。

不过有些事情的确非常蹊跷。

至少秀春母亲离世那天,秀春事先就"看"见了的。

那天早上,看上去就是一个要死人的早晨。倒不是因为那一天老叶家的院子里一下子死了两个人。

不要以为那一日天地之间必有凶光、凶相,相反,那一日风和日丽,万物呈祥,怎么看怎么让人心情舒畅。如此情况下的死亡,是没有什么可以说三道四的死亡。

先是秀春家西厢房住着的老王头死了,没病没灾,就是一觉没醒过来。

老王头鳏寡孤独,只好由乡里乡亲为他张罗出殡。

秀春的妈妈却帮不上忙,因为她又要生产了。

一个要生孩子的女人,不能参与出殡这样的事,否则会影响死者的来世。

农村里的人更知道来世的至关重要,先不要说是轮回为猪、马、牛、羊……就算轮还为人,也不要再面朝黄土背朝天。都说"热土难离",暗中还是向往土地以外的世界。虽然外部的世界并不精彩,一旦有机会离开土地、远走他乡,还会舍得一身剐地一厢情愿闯世界。

于是她就知趣地躲在后院菜园子的草棚里,等待临产的时刻。

焦虑和烦躁,单调而持久地折磨着这个在生育上屡屡失败的女人。

她倚着草棚子里的支柱,叉开两腿坐在铺着秋秸秆的地上,不时对着太阳举起手指,审视内中的景观。手指像注满了水,肿胀,苍白,透明得可以看见一条条毛发样的血管、一片片丝絮状的肌肉。

翻开衣襟,抚摸着鼓胀的腹部……全身也肿胀得如一枚吐丝做茧的桑蚕。她想她前生一定是条桑蚕,所以才会像桑蚕那样生下很多的孩子。每次生育,她都要经历这样一个具有献身性质的、脱胎换骨的过程。这样的生育,严重地败坏了她的健康。

又将手轻按在腹部,感到了那不在期望之中来到的婴儿的骚动,想起了叶志清刚才跟她开的玩笑:"看你这个样子,别把老王头儿抬完了就抬你。"

她不很在意这个玩笑,对于生命,她既不是非常热爱,也不是非常厌恶,而是一种听之任之的态度。

也许曾经热爱过……在什么时候?一朵花的盛开和败落,实在太仓促了。

再说,她总算是个有经验的产妇,生育了那么多孩子,自己却平安无事——她笑了一下。秀春长大之后,也喜欢这样地笑——会意却无能为力,还有一点苦的回味和洒脱。

叶志清又正好探亲在家,不像往常,总是她独闯三关,万一情况紧急,能指望婆婆和小姑姐吗?

不过叶志清很快就会知道,他的这个玩笑不是无缘无故。

虽然墨荷是个乡下女人,对继承叶家烟火的重任却没有深刻的认识。可是在长春学买卖的叶志清回家探亲一次,就有一次准确的投篮。一个女人,尤其是那个时代的女人,一旦作为人家的篮筐,有什么权利拒绝人家的投篮?

至于投篮是否准确,是个技术性的问题,与恩爱无关。

何况叶志清疏旷久矣。一个年富力强的男人,一年只能有几次和女人肌肤相亲的机会,那是太残忍了。虽然有时到下等窑子去解决一下燃眉之急,毕竟一个学徒,负担不起那样的高消费,只能偶一为之。

所以就应了养精蓄锐的说法。如果仔细琢磨"养精蓄锐"这个词,就会觉得它有点暧昧,和通常的解释应用并不搭界。

墨荷出生在一溜大瓦房、热热闹闹、鸡鸭鹅狗你方叫罢我来叫的院子里。家里不但有大马车,还有长年的雇工。按照一九四九年以后的说法,必是地主无疑,而叶家大概就是贫农了。

那时候,大门不出、二门不迈的小姐,除了家里的长工,没有多少接触男人的机会。可吴为的外祖母墨荷,并没有顺理成章地和哪个长工私奔,倒是正儿八经地听由父母之命、媒妁之言,嫁到了叶家。可也不能说她墨守成规,从她行为处事的方式,看不出墨守成规的迹象。她能按着规矩嫁到叶家,也许是家里没有雇着风流的长工。

吴为的思维方式可能早有缺陷,把一生中的很多时间、力气,都花在了没有意义的设想上,或是叫做白日梦。很像《白夜》①那本小说里的男主人公。

好比她常常设想,如果她的外祖母和哪个长工私奔,根据毛泽东的阶级分析理论,叶莲子或许从小就参加了革命,或许还能成为抗日联军的英雄……

她始终不能平衡——生活里有如此多的可能,又都说天无绝人之路,而她的母亲秀春,也就是叶莲子,却为何没有一条出路?

吴为更为自己的生不逢时自谴自责。由于她的出生,不但葬送了叶莲子曙光初现的幸福生活,也耽误了叶莲子与顾秋水同赴延安的机遇。否则,一九三八年到达延安的叶莲子,完全可能成为一名革命老资格,与胡秉宸不相上下,可能比他混得还好。自己说不定也会在延安出生,成为延安保育院里的红孩子,坐在马背上的摇篮里,进了北平。

青少年时代的吴为,向往革命生涯,崇拜各种英雄,惋惜自己不曾有过献身革命的机遇,只好企盼一个机会——有朝一日伟大领袖毛泽东得了重症,她会毫不吝惜地把一腔热血贡献出来,以挽救他的生命。这也是她无数白日梦的一个。

她后来对胡秉宸的迷恋,和胡秉宸的革命经历有很大关系。有一首歌叫做《我是你终生的新娘》,对吴为来说,胡秉宸则是她终生的英雄。

吴为总是把男人的职业和他们本人混为一谈:把会唱两句歌叫做歌唱家的那种人,当做音乐;把写了那么几笔、出版了几本书叫做作家的那种人,当做文学;把干过革命、到过革命根据地的那

---

① 《白夜》,俄国文学名著,陀思妥耶夫斯基1848年著。

种人,当做革命……

这种一厢情愿和联想力过于丰富的毛病,可能来自她外祖母的那个家族。就像她的曾外祖父,把叶家聘礼上的两笔字,与家学渊源等量齐观一样。岂不知大部分情况下,会唱歌和音乐根本不是一回事;同样,会写两笔,甚至出版了很多书的人,和文学也根本不是一回事。

吴为则既热爱革命,又热爱音乐,又热爱文学。综观她这一生所选择的男人,差不多都和这种爱屋及乌的情结有关。《尚书大传·大战篇》有"爱人者,兼其屋上之乌",于她则是"爱乌者,兼其屋下之人",或双相通用。

她的热爱要是再多,怎么是好?那么她这一生更是非常、非常地热闹而麻烦了。

所幸她热爱绘画的时候,已近日暮途穷。

如果对秀春妈妈那个时代的婚姻作个普查,皆可归结为父母之命、媒妁之言的产物。这种配偶方式,使很多婚姻沦入不幸。一九四九年以后,作为解除不幸婚姻的头号理由,沿用了不短的一段时间,使一部分男人得以心安理得地以旧换新,而不像后来那样费尽周折。

以后再有人打算以旧换新,或即便不是以旧换新,而是货真价实的婚姻破裂,就"过了那个村没了那个店",一律成为《铡美案》那出戏中因中状元被皇帝招了驸马,休了糟糠之妻,又被青天大老爷包龙图铡了脑袋的陈世美。

姑且不论历史真伪,仅就戏论戏而言,距北宋包丞相处铡陈世美,已经八百几十年过去,直至如今,这一罪名仍然顺乎国情,行之有效。

不少男人都有过被打成陈世美的经验,就像后来很多人被打成这个"分子"、那个"分子"一样。

"陈世美"是什么罪行?法律条款上无处可考。就像各种"分子"是什么罪行,他们的刑期靠什么来定……法律条款上也无处可考一样。一九八〇年以前,中华人民共和国只有宪法和选举法,没有民法、刑法、诉讼法,人们上哪儿查去?就连明镜高悬的法院办案,也只好参照国民党的《六法全书》。

司法界人士不是没有尝试过制定法律,健全法制。

早在一九六二年,董必武老就负责编制法律,而编制好的法律草案呈审后,却一直未见下文。

国家主席刘少奇一九五六年又说:目前我们国家工作中的迫切任务之一,就是着手系统地制定比较完备的法律,健全我们国家的法制。

一九五七年马上遭到不可抗拒的申斥——我们不靠民法、刑法来维持秩序;人民代表大会、国务院会议有他们那一套,我们还是靠我们这一套。

而且这个堂堂的国家主席,还没等到一部哪怕不太完备的法律,一个哪怕不太健全的法制,便在"文化大革命"中被置于死地。置一个国家主席于死地的法律,根据何在?

比起"我们还是靠我们这一套",刘少奇所倡导的法律、法制什么的,是不是很天真烂漫?

更不要说一九五七年反右斗争后,批判"司法独立"是资产阶级观点,取消了法制局和司法部。一九六〇年开始,又命令公安部、最高人民法院、最高人民检察院合署办公,没有了公、检、法三者之间的相对独立,从而也就没有了各司法机构间的相互制衡。

幸好男婚女嫁方面,还有个托派分子王明起草的《婚姻法》可以借鉴。不过,谁又能指望一个托派分子,对《婚姻法》有什么科学性的贡献?

面临不论什么理由导致的家庭破裂而又无计可施的女人,至少还有《铡美案》这一出戏为依据,成为对付不管什么理由婚变的攻无不克、战无不胜的法宝。

当故事叙述到这里的时候,"陈世美"已经在一个角落里,摩拳擦掌地等待着还没有出生的胡秉宸。

即便在父母之命、媒妁之言的一统天下,也不是没有补救的办法,可是那时候的人很呆、很死性,不懂得使用"外调"这种既可翻天又可覆地,一瞬间上天、一瞬间入地的手段。

石灰窑子离叶家不过二十多里地,居然就没派人到那里外调一下:能不能把姑娘许配给叶家?

秀春的外祖父在应允这桩婚事前,不是没有犹豫过。

他不那么看重聘礼,这和财大气粗无关,只因他是个有气派的东北汉子,对鸡毛蒜皮、装腔作势极为不屑。因此他反感叶家的聘礼过于玄虚——哪怕一块土坷垃,也用红纸煞有介事、一包包地包着,一盒子一盒子地抬着,一抬好几架。

但他对此没有说出什么,只是背着手摇头又晃脑,想着怎么推诿,才能让那来说媒的、拐了八道弯的亲戚下得台面。

他这样背着手踱来踱去、摇头晃脑、思前想后的时候,不像一个地主兼猎人,倒像一个豪放派的、正在吟诗作赋的文人。更不像一九四九年以后的戏剧、小说、电影里的地主那样,獐头鼠目、心黑手辣、广收暴敛,除了租子六亲不认。

想来想去,还是一个"不好意思,不好意思"。

如他这样思维、办理事情的人,如何维持、治理、发展那样一个地主之家?实在逆反地主之常。

这时有人来招呼他,大门拍得山响,嗓门也很敞亮,和坐落在林海雪原里的石灰窑子很是相称:"人已经联络好了,明天一早上山打狍子。"一听打猎,秀春的外祖父就开始心猿意马。他最爱打狍子,家里净吃狍子肉。到了冬天,一家子人吃火锅用的狍子肉、野鸡肉、野兔子肉,全是他猎来的。

转脸看到聘礼上的那笔字,他停住脚步,寻思起来,立刻想到家学渊源。

这个窝在本世纪初石灰窑子里的业余猎人兼地主,很奇怪地迷恋上知识,这种迷恋居然使他把两个儿子送到省城,上了洋学堂。他的正屋里甚至还有一张大书案,书案上摆着文房四宝,虽然称不得上品,价格却也不菲,因为难得使用,更像一道点缀。就像后世人们有了点钱,又不懂得何为绘画艺术,就花钱雇个三等画匠,给自己画张两米高的肖像,挂在客厅或是回旋楼梯侧面的墙上,以示风雅,兼及资产的说明。

否则他也不会给女儿起了那样一个文气的名字——墨荷,与文房四宝连带的"墨盒",不无谐音之趣。既有荷,就有莲,叶莲子的名字,可能便是由此而来。

他的文明程度还表现在各辈夫妻有各辈夫妻的单独房间,而不是按照当地习俗,一大家子人按辈分顺序排列,成双捉对地睡在一张大炕上。这并不是因为他有房产钱财,当地就是有房产钱财的人家,也不一定像他这样做。

他又扭头看了看来说媒的——那个绕了八道弯的亲戚,便胳膊一甩,同意了这门亲事。

从思量着如何推诿,到一甩胳膊同意,前后不过二十来分钟,可见他是如何地胸无定见,尽管还费了一番思量。其实他的推诿根据不大,同意的根据也不大。

吴为考虑问题那种舍本求末的方式,不会说"不"的毛病,一旦面对需要当机立断的大事就临阵脱逃的懦弱,可能有根有源。

叶志清能写一点,会算一点,这大概和他父亲不但是村里惟一的私塾先生,还是个秀才有关,因此叶家又算得是村里的书香门第。

说到这个乡下的私塾先生,难免不想到孔乙己。

虽然舞台不在酒店,而在他梳小辫的当儿。

他的小辫不是每天梳,隔几天才让秀春的奶奶给他梳一次,更谈不到洗。每逢奶奶给他梳小辫的时候,总是一边梳,一边狠狠揪他的头发,嘴里还念念有词,历数他的无能、知识的狗屁以及由此殃及全家的穷困……与孔乙己在咸亨酒店的遭际,同属斯文扫地,且更加直露。

这个脑袋后头扎着根小辫,一身短打,连孔乙己也不如的乡下私塾先生,每天不过就是教学生们念念《上孟子》《下孟子》,或是《论语》。

不论怎样,孔乙己还有一件破长衫,可以去吃茴香豆,时而还可以喝上一口绍兴花雕,闲情逸致地和人讨论"茴"字的几种写法。

他呢?连讨论"茴"字几种写法如此的精神享受也不可得。他身处的环境,与人杰地灵的绍兴如何相比?真是荒漠一片,就连懂得从何处下手奚落孔乙己的人也难以寻觅,可以想知他是何等的寂寞。

全家人主要靠他的束脩勉强维持生活。所谓束脩,不过是一小袋高粱米或一小袋包米楂子,和弟子们送给孔子的一条条干肉,风马牛不相及。

墨荷延续了娘家对知识的嗜好,在她没有去世之前,一直坚持让秀春跟着爷爷到私塾去唱《弟子规》《百家姓》《三字经》《论语》什么的,"有朋自远方来,不亦乐乎""学而时习之""温故而知新"等等,虽不明白意思,却是倒背如流。这个四五岁的孙女,算是这个私塾先生的得意门生。

爷爷也很趋时,时而找些文白夹杂的新书来念,什么"天朗气清,恰日良辰,吾辈去旅行,柳暗花明,春满山城……"之类。

秀春还跟爷爷正经临过帖。这一手童子功,使她的字迹直到去世前,在手腕哆嗦、运笔难以控制的情况下,仍让吴为望尘莫及地风骨犹存。

因此秀春的爷爷,对这个不能继承叶家烟火的女孩,倒是钟爱有加。

墨荷嫁到叶家以后的生活,与昔日大不相同。叶家的屋子,下

· 93 ·

雨漏雨,刮风漏风,不下雨不刮风的时候,就从房梁上往下掉老鼠或是掉长虫。

她喂猪、喂鸡,做一大家子的饭、刷一大家子的碗,还得缝一大家子的衣服、袜子、鞋……却样样都不称大家的心。

她做得太多,就有太多的不是可以数落。她和家里的长工没了两样,分明也是一个长工。

墨荷轻蔑地想,叶家的人实在比自己娘家还会摆谱,也不知道自己没嫁过来以前,叶家人是怎么活的!

女人对女人是苛刻而锐利的。墨荷对叶家的轻蔑有多少,婆婆和小姑姐就能体味多少,一分也疏漏不了。她们就更加变着法儿折磨这个新进门的、轻蔑她们的女人。

阶级之间的斗争也好,国家之间的战争也好,政客之间的勾心斗角也好,个人之间的血债也好……总会有个尽头。杀了,剐了,抢到手了,胜利了……也就了结了。

女人之间呢?

自一八七九年的娜拉出走到现在,女权主义者致力于男女平等、妇女解放的斗争已经一百多年,可谓前仆后继。岂不知有朝一日,真到男女平等、妇女解放的时候,她们才会发现,女人的天敌可能不是男人,而是女人自己,且无了结的一天,直到永远。

严格地说,叶家算不得虐待儿媳妇,不打不骂,给饭吃,给衣穿。

小姑姐只管盘坐在炕上发号施令,闹得墨荷放下簸箕拿起筲,说喘气的工夫也没有可能太夸张,说方便的时间都没有,绝对恰如其分。

一个穷家,居然也能想出那许多折腾人的事情来!那能想出这些活计的脑袋,不是天才又是什么?

小姑姐果然聪明过人,倒也不仅仅表现在如何支使墨荷这一桩事情上。她是样样累,样样拔冲。就连她的头发是不是比他人黑,也是她的一桩心事。更不要说在墨荷没过门以前,她是村子里顶尖的美人……也就难怪她最后累得生痨病而死。

至于秀春的奶奶,只不过添了晚上抽烟袋的习惯。

喂了一天的猪,喂了一天的鸡,做了一天一大家子的饭,刷了一天一大家子的碗,缝补了一天一大家子的衣服、鞋、袜以后,墨荷别指望躺到炕上歇歇腿,去睡那世上再苦再穷的人也得睡的那一觉。她得服侍婆婆抽烟。

秀春的奶奶抽一袋,就让墨荷装一袋、点一袋,一直抽到三星上来。有时秀春的奶奶都睡了一觉,醒过来,接着抽。

一穷二白的叶家,自叶志清的媳妇娶进门后,即刻有了地主的修养和脾性。可见地主的修养和脾性以及对他人的欺压剥削,未必只和劳资关系、生产资料什么的有关。

奶奶的一统天下,直到叔叔娶进媳妇,也就是秀春的婶子进门之后,才有了较为彻底的改观。

如果说到秀春的婶婶,就必得先交代秀春的叔叔是什么样的角色,方见得婶婶的不同凡响。就好比武林中人看那对手惯于使用的家伙,便大约可知对手的路数。秀春的叔叔在村里开小杂货铺,卖个油盐酱醋。从前倒也见过世面,在大铺子里当过伙计,只因手脚不老实,让东家炒了鱿鱼。

叶家的确乏善可陈。"君子之泽,五世而斩",不要说五世,叶家连一世之泽也谈不上。那样一个老实巴交的乡下秀才,怎么会养出不是手脚不老实,就是挪用公款、被人通缉的儿子?这里指的是,不久以后买卖学成的叶志清,刚被一家银行录用,就因逛窑子挪用公款,不得不逃之夭夭那一档子事。

叔叔娶进的女人和他很匹配,"不是一家人,不进一家门"的说法,绝非信口胡言。

婶婶刚嫁过来的时候,秀春的奶奶也曾打算给她一个下马威,像制伏秀春的妈妈那样,一举制伏她。

那天奶奶也没让秀春的婶婶干什么重活,不过是吩咐她去磨豆子。

磨豆子的活计有什么累？哪家农村妇女没有磨过豆子？

可是她一上来就喝了卤水。想来早在娘家的时候,她就谋划好了。

也不是一上来就喝,而是披头散发、呼天抢地、村前村后地先跑了几圈。她一面跑,一面尖厉地号啕着:"老天爷呀,我是不能活了,不能活啦！这老叶家就是不让媳妇活呀！——"好像叶家人就跟在后面追杀。

她跑了多少个圈,村里人就跟在她后面跑了多少个圈。

乡下的日子太单调、太没有色彩、太寂寞了,尤其对于胸无大志,也就是说企图不大,却不排除心怀一点乱头的女人。

除了鸡鸭猪狗,除了干活,除了一身破衫,还有什么？

特别是冬天,冰雪封了万物,天上地下一片死白,人人都躲在屋子里猫冬,只有屋顶上那点炊烟,才袅袅地生出一点活气。

春夏之季好一点？可那景物,一辈子地看下来,也腻烦了。山从没有崩一方,地从没有陷一块,永远地依旧。人不光靠景物来陶冶,还得靠事件来激活。突然出现这样一个生动而又富有感召力的女人,谁能不跟着跑,谁能不跟着激动呢？

村前村后跑回来之后,就舀了一碗卤水,真舀还是假舀,聪明过人的小姑姐也忘了扒着她的碗查看查看。

婶婶也没有真喝,只不过把卤水碗"哐——"的一声砸在了门口,接着就是口吐白沫,眼睛翻白。一家人又是灌凉水,又是掐人中。

农村里很多女人都会这一手,不知墨荷是不会还是不屑。

想来是不屑,一个嗜好知识的人,常常不屑于去干于生计非常实惠的事,反倒会吃知识的很多亏。面对这个缤纷多彩的世界,他们最拿手的办法就是自闭,叫他们"窝囊废"也无不可。

因此,秀春的妈妈没有在这方面给她做下结实的铺垫,秀春一生凡事忍气吞声,墨荷是应该负有责任的。

穷凶极恶、从来不信因果报应的叔叔,纵身一跃掠住了婶婶的头发,稳、准、狠地像是套住一匹烈马,扬起拳头就要让她灿烂出一些颜色的时候,婶婶就像练过武功,回身就是一脚,直捣叔叔的鸡巴。叔叔立时脸色煞白,捂着肚子蹲在地上起不来了。

两口子哪有不打架的?在农村,打架就是打架,是很务实、很具体的力的较量。不像城里人,把只务虚不务实的吵架也叫做打架。

此后他们又比试了几次。在村子里战无不胜的叔叔,从此不能再拔头筹,也从此开始了败北的记录。

婶婶也没什么绝活,就是专踢叔叔的鸡巴。一个敢踢男人命根子的女人,是何等了得的女人!

男人又是如何爱惜自己的命根子!又如何为了他们的命根子,下定决心,不怕牺牲,排除万难去争取胜利!

以后叔叔见了婶婶,就像兔子见了鹰。

不谈满腹经纶,肚子里也算有些文章的爷爷,在这样的女人面前,除了仰面顿足说些"家门不幸,家门不幸——"的空话,还能指望这酸腐的穷秀才有什么作为?

奶奶也再不敢招惹婶婶,不但不敢招惹她,反倒让她制伏了。

小姑姐也再不敢吩咐她什么,只要她皱着眉头,发出一声"啊?——"小姑姐马上就含糊其词,不再重复她的指令。

可这并不等于奶奶就会对另一个媳妇手软。奶奶甚至用更加升级的办法折磨墨荷,以笼络、讨好婶婶。

墨荷本应痛恨叶家,可她最不能忍受、最让她难堪的却是叶志清的吹牛。

到了叶家她才知道,聘礼上的字是教私塾的公公写的。叶志清不过是能写一点,会算一点,和她上过洋学堂的兄弟不可同日而语。

叶志清可以嫖窑子,可以让她每年生育一个不能成活的孩子,可以让她奴仆般地服侍……虽则她心怀不满,却也说不出什么,那可不是男人分内的事?而吹牛却是绝对不可原谅。

这种痛恨,不但殃及她的后代,也殃及与吹牛有所关联或从吹牛派生出来的,比如说伪善、撒谎这一类比之杀人越货、贪赃枉法等等不足挂齿的毛病。

从墨荷开始往下,她们家的女人,对人的要求实在是太苛刻了。就连那些伟哉大哉的人物也难免不撒谎、不伪善,又何况芸芸众生?

禅月读大学的时候,正是吴为事业的峰巅,爱好文学的人,可以说是无人不识卿。有个外系的男生问她:"听说作家吴为的女儿就在你们系读书?"

禅月脸上哪怕最敏感的那几条肌肉也不曾牵动丝毫,"不知道。"她回答道。

直到大学毕业,也没几个同学知道她是吴为的女儿。

更何况吴为也不是没有伪善、撒谎的时候,比之他人的伪善、撒谎,情节可能更为严重。虽然没有混迹于贞节女人队伍的妄想,却在几十年的时间里避而不谈、遮遮掩掩有个私生子的隐情。如此,她有什么资格对他人的伪善、撒谎不肯通融?

对于叶家,墨荷最有力的反抗就是回娘家。她的娘家,因为颇具实力而非同一般人的娘家。

娘家是每个无能的、嫁作他人妇的女人惟一退身之地。虽不能从根本上解决她们的难题,总能给她们一个缓冲的机会,让她们和困难暂时拉开距离,稍事喘息。即便学至博士的现代女子,这一隅之地恐怕也是不可或缺的。

多年后秀春惨痛地想,她却连这样一块退身之地也没有。

吴为算是三生有幸,如果她没有这块退身之地,可能早已粉身碎骨。而叶莲子留给她的这块退身之地,更让人叹为观止。他人哪里晓得,吴为不过徒有一副皮囊而已,每逢由于她的任性、轻率、兴之所至……冒犯天下,又没有勇气承受世人讨伐之时,正是叶莲子撑起她的那副皮囊,替她活下来的。

她又算是不幸。偏偏在不是她的过错,不过为情所困却被逼得几近崩溃之时,叶莲子撒手而去,绝了她最后的退路。在痛失"极地"的绝望时刻,她丧失理智地犯下了足以毁灭她余生的大过。所以叶莲子一去,她也就去了,人们看到的,不过是她那副还没有败去的皮囊。

秀春外祖父家,是个山清水秀的地方,满族四大发祥地之一,谈不上人杰地灵,却称得起物华天宝。

难怪中国对外开放以后,一位来访的美籍华人作家问吴为:"你是不是出身于一个满族的贵族之家?"

"为什么?"

"看你的额头和鼻子。因为我们家是,我熟悉这种额头和鼻子。"

"不是。"她决然地回答说。

反正叶家绝对不是,叶家是从山东逃荒过来的贫农。这从她小脚拇趾外侧另有一粒大如小米粒的趾甲,就能准确无误地确定,她是那山东贫农的种。

叶莲子也从来不曾对她谈过曾外祖父的家族史。即便曾外祖父是满族的一个贵族,她也只能是贵族和贫农的杂种。人们也不难从吴为品位的驳杂,得到杂种的印证。

每次回娘家,墨荷只让叶志清送到村子口,从来不让他跟进娘家门,他也就不进。

也许是那物华天宝的地界让叶志清自惭形秽,也许是秀春外祖父家那高墙大院里鸡鸣狗叫、人声鼎沸的气势对他有种威慑力,一个只会吹吹小牛,还没有修炼到气壮山河那个地界的人,一旦面对真刀真枪,底子里先就发了虚。

也许他们两个人都觉得,关于叶家和叶志清,墨荷的娘家人还是知道得越少越好。在叶家的生活、处境,墨荷对娘家人也是只字不提,她丢不起受虐待的面子。

不让丈夫进自己娘家的门,恐怕在二十世纪末的都市也会遭人非议。而一个乡下女人在二十世纪初,就有这样的惊世骇俗之举,可见她是如何地任性好强,也可见她对叶家的报复之心——一种殃及池鱼、不算大气的报复。

当然,这和她不但不爱叶志清,也极度看不起叶志清有关。

如果那时可以离婚,像她这样的女人,非和叶志清离婚不可。

奇怪的是她也很少让秀春跟着回娘家,这很不合乎乡下女人的规矩和思路。如果说是看不起叶志清,为什么也不带秀春回娘家?是嫌弃秀春冥顽不化,不知厉害深浅非要到世上受一遭?也许没想到自己会死得那么早,觉着和秀春的缘分还长着呢。

因为墨荷老是回娘家,秀春对母亲的慈爱没有留下多少记忆。

留下印象的大约只有一两次。

一次秀春在街上玩,迎面撞上一头猪。那头猪大得像牛犊,不但把她撞倒,还把她撞得当场昏厥。墨荷以为她死了,哭得死去活来。等她缓醒过来,看到妈妈吓成那个样子,不但没有像多数孩子那样就势发挥地哭闹,大赚一把以物质形式支付的呵护或抚慰,反倒咧着没有血色的嘴,默默地笑了。

再一次就是在外祖父的丧宴上。她等不及上菜,空心吃了一瓣蒜。蒜味直捣她的小心窝,辣得她捂着心口嗷嗷叫,墨荷不知她得了什么病,急得踢倒了凳子,撞翻了席面……事后秀春觉得辣这一场也算值得。

这种为了一个无须证实的答案不惜工本的思路本就反常,而于一个仅仅四五岁的孩子,是更加地反常了。

墨荷是个美丽的女人。一个女人,又美丽,该是很不幸的。但她没有走出农村,相对来说还不算过于复杂。

美丽的女人大多任性而多情。倒不一定对他人,对自己何尝不可多情!所谓"艳若桃李,冷若冰霜"的人,可能更加自作多情,不然就像糟践了这份美丽的造化。

这个方圆几十里都数得上的美人,在乡下的枯寂日子里,何以消耗她饱满的感情?

既不能参加party,与哪个风流倜傥的男人共舞;也不能在影视上出尽风头,掠获若干崇拜者;更不可能在美术展、音乐会上与哪位趣味相投的男士一见钟情……只能自己给自己制造点欢爱,享受一下爱情的幻觉。

不要以为一个没有读过《白雪公主》的乡下女人就没有对白马王子的希冀。女人们自出生起,就在等待一个白马王子,那是女人与生俱来的本能,直到她们碰得头破血流,才会明白什么叫做痴心妄想。

要想给自己制造点欢爱,在那穷乡僻壤,谈何容易?

能够称得上华彩的片段,可能就是到了七月,过了处暑。那时候,青麻桃似的榛子壳儿,沉郁的残绿里就驳杂、斑斓、沉湎着酒红。如果没有一种自在、自信、沉醉和成熟,谁敢出此心裁、创意,把这样两种大反大逆的颜色放在一起!

那榛子仁儿也就粒粒饱满了。

墨荷就可以放下没完没了的劳作,和女人们一同上山采榛子。那是生活在山脚下的庄户女人惟一名正言顺具有休闲性质的活动。

一到山脚,墨荷就远离了伙伴,一头钻进榛子棵儿,并不急着运动两只手赶紧把榛子收归己有,而是窝在榛子棵儿里,欣赏那榛子壳儿的颜色,心里叹着,好漂亮的颜色,好漂亮的颜色啊!

再不就采一颗,愣一愣,想一想。这是采给他的,而那个他又似乎不是叶志清。

回到家里,一颗颗挑、一颗颗选,选出那最饱满的,用牙轻轻一

"垫",壳儿就裂了,榛子仁儿也就剥出来了。再一颗颗收起那些榛子仁儿,心想,这是留给他的,而那个他也似乎不是叶志清。

即便叶志清回到家里,吃光那些圆圆溜溜去了壳儿的榛子仁儿,她也不觉得是叶志清吃的。

榛子吃多了上火,有一年直吃得叶志清两眼眵目糊,鼻子直流血,可那不是她的事。

她就这样双眼矇眬、两颊羞红地想象着一个意中的男人。而那男人是如何的中意,她又是说不清楚的。

不过她的想象却混杂着颜色。一般来说,想象是没有颜色的,就像梦是没有颜色的一样。可是她的想象,常常带着处暑之后榛子壳儿的残绿和酒红,就像极少极少数的人,偶尔会在梦中梦见的颜色。

吴为后来能在十分孤绝的情况下,为自己制作、演出一些生活小品,勉力地让他人、更让自己相信,她的日子过得有滋有味,很可能是传袭了外祖母墨荷这方面的基因。

她拨弄着那些榛子,自己一颗也舍不得吃。可是还有秀春呢,她看看秀春,再精益求精,仔细剔出稍有缺损的榛子,分给她惟一存活的孩子。

秀春只能等着,从留给那个并不存在的男人的存货里筛出来的那几颗榛子。

——和吴为后来对待叶莲子以及对待禅月的态度很不相同。

这就是为什么有一天胡秉宸突然对吴为说:"我从没有得到过你的心。"

吴为回说:"你这样说有没有良心?从和你相爱到现在,哪个男人入过我的眼?"

胡秉宸认真地想了想,说:"不,不是有关男女的问题……我说不准确。"

其实症结在于,比之她的外祖母墨荷,也许还有叶莲子,还有禅月,吴为很可能对不起爱她的那些男人,严重一点说,她也许坑骗了那些爱她的男人。除了恋爱时期的短期行为,她从不能把对哪个男人的情爱放在叶莲子或是禅月的血缘之上——虽说这是两种不同的爱,并不矛盾,任何人都可以兼容并蓄,但在吴为却是例外。

她对胡秉宸的爱,只能是一种可以交出生命,却无法交出完整的心的爱,永远熬煎在非此即彼、不能平分秋色的歉疚中。并非吴为不愿或不忠实于胡秉宸,等到我们读完吴为的一生,便可知道这例外的由来。

除此之外,很多方面,吴为可能更接近这个无缘一见的外祖母。

六

西厢房的老王头和叶家一样,都是穷苦之人。方方面面的无望在日常生活中铺陈的人家,只能在他们重大的人生节目上,对无望隆重地做一次无望的补偿。

这最后的铺陈,却以喜庆的方式进行叙述,特别是唢呐的尖峭高昂,更是撕天裂地、大热大闹、大惨大烈。吹鼓手们好像不是给老王头送殡,而是有机会豁出劲来发泄一场悲喜交加。

在唢呐恣意放纵的冲击下,敏感、生来就对"过分"不适的秀春,陡然生出莫名的不安。

她才想起很长时间没有看到妈妈了。路上没有,院子里没有,屋子里没有,炕上也没有……她来到后院的菜园子。

菜园子差不多是每家每户堆放垃圾的地方。一个穷家能舍弃的东西,除了让人想到物尽其极的穷困,还能有什么?

妈妈活着的时候,种菜是妈妈的事情。这些活计,还要晚一点才轮到秀春的头上。所以秀春那时只看得见菜园子里的颜色,还看不见园子里的寒碜、败破,朽木断石、碎碗烂锅……

菜园子后面就是山。山的暗影随着太阳时而东移,时而西落,菜园子里的一切也就有了时明时暗的对比。妈妈去世以后,这里更是秀春一个常来常往的劳作之地,直到她离开这块土地。那经久的、明暗之间的起落转换,于她是好还是不好呢?

园子里种着庄稼人平平常常的菜蔬,倭瓜、黄瓜、茄子、土豆、白菜什么的。正是春夏之交,各种菜花你方开罢我登场,园子里该是有点活气的。

每到菜园子,秀春就会想,为什么除了茄子花,别种菜花大都是黄色的?豆角花倒是该红的红、该绿的绿,她却喜欢上了颜色不一般的茄子紫,也把对茄子紫的喜爱,遗传给了吴为和禅月。

后来有了喜欢做文章的人,连颜色也不放过,从对各种颜色的喜爱,去推断人们的性格,喜欢茄子紫的人,据说浪漫而神秘。这种推断,和秀春的选择其实关系不大。

秀春在菜园子里找来找去,终于看到草棚子里有张像脸又不像脸的东西,虚虚实实隐现在草棚子的暗影里。

她被那张像脸又不像脸的东西吓了一跳。

菜园子里突然有了荒凉之意,虽则菜秧子上的花还千朵万朵地开着,可就一朵朵地沉下脸,显出凋敝。

即便太阳西落时也显得轻如云黛、遥不可及的山的暗影,此时却重重地压了下来,无声地向菜园子逼近,一霎间就将菜园子和秀春罩了个严严实实。

这时秀春听见有人叫她,"秀春,是我,我在这儿。"

妈妈!是妈妈?

她走进草棚子,脸对脸地瞧着妈妈,怎么看,怎么也不是妈妈的模样。她伸出小手,迟迟疑疑地摸索着妈妈的脸,妈妈就捉住她的小手,握在了自己的手里。

何止是妈妈的手,整个妈妈似乎都化作了一缕不可把握的烟尘……

可手掌上的暖意、粗粝,却还是活生生的,依然是秀春熟悉的……她不能说那不是妈妈。

她心迷意乱……又在倏忽间感知,一个母女二人灵魂同时出窍,明明白白只能束手待毙、肝肠寸断的时刻到了。

秀春最后断定,不,那女人已经不是妈妈了。

后来她知道,这就是"走形"。所谓"走形"就是人的灵魂已经远去,留下的,不过是一副暂时没有败去的皮囊。

谁的眼睛这么"毒",能够看出"走形"不"走形"? 秀春却有这样的异禀。类似的情况,曾在,也将在她的身上反复出现。

好比为了阻断吴为与胡秉宸的情爱,几乎闹到她们母女感情破裂也在所不惜,好像吴为不是谈情说爱,而是去上断头台。

吴为多少继承了她的这副眼力。叶莲子去世后,她最担心的就是在比她年长许多的胡秉宸身上,眼见"走形"的一天,这也是她后来总是逃避和胡秉宸长相厮守的一个不大可也不小的原因。

对此,吴为又不肯、不能说出一个字,她总觉得天机不可泄露。

由此可见,吴为的胆小,不是一般的胆小,正像前面说过的那样,而是非常的小,竟然成为"活"的一大障碍。她怎会胆小到如此违反常情的地步,的确让人难以理解,以至于不可原谅。不知这是天生,还是后天什么原因造成。

像胡秉宸这种"天降大任于斯"的人,如何会想到男女之间的关系是如此之脆弱? 影响它的因素,又是如此之复杂、之繁多、之无处不在、之不胜细腻……连吴为被叶莲子的"走形",被失去亲人的打击吓破了胆,也会影响他们的共同生活。

做吴为的丈夫岂不是太难? 哪个男人胜任得了?

刚抬走老王头,墨荷就要生产了,叫志清找来接生婆,生下一个小妹妹。这个小妹妹又是一脚刚刚踏进世界,连忙又逃回去了。

可是这一次墨荷却血流不止。接生婆用了很多香灰、灶灰、炕灰去堵,用完了自己家的,也用完了西厢房老王头屋里的,血还是流个不住。她很快就昏迷了。

人们把秀春拉到墨荷跟前,让秀春可着嗓子喊妈妈,都说亲生孩子这样喊,妈妈就不会死了。

秀春奋力地喊哪,喊哪。那不是喊,而是把自己化作一条条喊叫,一声接一声从体腔里抽出。从此以后她再没有这样喊叫过,不要说这样的喊叫,连一般的喊叫也没有。不论遇到什么灾难,她倒更加紧闭嘴巴。

不但她不喊叫,吴为和禅月也不喊叫。如果说以叶莲子顶门立户的叶家有什么特别之处,就是她们不爱喊叫。

秀春不知喊了多久,墨荷才慢慢睁开眼睛。她看着秀春,费力地把嘴张了又张,那生命的残响才从喉咙里幽幽传出,那缥缈的声音,除了秀春谁也没有听到:"我都走了那么远了,你又把我叫回来了。秀春,别哭,妈不会死的,妈舍不得你呀……"

自从墨荷落入垂死的挣扎,再没有看过叶志清一眼。到了这个地步,她不但和叶志清的关系已经了结,就是和她想象中的某个男人也都了结。在那弥留的时刻,她只是眼巴巴地看着秀春,千言万语无从说起。

其实人在那种时刻,牵挂的不是血缘就是虚无。

当年白帆的六个耳光,导致胡秉宸猝发心肌梗塞,吴为总以为在他生命垂危之时,一定会像他写给她的小曲那样:"……那时节到了奈河桥上也,我也要回头强挣扎,为的是把那魂儿、灵儿、心儿、肝儿,一齐往你那边挂,那疼你的心情儿也,更是千倍万倍地大。"其实,那不过属于爱情的童话。

很可能吴为忘记或记错了《战争与和平》那部小说里的一些情节——安德烈公爵在和死神搏斗的时候,爱情既没有禁受住什么考验,也战胜不了什么——以为有了她的爱,胡秉宸就一定能够战胜死亡。

爱情不过是一种奢侈,如果有幸得到那种机会,享受就是,怎么能让"奢侈"风马牛不相及地承担如此沉重而严肃的任务?

胡秉宸能够闯过鬼门关,是他命不该绝,和爱情无关,也和医学无关。

秀春身上那件补了又补的衣衫,被浑身的黏汗透湿。

汗有那么黏滞?!秀春是把全身饮水食谷之精华所化生的津液,刹那间一总付与了抢救妈妈的生命。

她把脸儿贴在妈妈的胸口,惊魂未定地用小手抚摩着妈妈的身子,又担心搅着妈妈,又担心妈妈再次远走,不敢歇气地轻声叫着:"妈妈,妈妈——"

……难为小小年纪的她,方方面面都考虑到了。

墨荷这时才明白,围在她身旁的男男女女、老老少少,只有这个身高不过炕沿,只能捡食缺损的榛子仁儿,又不常带她回娘家的六岁小女儿,才是真真确确、一心想要解救却又解救不了她的人。

她像小河里捞出的、晾在岸上的小鱼,拼着力气对秀春嚅动着嘴唇,可这一回,却无论如何发不出声音了。

从墨荷不停地想要对秀春说点什么的样子,就不是个好兆头。

一个还有时间的人,总是把事情留待以后;一个没有时间的人,才会急着把话说完。

事情也从来不会遂人所愿,因为舍不得一个人,那注定要死的人就不会死。

她们母女二人,早在后菜园的草棚子里就交割清楚,现在要告别的,不过是那一副皮囊。

墨荷终于没有说出壅塞在嘴里的话。她流下最后一滴眼泪,不甘地半张着嘴,闭上了眼睛。

这一滴泪,和七十多年后的秀春,也就是叶莲子那最后一滴泪如出一辙。简直就是同一滴眼泪的翻版。

屋子里所有的动静,似乎在秀春扑向妈妈怀里那一瞬停顿,以便为她留下一个空隙,接纳从她腔子里喷射出来的呜咽。

她的小手无力地摇着妈妈的头,想要把妈妈摇醒。不明白那是徒劳,以为不过是自己力气太小。她张开泪眼向周围的人求救,可是人们转身准备后事去了。

该是到了一个必得挺起小脊梁骨的时刻?她只好自力更生,动用一个不过在世上混了六年的脑子,设法营救一个已然无法营救的生命。

她伸出胳膊,想要把妈妈抱进自己的怀里,也许她的怀抱可以护着妈妈,躲过这一时之灾。可是她的胳膊太短,炕头太高。她把脚后跟踮了又踮,也只能搂住妈妈的肩膀。

她爬上炕,把小胳膊插到妈妈身子下面,用尽力气向后翻仰……还是无法把妈妈抱进怀里。

她万般无奈地放弃这个打算,也许——也许可以用自己的身体,把妈妈遮挡起来?便大张着手臂扑向妈妈。可她遮挡了妈妈的头,又遮挡不住妈妈的身体;遮挡了妈妈的胸口,又遮挡不住妈妈的双腿……她的两只小手在妈妈身上上上下下毫无结果地忙碌着。

这一回,妈妈是一去不回头了。

墨荷没有向秀春兑现她不会死的承诺。

这是叶莲子遭遇的第一个不能兑现的记录。从此,她就开始了虽有开户账号,却从来不能兑现的败局。

这第一个不能兑现的记录,也就成了她第一个致命的创伤。

如果说吴为在包家遭遇的那段楼梯,影响了她的一生,那么墨荷的去世就影响了秀春的一生。

在那粗针大线、穷乡僻壤的地方,怎么会生出叶莲子这种多愁善感的人?

所以才会有她的后来:忙不迭地走出老家,忙不迭地嫁给顾秋水……

穷乡僻壤固然粗粝,外面的世界更让人难以生存。一个多愁善感的人,就只好遍体鳞伤了。

可她不走出老家,又有哪条活路可走?

连奶奶都这样劝说:"你还是跟着父亲走吧,好歹他是你的父亲。我和你爷爷也不能老活着,我们一死你怎么办?你叔叔婶婶……唉,你得走,你得走哇!"

这个吴为虽然无缘一见,却在吴为身上暗暗留下不少痕迹的女人,卒年三十有四。

吴为有数不清的遗憾。叶莲子生前,她从没有向叶莲子追询过有关外祖母的一切,让她以后连来自母亲家族的一份骨血也无处寻觅,最终不得不远上岐山,求一处安放叶莲子和自己的骨灰之地,却又不得而归。

她只知道,外祖母是石灰窑子的人。想必那是一个盛产石灰的地方,有很多烧石灰的灰窑。

不论叶家或是顾家,还有很多那两个姓氏的男人,有头有脸地过着很好的日子,奇怪的是吴为从未寻认过叶家或是顾家男人的血脉,好像她和来自这两家男性的血脉无牵无碍。甚至叶莲子过世,除了顾秋水谁也没有通知。不论叶家或是顾家的人,与叶莲子,与她们母女的死别之痛,有何相干?送叶莲子登程,只能是她们两个人之间的事。

即便通知顾秋水,也只是为了对他说那句话:"你们之间的恩恩怨怨,这回是彻底完结了。"阴狠地把顾秋水永久地钉在赖账不还的负数上。

甚至幸灾乐祸地想,在叶莲子离世以后,即便顾秋水有朝一日想对叶莲子说一句"对不起"的时候,也无从说起了。

奶奶对爷爷和父亲说:"秀春她妈是坐月子死的,不吉利,一定得烧了,要不然她就得回家闹事。"

爷爷说:"应该等她娘家来人商量一下。"

至于父亲,要说他一点不伤心也不客观,可是人一死,立刻也就成了过去。在所有的力量中,"过去"可能是最不可小看的一种力量。

"不能商量,一商量就烧不成了。还得赶快烧,她娘家人一到也烧不成了。"奶奶是那样地决绝,不管不顾,当然更不会问一问一旁的秀春同意不同意。

奶奶找出妈妈的衣服,翻了一件又一件,差不多都是补过的。嫁到叶家近十年,什么时候做过新衣?而陪嫁过来的衣服,几年来干活是它、平日是它、出客是它,不破还能怎样?只有一件稍微囫囵的衣服,可能是墨荷留着走娘家穿的。

"就是这件吧,快给她换上!"奶奶说。

叶志清找来几块薄板,给墨荷钉了一副"平板",而不是棺材。

爷爷研了墨,拣了一块好木板,给墨荷写了一个墓牌。

接着奶奶吩咐人,把院墙下那堆松木疙瘩和柴火全部搜罗干净,再让人把妈妈往"平板"上一放,抬着就往西河沿去。

秀春挑着幡儿,怀抱着一个瓦罐,懵懵懂懂走在前面。那幡儿原是根竹竿,竿头上因陋就简地挂了条白纸片,竹竿上连点白纸絮都没缠。

她一边哭一边想,怎么想也想不明白,奶奶、小姑姑和妈妈有什么仇,老把妈妈欺负得没处躲、没处藏。现在妈妈死了也不能饶,还要把她烧了,连个完整的尸首也不给她留下。可她没有办法为妈妈做点什么,也没有办法对奶奶说点什么。

到了西河沿,奶奶又利利索索地指挥着人们码柴火垛。柴火垛码得又空又高,然后让人们把架着妈妈的"平板"放上柴火垛。

本来就高挑儿的妈妈,放上柴垛之后,比平时又似乎高出许多。躺在柴垛上的妈妈好像年节的供品,虽然不知祭祀的是哪路神仙,感觉上却很神圣。

"往柴火垛四下里浇洋油吧,浇吧,浇完油就点火。"奶奶头头是道地吩咐着,从头到尾,一派大将风度。

奶奶的话刚一落音,火就从柴垛下面点着了。

起先柴火垛还怄着,泛着松柏味的青烟,然后就蹿起渐高的火苗,妈妈舒舒服服、无拘无束地躺在越燃越烈的火焰里,一点也不在意那许多人围观。

秀春眼睁睁地看着火苗得意而迅猛地往上蹿,好像它们活着的目的没有别的,就是为了将人化成灰烬,现在终于显出它们的英雄本色。

对于奶奶倒行逆施的做法,村里的叔叔、伯伯、婶子、大娘生气是生气,愤怒是愤怒,可一旦妈妈被烧起来的时候,谁的眼珠子也舍不得错一错。

人这一辈子,能有几次机会眼瞅着把一个人生生烧没了!

妈妈的衣服、头发,一瞬间就让火苗舔光了,全身一片通红又一片墨黑,接着腾的一下在火堆里坐了起来。

人群里滚动起一浪浪"嗷!嗷——"的号叫。

想不到这种号叫,比一具挺尸在火焰中突然坐起更令人毛骨悚然。人性在直面警世的死亡、死亡的审判时,这种一泻千里的崩溃,真是千载难逢。

就在那一瞬,秀春看见妈妈睁开了眼。妈妈的目光穿过围观的人群,目标异常准确,单对着她死死地望了一眼。在妈妈最后那一眼里,秀春读到很多实在不能明白的警戒。

直到多年后,当她带着吴为在一场弥天大火里逃生时,才对墨荷最后这一眼的含意有所醒悟。

而此时,她只以为妈妈疼得受不了了,伸手抓住身旁的人,指着火焰中的妈妈尖声大叫:"妈!妈——"可是没有人理会她的尖叫,连父亲也没有理会,虽然他也在眼珠子一错不错地盯着火焰中那曾经的妻子。

她转而心里央告着:"叔叔婶子大伯们,你们走吧、走吧,别这么看着我娘了,她疼得受不了啦,你们干吗非要看着她受疼呢?!"可是没有一个人感应到她心里的这份央告。

他们一直看到墨荷和那堆柴火一起化为灰烬,然后实心实意地叹息着这女人的不幸。

那一刻,六岁的秀春懂得了,悲痛是一种非常个人化的情绪,没有人会在这种时候帮她一把;也在那时起了一个不甚明了的念头:这辈子再苦、再难,大概是不能靠谁,也靠不上谁了。

这不甚明了的念头,在后来一档又一档苦难里,逐渐冶炼成为她的志气。

那坐在火焰中,和火焰一起燃烧,从一个人形一点点化为焦炭,再从焦炭化为乌有的妈妈,让秀春一生一世,历历在目。

她从此害怕了火。

吴为根本无从知道她那卓尔不群的外祖母,死后被这样野蛮地烧掉,也不可能知道叶莲子对火的这种恐惧,可她一直想要写那样一个故事:一只怕火的狗,偏偏出生在一个复活节的晚上,那是一个到处点燃礼庆火焰的夜晚。女主人一直小心照料着它,它也一直很辛苦地活着。每到复活节,主人更是把它锁入地窖,免得它害怕或是被礼庆的篝火所伤。可就在某个复活节的晚上,人们照例在山野中点起一堆堆篝火的时候,它一反常态地蹿出地窖。也许它吓得失去了理智,也许它觉得如此辛苦地活着不如就此去了,总之,一头冲进随便遇到的一堆篝火,终于死在它恐惧的火焰中。

一个人怎么会平白无故地想出这样一个故事?

散场以后,更是连个收骨灰的人也找不到,虽说烧的是死人,可人们总觉得是烧了一个"人"。乡下人就觉得这件事非常凶残,很不吉利。

到了这种时候,父亲、爷爷也尽失男人的凛凛威风,还是奶奶,勇气十足地把墨荷的骨灰敛巴敛巴,装进一个二尺多长的木头匣子,埋在了西河沿的山根下。

只有她那个在刚愎的后脑勺上颤颤悠悠的小疙瘩鬏儿,才稍许泄露出心里的虚弱。

夕阳西下,河水汩汩,山风飒飒,倒显出四周的寂寥。不知是草木灰还是骨灰,在山风中忽飞忽落地回旋,有时还扑了奶奶或是秀春一身一脸,似有无尽冤屈未曾了结地不肯离去。最瘆人的是,突然有一声声呜咽,不清不楚地随风而至。

然而那个令秀春伤痛不已的傍晚,却具有人间闹剧的性质,与乡里乡亲以喜剧的叙述方式,对西厢房老王头进行的最后铺陈,有异曲同工之妙。

刚埋下妈妈的骨灰,老姨和三舅就到了,他们没能看到墨荷的遗体,更加怀疑她的死因。

三舅和老姨一到,爷爷和父亲就不知道哪儿去了,只剩下奶奶和秀春迎战三舅和老姨。

三舅甚至挽起袖子,露出知识分子的小细胳膊,说:"我姐姐肯定是被你们害死的。"

三舅的小细胳膊,让秀春很不好意思。他哪里像是高大健硕、声如洪钟的外祖父的儿子?又好像自外祖父去世后,家道中落,他再没有吃过饱饭。

奶奶说:"天地良心,谁要是虐待她,天打五雷轰。"

三舅说:"我跟你说不着,你们家主事的男人呢?"

"这事我做的主,有话找我说。"胸无点墨的奶奶,根本没把三舅放在眼里,她对知识分子是太了解了。"百无一用是书生"——眼前就放着那么一个样板,每日里她如何整治她的丈夫,就能如法整治墨荷的兄弟。

三舅的小细脖子上暴起了青筋,质问道:"你为什么自做主张把我姐姐烧了?这事不能善罢甘休,非打官司不可。"说着,他拿起炕桌上的茶碗,本想扬手摔到地上,可是看了看那只破碗,实在不值得摔,只好不屑地在桌子上蹾了蹾,那只茶碗也就顺势一分几瓣。对着那只破碗,他想起"不为已甚"的古训,底下的事情如何进行?这只破碗使他失去了自信。

老姨把三舅推到一边,说:"别以为没有章法、没有准稿子。谁人不知,谁人不晓,你们村老傅家虐待儿媳妇,公公、婆婆、两个大姑姐,还有她丈夫,没有一个不整治人家,逼得人家喝卤水死了。结果怎么样?只得给人家摆宴席,还让人家一脚踹了。再摆,再踹。最后只好两个大姑姐哭灵,婆婆打幡儿……"老姨的发言才具有实质性的意义,不像三舅,善罢甘休能怎么样,不善罢甘休又能怎么样?

一听老姨的话,奶奶才害了怕。她不怕秀春的三舅,别看他在省里念过洋学堂,她倒是觉得这个没念过洋学堂的老姨,旗鼓相当,不好对付。

她不是刚进村吗?怎么连老傅家虐待儿媳妇的事都知道得一清二楚?

奶奶更怕老姨照着老傅家的模式,在这里一把一把地闹下去,她哪里赔得起一次又一次摆宴席,又哪里丢得起给媳妇打幡儿这个面子,更禁不起打官司的折腾。

这才忙打发秀春:"快去,快让你爸去找老赵家,就说有要紧事求他,让他赶快来一趟吧。"

老赵家是当地惟一的乡绅,就住在秀春家的后面。

在二三百户草房的村子里,突兀着老赵家的一片瓦房。

老赵家特地换上白纺短褂,外罩华丝葛夹长衫。白纺短褂袖口外翻,在长衫外折出一圈晃眼的白。

老赵家不只有瓦房、白纺短褂、华丝葛的长衫,还有话匣子……高兴的时候就放百代公司的唱片,唱片上有个狗头标志。一旦老赵家放起唱片,村里的孩子就全聚到他家门口听。老赵家也不撵,还把大门敞开。遇到谁家缺几升粮,他也肯借,还不还的倒也不甚挂记。

至于这个话匣子,日后在秀春生死存亡那个关头中的作用,却实在无法评定。

一身学生装的三舅,一见到那件长衫和长衫袖口外的一圈白纺,就知道遇见了同类,气焰马上低落下来,他觉得当着同类的面继续跳脚很是不雅。再加上叶志清悲痛欲绝的神态以及对逝者的感念之情,说到动人之处,连他也陪着伤感起来,忘记他和老姨是干什么来了。

三舅虽然是个小知识分子,却也沾染了二十世纪初知识分子那半途而废的毛病。二十世纪初的知识分子和二十世纪末的知识分子很不相同,不少人的确是"语言的巨人,行动的矮子",什么事情不会闹得很僵,不会把人闹到走投无路的地步。一旦闹僵,自己便先尴尬起来。这样的人,如何对付得了叶家的狡诈——也就是农民的狡诈?

后有智者,将希望寄托在农民身上,而不是寄托在知识分子身上,真乃千真万确的明智举措。

云过风清之后,叶家非但没有感激之心,反倒觉得这个中学教员实在无比的好笑,否则叶家如何躲过这一关?

叶家按正常程序摆了丧宴。

三舅和老姨也没有一脚踢了叶家的丧宴。而从丧宴的规模上也看不出丝毫歉疚的意味,也就是说,很不丰盛。

到那时为止,秀春只经历过两次亲人的死亡——妈妈和外祖父。

这两次经验使她明白了两件事:第一,一旦有人死亡,就是吃;第二,吃的过程,就是对逝者了结的过程。吃完丧宴,那逝去的人也就随之而去,再无瓜葛。

墨荷的丧宴,惊动了远村近邻的亲戚。

这样贤惠、整日不言不语的女人死了,总让人惋惜。

足见人们的"印象"是极不可靠的,墨荷的不屑竟被理解为不言不语的贤惠!

人终究是善良的,对一个死了的人,尤其消失得那样惊天动地,则更加宽厚。丧宴上,人们记起了墨荷这样那样的好处……就连小姑姑也说:"嫂子的脾气真好,就是一天到晚不吱声。"这显然不是误会,而是鬼祟。

丧宴上,乖张的小姑姑和平时十分不同,看上去竟有些委琐。一个乖张的人突然不乖张了,就让人觉得有些可怜。而一个老是委委琐琐的人,就容易造成视觉疲劳,反倒让人熟视无睹了。

在破衣烂衫的人群里,在缺胳膊少腿的桌椅板凳、豁口掉把的碗盏茶壶间,在刮风漏风、下雨漏雨的茅草屋里,在一床棉被盖一炕的生活里……小姑姑重新成为惟一的亮色。

但她从此一蹶不振,一直到死。人们都说她得的是痨病,并不知道于她更重的是心病。自墨荷去世后,她就担心嫂子的鬼魂回来找她。她把那个冷傲、不肯讨饶的嫂子折磨到了什么地步,只有她自己知道。

可是墨荷没有回来找她,一次也没有。一个冷傲的人,即便做了鬼,也是不肯退让的。旧账重算,不也是另一种意义上的退让?!等于把自己降为同一张账单上存入支出、相提并论的双方。

不过她还是担心,一直担心了很多年,直到临死的时候,还觉得她是恶有恶报。也许她是自己把自己吓死了。

妈妈的丧宴,和外祖父的丧宴没法儿相比。在外祖父的丧宴上,连秀春都有一席之地,更不要说席面上的内容。

秀春躲在墙角后面,远远看着这个属于妈妈,却又和妈妈无关的丧宴。

她不但关注着奶奶的一举一动,也在研究三舅和老姨。虽然妈妈已经化为灰烬,她对曾经大闹叶宅的三舅和老姨,总还抱着一些模糊的幻想。什么幻想?她也说不清楚。

席面上的菜肴渐渐凉了,人们还是板板正正地坐着,按照当地的规矩,他们得等席面上年龄最长的人来分菜。可奶奶就是慎着,她这一朝的谱儿也算难得,怎舍得让这个场面一带而过?

奶奶慎够了才抄起筷子,起身分菜。她给每人夹了一块豆腐,两个比枞树球大不了多少的豆面丸子,一撮土豆粉制的宽粉条,又盛了一小碗熬白菜、萝卜、土豆、茄子。

然后奶奶坐下,先把那碗熬菜吃了,过程庄重而漫长。

吃完熬菜,奶奶对着土豆面的宽粉条想了一会儿,好像一时决定不了怎样处置,最后还是举起了筷子。

叔叔家的孩子就在桌子跟前来回游走,眼睛溜着桌上的每一个动静,每一张咀嚼的嘴,每一双挥舞的筷子,每一碗一扫而光的菜肴……

谁说躲在墙角后面的秀春不馋?她只是知道克制。

一年到头,只有正月十五以后,才能分到一个从供桌上撤下来的白面馒头。那从初一供到十五的馒头,如果用来砸人脑袋,肯定一砸一个包。

秀春不像堂兄弟们,三口两口就吞了下去,她舍不得吃,而是用白菜叶子包起来,实在馋得受不了,才打开白菜叶子啃一口。白菜叶子并不能使干硬的馒头有所改观,馒头仍然干得啃一嘴就掉白渣,并一日日毫不留情地越缩越小,直至一粒白渣也不会剩下。而她正是如此庄严地为那馒头完成了一年一度的仪式。

成年以后,吴为不但到了城里还到过西方很多国家,见到了中国以外的花花世界,难免会想,生在一贫如洗的乡下,不可能受到更多礼仪熏陶的母亲,怎么言谈举止、穿着打扮的品位却有大家风范?想着想着,思路就奔向那个未曾谋面的外祖母。

秀春以为,在那样一场大闹之后,三舅和老姨什么也不会吃。谁知他们和大家一样,吃也吃了,喝也喝了,虽然一直皱着眉头。

秀春就想,这个弯子如何转的?一定把他们难为坏了。

吃完土豆粉条,奶奶从大襟里掏出一张早就准备好的白菜叶子,大大方方把白菜叶子摊在桌上,小心地把那条 寸宽、二寸长、半寸厚的豆腐,还有那两个比枞树球大不了多少的豆面丸子放在白菜叶子里,又轻手轻脚地把它们包成一个方方正正的小包,随后站起身来,这丧宴就算是吃完了。

· 117 ·

奶奶东张张、西望望,看见了躲在墙角后的秀春,就朝秀春走了过来。她拉起秀春皴黑的小手,把那白菜叶子包着的小包,放进她的手心,又转眼看了看两个紧凑过来、馋得眼睛里几乎长出一对钩子的孙子。

可是她得把这个白菜叶子包着的小包给秀春,这是秀春她妈给她挣的,谁也不该拿了去。

以后,这样的事就不会再有了。

秀春抬起小脸,呆呆地望着奶奶。现在,她只剩下这个无穷无尽地折磨妈妈,无论谁劝也不行,一意孤行非要把妈妈烧了的奶奶了。

她那呆呆的、没有泪的小脸,看上去比泪流满面还让人伤情。

可是奶奶并没有为此生出些许的歉疚或是懊悔。她不懊悔也不歉疚,无论是对墨荷的折磨,还是一把火把墨荷烧了个灰飞烟灭。

她只是想,从现在起,她又得多照顾一个孩子。在几个差不多大小的孙子中,她并不最疼秀春,只是秀春没了娘。

白菜叶里的豆腐和豆面丸子,还有点温手呢。秀春吸了吸鼻子,嗅见了它们的香味,这就是妈妈和她最后的牵连了,也是妈妈最后留给她的、他人不可夺的一份特权。

她把那小包攥在手心里,又把目光转向三舅和老姨。

她等着,也许三舅和老姨会走过来跟她说几句话,可是没有。

三舅和老姨吃完了席,抹了抹嘴,不再说什么,也没想着看她一眼,沉着脸子走了。

从前她不懂,也没有过这样的等待,现在她很想有人对她说些话,不论说什么都行。她不知道,这是不是叫做需要安慰?

二姑父和二姑也要走了,在穷亲戚们一片艳羡的目光中,二姑父开始套他高头大马的马车。

二姑一面搓着她冰凉的小手,一面悄声悄语地说:"我走了,过两天我来接你。"

这是妈妈死后,秀春听到的最疼她的话。

马车套好了,二姑上了车。二姑父把车前头的棉布帘子掖了又掖——二姑坐月子还没满月呢,可别着了风。

奶奶、婶子、小姑都说:"瞧她的命多好,嫁了个男人不打不骂,有饱饭吃,还这么疼她。"

秀春傻傻地看着二姑父赶着马车走远了,也傻傻地等着二姑来接她。

二姑坐在马车上,一面往回走一面对二姑父说:"你说怪不怪,秀春她妈走的那个时辰,我正似梦似醒地靠在棉被垛上,忽然就看见秀春她妈从后窗进来了。这和她平时的斯文很不一样,我觉着挺奇怪,问她:'嫂子,你怎么不走前门?'秀春她妈哀哀地叹了一口气,说:'你们家大门口有狗啊……我来不为别的,我要走了,拜托你好好照顾我的秀春吧。'家里的人,倒是我们姐儿俩的关系最好。我觉着是个梦,可是没过一会儿就有人来报丧,秀春她妈果真去了……"

二姑父说:"既是这样,咱们就尽力照顾那孩子吧。"

他们没有辜负墨荷的嘱托,隔些天,就把秀春接去住些日子。二姑父还到地里抓些青蛙糊上泥,埋在火里烧给秀春吃,或是下到河里抓些鱼,给秀春烧着吃。

二姑父不大像庄稼人,庄稼男人是不顾孩子的,何况秀春还不是他的孩子。

有一次秀春没等二姑父来接,自己就跑去了。

她一面跑一面哭,哭她家的那只大黑狗让叔叔给勒死了。她是太伤心、太伤心了,自从妈妈死了以后,她还没有这样哭过呢。

叔叔把大黑狗放在锅里,下上葱、下上姜、下上酱油,卤了出来放在房顶上冻着,吃一块切一块,片成薄片下酒喝了。

一家子人都跟着吃啊!

叔叔家的人怎么就这么狠,这么狠呢?

大黑狗跟了他们多少年？

小铺里丢了东西,怎么找回来的？叔叔醉倒在回村的野地里,谁回家报的信儿？是谁咬死了老到鸡窝里叼鸡的黄鼠狼？……他们怎么就下得了嘴吃它！

从今以后,谁还能在妈妈的小坟头前陪着她？天色晚了,谁还能到西河沿去接她？她挨了婶婶叔叔、堂兄弟们的打骂,谁还能到后菜园子的草棚里找她,拿爪子挠挠她？

春天风多,把门刮得咣当咣当响,叔叔就说门是她摔的,扬起拳头就揍她。

一家子人,数她进出门的次数多,一会儿她得喂猪,一会儿她得喂鸡,一会儿她得去捡庄稼,再不就得去捡柴火……干活回来,又累、又渴、又饿,没有吃的,喝口凉水也好。可是一刮风她就吓得不敢进家,不管风多大,只能蹲在背风的墙脚下挨着……那时,还有谁能卧在她的腿跟前来暖和暖和她？

她饿,她饿极了。

自从妈妈死后,除了叔叔婶婶、堂兄弟们吃剩下的稀汤,从没给过她一顿干饭哪。就是老赵家,农忙的时候还给长工吃顿干的哪。

叔叔婶婶说:"你知不知道报恩？小小年纪就会苦着脸儿给我们看,我们够对得起你了。瞧瞧你爹,偷了人家银行的钱,警察局到咱家来抓人,让东邻西舍说三道四现不现眼！他倒好,一跑了事。跑了和尚跑不了庙！你爷爷,还有我们,都得替他顶债。要不是你爷爷东借西挪地给他还债,警察局指不定把我们都得抓了去！说是爷爷借的债,我们还不是都得跟着受穷……"

秀春就觉得,银行的钱是她偷的,他们的话,一句一句,巴掌样地打在她的脸上。

对于父亲,她似乎都说不清楚他的鼻梁是高还是低,眼睛是大还是小。她总共见过他多少面？想不起来了。

是啊,她还不该喝稀汤！

堂兄弟们还把高粱米粥上凝的那层皮卷了咸菜,一面对她吧唧嘴,一面说:"好吃,好吃,真好吃!"

知道,她知道。那东西真是好吃,妈妈活着的时候她吃过。一旦成为回忆,就更加好吃了。

可现在,她就是饿得前胸贴后背,也不会瞧它一眼,更别想让她开口向他们讨。

即便妈妈活着的时候也没教过她,对孩子的教养,墨荷还没有那样的高瞻远瞩。

秀春是个天生要脸面的孩子,就像凑巧长在房檐下的小草,不过是凑巧长在了房檐下,便躲过了那一点风、一点雨、一点雪的粗暴……

再说父亲……她哪儿还有脸对人说她饿?

就是稀汤,也不能顺顺当当喝下去。她刚端起碗,婶婶就催了:"快吃,快吃,吃完赶快刷碗去!"

她一面喝汤,叔叔和婶婶一面拿眼睛白她,小小的她,宁肯饿着肚子把稀汤放下去刷碗。刷碗有什么不好?至少可以躲过他们的白眼。

她踮着脚跟,够着灶台,身子探进大铁锅,只剩下两条小腿搭在锅台外面,好像要一猛子扎进锅里游泳去。

还没刷完碗,婶婶又说:"快,喂猪去!"

喂完了猪,婶婶说走了嘴:"做饭去!"

叔叔说:"这她怕是干不了的。"

婶婶一拍脑门儿,说:"哦……她妈那些活儿,早晚她得接过手去。"心里就算计着,墨荷留下的活计,秀春什么时候才能都干上。

下活有什么难?秀春都能受,即便隆冬腊月的清早或夜晚,三番两次到外头放鸡或是赶鸡上架,冻得浑身僵直,回到屋里两条腿好半天打不过弯、爬不上炕,她也不甚在意。

她最难过的是,堂兄弟们拿着棍棒追打她的时候,奶奶因为害怕婶婶,不敢干涉。不敢干涉也就算了,反倒拦着左右奔突、跟跄逃遁的她,说:"让他们打几下,就让他们打几下吧!"

这是为什么?!

她不能说,也不能问。

从六岁开始,秀春就知道有理也不能争辩。渐渐地,不要说是争辩,就是有理也说不出、说不清了。

后来的后来,顾秋水每每看到她那张口结舌的样子,不是更加同情,反倒更加肆无忌惮地酷虐她,"瞧她那个窝囊样儿,看了就惹气,就让人想给她俩嘴巴……"顾秋水如是说。

只有夜里,当她偎在奶奶身边,听着奶奶一声声万难也挡不住的呼噜时才会想:为什么没娘的孩子这么苦?也就是想一想,第二天起来,继续张口结舌地挨叔叔婶婶的打骂、白眼,往大铁锅里扎猛子,两条腿冻得打不过弯、爬不上炕,被堂兄弟们追打……

但是到了晚上,能够躺在炕上这么想一想,自己也就安慰自己了。

这个扎条小辫,穿得破破烂烂的小女孩,老是拖着一个比她还高的耙子,或是老挎个破篮子,不是割猪草、挖野菜,就是捡柴火,喂猪、喂鸡……

即便到了冬季,男人女人、大人小孩都躲在家里猫冬了,还常常看见她独自个儿,空心穿身破棉裤、破棉袄,或拖个耙子或挎个破篮子,走在村里村外的小道上。棉袄的袖子、棉裤的裤腿,又窄又短,露着手腕子和脚腕子。那手腕和脚腕冻得青紫,看上去像是两条无论如何与手腕子、脚腕子也搭不上关系的朽木棒子。

村里的大娘、婶子,一看见这个因为老是饿肚子,长得又干又瘦的女孩就叹息:"可怜的孩子,妈妈死了,爸爸又在外边,无依无靠没人疼。"

奇怪的是她的小辫却很粗,那一头丰满、青皂却又泛着褐金色的头发,在从不悭吝的阳光下,泛着耀眼的光泽,尤其在破衣烂衫的衬托下,非常醒目。

可这一头亮丽的头发,很快就会一根不剩了。

叔叔扒拉着剔下来的筋筋脑脑的狗肉说:"给你肉你还不吃,不吃就饿着。"

她就饿着。除了爷爷偷偷塞给她的那块土豆,连稀汤也喝不着了,可她再饿也不能吃大黑狗啊!

这一回,她只好不等二姑父来接,就到二姑父家去讨口。

她跑啊,跑啊,穿山过河的。

她饿得眼花腿软,冻得上牙磕下牙,磕得嗒嗒响……觉着自己跑不到二姑父家,就得一头栽倒在野地里。

山风从她的裤腿底下钻进去,穿过她空心穿着的小棉袄和小棉裤,拍打着她的前胸、后背,然后再从领子那儿蹿出去。

她的棉袄和棉裤硬得像是做鞋底的铺衬,风一掀也好,手一动也好,它们就咔叽咔叽地响。

那也叫棉袄棉裤?里面絮的棉花,何曾连成过片?一疙瘩一疙瘩的,只有指甲盖那么大。每逢家里人吃饭,她躲在一边候等剩饭残汤的时候,棉袄里的那些棉花疙瘩就陪伴着她。她一面呆呆地倚在犄角旮旯里,一面用手掌摩挲着那些贴心的棉花疙瘩。那些棉花疙瘩于她来说,就像那些有福气的人,一旦感到孤独跟前就会有的那个贴心人。她熟悉那些棉花疙瘩,知道每个疙瘩中间的窟窿有多大。她能指望这些像她一样没依没靠的棉花疙瘩,在二十世纪二十年代、哈口气就成冰的大东北,给她挡风又驱寒吗?

二姑父家虽然富裕,也是多兄弟的一个大家,秀春住长了,兄弟妯娌们难免没有意见,拐弯抹角地编派二姑……为秀春,二姑听了不少闲言碎语。

待秀春长大一些,懂得了不能让二姑为难,就不再往二姑父家跑了。

她特别爱上了到山里搂柴火的活计。

树林子里有的是野菜、蘑菇、软枣、野山梨、山里红,还有黑紫色的野葡萄……

鸡心蘑菇最好吃,真和鸡心差不多,又红又白的,但是太少见了。"黄米团子"蘑菇最多,又黏又不好吃,那她也一个一个接着往嘴里塞。榛子蘑长在榛子秧下,又瘦又弱,黄惨惨的,像她一样地不顶劲儿……还有榛子,她跟妈妈不一样,榛子对她只能是充饥的食物。

吃完了蘑菇吃野菜,吃完了野菜就吃野这个、野那个……她吃得很匆忙,不等这一口嚼完,下一嘴就进去了,她……她还得向家里交代她干的活计呢。

因此,山里的景色,让她一辈子回想起来,都是最美的、最美的,而家乡的小山冈,是她最爱的、最爱的。特别是秋天,树叶子染尽了颜色……可是过了秋天,山里还有什么可吃?冬天饿得就更狠了。

二姑见她瘦得可怜,厚着脸皮,忍着家里人的闲言碎语,又把她接过来。只有在二姑父家,秀春还能吃口饱饭。

多年以后,二姑父被划为地主,他没有禁受住贫下中农的斗争,在马厩里上了吊。

上吊之前,明知那些牲口马上就要易主,还是把它们饮好了,喂饱了。那天晚上,他把草料切得格外细,豆料放得格外多,还特别拍着那匹老给他驾辕的红鬃大马的脖子说:"伙计,对不住啦!"

他没有对家人暗示什么,也没有在马厩里悲悲戚戚地哭上一场,他死得平平常常,无惊无乍,就像每天早上扛了把锄头到地里去种庄稼。

只是他在把绳子套进脖子前,扭头看了看那些牲口,又想了想,二姑姑死在他的前头,是三生修来的福气,也省了他的心,除了那些牲口,没有什么需要交代。

他连自己的子嗣都没有想,更不会想起,曾经有一个让他格外怜爱的,叫做秀春的小姑娘。

二姑父死后三年,已经当了人民教师的叶莲子,特地回到家乡看望二姑和二姑父。

比之她还是秀春的时候,今非昔比地翻翻出很多亲戚、子侄。要是那时他们当中能有两三个认她,不求全部,二姑和二姑父也就不会为她担待那么多闲言碎语了。

叶莲子是省吃俭用的,不过一个小学教师即便省吃俭用,又能攒下多少钱?这些翻翻出来的亲戚,这个三块、那个五块,却无一疏漏。

物是人非,江山依旧。她最想报答一二的二姑和二姑父呢?却不在了。

那一年,她还不懂得绷紧阶级斗争那根弦,还没有受到"千好万好不如社会主义好,爹亲娘亲不如毛主席亲"的教育。要是再过几年,她很可能不会冒这样的风险,千里迢迢回去看望连爹娘也不是、已经划归阶级敌人的二姑和二姑父了。世上多少恩德旧情,就是这样地风吹云散,一笔勾销。

六岁的秀春,就这样打着游击混饭吃,到二姑家住几天,在奶奶家住几天,却偏偏没到自己姥姥家去。

奶奶对秀春说:"你姥姥可坏了。"

奶奶和姥姥这一辈子见过几面呢?也就是一两面吧。

秀春就相信了奶奶给姥姥做的这个结论。

真是的,要是不坏,她这样悲惨地饿着肚子,姥姥为什么不来接她?

秀春的姥姥想没想过女儿留下的这一根独苗?有时也想过。可秀春姓叶,是叶家的人。她管得了吗?自己嫁出去的女儿还是泼出去的水呢,她能怎么样?不也是在叶家死受?何况隔着一代的又是一个女儿家。

反过来说,秀春饿急了眼能往二姑父家跑,怎么就想不到往外祖父家跑?

二十世纪初就成为中学教员的三舅,该是何等有学有识？连老姨的儿子,也就是秀春的表哥,日后还要到北平读大学,秀春也将会在北平与读大学的表哥相会,表哥还实心实意地想要帮助她改变生活。

秀春是错过了外祖父那样一个有产、有业、有知识的家族了。

但事情也很难说,如果她真去投奔外祖父家,那么再过三十多年,她肯定会因为外祖父家的高墙大院、鸡飞狗叫、雇着长工的日子吃尽另一种苦头,闹不好还得眼看着外祖父家的什么人,像二姑父那样上吊。

苦海无边。人反正得受罪,不受这种罪,就得受那种罪。

秀春没有哭得很久。

有多少乡下人能平平安安活上一段较长的日子？生就生了,死就死了,谁会为此思量很久？

她也不懂得什么是痛苦,只是寡言少语,像是丢了什么东西。老找、老找,找得恓恓惶惶,可又不知自己找的是什么。

一个人一旦成为孤儿,同时也就成了一个多余的人,或是说成了一件寄存在他人手里的包裹。因为转手又转手,谁也不记得那包裹的主人了,想到有一天也许有人来认领,只好很无奈地收存着。

孩子们不再找她玩耍,好像她一下子跌了身价。

她也不再找他们玩耍,更不愿到别人家里去,免得看见人家有个妈妈。

她总是独自一人,来来往往。

她感到孤零零的。

孤独于一个没有长大成人的人,真是不好对付。

秀春还得等上很久,一直要等到老年,历经残酷的磨砺和适应,才能坦然承受它。

人到了能够承受孤独的时候,差不多也就修成正果了,可也到了应该回到来处的时刻。

趁着出来干活的时候,秀春顺脚就会拐到西河沿。

她不去西河沿又去哪儿?

那少有人迹、埋着妈妈骨灰的西河沿,才是她的家。

除了秀春,再也没有人来照看过墨荷的小坟头,连叶志清也没有,这也算不上对她特别的冷落。

时不时拔拔坟头上的野草,时不时用小手捧起一捧捧黑土,一下下拍在妈妈的坟头上。坟头上倒是黑土常新,可就那么薄薄的一层,小风一刮,又刮走了。

风霜雨雪很快就把墨荷的小坟头消化了。那样小的坟头是不禁消化的,何况西河沿的风霜雨雪比村里的更加凶猛。

坟头上的墓牌也歪斜了,秀春只能把它扶扶正,再捡块石头把它顶住。

墓牌上的字迹也渐渐模糊了,秀春也不懂得让爷爷把牌上的字重新描一描。

再不,就翻出妈妈给她做的那些鞋,看了又看,试了又试,悄声叹息着说:"给我做了那么多鞋。"然后再一双双仔细包好,收起。

妈妈是不是早知道自己要走?要不,为什么给她做了那么多鞋,一双比一双大一点,让她在妈妈死后还穿了很多年。

特别在旧历年节,秀春总要换上一双妈妈给她做的新鞋。那些新鞋,点缀着她方方面面寒碜得无法与人言说的日子。

她那张小脸上,写满了无头无绪的忧伤。可那毕竟还是一张孩子的脸,在无头无绪的忧伤中,又有一种矛盾的错综。好比爷爷给大家分发那半块豆腐乳的时候,她就会对着爷爷一笑,脸上飞闪过一个难得的灿烂。那一笑,特别为着爷爷待她和待别人一样。

等到叔叔婶婶把饺子一碗碗让堂兄弟们吃个够,然后才轮到她那一小碗的时候,她总是端起饭碗转身躲到炉灶后头,刚夹起一个饺子,眼泪就刷刷地往下掉,好像攒在心里的苦楚,全让那个饺子招呼出来了。

可她随即又想,过年可真好,连人都一起变好了,连婶婶都给了她一碗饺子呢。看看筷子里夹着的那个饺子,秀春一转眼又笑了,一脸苦涩的皱纹也立刻回到原处——不是忘却也不是消失,而是收拾收拾打好包,放回了原处。

倒腾妈妈给她做的那些鞋,到西河沿收拾妈妈的小坟头……秀春就从这里开始,寻找对付孤独之道。

七

墨荷还是回来了,但她没有闹事,她只是放心不下秀春。

给妈妈办完丧事,秀春就睡在了奶奶和爷爷的中间,她想念妈妈也害怕妈妈,人一死就不再是原来那个人而是鬼了。

从爷爷奶奶往下排,应该是父亲、母亲——如果母亲还活着,父亲不去长春学买卖的话。再往下是叔叔婶婶,要是她有个哥哥,结婚以后就排在叔叔婶婶的后面,所有的炕,就这么一辈一辈,一个对子一个对子地往下排。要是哪个人睡死了觉,一个糊里糊涂的翻身,很可能翻到另外一侧,组成另一个对子,多少故事,就是从这个队列里阴差阳错地排列出来的。

每天晚上似睡非睡的时候,秀春总是看见母亲从后窗进来,她在梦中直着嗓子大叫:"妈妈,妈妈!"全家老少一齐被她惊醒。

她还看见妈妈拿起她地上的鞋,说:"唉,还能穿多久?"

妈妈坐在炕沿上,一下下摩挲着她的头顶。

她说:"妈,我饿,我冷。"

妈妈就吧嗒吧嗒地掉眼泪。

除了她,全家人谁也看不见墨荷。

奶奶害了怕,心里暗想,这是墨荷恨我把她烧了呢。

还有一个人最为害怕,那就是秀春的小姑。

叔叔和婶婶说:"找个跳大神的来镇一镇,施施法就好了。"

请来一个跳大神的,整天接神送神,一蹦三尺高,摔在地上也摔不坏。大门上也贴了镇符,可是秀春照旧看见妈妈回来,相安无事地看看秀春,并未加害于谁。

叔叔婶婶也就不再请跳大神的。

不论墨荷回家,还是到二姑姐那里去托孤,总是从后窗进屋,可见死了的人和活着的人到底不一样了。

八

何止这些?连外祖父去世,也是秀春先"知道"的。

墨荷很少带秀春回娘家,所以秀春的印象格外深刻,更不要说四岁那年的初冬。

妈妈、舅妈或是小姨们都跟着外祖母在上房学绣花,她一个人躺在东厢房的炕上和狗狗玩耍。只见狗狗一个腾跃下了炕,然后地当间儿那个铜盆猛的一声响,吓得她大声喊道:"妈妈,妈妈!"

妈妈和小姨们赶了过来,一看,铜盆里有个枪子儿,拿起来攥攥,还热着呢。

她们拿着枪子儿来到上房,外祖母一惊,说:"哟,还是热的呢!"就问秀春,"哪儿来的?"

秀春也说不清楚。

女人们面面相觑,觉得那枪子儿来得个怪。

不一会儿,猎人们就把外祖父抬回来了。四个汉子费力地捯腾着脚步,频繁地调换着肩膀上的杠子。

外祖父的皮背心敞着,肚子里的黄油都流出来了,还有那么多血。秀春从来没见过那么多的血,她的眼睛好像就是为了看着亲人的血如何流尽而生的。不到两年以后,她又亲历亲见妈妈由于失血过多而亡故。

猎人们说,下山的时候外祖父走在前头,突然听到一声枪响,他们急忙往前赶,一到下面就看见外祖父已经倒在地上。赶紧把猎到的山鸡破了膛,糊到外祖父的伤口上,可是不管事。离家又远,山路又陡……抬到半路外祖父就咽气了。

有个猎人后来想起,外祖父下山的时候,是拖着猎枪往下走的,枪口正对着他的后腰。这在一个猎人是万万不可的,他又不是不知道,没想到猎枪果然走了火。

明知是禁忌,又绝对没有自暴自弃倾向的外祖父,为什么还要那样做?不是鬼使神差又是什么?

外祖母伤心是伤心,可她又说,外祖父最爱打猎,他是死在自己最爱的事情上了。这么一想,也就不那么伤心了。

外祖父的丧事很铺排,家里大发送,闺女、姑爷都回去了,放了"七七",喇叭奏乐,老道诵经,院子里整天都是敲木鱼的声音。

秀春原是跟着妈妈走娘家,没想到变成了给外祖父出殡。

小小的年纪,就跟着妈妈上了席面。外祖父的丧宴,于她是最为豪华奢侈的一次经历,以后再没有见过这样的排场——不论是跟着顾秋水还是跟着当了作家的吴为。

吊唁的人来人往,灵堂里灯火辉煌,四周挂满白色的幔帐。右边跪着女眷,左边跪着男眷。

烧纸烧香,杀猪宰羊,灵堂里哭灵,灵堂外谈笑。

各种声响充填、响彻在那一片山谷的上空。

又在烧炕的烟筒旁撒上细灰,等着外祖父回来"望乡"。

人们在烟筒旁守了几天,也没守到外祖父回来"望乡",只好歇的歇、干事的干事去了。

偏偏秀春在炕上玩"抓子儿"的那一会儿工夫,细灰上就有了牛脚印子。

不是耗子的脚印,也不是兔子的脚印,就是牛脚印子。外祖父的属相可不就是牛!

于是家里人就怪怪地看着秀春,说:"哎呀,墨荷呀,你这个闺女可是有点儿怪。你说那枪子儿……"

妈妈就说:"咱家跟前不是有个庙吗?准是那庙里的仙姑把枪子儿送回来了。再不就是狐仙送的信儿。"

"是这么回事吗?可那'望乡'的脚印子怎么说?"

"赶巧了吧。"妈妈嘴里这样分辩着,眼睛却不知是得意、是好奇、是忧虑、是神秘地看着秀春。

九

叶志清很快又说了媳妇。

这和移情别恋无关。谁也不应该指责他那么快就忘记了墨荷,那样的指责既不人道,也很矫情,总不能要求一个对"性"相当务实的男人,去效仿"抱柱"那一类矢志不移,类似《天方夜谭》的神话。贾宝玉和林黛玉也不过是个故事,闲时读着解闷倒是好的;对情窦初开的人,不失为一个层次较高的范本;一些酸盐假醋的文人,尤其可以照葫芦画瓢,来一段东施效颦。

没有人告诉秀春,但是一看小姑姑和奶奶扫房、起猪圈,满院子抓鸡,抓得掀房揭瓦过年似的,她就知道要有继母了。

"家里有地,城里有钱庄买卖……"叔叔像是清点自家的钱柜。

"这亲事才叫门当户对。"奶奶说,好像叶家突然发了财。说罢又朝秀春看了看,秀春就自惭形秽地缩了缩脖子,好像她已经不配做叶家的人。

"也在旗。"

"您老说'也'在旗是什么意思?好像咱家在旗似的。"小姑姑没有好气地顶撞着奶奶。

"那是。"奶奶说。

"那是什么!咱家不是从山东逃荒过来的吗?我大哥真会吹,不知怎么骗上手的。"

"你别这么说,你大哥现在是张大帅队伍上的人啦。"

"您还有脸说这个!"小姑姑把拔了一半毛的鸡往热水盆里一摔,混着鸡毛和鸡屎臭的水溅了满锅台,"他要不是因为嫖窑子拿了人家柜上的钱,让人家告到衙门,才不会跑去当兵呢。哼,这个穷日子还不是他造的,他把我们大伙儿的家当全折进去了,我凭什么给他媳妇拔鸡毛,我不,我偏不!"

一直对小姑姐怀恨在心的婶婶,发现她们之间竟还有同一种仇恨,便对她有了好感,使人想起"共同的仇恨比共同的利益更容易使人结成牢固同盟"之类的名言。

小姑姐不拔鸡毛就不拔,再说她有病,而且还是治不好的病。婶婶捡起小姑姐扔在锅台上的鸡,几乎带着一些爱心,接下这个没干完的活计。

到了迎娶的时候,陪送的娘家人,套用了叶志清当年往秀春外祖父家送聘礼的老手法,每个人手里都捧了一个红包,吹吹打打非常热闹。

看热闹的人都说:"瞧瞧,老叶家又娶了个阔媳妇。"

所谓陪嫁,其实都是叶志清买的。他故态复萌,为这次婚娶又挪用了公款。但是作案手法已经大有长进,否则他也不可能在这里体体面面地做新郎。

马车上、地面上,铺着清一色的红毡子,说是新娘子的脚不能沾地。新娘子一下车,就像从马车上落下一片红光,非常晃眼。

在这一片红光里,秀春知道一个和妈妈截然不同、可以降住父亲的女人来了。

有人说:"瞧瞧,腰上还挂了个照妖镜呢,那是冲着秀春她妈来的。"

秀春往她腰上一看,果然挂着一个铜盆那么大的照妖镜。

她往前一迈步,就看出比叶志清高出半个脑袋,要不是罗锅,就得高过一个脑袋。

她的罗锅实在厉害,在腰眼那里生生地窝了一个拐脖。

场面闹得挺大,有人在门槛上放了一个马鞍子,鞍子上放着铜钱,新娘子从上面跨了过去,说是讨个吉利。

秀春不知道,叶家迎娶自己母亲的时候是否也这样的热闹?希望不是。

可是一揭盖头,人人吓了一跳,大家实在明白不过,这样的女人还能嫁出去,真是她的运气。

一张脸不但像马脸那样长,还长着一口马牙。眼睛极大,两个黑眼珠却各有半个藏在鼻梁里不肯出来。

这张脸上扑着极厚的粉,乍一看,还以为是一匹马刚从面缸里钻了出来。真是惊天动地。

这样的阵势,一下就把新郎淹没得没了踪影,等人们见到他的时候,总以为他是出其不意地从那匹马的胳肢窝或是马屁股后头钻出来的。

到了继母盘腿往挂着红幔帐的炕上一坐,开始坐帐,离吃子孙饺子还有一两个时辰的时候,秀春就看出了问题,就知道这两个人吃不成子孙饺子。

吃子孙饺子的时候,饺子果然掉在了地上。

虽然秀春知道他们吃不成子孙饺子,一旦成真,反倒让她惊诧得不能相信。她望着掉在地上的饺子,对自己这种预知事物的能力着实感到惊愕。

周围的人群和喧哗的人声似乎立刻隐去,只有她独自一人,呆呆地站在地当间儿,不知如何是好,更不知是凶是吉。

正像秀春预见的那样,继母一个孩子也没有生育。

新娘子像是没有在意,从容梳洗,换下礼服,穿上娘家陪送的旗人大褂,梳上燕尾大头,下地给客人点烟、倒茶,在老爷们儿的荤话玩笑面前,倒有一份遇事不惊的笃定安详。

婶婶撇撇嘴对小姑姐说:"她是旗人?我可不信,别看她梳了个燕尾人头。"

小姑姑说:"你想我大哥什么时候说过实在的话?"

家里人很快就知道,新进门的媳妇和叶志清,是一副配伍应用得相当得体的方子。

第二天父亲起得挺早,身穿东北军军装,披一件灰色斗篷,戴一顶大檐帽,很神气、很威风地在自家的院子里走来走去。

父亲这次回家办喜事,很有点衣锦还乡的意思。他又带了钱,还清了爷爷替他顶的债。

秀春不明白,他怎么又成了好人?其实人一有了钱势,大半就会被人当做好人。小姑姑和婶婶为这个斗篷争论了很久。

婶婶说:"是他的。"

小姑姑说:"借的。"

婶婶说:"这么好的东西,谁肯往外借?再不就是租的,你看他老穿着,怕赔本儿似的。"

正在给鸡切食的秀春一抬头,叶志清看到了她脑门儿上的皱纹,像个小老太太。

他原该有个健壮的孩子来证明家里的富足,他担心秀春会在新媳妇面前丢叶家的脸,就吩咐道:"去,到那边干活儿去。"

因为蹲的时间太长,秀春一站起来就两眼发黑,她扶靠着墙,摇摇晃晃向父亲指定的地点走去。补过很多补丁的棉袄和棉裤上,沾满墙上和地上的尘土,像一只极听话的在土窝里打过滚的小脏狗。

偏偏这时候继母从屋里走了出来。父亲说:"快叫妈。"

她觉得继母的那张脸和妈妈的脸差得太远,怎么也重合不到一起。

迎娶时继母挂在腰上的照妖镜早已取下,感觉上却是妈妈的脸和继母的脸,同时在那镜子里漂浮着,像在河里游泳似的,而自己也好像跟着一起晃来晃去。她揉揉眼睛,想把就要被她叫做妈的那张脸看看清楚。

"快叫啊!"父亲催促着。

她不是不叫,她得先把脚跟站稳。她像是站在河里,河水流得又很急,几乎把她冲倒。

"人家不爱叫,你干吗非让人家叫?我还当不起这个妈呢!"

真是的,怎么一上来就让她当妈?昨天以前她自己还是个黄花闺女呢。而且她觉得这个孩子阴郁、委琐得谁看了都觉得自己亏心有错,不招人欢喜。一旦下了这样的结论,就马上把她从脑子里打发出去,"我得给老太太请安去。"

父亲扭头瞅了瞅太阳,都快晌午了,"今天就免了吧,我跟老太太说了,你身上不舒服。"

她想起自己确实不舒服。夜里炕烧得不好,冷一阵热一阵的。饭食更不好,清汤寡水的,不但让嘴里得不着什么,连肚子里也得不着什么。

说得天花乱坠,嫁过来一看根本不是那么回事。

小姑姐、妯娌、叔叔、婆婆全像合计好了,一致对她千好万好,反倒让她觉得藏着什么阴谋。

院子里东一堆粪、西一堆柴火,也寡薄得不成阵势。这草房呢,还漏顶,以后势必下雨漏雨,刮风漏风,指不定还得从房梁上往下掉老鼠、长虫。

这时候她看见了小姑姐,就势往丈夫身上一斜,"哎哟哟——"

"怎么了?"

叶志清赶紧搀着她的腰。

"胃不舒服,咱们还是进屋去吧。"

叶志清把她扶进屋,搀上炕,她便娇娇滴滴伸出一双大脚。叶志清一把抓住一只,她尖声地颤笑起来,"哎哟,痒死啦……"

眼前的女人丑是丑的,但叶志清很满足。秀春她妈从来就不这样笑,连笑也很少。

他的手不由得顺着脚往上挪,又伸进了裤腿,再往上就游走不动了。他把手退了出来,从裤腰上往下摸。"大白天的……"女人说。

他不理,没听见似的,闭着眼睛喘粗气。

十

秀春的眼睛到底"毒"还是不"毒",如果到此尚存疑问,那么从另一件事也许可以了悟。

两年之后,村里伤寒大流行。乡下人,又穷,哪里懂得找大夫吃药?即便有钱找大夫,伤寒在那个时代也是难以治愈的病症。

人们一个接一个地死了,早上还在抬人的人,下午就让人给抬走了。

有点钱的人家,请来跳大神的。可是跳大神的昨天还在给别人驱瘟,今天就横倒了。

继母马上回了娘家,她当然不会带上秀春,连秀春自己的外祖母,也没说接秀春去躲一躲,怎能那样要求一个继母?

继母从来没有打过、骂过秀春。秀春饿也好、冷也好、挨打也好,都是她自己叔叔婶子叶家人干的,和她有什么关系?

这样一个继母,应该说是很好的继母了。

秀春势必染上伤寒。一个先是喝着高粱米醭子,然后又是喝着稀汤往大里长的孩子,不染上伤寒才叫怪。

开始,奶奶每天还用小勺喂她点凉开水——所幸还有凉开水。

奶奶一边给她喂凉开水,一面对她,也是对自己说:"别怪奶奶不给你找大夫,奶奶哪儿有钱呢?撞吧,撞大运吧,秀春,全靠你自己了,撞吧……"

奶奶心里也暗存侥幸,姐妹兄弟中惟独秀春活了下来,不是她的命大又是什么?或许命大的秀春也能闯过这一关。

秀春躺在炕上,凉水喝了一碗又一碗。十几天过去,还是昏昏沉沉,高烧不退。

到了最后一天,也像墨荷那样昏迷过去,奶奶怎么叫也叫不醒了。当然,也不可能指望奶奶叫她像她在墨荷昏迷时那样叫墨荷。

叔叔摸了摸她的脉,说:"看样子她是熬不过去了。"

奶奶摇摇头,叹着气说:"是啊,她命再大也闯不过去这一关了。我早就看出来,墨荷留不下孩子。也好,不如让这孩子找她妈去吧。"

婶婶说:"到时候了,找件囫囵衣服给她换上吧。"然后也就把她忘了。

她什么时候有过囫囵的衣服?

奶奶把秀春的破棉裤、破棉袄翻出来,拆洗干净,给她准备装裹了。

墨荷过世后,头一次有人给秀春拆洗棉裤和棉袄。

就在秀春昏迷的时候,空濛中有人对她说:"回来吧。"

上哪儿?她没问就摇摇头,说:"不。"

就好像不用问,她也知道"回来吧"是什么意思。

那声音又说道:"这样的日子有什么意思?"

什么日子?

她忽然看见浮沉于九霄之下的自己,不过是一挂形销骨立、血气失尽的皮肉,踽踽独行在愁云惨雾之中。

她从不知自己是如此的绝望惨淡,便为自己那一挂皮肉哭了起来。

"这就让你痛哭流涕了?你还没有苦到头儿呢。下面这些话,你可要一字一句听仔细了:再往前走,更是水深火热、枪林弹雨、战乱流离、贫困失所、寄人篱下、惨遭遗弃……"

当她还愣怔地想象着凡此种种的惨烈时,有人拉起她就往前走。所到之处,无不一片明亮。最后来到一条河边,河水似乎蒸腾着烫人的热气,但那人还是拉着她继续往河里走。

这时,秀春听到了乐声。不是她在村里听惯的那些乐声,而是来自老赵家那话匣子的乐声。从她第一次听到那话匣子里的乐声起,就觉得那乐声填补了她无望的生活,好像一个渺茫的依托。

相比之下,这些只具修辞意义、不具物质形态的警戒,可不就太费一个孩子的心思?

不,她不能随着那人下到那条河里去。她得留在岸上,岸上还有一个她舍不下的依托——虽然渺茫,虽然无名。

于是她蹲在地上死挣活挣,再不肯向前走一步。

那抓在她衣领上的手,还是用力拽着她向前。她听见哗啦一声,她的小袄就从头顶上褪了出去,那小袄随着抓在衣领上的手继续往前,往前,她却留在了岸上。

对于她那固执于"生"的愿望,这本是一个难得的警告,也是一个幡然悔悟的机会,她本该像她那些兄弟姐妹们一样就此去了,可她就是不肯回头,不肯觉悟。

秀春失去了这个最后的机会。

然后她转身往回跑,直到跌了一跤,醒了过来。

这回真是醒来了。

偶尔,她也会模模糊糊地想起这些事,总觉得那不过是病中的幻觉。

人们说她果然命大,村里凡是染上伤寒的人都死了,只有她是惟一的例外。

靠的什么,一碗又一碗的凉开水?

不!

秀春也以为自己果真命大,却不知从此以后,她得一步一步,将那一字一句都得听仔细的话,一字一句、一个不落地实现。

从炕上起来后,秀春连路都不会走了。

她那亮丽的头发,掉得一根也不剩,后来虽又长出一些,但已不能和过去相比。

奶奶把她放到南墙根,"晒晒太阳,暖和暖和吧。"

她就晒着太阳,晒得昏昏沉沉,睡了一觉又一觉。

人说"不死掉层皮",在太阳底下睡醒以后,她就敞开小棉袄揭自己身上的皮,一揭一大张,一揭一大张。旧皮又黑又皱,新皮干干净净,白白嫩嫩。她觉得那些旧皮,就是拽着她的衣服领子,要她跟着下河的人从她头顶褪去的小袄。

奶奶还给她做了一碗酸菜白面疙瘩汤。除了在外祖父的丧宴上,那是她自出生以来也没吃过的美食。她甚至想,就为这碗面疙瘩汤,宁愿再出生入死地病一场。

十一

现在就可以明白,叶莲子后来一次又一次地错过那些可能改变她命运的机遇,可以说是对她那"生"的固执的惩罚。

二十世纪已然翻过,女人的生存花样不断翻新,遗憾的是本质依旧。所谓流行时尚,不过是周而复始地抖搂箱子底。二十世纪初的女人与现时女人相比,这一个天地未必更窄,那一个天地未必更宽。

秀春虽不能像有些女人那样幸运,参加选美、上大学、办女报等等,尽数时代风流;也不能做秘书、招待、工人、演员、二奶、作家等等,自谋生路;更没有可能尝试跳舞、唱歌、骑马、游泳、演讲、玩票等等,书写一段上层仕女人生享乐图。但机会总是有的。

秀春听了奶奶的劝告,跟着父亲和继母到了锦州。

临走前,她到小山冈上去了。

站在山冈上,看着山脚下的家,不能相信装着她许多委屈的茅草房,转眼就要看不见了。

她和小鸟说了话,也跟枫树说了话,它们无一不用耐心的倾听抚慰着她。也跟蘑菇、野菜、山梨、山里红、野葡萄们说了话,它们无一不支撑过她饥饿难熬的日子。

又来到猪圈鸡圈,对她的伙伴猪和鸡们说:"我走了,谁给你们割猪草,谁来喂你们、放你们呢?……"

她也舍不得爷爷,过年时节,爷爷从没忘记过她那半块与别人同等待遇的豆腐乳。

还有那片庄稼地和村东村北的小河。每当庄稼收割后,她都在那地里捡过庄稼和毛豆……这么小的一个人,一捡就是一大担,供爷爷奶奶、叔叔婶婶、堂兄弟们吃了不少日子,叔叔也因此少打她好几顿……她还在村东村北的小河里抓过小鱼和青蛙,用火烧了吃,夏天和村里的姑娘媳妇们在河里洗过澡,冬天在冰冻的河面上打过冰出溜……

最后来到西河沿,跪在妈妈的小坟头前,烧了纸又烧了香:"妈,我走了,以后,谁还能来给你烧把纸,上炷香呢?"

…………

什么事到了她这里,都变得不太容易。

到锦州以后,她上了小学,并在一个女同学的启发下,开始到教堂做礼拜。那不也是逃避嫌弃的好去处?

她十指交叉跪在主的面前,管风琴的声音,为她制造了许多记忆里并没有多少储存的母爱。那爱如和暖的风,从教堂的拱顶吹拂下来,于是她有了皈依宗教、发愿当修女的打算。如果她能如愿以偿,那真是她这一生最好的出路。

就在她和那位闺中好友商定,第二天去教堂发愿当修女的时候,发生了九一八事变,她们甚至没有来得及重新计议,叶莲子就不得不跟着在张大帅队伍当差的父亲,与五十万东北军一起,在蒋介石不得抵抗的命令下退驻关内,汇入中国人历时十多年的大逃亡苦旅。

从二十世纪三十年代日本侵华战争开始,多少中国人被拖出可能拥有的、一份安分守己的人生,被逐上往塞来连的人生苦旅?这种祸害,可能比日本人烧杀掳掠的罪行还要深重得多。

在日后诸多日本侵华战争的回忆录中,人们大多记录了日本在中国烧杀掳掠的罪行,却不曾有人清算他们在这方面的罪恶,怕是深重到罄竹难书的地步?

离开锦州时,叶莲子曾回首眺望教堂那一处鹤立鸡群的高地。教堂的尖顶上有一抹黑云断续飘移,如一缕不祥的黑纱,又像在天空中画下的一串尚未了结的删节号。

从锦州逃到北平后,叶莲子继续读着小学,上学的路上,曾被一名"星探"看中。叶志清可以嫖窑子,但是绝对不能容忍女儿当戏子。

从那以后,她知道了自己还有"美丽"这么一笔财富。

当顾秋水将她和吴为置于无以为生的境地之后,她满可以用这笔财富,为她和吴为换取一个足以温饱的生活,但是她的价值观念过于落后,从未加以开发利用。

所以她们陷落无以为生的境地,不能完全归罪于顾秋水的不仁不义。

以后,叶莲子还将多次面临与机遇失之交臂的局面。

第 五 章

一

如果仅仅是叶莲子自己固执于"生"的愿望倒也罢了,她的命运或好或坏和吴为并无干系,可她偏偏又固执地生下吴为。

根本忘记了在那场伤寒症里,那番一字一句都得听仔细的话,又是新婚燕尔,彻底放松了警惕,更没有想到那一番话的渗透力和辐射力。

其实叶莲子在聆听那番警戒的时候,还未形成一丝气蕴的吴为就同时在场,不但心领神会地接受了那番警戒,也被那番警戒吓得魂飞魄散。这可能就是她后来胆小如鼠的渊源?

所以当吴为作为一团橙黄色的——善于用颜色来解释人性某些方面的人,不知道能否回答为什么是橙黄而不是其他颜色——光晕,被驱向人间的时候,实非所愿。可是她被一条隧道紧紧地裹挟着、推挤着,把她向那不管她愿意不愿意,不管她准备好或是没准备好,她都得没有退路地往那艰险、奸诈、想死也死不了、偏偏让她熬够该受的一切,才饶她一死的地界赶去。

为此她把嗓子都喊破了,"不,不,我不愿意到那个世界上去!我不愿意到那个世界上去——"

所以吴为的嗓音生下来就很沙哑——虽则人们现在说这种嗓音很性感。

她的十个指甲,死死抠住那隧道之壁,生怕再往前去,就会一脚踏进深渊。

她的担忧并非无中生有,出生以后,果然常有濒临悬崖之感。

所以叶莲子后来动辄血流如注并始终医治不好,没人知道这是怎么回事,连医生也说不清楚。在她们流落零霖村的日子里,叶莲子几乎为此丧命。

她的心中,充满被胁迫的悲愤和疑惑。

这一条黑暗的隧道,就是过去通向未来的惟一渠道?

过去从哪里开始?未来又从哪里算起?……

何为未来?何又为过去?……

她为什么非要从这里穿过?……

…………

她那时就悟到,人生的每一阶段、每一转折,不过就是面对抽签无法回避的踌躇和选择,而所谓人生,也不过就是按着签上的谶语,一步一步地走下去。

她第一把偏偏就抽上这样一签,生命伊始,就被这种不可解的问题牢牢套住。

…………

吴为在"往生"之路上的胡思乱想,早早显示了她那不安分的天性。

随着天崩地裂的轰鸣,那隧道越来越加窄小,将她凝聚、挤压、钳制、干缩得再也没有一毫多余,再也无缝可钻、可逃、可迂回……逼得她狠狠地想,一旦冲出这条隧道,她就得裂变、反抗、奔突,管他三七二十一地说干就干,就得浑不吝,就永无反悔,或想反悔也反悔不得,或无从反悔……她害怕,她害怕呀!

……叶莲子还是血淋淋地把她生了下来。

所以她的第一声啼哭里,全是不得不到世上来走一遭的无奈和穷于应付。

和后来的禅月截然不同。禅月有生以来的第一嗓子就很有主意,理直气壮,就像对世界的宣告:谁也别想拿捏我!

· 143 ·

吴为的亮相也极其不雅、不吉,脑顶很尖,颅骨锥长,脸色乌青,很像某出京剧里的那个"无常"。后来又渐渐看出,还有一双见棱见角的大招风耳,一双愣怔的小对眼。这双愣怔不已的小对眼,出生伊始就对这繁杂的世界显出无力招架的败势。只有饱满的天庭,显出些许的飘逸、明慧。

不过可以肯定的是,叶莲子日后将为固执地生下吴为付出的何止是操劳、操心,简直是丢人现眼,任人指着脊梁唾骂……如果她能预料结果竟是如此,还会那么固执已见吗?

吴为在"往生"之路上的折腾,让叶莲子再次为她那"生"的固执,尝到了天罚的滋味。和吴为的搏斗之苦,也让她想起了因生育辞世的墨荷,她当时就下定决心,再不生育。

如果她能预知这样孤注一掷地把全部母爱押在吴为一个人身上,将给她和吴为带来什么样的影响,也许就不会如此轻率。

尔后,吴为也把她全部的爱押在了叶莲子身上,比叶莲子更甚的是,若不如此就是罪孽深重。

这就使她们无法精通、掌握那爱的分寸——既不过分沉重成为压力,又能给人一份恰如其分的需要。

特别在叶莲子晚年,已经不必为"活"费尽心力,她对这份爱的依赖就更为炽烈。

要是她们的爱,能有更多的分流渠道,对她和吴为无疑都是幸事。

吴为和叶莲子的那场较量与搏斗,整整进行了一天一夜,几乎使她们同归于尽。

如果那时她们同归于尽,不论对她或是对叶莲子,肯定都是最佳选择。吴为非常非常后悔没有坚持到底,关键时刻心一软改变了主意,让那一场胜利在望的折腾前功尽弃。

在那场较量和搏斗中,有那么一会儿,顾秋水跪在叶莲子身边,把着她的手,流着眼泪对她说:"你要是有个三长两短,我就再也不娶了。"

虽然一年之后,顾秋水便在延安与一位革命女青年投入了一场因上级领导干涉而不得不告终的恋爱,但也不应怀疑此时此刻他这几滴眼泪的真实性。

对于男人的信誓,叶家上两代女人的态度很不成熟,时而门户大开,时而戒备森严,总在两极之间摆动。其实在相当多的时候,男人的誓言真实可信,只是承诺的百分点不很理想——又何止是男人,吴为把胡秉宸视为神明的崇拜又持续了多久?

那时的以及后来的顾秋水,一直是个容易落泪的男人,不像胡秉宸,那才是个"男儿有泪不轻弹"的典范,吴为从来没有看到过他的眼泪。即便是鳄鱼,也还有"鳄鱼的眼泪"一说,而胡秉宸连哪怕是"鳄鱼的眼泪"也不会有,更不要说不是"鳄鱼的眼泪"。虽然他在给吴为的情书里多次说到他的眼泪,可那不是情书吗?

眼泪展现、拉开了顾秋水和胡秉宸不仅在文明的教化以及家庭背景方面的距离,让人很难在这个没有文化的木匠儿子和这个世家子弟之间做个定夺。

顾秋水和胡秉宸行为处事的分野,绝不止于眼泪。

一九三二年,一一二师从河北霸县开赴下花园之前,上尉顾秋水有个朋友在师部当军需,因为赌博欠了军饷。顾秋水认为,不管朋友犯了什么案,解救朋友于危难是义不容辞的责任。

为朋友两肋插刀这种很江湖的毛病,日后不折不扣地传给了吴为。

有这种毛病的人,如果有幸遇到一个更江湖的人,算是三生有幸。那更江湖的人,就得替不那么江湖的人担待什么。

约上另一位朋友,于月黑风高之夜贸然潜入县城。这两个等级不算很低的军官,事前未作稍许调查,以至于寻遍县城的深宅大户,一时竟决定不了从何入手。

顾秋水的军用蓝色帆布雨衣下,还罩着一件深蓝格子的薄呢夹大衣,认为这样有利于掩蔽,这个说辞相当可疑,还不如说是对北平上海那些盛极一时、半生不熟文明戏的一场模仿秀。其实顾秋水也就是文明戏水准,叶莲子是错把杭州作汴州了。

犹豫再三,他们进了一家中药铺,打算向老板"借"点钱。

掌柜的一眼看出,这两个"借"钱的人和土匪打劫不大相同,面孔白皙又不够凶狠,枪倒是瞄着的,就是不给钱也未必行凶杀人,决定采取苦肉计,一味倒苦水:"长官,您二位当我们赚钱哪?您就看到我们卖一棵参多少多少钱了,您知道为这一棵参我们得访多少年?深山老林,冰天雪地,吃没吃、住没住的,有人一辈子也不见其访得一棵,更有人掉在山涧里把命都赔上了。这访来的参,您算算得值多少钱?我们这点儿转手钱又有多少可赚?……您再看看这些药,哪味是咱们这个地界产的?还不都得从外头往这儿贩?您算算这路费、运费、店费……要是路上碰见个土匪什么的……"掌柜的说到"土匪"二字停了下来。

顾秋水脸上就有些热,觉得那家药店铺面的确不够大。

看着顾秋水握着的枪口渐渐下垂,掌柜的更加诚恳,"眼下小店只有现款九十多块……"

"别的钱放哪儿了?"

掌柜的两手一摊,"再没有了。"

这两个手里拿着枪,不管打胜还是打败,到底算是打过仗的军官,面对那几个手无寸铁的掌柜和店员,却感到分身无术,无法到柜上搜检。

偏偏这时顾秋水一脚踩进地板缝,他一拔脚——脚是拔出来了,那双和夹大衣交相辉映的靴子却卡在了地板缝里。他想糟了,这一趟不但"借"不上钱,还可能脱不了身。不过他并没有像很多人那样,一到这种境地,不是后悔就是对朋友心生嫌弃,只是筹划如何脱离险境。

顾秋水到底算个男人,临危不惧地对店里人说:"看什么看,转过脸去,都给我转过脸去,对着墙!"一面不着形迹地扭动靴子,一面和掌柜的继续谈判,直到把靴子从地板缝里拔出来,"照你这么说,是一钱不赚了。一钱不赚你还做这个买卖干什么?"

掌柜的说:"不赚是假话。赚,赚。可……不过是凑合着把一家老小养活了。"接着豁出去了,"这样吧,我这里还备有几个给父亲买棺材的钱,老人嘛,上了年纪,没几年活头儿了,备个棺材,是晚辈最后孝敬老人的一个机会。您二位要是不嫌少,就请先拿去用?"晦气不晦气,自己掂量吧。仗义不仗义,就看道行了。

在老江湖的光辉照耀下,顾秋水就成了小江湖,果然觉得不论从哪方面来说,这笔钱都实在"借"不得。便向同伴使了个眼色,说:"我们也是实在没法子才找你借钱,既然如此,也不能让你为难。我们就先带上这九十块,日后一定归还。咱们后会有期。"

掌柜的点头哈腰送朋友似的把他们送出门,他们的身影刚刚隐没在夜色里,便三脚两脚跑回楼上,又惊、又怕、又奸诈地笑着,想:这两个笨蛋,八成儿是头一回干这个买卖!

他料定这两个人是东北军的,又知道东北军纪律很严,抢劫、强奸非枪毙不可,便差人连夜赶到师部报案。幸亏部队已经开拔,不然他们很可能被枪毙。

循规蹈矩的叶莲子,不知是什么心理,对这一打劫事件不但没有微词,反倒常常向吴为提起。

比起胡秉宸参加革命,顾秋水投身行伍,只能是一个小子无路可走,只好投奔梁山的老套子。

读初中时因为学校离家较远,顾秋水就在学校住宿。有个星期天早上,他坐在炕上修脚,准备修完脚就回家。

他要是不修脚,也就没有了后来的事。

两个同学打了起来,一个姓顾,家里在街上开小铺,一个姓崔,是个人高马大的乡下人。

那形势,绝对是姓崔的打姓顾的。

事后他一再回想他们打架的原因,因为这与他毫不相干的一架,对他的影响实在太大,可以说是"一架定乾坤"。可是他想不起来,想不起来也就算了,好比他自己也常常打架,一个年轻轻的男人,特别是东北汉子,打架并不需要特别的理由。

那两个人先从屋子东头打到屋子西头,又从屋子西头打到屋子东头。顾秋水哼着小曲,井水不犯河水地修他的脚。可是偶一抬头,看到姓顾的招架不住了,突然犯了男人打架不兴劝的规矩,说:"别打了,别打了。"

姓崔的说:"你也姓顾,就向着他是不是?"

他说:"这叫什么话?甭管我姓什么,你不能打人。"

姓崔的抡起右手就给了顾秋水一个耳光,又抡起左手打算左右开弓。这一巴掌还没抡下来,就让顾秋水一把逮住,他右手还拿着修脚的刀子,随手就在姓崔的左手上来了两刀,不知道那两刀拉在了什么地方,血就居然呼呼往外冒。照理说手上挨两刀真没什么大不了,况且是修脚刀,而不是宰牲口的刀。

姓崔的如果拿点牙粉抹抹也就没事了,可是乡下人对血有一种特别的恐怖,骁勇善战的崔某鬼哭狼嚎地叫了起来,那一声声惨叫,惊动了老师。

第二天姓崔的全家都来了,非要看看"凶手"。他们把身穿学生制服,腰上扎条皮带、头上戴顶小帽的顾秋水从座位上叫了起来,倒像很赏识他的样子,说:"这小子还挺神气。"又问姓崔的学生,"要不要把这小子送到警察局?"

姓崔的学生还不错,说:"不用。"

同学们也纷纷为顾秋水说情,责任不在顾秋水。

顾秋水的爹,赔偿了他们几块钱医药费。

当事人都以为事情已经了结,学校却把他开除了。

被开除的那一天,顾姓同学刚好接到哥哥一封来信,哥哥在东北军教导队当排长,信中还附有照片一张。二十世纪初照相是个时尚的消费,顾秋水拿着那张照片左看右看,对那个穿军装的人兴趣不大,却被那套军装镇住。那套穿在别人身上威风凛凛的军装,好像替他出了一口窝囊气,马上决定到教导队当兵去。

顾秋水既然为姓顾的同学开除了学籍,姓顾的同学也不能负义,两人一合计,偷偷雇了辆小驴车,一大早先把行李从校墙上扔出去,然后只身走出了校门。

走了两天才到沈阳,同学的哥哥给了他们一点钱,找了个小店让他们住下。

可是第二天早上起来,姓顾的同学突然改变了主意,说:"我们家不能两个儿子都当兵。再说凭我的功课,报考第二工科学校不成问题,我不想去教导队了,你去吧,我哥哥一定会关照你的。"

顾秋水只好叫了辆马车,把行李拉上去了北大营,也没经过考试,就入教导队当了学员兵,学员兵只要个头够高就行。

那一年他十六岁。

一个躁动的十六岁青年,在二十世纪初个人主义尚未受到限制批判时,本有多种选择的可能,可是他那个老实巴交的木匠父亲和那个"窝里横"的母亲,哪一个具备为他指点前程的远大目光?他只好在十六岁就把脑袋别在裤腰上,为军阀混战卖命,而不是为三民主义或共产主义奋斗终生。

刚刚入伍,就赶上平叛郭松龄一战。准星还对不准目标,一到打靶科目顶多擦个五环边的顾秋水,那一战中险些丧命。

一九二五年十一月,第三军团副军团长郭松龄倒戈反奉,张学良虽从秦皇岛得以脱身返回沈阳,但东北军最精锐的十万官兵,几乎全集中在郭部。他只好临阵收集队伍,讲武堂教导队自然是他的首选,选上的学员兵编成三个营,每营四个连,顾秋水在第一连充当上等兵。队伍拉到拒流河,堵截郭松龄。

由于日本势力的参与以及举事者各怀心机,致使郭松龄功败垂成,败走拒流河。

顾秋水跟在溃不成军的郭松龄部后面猛追,跑着跑着,脑袋突然一凉——就像哪里飞来一片横刀,齐刷刷沿着他的发际片去了他的天灵盖。伸手一摸,原来是一颗子弹打飞了帽子。

他站在雪地里,再也跑不动了,后面跑来一个老兵,弯腰从一个死去的士兵头上摘了一顶帽子给他。他说:"我不要。"

老兵说:"要是没有那顶帽子,你的小命儿早就没啦!"

他不是害怕那死去的士兵,他是害怕从死人头上摘下的那顶帽子。

拒流河一战,让顾秋水第一次尝到了寒心的滋味。虽然他也说不清寒心什么。

作为一名士兵,血雨腥风算不了什么,可是距离不到十米,枪毙一名他曾经尊敬或是相熟的人,到底意绪难平。

这是他第一次看到枪毙人,与倒在战斗血泊中的死亡截然不同。

何况郭松龄是讲武堂人见人敬的教官,而旅参谋长刚才还在发号施令。

军队平叛胜利,从热河撤回沈阳,队伍里开始有人抢劫。当时还是旅长的包天剑,在旅部看到一双气度不凡的军靴,这双流落于乱兵之手的军靴,不肯流俗地矜持着昔日的光彩,让人不得不另眼看待。他问道:"这是谁的军靴?"

有人回答说:"是……是旅参谋长的。"

他用马鞭敲敲那双靴子,说:"旅参谋长不会有这种靴子,去把旅参谋长给我请来。"

东北军一旦编为正式军队而不再是"胡子"后,就设立了宪兵队监督军纪。每天有一班人在城里巡逻,枪上上着刺刀,手里拿着令旗和一头黑一头红的"红黑军棍",遇到军人违反纪律就抓起来,小错当街打一顿,如是强奸、抢劫,马上就地枪决,和国民党、日本人专门用来抓共产党的宪兵队不一样。

当时的东北军,实在想建成一支好军队。

底下人看出情况不妙,劝说道:"旅参谋长跟随老师长多年,打一顿军棍算了。"老师长就是包天剑的父亲包老太爷。

包天剑说:"跟随老师长多年也不行。"

先让战士把旅参谋长拉出去打了五十军棍,最后还是没能免去那一颗要命的枪子儿。

参谋长到底是绿林出身的汉子,二话不说站在挖好的坑前,一枪过去,黑影一闪,人就没了。刚才还在军棍底下,死去活来、皮开肉绽、乱弹乱颤的屁股,马上松弛地摊展开来,静享着一份有靴子也好、没靴子也好的宁静。

与上将军张作霖及其他东北军的元老不同,对参加过拒流河一战的士兵来说,最为震惊的不是郭松龄倒戈或张家军平叛胜利,而是郭松龄夫妇被就地枪决。

喜欢读书的顾秋水,虽因无人指点读得非常杂乱,但基本上还能分辨是非。他景仰这位参加过同盟会和五四运动,投身辛亥革命又为振兴东北军出过大力,倡办讲武堂以提高东北军素质的郭松龄;不胜惋惜郭松龄反对张作霖军阀专政,主张消灭军阀混战,寻找民主政治途径的一场梦就这样破灭了。他依靠张家旧军队来实现这个梦想的路子,不是玩笑又是什么?

早就怀有篡权野心的总参谋长杨宇霆,一直把郭松龄视为篡权阻力,在郭松龄夫妇被捕后生怕情况有变,不等将他们夫妇押送沈阳听候张学良处置,立即下令就地枪决。

不管郭松龄夫妇信奉什么政治主张,与所有为理想献身的人一样,死得很是英勇。他们没有高呼什么口号,那无声的从容,是一个军人最为倾心的视死如归。

行刑时,顾秋水与他们相距不过十米,他看见拿过燕京大学毕业文凭的郭夫人,中弹后拼却最后一点力气,爬到郭松龄身旁牵住他的手,咽下最后一口气,趴在地上一动不动了。

他也以为,这一平叛事件,随着郭夫人咽下的最后这口气落下了帷幕。

没想到郭夫人在流尽最后一滴血,人人以为她的生命已然了结之后,突然又翻过身来,将面孔朝向天空。

在军阀队伍里当兵的顾秋水,难免不沾上兵痞的习性,面对此情此景,头一次思考一个兵痞不大会思考的问题:是什么力量使一个生命已然了结的女人,又翻过身来将面孔朝向天空?

顾秋水还得知,在平叛的庆功宴上,张学良和所有赴宴的老将们一一碰杯,对他们在这一场兵戎相见的叛乱中对张家军的支持表示安抚和感谢,却越过在这次平叛中立了大功,正向他举杯的杨宇霆,既没有给杨宇霆敬酒,也没有喝杨宇霆的敬酒。

郭松龄迫走滦州、起兵倒戈,不能不说事出有因。这个得宠于张作霖,实行军阀专政、吞蚀军饷、贻误战机、图谋不轨、腐败军风的杨宇霆,可能是个关键。

杨宇霆的那杯酒,无颜回旋地停滞在半空。沉醉在平叛功绩中的杨宇霆,却没有嗅到那杯里的酒香顷刻之间发出了血腥。

对叛将郭松龄,张学良一直难于以仇相向,反倒因失去这一员与他共创新式军队的爱将耿耿于怀。他保住了起兵倒戈的所余将士,正是这些人,在东北军进关后以及在西安事变中,成为他依靠的骨干。

这小小的一杯酒,预示了差不多四年后,即一九二九年一月十一日,杨宇霆将被张学良处决的前景。处决这个上将军张作霖的重臣,文章做在"篡权",此外没有透露更为详细的缘由。只有张学良看似不经意的一句话"也可以说他是死在郭松龄的手中",让人们想起四年前,郭松龄被"就地枪决"的往事。

同样,这小小的一杯酒,性格即命运地预示了张学良在一九三六年西安事变中的悲剧结局。

郭松龄夫妇被就地枪决后,顾秋水独自来到冰天雪地的拒流河旁,举头向天,号啕一场,虽然他也说不清他号啕的是什么。

....

健忘是人类一个令人伤感的弱点,到二十世纪,更发展到不堪言说的地步。而顾秋水直到晚年,还清晰记得这个生命已然了结的女人,突然翻过身来,将面孔朝向天空的情景。

回想起一生见识过的三教九流,这个女人的死才真正让他钦佩。难怪戎马倥偬的他,对没经过流血洗礼、没见过人头落地的胡秉宸嗤之以鼻。

他和胡秉宸曾有一面之缘。

那一次会面很不投契。胡秉宸几乎没有平视一个男人或与人成为知心的记录,这并不完全与他长年的地下生涯有关。与历史关系久如胥德章者,二人之间也不过是"见面只说三分话,未可轻抛一片心"。

不像吴为,因为轻信,无数次被人欺骗,但也正是如此,反倒落下几个无心不可交的朋友。

不过这并不妨碍他们在短短一天里,兜着圈子,回首他们在二十世纪的一些经历。毕竟他们都老了,人一老,就难逃怀旧的情结。

即使二十世纪的同龄人,又有多少能像他们那样,记得,并参与过那个世纪的一些大事?

特别胡秉宸,还有一部巨著正在撰写,他需要丰富,核对,验证。

他们发现,在一些重要的历史关头和地点,他们差不多总是擦肩而过。比如在抗战初期的武汉,一九三八年至一九三九年的延安,四十年代的重庆、天津等地,如两条交叉线,而不是平行线。

只是在谈到东北军的覆灭和张学良将军的时候,才算有了一个契合点——

"……西安事变时,我们在西安押着蒋介石的一百多架飞机,南京的政府大员也都在西安,如果蒋介石扣押张学良,就可以用这些为条件进行谈判,不放张学良就杀掉这些人质。南京方面即使来轰炸也无法下手,它的政府等于全在西安……可是王以哲这些人却主张放了蒋介石。"

"王以哲的主张也许和我们党当时的政策有关……不是我们不想杀蒋介石,可他那时还有那时的用处,至少可以镇住各方军阀,如果把他杀了就会天下大乱,对抗战、对我们党反而不利,那时我们只剩下三万多人……"胡秉宸如是说。

"不过当时东北军里有一个流传很广的说法:有人在国民党西安党部地下室的保险箱里发现了一个文件,从文件上看,国民党似乎用六十万块钱,收买了王以哲、何柱国,所以他们出卖了东北军,力主释放蒋介石,释放扣押在西安的南京政府要员,还有那一百多架飞机。反对释放蒋介石的应得田、孙铭九这才会杀王以哲。后来又说那个文件是国民党做的一个扣儿,假的,应得田和孙铭九上了当。有个叫刘多权的,是王以哲的人,王以哲被杀以后,他带兵进西安城抓应得田和孙铭九,他们两个人得知这个消息,跑了。只抓到他们手下的一个连长,被刘多权在王以哲墓前开了膛,祭奠王以哲。不过东北军当时五六个军自相残杀,那个文件也可能是有人造出来作为内讧的借口,可是共产党不相信应得田也是真的。他后来的下场也很惨……抗战胜利和解放以后,我和他都有过接触……"

胡秉宸似乎事不关己地说:"你说的情况我不清楚,不过在一个动荡、多头政治势力争夺天下的局面下,什么事都会有人拿来做文章。再说相信不相信,现在看来又有什么大不了的?"

他想起在延安时,有个四方面军的干部和他关系不错,冬季长夜,又没有什么可以消遣,两人常常围着火盆聊天,那个四方面军的干部不止一次对他说:"长征的时候,以一方面军为主的部队走的是右路,沿途有老百姓……以四方面军为主的部队走的是左路,那才真是艰苦呢。过草地的时候,我们走的也是草地中间,那是最不好走的地区……与右路军会师之前,我们每个人还织了一件毛衣送给他们,表示我们的欢迎,可是后来,四方面军太惨了……"

据胡秉宸所知,即使毛泽东不吃掉张国焘,张国焘也要吃掉毛泽东。毛泽东的一方面军到达延安与四方面军会师时只剩下八千多人,而张国焘的四方面军有两万多,他的确看不起穿得破破烂烂的一方面军,总在打听一方面军到底有多少人。

毛泽东呢？就像老百姓说的,即便老虎打盹儿,也还睁着一只眼。

那么张学良被各种政治势力"各取所需",不是很正常吗？

好比日后已经澄清,九一八事变那天晚上,张学良没有和电影明星胡蝶跳舞,且有诸多当事人的证明资料见诸文字,可直到现在不是还有人这样说？在这种区区小事上,还要用张学良来开开心,更不要说到别的。有多少人会对事实较真并为他人的名誉负责？

顾秋水说:"张学良真不如他爹,他干的这些事他爹绝不会干。一定不会放蒋介石而是把他杀了,就是不杀也不会送他回南京,更不会听蒋介石那一套,'九一八'让他不抵抗他就不抵抗,白白丢了东北的地盘,落下个'不抵抗将军'的恶名……张作霖不过土匪出身,也没什么文化,可是很有手段,东北那么多土匪全让他搞过来了,其中三股土匪比他势力还强。

"日本人在东北那么整他,他也没有屈服。是啊,你说得对,他是和日本人订了好多条约,修铁路什么的,但都是口头上的事,实际上什么也不做。在北平自封安国军大元帅,被孙传芳打败以后想回东北,可是日本人不让他回,让他在北平撑着,宁肯给他钱,给他军队和武器,必要时候还答应出兵。他看出日本人想让他在北平搞南北分裂,因为南方是美国人支持的蒋介石……哪个军阀没有国际势力做后台？他不干,日本人拿他没办法,才把他暗杀了。"

胡秉宸说:"美国也不是不想把蒋介石搞下去,另外扶植一支符合美国利益的政治势力,可又找不到合适的人,四大家族里也没有。"

"李济深也有替代蒋介石的野心,他当时很有实力,和东北军的关系相当密切,反正大家都反蒋介石嘛。一九四三年我们都在桂林,他曾委派我到北平、天津,联络北方的军阀势力。通过封锁线的时候,真是危险极了……还想拉拢阎锡山反蒋,可是阎锡山很狡猾,是个两面派,西安事变前他表示支持张学良,事到临头就变了。"

"这些王八蛋没有一个好东西!"胡秉宸突然不着边际地骂了一句。

"想想真好笑。一九四四年,我跟随邹可仁从重庆辗转潜入北平、天津敌伪区活动,把吴为和她母亲也扔在了宝鸡……"

胡秉宸剜了顾秋水一眼,几乎把他的骨头剜了出来。

顾秋水怎能感觉不到这一剜之痛?他也不明白为什么要在一个胜利者面前历数自己的失败。不管现在他们之间是什么关系,胡秉宸只能是一个志得意满的胜利者。

许许多多的往事,没有一件堪以自慰。

要是知道几个月后日本就投降,何必离开宝鸡,何必折腾,又何必把叶莲子母女扔在陕西?他们这个家也许就会保留下来。

虽然二十多年后他在农村接受劳动改造时,叶莲子给他写过一封信,说她早已原谅了他。但想起过往的一切,还是不能无动于衷,要是叶莲子日后荣华富贵倒也罢了。

她怎么就不能再嫁一个富有的人?

想到这里他又有点恨她,她这不是成心让他把十字架背到底吗?

叶莲子不但原谅了他,还让吴为以独生子女为由,把劳改后留在外省的顾秋水弄回条件较好的北京,被吴为一句恶毒的"让他在那里慢慢受用吧!"顶撞回来。

奇怪的是,当吴为把顾秋水用过的一个茶杯放在叶莲子骨灰盒前的时候,那杯子却无缘无故自己从桌子上跌了下来,喀嚓一声,在地上摔得粉碎。

不能说邹可仁抗日爱国之说全是空话。九一八事变后,如他这种家世的人,确为抗日献出了极大的人力、财力,甚至为此冒过极大的风险,但这并不是全部。他们最后的目的,则是恢复在东北的家族势力。潜入内地,开展抗日地下活动云云,亦然如是。有点像是东北人常说的"舍不下孩子套不住狼"。

不过这也不值得胡秉宸那样犀利地剜顾秋水一眼。试看当时天下各派政治势力举出的旗帜,哪一面不是光辉灿烂?而那么多光辉灿烂的旗帜下,又有多少不便写在旗帜上的目的……正在撰写一部大书的胡秉宸,对此本应了然于心。

政治市场本就不易把握,与股票市场似有触类旁通之处。又加动荡时代的激活,景况更是扑朔迷离。连伟大长征都难免带有偶然的意味,更不要说这样一批旧式人物,如何能针对时局,制定出一套雄谋大略?

"骑驴看唱本儿",于他们是最贴切不过的说法。

所以他们自重庆出发后,走一路也没详细研究过未来的目的和所谓开展抗日活动的计划。对于顾秋水的妻室,邹可仁说到了宝鸡之后是否可以安排还不知道,如果安排不了,只好跟着去天津。

离开宝鸡之前,邹可仁为顾秋水引见了陆先生。

陆先生是"工合"创始人之一,东北同乡,和张学良的关系也不错,陆家兄弟在西安事变中还起过一些作用,算是"同志"了吧。他答应帮忙,说是找到工作更好,找不到工作也会有叶莲子和吴为的一口饭吃。

其实陆先生还不如说他负不了这个责任,还是请叶莲子跟着丈夫走人。

陆先生答应帮忙,也不过是口头上的一句话,靠得住吗?后来证明,这个应承是靠不住的。

就是靠不住,顾秋水也不往深里想了,不往深里想就等于不存在。自欺欺人地安慰着自己的良心——陆先生答应帮忙,已经是最好的结果了。

他不自欺欺人又能怎样?即便他留在宝鸡不走,他们的生活也没有保障,他现在是既没本事又没工作。谁让他放弃了炮兵连长的前程,当了包天剑的清客,最后又遭包天剑的遗弃?

这种被遗弃的创痛与女人被遗弃的创痛,根本无法相提并论,也深刻得多。

他就要扔下家室跟着邹可仁走了,邹可仁却连句人话也没说,比如:"我把你带走了,给你家留些钱吧。"邹可仁觉得他的朋友陆先生答应帮忙,已经很对得住顾秋水一家了。

而他又不能对邹可仁说:"你不给我家留钱,我不去了。"

邹可仁完全可以一脚踢开他,说:"你不走拉倒。"或是客气一点,"你不去华北算了,就留在宝鸡吧,你需要钱我也帮不上忙。"他就更没办法了。

同样,一九三七年包天剑把他从北平带走的时候,对他的妻室也没有个安排,他同样不能提出什么要求。如果当时他说"你得给我家留三两年或至少一年的安家费,否则我不去了",那么包天剑也会说"你不去就不去,留在北平吧,我走了"。

西安事变后,东北大学成了"孤儿",在邹可仁的支持下,才又坚持了一年。七七事变后,东北大学被蒋介石接收,顾秋水不可能留在那里继续当教官,不但一个月九十块钱的薪水没了,包天剑一走,连他每个月给顾秋水的五十块钱津贴也没了。

一九四四年的宝鸡之别和一九三七年的北平之别一样,顾秋水没有给叶莲子留几个钱。不但没留钱,比起三七年的别离,连知情知意的话也没有了。

叶莲子明白,事已至此,顾秋水是非走不可了。

日本人还占领着北平、天津,此时顾秋水又算是个抗日名人,经常在报刊上发表文章,皖南事变还写过文章表示支持共产党……顾秋水的生死安危真让她揪心,而她也将被彻底抛弃。这一点她知道得清清亮亮,但她忍着不说。顾秋水何尝不是那苦命之人?那一夜除了哭泣,她什么也不说了。宝鸡之别的前夜,真像那首老歌里唱的——

  红烛将残,
  瓶酒已干,

相对无言无言……
风波何惧,
昂首阔步走向前。
与君一夕话,
明日各天涯,
纵然惜别终须别……
关山隔,
梦魂牵,
无翅难翔、难翔,
遥望云天思念故人泪沾衫。
愿君多勉力,
愿君常欢颜,
只要心心永铭记,
相隔两地又何妨?
…………

不过最后两句,与他们的情况并不十分吻合。

顾秋水忽然发现房间里没了声音,抬头一看,时间已经不早,他该告辞了,对于这次交流,最后只能戚然地说:"现在想想,这样跑来跑去、打来打去有什么意思? 还不是为军阀混战卖命——你们当然比我们强,你们是为理想而奋斗。"

"嘿——嘿——"胡秉宸阴阳怪气地笑着。他想,自己这辈子将生死置之度外地跑来跑去,一点不比顾秋水跑得少,难道不也用得着顾秋水这个"现在想想"?

他也好,这个老兵痞也好,究竟跑出了什么结果? 不要说他们两个人,中国人两千多年来不也是这样跑来跑去、死来死去,也没有看到跑出或死出一个什么了不起的结果。

胡家那个开辟湘鄂西根据地的元勋,当年被根据地中央代表夏曦下令乱棍打死的烈士,谁还记得?

他们这两条交叉线,到了现在,是不是也可以说是"殊途同归"了?

如今尘埃落定,当时不便说明的,左右那些历史事件的因由也大多露出水面。可是从他们如今的回顾总结来看,即便张学良当时把何去何从的决定权交给顾秋水或是胡秉宸,照样不会有一个顾及全面的方案。

张学良是错生了时代。

而邹可仁等一干人,所谓营救张学良将军的计划,也禁不起更多的推敲。

如果张将军再度出山,说好听点是一面旗帜,说不好听点,是一枚棋子。

所以说,张将军能够安于图圄,修身养性,不再出山,应该说是到了大彻大悟、一览众山小的境界。一句"不,我这个人一辈子光明磊落,死也要死得正大光明",多么漂亮!

可顾秋水直到现在还遗恨深深,"其实共产党有好几次机会可以营救张学良,一次是全国解放前夕,解放军南渡长江、解放南京之前,国共两党谈判了多少次?但都没能解决张学良的问题;二是在重庆成立旧政协的时候;三是利用国际舆论……我们倒是通过一些关系找过罗斯福,还买通了飞机驾驶员,加上看守张学良的卫队……看守他的人除了副官是个特务,那一连人都可以做工作,我们还真和张学良联系上了,但是他说:'不,我这个人一辈子光明磊落,死也要死得正大光明。'"

胡秉宸说:"想想他也有道理,救出来怎么办?送红区?不送红区往哪儿送?到了红区又怎么安排?他是除蒋介石之外的陆海空军副司令,到了共产党这边,至少该在毛一人之下、万人之上,无论如何,总得给他一个平起平坐的位置。就算共产党好好利用你说的那些营救机会,可是蒋介石能放吗?他对张学良可谓深仇大恨——共产党要钱给钱,要物资给物资,要武器给武器。张学良第一次到延安,看到那里很穷,后来亲自驾飞机到延安,偷偷给延安送来两万光洋,林祖涵接到那两万光洋的时候都掉泪了。最后,张学良还以西安事变逼蒋抗日。所以说蒋介石关他几十年,没有杀他算是客气,当然他也不好杀……他出来又能有什么前途呢?他是注定要为这个国家牺牲了。可能,不出来继续在里面关着,是张学良最好的出路——蒋介石欠他的,共产党也觉得欠他的,老百姓、国际舆论也都说他是英雄,永远的英雄。"

顾秋水不能不佩服胡秉宸的全面深刻,高瞻远瞩,"是啊,如果他出来,在战争中被打死了也说不定,军人的生死谁能把握?就是打不死,也得让日后一个接一个的政治运动整死吧……张学良被押后,东北军又起内讧,蒋介石趁势把东北军分散或放在前线消耗掉了。抗战结束时,顶多残余两个师,解放沈阳时,这两个师又被派去固守沈阳和长春,被人民解放军全部歼灭。一代东北男儿就这样完啦!真是:'白山黑水几英雄,张郎已去霸图空。五十万人齐解甲,竟无一人是男儿。江左斯人难是解,辽东有鸟呼不丁。'我是说江左的蒋介石,对付日本人哪有谢安的才干?东晋偏安江左,北方五胡乱华,苻坚率兵百万南下攻晋。东晋只有三万多兵力,情况相当危急。苻坚甚至说,我等拥兵百万,投鞭入江可断长江之流。前朝宰相谢安,其时因受朝廷排斥,退隐东山,东晋于危难之时只好又请他出山,谢安令侄儿谢玄领兵三万,于淝水背水一战,打得苻坚望风而逃,溃不成军,风声鹤唳,草木皆兵。"

旧学底子很深的胡秉宸笑了。说到谢安,还用得着顾秋水指点?不过,是啊,东北军一垮,他们这些人还有什么个人前途可言?

"'辽东有鸟呼不丁'一句,说的是辽东有个丁令威,出家学道,学成后化为白鹤回到辽东,停落在墙头,有些小孩儿拿弹弓打他。他说:'丁令威,丁令威,一去千年化鹤归,江山依旧人民非。莫弹我,弹我复何为?'即便张学良回来,也会像丁令威化鹤归来那样。"顾秋水伤感地说。

"'两字凭人呼不肖,一生误我是聪明……'张学良这两句诗,对他倒也贴切。"胡秉宸绝对没有褒贬的意思,不过随口而出。顾秋水平时倒也不见得不这么想,可是轮到他人这样说到张学良,他就觉得很不受用。

谈到这里,他们算是崩了,刚才那一番心算是白交了,重新回复到见面初始的冷眼相对。

顾秋水不逊地打量着胡秉宸那张与自己年龄不相上下、早早失去血色的脸,想:这种人也算参加过战争?他会杀、会刺、会骑马、会射箭吗?

顾秋水对政治的延续——战争的理解,是太浅薄了。

胡秉宸对革命的贡献,不但顾秋水,就是革命营垒内部,又有谁能了解并记得一二?

仅就胡秉宸在一九四〇年十月前后,国民党二次反共高潮前夕,把国民党"军统"机关在重庆电台的位置、技术装备摸了个一清二楚这一件事,他的贡献就无法估量……何谈为林彪找父亲,为毛泽东找儿子那等传奇的贡献和经历?

对顾秋水这个老兵痞,胡秉宸自然也是以牙还牙。不过他的以牙还牙,是不动声色的。他的不必动以声色,显示了他和顾秋水方方面面的距离。

胡秉宸在以牙还牙的同时,更有作为一个执政党人,对那走投无路、不得不臣服脚下的人施舍残羹剩饭的快意。

其实胡秉宸是相当开明的,就在决定和吴为离婚前,还物尽其用地让吴为将他那部巨著在电脑上打字成文。

正像在开篇中说到的,出于对历史的爱好,胡秉宸常常把纵横上下几十年的经历,作为一个宏阔的题目来温习,尤其指出实行政治改革对社会进步非同小可的意义。书中对所有参与推进本世纪进程的政治力量,都给予了充分的肯定。

可是面对一个有血有肉而不是文字上的"各民主党派",却不能与他巨著中的立论合二而一。

对于胡秉宸的这部巨著,吴为不是很以为然。在她看来,那些文字不过是许多研究者已然发表的论文汇集,并无新意。

自他投入这部巨著以来,家里堆满了剪报和各种书刊,胡秉宸整日在那些纸堆里,废寝忘食地寻觅。

胡秉宸一边掐着表,一边盯着她打字的速度,"你能不能再快一点儿?"说着,他往电脑显示屏上看了一眼,突然大动肝火——

"你怎么能把设立的文件名叫做'胡秉宸'?不行,你得立刻把这个文件名给我改掉,绝对不能让人知道这部书是我写的。"

吴为觉得,他把这些算不了什么事的文字太当回事了,"是你写的又有什么关系?我不认为这里面有什么值得特别注意的东西。这些论点,早就散见于各处报刊、书籍,不信傍晚出去走走,地摊儿上有的是这种书卖……即便追究也追究不到你的头上。"她把下巴颏儿向书房里横七竖八堆放着的报刊、书籍摆了一摆。

他昔日的睿智、才华哪里去了?

也许他真的老了,空有一番雄心,却旧景难再。

尤其到了二十世纪末,世界已然变得如此开放、还势必变得更加开放的时候,再把这些他人研究过的问题放在嘴里嚼来嚼去,究竟还能嚼出多少滋味?

吴为如此看待胡秉宸的著作,的确没有历史的眼光。

也许现在看来,这些文字都是别人嚼剩的东西,可是,胡秉宸起初在心中反复研磨、追索它们的时候,相信那时没有几个人能具备他这样的远见卓识。

回顾胡秉宸的革命生涯,可以说是付出一切,在所不惜,不达目的,绝不息止。如果不是这样,当年也不可能得到以严律著称的周恩来的赏识。

也许还有一点对功名的渴求?

不要以为还在妈妈怀里抱着的他,没有听懂马佾对妈妈说的那句话:"小少爷至少是二品顶戴花翎的前程。"他也没有白白站在那个老四合院的中式客厅里,对着那幅"太上立德,次为立功,再次立言"的中堂出神;也没有白翻那本装在紫檀木盒子里,用素绢裱得精致讲究,彪炳胡家千古的家谱——在从少年到青年,那最影响人生走向的年龄段。

不能说胡秉宸要求更改文件名就是胆怯、委琐。他一生谨慎,正是因为这谨慎,许多看起来毫无希望的事,最终还是被他一一解决。

也许他早该着手。不过除了谨慎还要等待时机,只可惜这个时机来得太晚,而且他还不能肯定自己果真没有错误估计形势。即便现在他还得留意,不要在这人生最后一搏中折进去。他一直没有忘记四十年代他那个关于"南北朝"的发言。

反过来说,抢先爆炸很可能引来杀身之祸,结果还是不能成事。就像那个反对经院哲学的布鲁诺,还不是被宗教裁判所烧死了事,谁又能为他证明对错?

综观天下,能掌握恰当其时这个火候的有几位?大部分是杀头的下场。

只是,有过多少这样的先例,谨慎的结果是错失良机,是时过境迁,最后只落得痛惜几十年或一生心血白白流失。

而胡秉宸自己也需要一个"过程"。

胡秉宸在经历过一生的惊涛骇浪之后,晚年却感到了极度的迷茫。

特别在和不受那些历史成见束缚的吴为纠缠在一起之后。

那个不曾被土地、资产、破产、新旧官职以及那些历史偏见束缚的吴为,思维方式随意而飘忽。不经意中,或有石破天惊之语,击中他那多年的疑惑。她的思维方式,裹挟着她的爱情,台风一样冲击着他的过去,冲击着他的犹豫、彷徨和计较……难怪他的老战友们说,他受了吴为修正主义、资产阶级思想的影响、毒害,从政治到思想感情全面堕落,没有保持住晚节。

但也不必为胡秉宸惋惜和叹息,堕落与脱胎换骨有本质上的区别,除女人失节(特别是他们那个阶层外的女人)绝对不可饶恕外,对其他一时难免的堕落,只要知过而改,老战友们的态度,还是相当放达的。

此外,他决心成书的时间,也不是不值得研究。

也许是"无巧不成书",这时间恰恰是在一场因他技艺稍嫌稚嫩,以及为坚持一定操守而不得不遭人暗算之后。包括他和吴为的关系,从调情转向爱情,也发生在此之后。

一般说来,大彻大悟,常常发生在彻底的失落之后,可以看做一种物极必反的现象。

也许还有另一个求证的途径。比如他在得知朋友于一九四三年被"抢救运动"的一粒枪子儿送上黄泉之路以后,随即对跟随他多年的一个地下工作人员说:"虽然我很了解你,但如果组织上说你是特务,我也会马上枪毙你,绝不手软!"——当然,这也不妨看做是对一种理想的忠诚。

吴为竟然这样评价他的书!特别是她把下巴往那些报刊书籍上的轻浮一摆,摆出了多少不屑?

这不屑怎样地侮辱了他!不仅侮辱了他,还侮辱了他几辈子攒下来的自信、自尊、自傲,还有他的德操。

他是那种贪生怕死的人吗?!

有时还算善解人意的吴为,怎么就不能懂得他这一番掂量?

他研磨、追索了多年也折磨了他多年的心事,就被吴为这样不负责任地做了了断,这和否定他的一生有什么区别?

她下手怎么下得这么狠?

此时此刻,胡秉宸无限怀恋地想起白帆对他无条件的崇拜,可是白帆的崇拜又崇拜不出什么名堂,也就等于没有崇拜。吴为倒是能崇拜出名堂,他却越来越难让她发出一声赞叹。甚至几年前最后一次报告的立论,也被她毫不留情地推翻,还是由她捉刀,才换来最后一声喝彩。面对听众热烈的喝彩,难免不兴奋地颔首、挥手、微笑……可是他突然僵在那里,这喝彩是属于他的吗?不,那是吴为的。他头一次不自信地想,他是谁?他的位置在哪儿?他想起那个娶了穆桂英的杨宗保。

不过吴为的话又不无道理……难道就此罢手?

他不甘,他真的不甘。

他恨吴为不再像从前那样为他"时刻准备着",急他所急,难他所难。只要他一声令下,巴不得为他赴汤蹈火。

瞧她那无关痛痒的样子!

而过去,哪怕他的一声咳嗽也会让她坐卧不安,吃条鱼也得把鱼刺替他一根根先挑出来;临睡之前把急救药剥好放在床头柜上,生怕他的心脏不适,措手不及……更不要说这等至关重要的大事。

难道这就是那个像叭儿狗一样,总是用一双巴巴的、望着主人的目光望着他的女人吗?

哪怕她来个情变,也不会让他这般心痛入骨。这个看上去毫无心计的女人,原来还这样没有人心!

胡秉宸实在不该这样痛恨吴为。他的问题是到现在还不想接受这样一个现实——一个人不可能永远处在巅峰状态,总有不能那么遂心、不能那么所向披靡的一天。对波澜壮阔了一生的他来说,这真是一个很难处置的转折,很难将息的时刻。

"不行,你非得给我改过来不可。"他坚持道。

既然胡秉宸这样多虑,对她也肯定戒备有加,她又何必多事地替他承担这份重任?便推托道:"明天我就要上飞机了,行李还没收拾呢。"

"我就是要赶在你走之前把它打好,带到国外。用你那个洋女婿的名义——千万不要用你女儿的名义,不然有关部门一查还会查到我的头上——想办法把这部书出版,再让他发回国内。那样,谁也不会想到这部书是我写的了。"

吴为惊悚地停下打字,这个算盘打得实在太精,也太无情无义了。

即便禅月已经不是中国国籍,即便胡秉宸认定这部书肩负着重大的历史使命,他也不能这样坑害她的家人。她心中暗暗对女婿说:亲爱的,亲爱的,你万万不会想到,在遥远的中国,有一个你永远不可能一见的男人,已经这样地打上了你的主意。

也不能说胡秉宸是坑害她的家人,她难道不是他亲爱的妻吗?她的家人不也就是他的家人?她的女婿不也是他的女婿?他们共同的家人、女婿,怎么就不该为岳父肩负的重大历史使命贡献自己呢?

正在她忧心忡忡,不知如何为女婿逃过这个暗算的时候,她想起了茹凤的谆谆教导:无论胡秉宸怎样打磨、修理她,在飞机起飞、远走他乡之前,都必须隐忍,否则就无法逃出他蓄意制造的离婚谋略。

胡秉宸早就在紧锣密鼓地准备和白帆"梅开二度"。小保姆说她常常听见胡秉宸和白帆在电话里讨论如何另外申请一套房子,准备搬家。

吴为不信,说:"你怎么知道他是给白帆打电话?"

小保姆说:"她的电话号码里肯定有三个挨着的'1',那三个'1'拨起来声音很短,我一听就听出来了,不信你查查她的电话号码。"

她一查,果然有三个挨着的"1"。

胡秉宸常常对吴为说:"我这一生有过多少千钧一发、独入虎穴的时刻,可都没有被国民党抓住,原因是严谨。"

她对小保姆的智商大为惊讶,又暗笑胡秉宸这个资深的"老克格勃",却让一个小保姆轻而易举地破译。

如果不是小保姆的智商让人惊讶,就是胡秉宸对吴为已经到了不必隐晦、正大光明地拿她不当事的地步了。

就是这样,很长时间内吴为也没有开窍,还高兴地说:"可能他们为芙蓉申请房子,准备她结婚用吧。"

芙蓉一直在等一个有妇之夫,虽然从二十岁等到四十多岁,如果有情人终成眷属也还是可喜可贺。

小保姆的判断是正确的,胡秉宸和白帆不愿住在胡秉宸和吴为住过的房子里,新人、旧人地换来换去,难免不招致左邻右舍的议论。

吴为的不肯入彀、不肯提供方便,让急于离婚又不肯承担责任的胡秉宸恼恨在心又不便直说,只好加紧制造离婚口实。他相信,逼到吴为受不了的时候,自然就会先张开嘴。所以他在制造离婚口实时,难免掺杂着泄恨、报复的残忍。但也不能因此指责他对吴为心太狠,哪个急于离婚的人受得了无穷无尽的等待?想当初,胡秉宸不也为了吴为,这样对待过白帆?这叫一报还一报,吴为有什么可说的?

到了后来,吴为总算明白他们这一场婚姻到了头,可她还是说:"你和白帆爱怎么样就怎么样,就是搬到一起住,我也是一个没看见,但是离婚,没门儿!"

吴为不同意离婚,并非完全出于对胡秉宸的爱恋,而是明白,一旦同意离婚,她就会因为比胡秉宸年轻、有钱,因为那道德败坏的"前科",掉入一个已经设计好的陷阱。只有她掉入那个陷阱,胡秉宸和白帆才可以从容地面对社会舆论。

当然,她最后还是让一生中桩桩件件都能如愿以偿的胡秉宸,如愿以偿地和她离了婚。

根据已往的经验,如果不听从胡秉宸的旨意修改文件名,他准会生发出一个让她明天不能按时启程的主意。好比那年去国外领取一个文学奖,他就假装生病发烧,使她几乎不能成行。

吴为对胡秉宸的坑害只好佯作不解,继续推托,"我实在太忙了,能不能让芙蓉替你打?她那里还有一台电脑。"

"不,这对芙蓉太危险了。"胡秉宸不容分说地拒绝了她的请求。

多少次她都想冲口而出:"难道对我就没有危险?"可她必须隐忍。再说,她怎么好意思和自己的丈夫"刺刀见红"?

何况这还谈不上危险。要是真有危险,不要说在她和芙蓉之间做个抉择,就是在她和他之间做个抉择,恐怕也得先把她推出去卖了。

做了多年"宰相门中的媳妇和二品侍郎夫人"的吴为,仍然是俗人一个,这种时刻,更是不能免俗地算计起来——当年为使胡秉宸免于对手的倾轧,为他担待了多少罪名,遭受了多少迫害?难道这就是他的回报?

她直挺挺地坐在电脑前,却眼睁睁地看着另有一个吴为,捂着心口在地板上疼痛难忍地翻滚。

"时间不多了,你赶快把文件名换了,继续打。"

吴为只得拾起掉在地上的心,把它塞进破了膛的胸口,又把裂开的胸口往一起拽了拽,掖了掖,撑起脊梁,换一个文件名,继续往下打。

胡秉宸一看新换的文件名,又不高兴了,"你怎么把文件名换成了'西门庆'?这也太不郑重了。"

"'西门庆'有什么不好,是一种非常安全的颜色对不对?"她隐忍着心痛、惊悚,悄声分辩道。

直到深夜,那份工作才告结束,当她把一个备份软盘递给胡秉宸的时候,他却不急着接手,说:"等一等。"

她不懂,十万火急的他,怎么又不急了?原来他去找来一双手套,把那手套戴上后,才来接她手里的软盘。

原来他是怕软盘上留下他的指纹!

吴为不可遏制、歇斯底里地人笑起来,"你真是没有白干多年的地下工作!"

胡秉宸申斥说:"别笑了,别笑了。现在夜深人静,人家听见会奇怪的。"

她看看自己赤裸的双手,越发不怕别人听见地高声说道:"你怎么没想到让我戴上一双手套?你怎么没想到让我戴上一双手套……"

当夜,胡秉宸还不失时机地和吴为做了一次爱。

这是他们几十年关系中,具有非常意义,更应载入史册的最后一次做爱。

虽然他们各自心怀鬼胎。

彼时,胡秉宸和白帆已如愿以偿地把他和吴为住过的这套房子换了一套新房子,已经非常具体地在和白帆酝酿如何开始他们的新生活。芙蓉也正在为他何时、以什么借口,向吴为发动离婚献计献策。

而他却无法挥去对吴为的一丝留恋。说一丝也许不够,还应该说不少。他对和吴为的离婚也不是没有犹豫,虽然在芙蓉奚落、鄙夷他的犹豫时,从不肯承认这一点。

他还想到,当吴为回来的时候情况就会大变,他们再不会有肌肤相亲、睡在一张床上的可能了。胡秉宸难免心生惜别之情,而且这也算是和吴为的一种告别。

这次做爱,更是他这一生和女人关系的彻底了结。他思忖着,和白帆重修旧好以后,他们的关系结构不可能像和吴为这样松散,他是再不可能有机会亲近别的女人了。

过河卒子吴为,终于在"舍车马保将帅"的战略高度上,明白了她与芙蓉的地位,也明白了她在这个家庭中的地位;又在体味了明目张胆、无需遮拦,故而连"自私"这个词汇都不足以说明其残酷程度的"手套"事件后,深知在紧接下来的这个做爱项目中,她将要付出多大的努力和坚忍。

到了现在,她对胡秉宸的所谓"爱",是不是应该很清楚了?

不过她还有一个借口,可以作为推辞的理由:"医院不是说我患有输卵管结核吗?我担心会把结核传染给你。"

既然胡秉宸如此看重这最后一次做爱,凡事又那样胸有成竹,这种理由怎能拦得住他?——"我戴避孕套就是了。"

吴为再次挣扎了一下,"可能戴避孕套也不行。"

"那我就戴两层。"

这个远离口腹传染渠道的输卵管结核,不但使胡秉宸吃饭时要与她分用碗筷,就连分用的碗筷,使用后也要煮上几十分钟消毒。

记得她住传染病医院期间,他到医院看望,扢挣着两只手站在病房地当间儿,哪儿也不敢沾,生怕传染上结核,更不要说在她的病床前坐一会儿。那样扢挣着手站着,对一个生活舒适的人,真是很累、很累,也难怪他只站了十多分钟就匆匆离去。

但她还是相当满意,想想当初,在那漫长、空守一腔情爱等待他的日子里,多少次生病住院,他还不能到医院来探望她呢。

同病房的人怀疑地问:"这是你丈夫吗?"

"是呀。"

"他吓成这个样子,还怎么照顾你啊?"

"有小保姆呢。"

但是为了做爱,胡秉宸却不怕牺牲。

当然他也不会贸然从事。他怀疑吴为的汗液也可能带有结核菌,便与她身体尽量减少接触,再加上双层避孕套的防护,可谓万无一失。

所以在吴为得了输卵管结核之后,他们做爱,就像在科学实验室进行严格的科学实验,或在手术室进行外科手术。

吴为和胡秉宸结婚伊始,就停留在一部歌剧的序曲而无法进入正剧的做爱状态,到了这时,就彻底失去了进入正剧的希望。

看到胡秉宸低着头捣鼓着他的避孕套,吴为放了心,猜想自己可能躲过这一关。

果然,还没等他戴上第二个避孕套,形势即刻大颓。

但是每一接触吴为的身体,胡秉宸还是禁不住发出一声久旱逢甘霖的喟叹,但也不失时地闪过一些盘算。

随着和白帆以及旧日生活的修复,与吴为热恋时被他粪土过的一切,也被他一一拾回。与吴为的结合,到了此时,已被他重新定位为对自己几十年修炼以及他那个阶层的背叛。难道他不应该尽兴品味一下这具胴体,并使这个品味发挥到极致,否则岂不辜负了那个不惜血本的背叛?

而吴为又何尝没有背叛胡秉宸,背叛自己的诺言?

婚后,胡秉宸从未得到过他期待于她的缠绵,她的举案齐眉只能说是一种优质服务。她以为自己的绝对忠诚就能够等同或顶替女人对男人的情爱、性爱,就足以说明她是个信守婚姻合同的人(她甚至因此而自豪),就有资格让胡秉宸万无一失地候在一旁?

很像是一种报复。

胡秉宸不明白他壮烈牺牲、费尽周折弄到手的,却是白帆老年时代一个相似的拷贝——至少青年时代的白帆还是知情知趣,淋漓尽欢的。

吴为在床上的表现也越来越显得居心叵测,虽然尽职尽责得无可挑剔,却难以让胡秉宸尽性尽欢。她阴冷地眯着眼睛,像一部X光机,无师自通地观察着、透视着、剖析着忙于行动的胡秉宸,反反复复回放着与胡秉宸那部关系长达二十多年的影带,并得出那样令人毛骨悚然的结论:只有在这个时候,胡秉宸才是属于她的,专心的(而不是忠诚的)、痴迷的、没有间隙的、可知的……

不知可否推及所有的男人——只有在这个时刻,他们才属于和他们做爱的那个女人?

等这个过程了结之后,胡秉宸马上就会变得拒人千里、无法沟通、无法把握,重新成为一个面具,一个属于任何女人而偏偏不是属于她的男人。隐约中她冷酷地、不光明地想到,在与胡秉宸的关系中,她也有胜利的时刻,比如此时,至少她能揭下他的一层面具,明白他的盘算,永久地占有了别人不可知的、这种类似他"初夜"

的时刻。因为,没有哪个女人在与他做爱的时候,会成为这样一部X光机。

这样恐怖的做爱气氛,除非在三级恐怖片里,恐怕举世难寻。而吴为就像那片中的女鬼。

胡秉宸果然是男中豪杰,除他,试问天下男人,谁敢和这样的女人做爱?

说到面具,吴为自己就不戴吗?她和胡秉宸的差别,不过是多少、优劣之分,并没有原则上的分野。

每当胡秉宸的老战友议论吴为嫁给他是为了钱时,胡秉宸却从不向他们解释,他根本没有将他的工资交给过吴为,他们的生活开销也大部分靠她的稿费和工资。可吴为又不愿开诚布公地和胡秉宸谈一谈她对这种虚伪、算计的轻蔑和不甘,生怕一谈钱就毁了她的清高,又担心这样赤裸地谈钱就等于打了胡秉宸的脸,他们的婚姻就不仅是风雨飘摇,而是龙卷风横扫⋯⋯她像夹在钳子里的一枚胡桃,在面具和切实利益的选择中挣扎得很苦。在这个挣扎中,她不但显得十分恶俗,而且琐碎、低劣、小家子气。不像有些人,即便算计,也算计得黄钟大吕,如此,她有什么资格对胡秉宸的面具说三道四?

面对诡诈多端的各类群体,面具又该是何等的必须,她又有什么理由对胡秉宸的面具说三道四?

何况有一次胡秉宸还是很给她面子,当着芙蓉的面,看也不看,顺手把他的工资往她面前一推。冥冥中好像有人指点,她当时的反应可说是发挥超常,居然置老战友们的议论于不顾,毅然接了过来。那真是再好不过的一个道具,让她可以在芙蓉面前证明或是扮演她还是这个家庭的女主人。虽然芙蓉走后,她又不着形迹地把工资还给了胡秉宸,但还是非常感谢他给她的这个机会,甚至有个镜头在想象中活灵活现地出现:身后靠着一张桌子,右脚在左小腿前绕过,脚尖点地,微微仰着头,悠悠地吸着一支烟,另一只手闲散地撑在后面的桌子上,而不是抱在胸前。抱在胸前身体就会前倾,那种形态通常用于琢磨而不是优越——而且是一种不过分的优越。

一上飞机,她就把胡秉宸让她带出的软盘掰碎,扔进了飞机上供呕吐用的纸袋。

她甚至不曾为她浪费的时间感到些许惋惜。

几十年的青春都白白消耗了,这一点时间又算得了什么?

再说,胡秉宸那里不是还存有一个备份软盘?他只是无法借她女婿之手,在国外替他出版那本书了。

虽然胡秉宸那里还存着一个备份软盘,吴为还是下手太狠。她掰碎的何止是那个软盘?她掰碎的是胡秉宸几十年思想结晶啊。

听着软盘"嘎巴、嘎巴"的脆裂声,吴为高兴得真想跳起来在机舱里尖叫,真想拥抱机舱里的每一个乘客……可她极力控制着自己,双肘紧抱,双腿上蜷,将身体缩成一团,反反复复对自己说:"我不能那样做,我不能那样做,否则别人就会以为我是疯子。可是我不是疯子,我很正常,很正常。"同时心里又卑琐地想:胡秉宸,胡秉宸,你就接着慢慢抄录那些报刊、书籍吧。

她笑了起来,这难道不是对坑害他人的人一个最好的回答?现在,胡秉宸是鞭长莫及,再也不能强制她干这档子事,也不能让她不能按时启程了。

她解放了。

解放了。

解放了——

她不停地笑着,左右邻座奇怪地打量着她,可她还是止不住地笑。

她扭过身去,把脑袋攮进舷窗和靠椅间的那个死犄角,更加畅快地笑着。好久好久她都没有这样笑了。她笑啊笑啊,不知笑了多久,突然脑袋往座椅的靠背上一仰,立刻睡着了,在到达目的地之前一直没有醒来。

二

叶莲子的眼底,永久性地拷贝下顾秋水那个双膝跪地的形象,特别是他眼睛里的一泡泪水,也保留着乍听这句话时那蚀骨销魂的感觉。这感觉支撑着她日后望穿秋水的日子,也使她在回首往事时,不断确认婚后那两年多,是一生中最为幸福的日子。

当她晚年不止一次说到这段幸福生活时,让吴为非常气馁。

吴为一辈子都以为,惟有她和叶莲子,才是这个险象环生的世界中相依为命、须臾不可分离的至爱。她虽然没和叶莲子正式讨论过这样的问题,但她认为叶莲子肯定也是这样想的。

这一生吴为经历过多少"最后只剩下自己"的时刻,只因为有叶莲子的相伴才闯了过来,没想到在她们今生情缘将尽的时候,叶莲子却这样说。

每每听到这些,吴为就像是被最后抛弃,并被这抛弃击垮似的,显出一蹶不振的样子。

三

将吴为出生伊始,就睁着一双黑黝黝的小眼睛,对叶莲子许下的那个愿——"妈,我是为你才到这个世界上来走一遭的",完全说成是义无反顾,也不尽然。

谁能说她的义无反顾不是对既成事实的铤而走险?

谁知道她是否盘算过,她将为对叶莲子许下的这个愿付出什么?……

从她生下一个多月就来了一次几乎致命的无名高烧,就可以看出她的不甘。直到成年以后,她总是无端生病,无名高烧,像她那些没有成活的舅舅或姨妈那样,总在伺机以动,时刻准备回到来处,让身陷困境的叶莲子更是难熬。

不论吴为是义无反顾还是铤而走险,叶莲子都没能解读——这个刚刚出生的婴儿,为什么大喊一嗓子之后,就不再像别的婴儿那样只管一味闭着眼睛啼哭,而是一住嘴就睁开眼睛,并且定定地望着她,好像一出生就认出她们本是旧时相识。

四

然而吴为出生的那个早晨,却有一种透明的质地。

那时候,他们住在北平东四七条后面的一条胡同里,三间朝北的房子。吴为就是在尽里头那间房子里出生的。不论如何,尽西边靠里的那间屋子,在这个不该被如此简化处理的生产过程中,可能会给首当其冲的人一点安全之感。

顾秋水没有把叶莲子送到医院去分娩,而是把助产士请到家里接生。这倒让吴为在几十年后旧地重游时,更多一番欷歔。

半个多世纪过去,胡同早已易名,而胡同里的房舍也像住在这胡同里的人一样,老了、死了、搬走了,更有新人不断出生。

偏偏她出生在那儿的一溜房子,旧貌换新颜地翻盖成机制瓦房。院子里那棵槐树也还在。

世事变化再大,那块地界下,也一定渗着叶莲子的血。院子里的槐树也好,杂草也好,难道不会因此更加繁茂?

五

顾秋水很快捧了一捧紫藤回来,插在一个玻璃瓶子而不是花瓶里。那时候他们还没有花瓶。贫穷而又不甘简陋的人,差不多都有因陋就简营造气氛的能力。

紫藤是从一墙之隔的包天剑师长家折来的。

包家的院子像北平有钱人家的院子一样,自然少不了花厅、金鱼缸、假山石、藤萝……却没有书香门第或传家已久的大户人家的气派——比如说胡家的格局和韵致——比较地脱离不了暴发的一览无余。

自公元一一五三年（贞元元年），金代海陵王迁都燕京，使这个城市成为一代王朝之都以来，历经元、明、清，几百年帝王之都的修炼，一个出身于外省"胡子"的人，很难在这里展开手脚，更难以融入这个城市拿腔拿调、大气悠闲、欲擒故纵、有根有基、有恃无恐、伸缩自如、荣辱不惊、旁若无人、没有目的或不必有所目的的内底。

不论在大街上或是小胡同里，碰见一个走路轻飘、眼神洒脱、哼两口京剧、提溜一个鸟笼子的人，恐怕都比这位包将军有来历，有学问，有讲究，见过场面。见过场面倒也算不了什么，难的是不论什么场面，都能应对得让人挑不出礼儿来。

更别看他一身落魄，没有正当职业的样子，家里喂鸡的食槽可能都是缺了盖的、大内宫女们冬天焐手的手炉子。一根绿豆芽也得掐头去尾，只吃中段……

这样一个历尽沧桑、自尊自贵的城市，已经刀枪不入。不论外省人如何奋发、进取，恐怕还要经过几代"换血"的努力，才能融入这个城市。

顾秋水和叶莲子住的那个院子没有紫藤，只有一棵北平哪怕最简陋的四合院里都可能有的槐树。

夏天的傍晚，他们像所有的北平住家户那样，在槐树下喝过小米绿豆粥、乘过凉、摇过蒲扇或羽扇，和以卖小线为生的房东杨大哥杨大嫂聊过天……在叶莲子怀孕的初期，还在那棵槐树下喝过从沿街叫卖的挑子上打回来的豆汁儿。

女人在妊娠期间的口味奇特而无由。叶莲子这个东北女人，却喜欢上这道典型的北平风味小吃。

顾秋水得空也陪她到隆福寺去逛逛，或在小摊上喝碗豆汁儿。顾秋水不喝豆汁儿这种东西，宁可买些下酒的小菜带回家，他有东北男儿的大刀阔斧。

把叶莲子安排在豆汁儿摊前的小凳子上坐好,就到别处转转,让叶莲子慢慢享用。他不烦不躁,得意地感受着一个男人能给女人制造欢喜的自信。

在如何对待、宠爱女人的问题上,胡秉宸和顾秋水都是惜墨如金。他们深知,迷恋中的女人多有一两拨千斤的能力,并天生具有文学创作的潜质,自己就会往下编撰更多的情节。

可不是,想着丈夫就守在不远的地方,沉静如叶莲子者也不可遏制地张扬起来。

被硬毛刷子刷得饧着白茬的矮桌,赏心悦目。豆汁儿上冒着又酸又甜的热气,就着新烙的壳脆里热的芝麻烧饼,咬一口就露出像是摞着一二十层绵纸那么松软的饼心。烧饼里夹着酥脆的、一咬就成粉末的焦圈,还有小酱瓜、凉拌芹菜等佐食小菜……她最喜欢的是切得粉丝那么细、滴着几滴小磨香油的腌苤蓝丝,真比山珍海味还让她中意。

在顾秋水的陪伴下,叶莲子隆福寺喝豆汁儿这一节,多少是出自喜好,多少是别有一番滋味在心头的描写?

后来吴为到南城专营北京风味小吃的饭馆喝豆汁儿,想要继承母亲念念不忘的这一嗜好,也不知是没有了彼时的手艺,还是她的口味异于叶莲子,根本无从体会豆汁儿的妙趣。

吴为没有出生之前,他们也常去北海公园,走累了就在双虹榭、濠濮涧那些茶座吃吃茶,所费不多,又很时尚。

不大的方桌上铺着雪白的桌布,摆四碟干果。

叶莲子悄悄掀起桌布,下面不过是一张藤制的桌子,可是铺上一块白布,立刻就不同凡响。从此她认定了桌布,哪怕到了山穷水尽的地步,比如说在零霖村,她也会在破桌子上铺块白布。白布虽破,却洗得干干净净,熨得平平整整,那是一种品位。品位不那么势利,有钱可以讲,没钱也可以讲。

"您二位品点儿什么茶?"

"香片儿吧。"顾秋水说。自然是香片。龙井什么的是胡秉宸那种人家喝的。

也就是在北海的茶座上,他们才偶尔喝点茶。平时家里来了客人,叶莲子就到茶叶铺那曲尺柜台前腼腆地一站,买一两"高末儿"。店伙计也不因为买的是"高末儿"就有什么不悦,"您用点儿什么?"或是"没合适的?没合适的您就先随便瞧瞧!"照旧前后迎送。那一两"高末儿"买回来之后,能用很久。

"高末儿"像是叶家的"看家菜",日后吴为独自抚养禅月的日子里,也是一两"高末儿"接待来客。直到她有了稿费收入,才把"高末儿"改为茶叶。

伙计把沏好的茶端上,顺手把包茶叶的、上面印有绿色商标的小纸,叠了个三角,往壶嘴上一套,"您二位来点儿什么点心?"

顾秋水问叶莲子:"你喜欢什么?"

叶莲子羞涩地笑了,从小习惯的是他人的白眼而不是他人的殷勤。那日子虽已远去但尚有余悸在心,而且她不在意吃什么,只要跟顾秋水一起,在风景如画的北海公园坐坐就是完美。

她说:"随便。"

顾秋水点了仿膳的栗子面小窝头、肉末马蹄烧饼和漪澜堂的鸡丝汤面。

禅月小的时候,叶莲子如果带她上公园,必定是北海公园,最后还要在茶座上坐一坐,才算尽兴。即便到颐和园,也忘不了茶座那个节目。

不论吴为或是禅月,都不能理解叶莲子对北海公园、对公园茶座这份非同寻常的眷恋。

他们吃着、喝着,或是听蝉,或是观景,就是没有话说。

逆来顺受的童年,扼杀了叶莲子表述的能力,年深日久之后,她甚至中了逆来顺受的毒,把表述等同了花言巧语。

不善言笑——更不要说调笑,早早就为她的失宠埋下了伏笔。

只读过小学的叶莲子怎么也不明白,曾说过她要是有个三长两短便矢志不再娶的顾秋水,有一天竟会那样说:"你是漂亮,可我就是不爱你这个瓷美人儿。"

其实顾秋水日后的女人,哪个和他也没有共同语言。叶莲子只是没有表述能力而已,而他后来的女人,简直就是肚子里没货。

所以顾秋水,或是说男人,果真需要一个有共同语言的女人做妻子吗?从胡秉宸后来的实践也很难得出这样的结论。可能正因为他和吴为之间有太多的共同语言,反倒让他不好受用。除了做爱的时刻人们希望身上的遮盖越少越好,而在其他时间,最好还是有所包装。

不过顾秋水在三四十年代,就能使用这样一个相当领先、超前的理由与一个女人分手,胡秉宸则是到了七八十年代,才以此作为与白帆分手的缘由。

秋天傍晚,估摸着顾秋水快下班的时候,叶莲子就到干果店去,像那个时代的女学生一样规矩地站在店门口,瞅着店伙计挥舞着平铲在大铁锅里翻炒栗子。铁铲和栗子在粗沙里刷刷地响着,直炒到一个个栗子通体红紫发亮。等伙计过了筛,她就称上半斤刚出锅、热乎乎的栗子捧回家,掖在被窝里焐着,静等顾秋水回来一起享用。

或是到附近隆福寺庙会上买点通县张记铁蚕豆。老张家的铁蚕豆又香又酥,那驮货的小驴毛色黑亮,脑门儿上还坠着一朵绸子扎的大红花。

小毛驴通人性似的,见到她就摇头晃脑地喷几个响鼻儿。

已经从东北军退役的顾秋水,又在东北大学兼起一份军训主任教官的职务。这样一个职务落到他的头上,是因为蒋介石派往各大学的军训主任多半是特务,张学良当时是东北大学的名誉校长,有权从东北军指派军官担任东北大学的军训教官,以抵制蒋介石的控制。

东北大学那里有九十块钱薪水,每个月包天剑还给他五十块钱津贴,日子过得比上不足比下有余。

下班回家路过东安市场,有时会花一块钱买四个卤鸡翅膀,回到家里和叶莲子一起下小酒。那时候钱还不毛,一块钱能换四百个铜板,买一盒大婴孩香烟才二十个铜板,也就是五分钱。面粉四五块钱一袋,一桌说得过去的酒席也不过六块钱,档次再高一点的八块或十二块。

那么这一块钱四个的鸡翅膀,该算是精品了。

到家之后,先到包天剑师长家里打个照面,看看有什么事情要办。

常常是没事可干。

包师长不是到二十九军宋哲元军长家里打麻将,就是和东北军骑兵军王副军长到东单舞场跳舞去了。那时他们谁也不知道,这个舞步极佳、风流倜傥、后来牺牲在重庆渣滓洞里的王副军长是共产党。谁知那夜夜笙歌、钗光鬓影、满场飞舞不是个伏笔?反正包天剑在解甲归田脱离东北军后,又于一九三七年带着顾秋水奔赴延安,王副军长功不可没。

既然包天剑那里没事,又住得离东四牌楼很近,晚上更是常到那里吃个小馆,逛逛商店。

脱下了军服的顾秋水,急需几件长衫和棉袍。

叶莲子也说:"结婚时候做的衣服都太漂亮了,平时不好穿,不如做几件一般的布衣服。"

他们就在东四牌楼的东升祥绸布店,买些素花布或印度绸,就手在商号里加工,也不必另找裁缝。头天订货,第二天就能交活儿。

旧历年到来之前,顾秋水还给叶莲子做了一件驼色的厚呢大衣。

叶莲子常对吴为提起那件大衣:"我在北平的时候,你爸爸给我做过一件大衣……骆驼毛的。"有时又说成是安哥拉毛的。不论骆驼毛或安哥拉毛,都很不确切。

这件大衣后来丢失在香港。

丢失的过程,顾秋水和叶莲子的说法不一。

叶莲子穿着这件大衣,和顾秋水一起度过了他们最后一个旧历年,也可以说是叶莲子一生中最后一个旧历年。以后的几十个旧历年,除白帆的儿子杨白泉打上门的那一年为她略添气氛之外,其余皆穷苦孤零,乏趣可陈。

那是大年初一的早晨,鸡鸭鱼肉,叶莲子一样不落地置办齐全——虽然她们谁也没有那样大的胃口——而且还买了蜡烛。能张罗这样一个像样的年节,甚为难得。几十年啦,好不容易熬到吴为当了作家,有了稿费,可以置办年货的日子,从前她就是想张罗也没钱哪。她杀了鸡鸭,洗净,用塑料口袋装好,吊在厨房窗外冻了起来。鱼剖了,水控干,煎了出来。饺子馅也剁了出来,忙活得像是人丁兴旺,一大家子人在等着似的。又蒸了一笼屉豆包,用剪刀在豆包上剪出毛刺,还用两颗红小豆按在捏出的尖嘴上方,活脱一个小刺猬,接着又做了小耗子、小兔子……

"姥姥,您做得真像。"

"你说吧,你还想要个什么?"

"乒!——乒!——"又一个二踢脚在她们的窗前炸开了。禅月捂住耳朵,"哎呀,吓死人啦!"

叶莲子往窗外看看,一院子小孩在放炮,"别出去啊,净放炮仗,看崩你的眼睛。"

走廊里是迎来送往的嘈杂声,"给您拜年了,嘿,过年好!"

"好,好,大家好!"

…………

有人敲门,叶莲子觉得奇怪,谁能给她们拜年?

开门一看,门外站着一个年轻、孔武、面色烈戾的男人。她颤颤地问道："请问,您找谁?"

杨白泉把她往旁边一扒拉,对着闪开的大门问道："吴为在不在家?"

吴为一听找她,赶紧迎了出来。一看是张没有见过而又不善的脸,就先害了怕。因为不自量力地参与了为胡秉宸讨说法一案,早就听说有人要来砸她的家,先就矬了几截,忙问："请问您是哪个单位的?"

他没有回答吴为的问话,只是站在门外厉声说道："找的就是你。我警告你,你要是闹得我家破人亡,我就让你们家吃不了兜着走!"他拿眼睛扫了扫吴为和叶莲子,还有在吴为身后探头探脑的禅月,算是向她们老少三代女人一一分发了告示。

不论吴为,还是叶莲子,还是禅月,即刻明白了来人的身份。

公寓楼梯上川流不息,来往拜年走亲戚的人等也停下了脚步,等着给那年节再添一份热闹,何况吴为本就是个声名狼藉的女人。

叶莲子一看围观的人越来越多,就明白了这是杨白泉精心设计的时间和地点,赶忙在吓得失去血色的脸上推出一个微笑,劝让着："请进,请进。"

可是杨白泉横立门口,睨了她一眼,完全没有挪动的意思,两只眼睛如两把刚刚磨好的快刀,剁肉似的剁着吴为。

叶莲子希望尽快躲开这个毫无隐私可言的门户大敞之地,就去搀扶杨白泉的胳膊,"有话请进来说。"

杨白泉把胳膊横里一抡,就把叶莲子抡了个趔趄。她那老迈的身躯哪儿禁得住这种胳膊,身子由不得向右侧一倾,斜倒在右侧的墙上。幸亏有墙接着,不然非被这一胳膊抡倒在地不可。

禅月赶紧走出大门,搀扶起叶莲子。

杨白泉好像沾了一手脏土,拍了拍手,从容穿过围观人群,扬长而去。

叶莲子一关上大门,眼泪就下来了。

禅月说："他这是欺负咱们家没人,我要是个男孩子,非给他一嘴巴子不可……胡秉宸要是个男人，就该站出来承担责任。他既不出来承担责任又拖着你不放，是什么意思？这种男人就是跪在脚底下求我，我也会把他一脚踢开。他应该找自己父亲算账，问问他父亲：'你为什么在对吴为进行一番道德教育之后，又去追求她？'对他父亲说：'你要是重新把人家老少三代推进火坑，毁了人家一家三代的前程，我就把你那虚伪的面具公布于众！'凭什么找咱们闹腾！"

叶莲子觉得一下子又跌回社会的底层，扑通一声跪在地上，老泪纵横地央告吴为："吴为，吴为，你愿意爱谁，妈从不管。可这一次妈求你了，看在禅月的分儿上，别再和胡秉宸来往。为你过去的错儿咱们受了多少年歧视，现在好不容易才成了受人尊敬的作家……这个身翻得多不易。现在又一个跟头栽在胡秉宸身上……禅月是个好孩子，她不该再跟着你受世人的白眼儿。妈给你跪下了，磕头了，行不行？"

她花白的头颅，在水泥地上磕得噔噔响。

禅月忙去拉她，"姥姥！姥姥！"可是此时此刻叶莲子力大无穷，像要疯了的样子，一急之下，两眼立刻蒙上一层白雾。白雾盖住了她的黑白眼球，那双眼睛立刻变成了两个灰色的没有生命的空洞。她又一把拖禅月跪下，"来，跟姥姥一起给你妈磕头，让她为你想想。"

吴为也赶紧扑通一声跪下，禅月抱住叶莲子，"姥姥！姥姥！"她们三个人就这样跪在地上，哭成一团。

"妈，我不是不听您的话，他现在的处境太难太难，真是四面楚歌。白帆虽是为了整我，可她联合的都是与胡秉宸政见不同的，还有那些因为各种矛盾和他纠缠不清的人，动用的是当今最有杀伤力的关系……想从我这里打开缺口，目标冲着胡秉宸。他又病成这个样子，命都难保，怎么反手？……这种情况下，不要说把他交出去解脱自己，就是离开他，良心上也说不过去……"

即便这种时刻，吴为还丧尽天良地想：杨白泉的背影，多么像胡秉宸啊！为此她真想再看那个杨白泉一眼。

叶莲子一听白帆的后台那样伟大，更害怕了，"听妈的话，放手吧，他都顶不住那些压力，你一个平头老百姓就能顶住？你也不想想，要是你有个三长两短，妈妈年老体衰，禅月还没成人，丢下我们一老一小，谁又能来管我们呢？"

吴为无言以对。

她何尝不晓得利害。面前是一台巨大的天平，一头是一家老小的前途，另一头是胡秉宸，她必得决定取舍，必得毁去一头，没有调和可言。若选择胡秉宸，禅月和母亲又得重新落入任人轻蔑的低贱生活。

对她是活该，因为她爱胡秉宸。可是年迈的母亲和刚绽开两瓣芽苞的禅月为什么要为他受苦？

要是弃他而去……他总是说："你不能跳出去，你要是跳出去，我就要死了。"

禅月一跺脚，把她们两人来来回回看了一会儿，说："姥姥，妈妈，瞧瞧你们爱的都是什么人！哼，咱们家的这个咒，到我这儿非翻过来不可！"

她说到做到，叶家两代女人的命运，后来正是从她而始才彻底翻个儿。

叶莲子说："既然他们的目标不是你，你为什么要替他做这个挡箭牌呢？"

"要是顾秋水遇到这样的麻烦，您肯定也会奋不顾身的。"

"不是妈妈见死不救，当初你要是听妈妈的话，何至陷得这么深……我说话你别不高兴，到头来吃亏的还是你，不信就走着瞧。"

吴为并不知道叶莲子有一双很"毒"的眼睛。吴为和胡秉宸的爱恋伊始，叶莲子就看出吴为大难将至，但是吴为走火入魔，根本听不进她的规劝。

吴为问："您为什么反对？您倒是说出个道理。"

"说不清……不光是道德不道德的问题。总之是不行,不行。你要是不了断和他的关系,这辈子就要毁了。"

直到叶莲子故世、胡秉宸和她离婚之后,吴为才悟到叶莲子果然眼力非凡,才悟出叶莲子为什么不顾一切让她了断与胡秉宸的关系。

可是当初,有多少次她们母女为胡秉宸吵得天翻地覆、反目成仇,逼得叶莲子几乎离家出走。

吴为明知她无处可去,却狠心地说:"走就走,别拿这个威胁我!"

为了那个胡秉宸,吴为把含辛茹苦将她拉巴大的叶莲子逼入了绝境,也把自己逼入了绝境。对胡秉宸的爱和对叶莲子的爱,如五马分尸,将她的心、她的身首,撕成了碎片。

眼见吴为濒临灭亡的深渊,作为母亲,叶莲子怎能不拼力阻拦?她不得已转求胡秉宸。

她不敢求见胡秉宸,只能给他打个电话。

"求求您,可怜可怜我们一家老小,放过我的女儿吧,这件事不会有好下场。您是老干部了,知道什么事该做、什么事不该做,我求求您啦……"

应该说胡秉宸是个心地善良、从来谈不上歹毒的人,只是他做惯了大家的少爷,做惯了人上人。没到解放区之前是上等人,到了解放区以后是上层人,可以说是一辈子居高临下,惟我独尊。如今一个退休的小学教师也来对他说三道四,实在让他哽噎难咽。要不看她是吴为的母亲,胡秉宸当时就让她好看。

可是恃才傲物的胡秉宸,又该藏着多少鄙薄他人、刻薄他人的技艺?

加上党内几十年对偶、对仗、对局、对应的经验,只需点滴小技,就将一生忍气吞声、笨嘴拙舌的叶莲子,捉弄于股掌之上。

不要说退休的小学教师叶莲子,就是他那个比叶莲子有身价的老丈人——白帆的父亲,他又何曾放在眼里?

有一次他非常不屑地对吴为说:"白帆的父亲是个旧法院的书记官,又是'中统',也就是特务,北平大学国文系的毕业生,年轻时还是赌棍。分家时候给了他一栋房子,大概值二百块光洋,他一个晚上就输掉了一百七十块,一栋房子没了。后来只好住在一个大户人家后园的一间小屋里,还在床底下挖了个坑养鸡,他睡床上,鸡睡床下。我第一次去看他的时候,因为穿着西装很神气,他一慌,养的鸡就从窗户里飞了出去,他就跑出去撵鸡……我当天晚上就乘火车走了。解放以后我去看他,给他留钱他不要,一定要我寄给他,因为汇款单上可以看到寄款人姓名和寄款地址:某某部、某某人,他可以拿去给人看,对人家说:'看看,我女婿是个部长,每个月还寄我一百块钱,我女儿没有白嫁一个部长。'"

他虽不会长久记着他人的冒犯,可也不会忘记叶莲子的不识抬举,竟然拒绝了他这个赏赐,让从未遭遇过拒绝的他,遭到了平生第一个回绝。

特别是把吴为娶到手之后,叶莲子与他的对垒更以一败涂地而告终。

这难道不是吴为对在苦难中挣扎一生,与她相依为命的叶莲子的彻底背叛?

胡秉宸得意之时,却忽略了或是说根本不可能了解,叶莲子在他那里受到多少委屈,吴为和他就有多少不能消解的死结。

虽然叶莲子从未对吴为说过胡秉宸对她的鄙薄、刻薄,但不论是叶莲子或是胡秉宸都不知道,吴为有一种感知叶莲子的天分,否则她就不会在十个月大的时候,哪怕自己又馋又饿,董家大哥给她一个馒头也要先让叶莲子吃。

十个月!

平心而论,胡秉宸没有盼着叶莲子死或是高兴她死,但她一死,他却禁不住想,今后吴为将完全归他所有。可是他错了,叶莲子一死,他反倒彻底失去了吴为。

叶莲子,和他曾经给予叶莲子的鄙薄、刻薄,永远地站在了他和吴为的中间。

特别是叶莲子"七七"没过,他就急着和吴为做爱。

刚刚丧母的吴为,强忍悲痛,积极配合,希望为他补上多日不曾尽欢的一课。她一面恳求叶莲子的在天之灵原宥,一面不停地淌着眼泪。吴为的眼泪顺着面颊流下,打湿了胡秉宸垫在吴为颈下的胳膊,可他佯作不知,继续奋斗。

不能怪他求欢心切,以他对性爱的理解,世上哪有禁得住性爱诱惑的人?他以为通过他的努力,总会使在悲伤中不能自拔的吴为高兴起来。没想到他越是努力吴为哭得越是厉害,原本不出声的淌泪,变成了可闻的抽泣,他不能继续佯装不知,只好悻悻作罢,跳下床去,吼道:"我作为一个男人的一生,全让你毁啦!"然后抱起被子,到芙蓉房间睡去了。

如果一个承欢男人的受体,在男人畅享床笫之乐的当儿,竟是这种竞技状态,对那进入"状态"的男人,无疑是当头一记恶棒,所以就不应对胡秉宸的愤懑表示非议。

此后不久,吴为患了输卵管结核,他们的做爱,就变成了科学实验室里严谨的科学实验,或是外科手术室里的手术。

到了他们婚姻的后期,除了逃离胡秉宸的前夜,吴为不得不苟且地与他有过一次不成功的做爱之外,他们根本就不曾做爱。

胡秉宸不是没有机会弥补叶莲子去世后在做爱这个问题上给予吴为的伤害,可是这个机会,却让一个也许是偶然的失误,彻底毁灭。

吴为已经非常不习惯当着胡秉宸裸体,那一天她在卧室换衣服的时候,要求胡秉宸出去,胡秉宸不肯。她想想,也对,一个女人怎么能对自己丈夫提出这样的要求?

她背着脸换她的衣服,并不知道胡秉宸用怎样嫌弃、鄙夷的目光打量着她的躯体。事情至此也就罢了,可是胡秉宸突然说道:

"想不到你身上的肌肤,已经松弛下垂得这样厉害。"

也许这只是一种心情的流露,完全没有侮辱她的意思——她和他之间因为年龄造成的各个方面的差距,现在已经拉近,或不过是他企盼已经拉近。随着这些差距的拉近,他的心理障碍也一步步消解。虽然吴为从不在意这些差距,可是胡秉宸一直心存暗鬼。

在吴为听来,却是满怀轻狂的恶意。

也许谈不上恶意,胡秉宸只是看不得比他少了二十多个年轮那个躯体上的肌肤还紧绷着,还闪现着健康的光泽,还富有弹性,让他又是妒嫉又是渴望。

是啊,她身上的肌肤,至少还有二十多年才会沦落到他现在的状况。

所以他从不放过摧毁这个差距的机会。

这摧毁是这样地行之有效,特别是这一次,简直可以和一九四五年美国人扔在广岛上的那颗著名的炸弹相提并论,让负隅顽抗的日本人终于抠掉了那面膏药旗上的膏药心。从十九世纪末就硬贴在环太平洋区域上的那颗毒太阳,终于沉没太平洋底。

胡秉宸可能不知道,这种不能算是不美好的愿望,不只摧毁着他和吴为之间的差距,也摧毁了吴为对性别的兴趣,那才真是彻底摧毁了吴为作为女人的一生,同时也就连带着摧毁了他们之间的性爱。

也就难怪胡秉宸和她离婚后,有朋友看她像个孤鬼似的飘来荡去,好言相劝道:"不谈爱情,哪怕找个伴儿来陪陪你也好。"

她怪怪地看着那位好心的朋友,阴阴地说:"你觉着两挂老肉,力不从心地在床上纠缠不已,有什么观赏价值吗?"让不明就里的朋友,心里一堵。

吴为本就不愿在胡秉宸面前裸露,更想不到被一个男人这样地打量、评判,简直像评判一头牲口——哪块肉可以用来烤牛排,哪块肉可以用来红烧,哪块肉可以用来熬汤……不,即便是自己的丈夫也不行。她刷地转过身来,什么也没说,只是非常不对劲地看着胡秉宸。

多年前,他们结婚的时候,胡秉宸全身的肌肤就已松垂。那松垂的肌肤,严重到使他看上去简直不像个男人而像个女人,而且是非常老迈的女人。可是她从不在意,他的躯体对她并不重要,她要的是他这个人和他的爱。

想不到他倒先嫌弃起她来。

她那不对劲的神态后面,汹涌着千头万绪、千言万语,哪怕说出一宗,也会让胡秉宸难以自容。可是她不说,一个字也不肯说。

也许她还爱他。不要说对一个还在爱着的人,哪怕对一个不相干的真有必要做一番自省的人,她也不能说一句:"请看一看你自己。"

因为他真的上了年纪。对于一个上了年纪的男人,一旦提醒他说,他自己才是应该得到这种评判的人,他该多么伤心。

年龄的差距,尤其在性爱问题上,结婚初始就决定了他们地位的尊卑。她始终把他那上了年纪的男性自尊,看得比她这个女性的自尊更为重要。不论胡秉宸怎样伤害她,她也不愿在这种可能要一个老男人命的问题上,对他以牙还牙。

如果他比她年轻,或哪怕仅仅比她大几岁,她才不会有如此的雅量。

所以胡秉宸也就根本不能懂得,吴为这个不对劲的神态,决断了他们之间的什么。

当他再想和她做爱的时候,她就想方设法,左推右挡。这使胡秉宸非常恼恨,多少次无情地说:"白帆从来不敢对我这个样子。"

"那你为什么跟她离婚?"

"因为她不让我操了。"

吴为不介意这个"操"字,毕竟他是延安出来的,何况她自己就常常出言不逊;即便胡秉宸常常使用这一类的字眼,可是一穿上外衣走出家门,特别是见到知识女性,还是一个英国绅士。

她介意的是她在胡秉宸心目中的地位。如此说来,她的地位又比白帆好到哪儿去?"你——你——那就是说,你不过是想找个可以操的女人,对不对?"

可他明明爱过她,并且爱得死去活来呀!

胡秉宸没有回答。他说的虽然是气话,但也不能算错。认真说起来,当初他和白帆结合,不就是要找一个挨操的女人吗?不然以他的风流倜傥,怎么会轮到白帆?

一九三五年和一九三六年那两个旧历年,作为经典,在叶莲子心中永存。

从腊月二十三他们就开始筹办年货。顾秋水还给叶莲子买了一些杂拌儿、干果。要是个一小在北平城里长大的男人,过年想到给老婆买点杂拌儿干果也不为奇,可顾秋水是条东北汉子。当男人还待见一个女人的时候,在宠爱女人的问题上,真有无穷无尽的想象力,可以创造出多少让女人永志难忘的效果啊!

他们在东四牌楼的每一个席棚里浏览,卖年画的一边翻着大摞年画,一边唱着年画里的故事。按照顾秋水的意思,他们选了比较素雅的《西湖十景》,没有选那些戏出儿或是胖娃娃,或是花鸟鱼虫。

叶莲子按老家的习惯,包了酸菜猪肉馅饺子,配着豆腐乳、韭菜花的作料。酸菜是她自己腌的,还煮了一锅五花白肉酸菜粉丝汤,给顾秋水弄了四小碟酒菜。

刚拿起筷子,大门外头就喊上了:"送财神爷来啦!"

对屋的杨大哥和杨大嫂就喜喜兴兴地出去接财神爷,少不了多给那些送财神的穷孩子几个钱。杨嫂对他们说:"大过年的,大家讨个吉利吧。您二位吃年夜饭哪?"

叶莲子说:"正要吃呢。"

吃完年夜饭,叶莲子穿上那件驼色大衣,和顾秋水到街上看放花。又空又深的大街胡同瞎了眼似的,只有店铺外面的灯,在雪地里冰花似的眨巴着。猛然蹿出一枝花,像谁冷丁甩出一条带闪的鞭子,往黑夜上抽了一下。

没有亲朋他们也守岁到了五更,吃完黍米年糕,叶莲子说:"怪冷清的。"顾秋水拍拍叶莲子的肚子,说:"还有他和咱们一块儿守岁呢!"

没等睡下,爆竹就响起来了。当第一声迎新的爆竹,紧咬着辞旧的最后那声爆竹响起来的时候,叶莲子感到吴为在肚子里踢了一脚。

她愣了一下,但没有对顾秋水说。吴为这一脚有什么意思?也许有,也许没有。

这样的日子,其实也很平常,但在叔叔婶婶那个底版的衬托下,以及后来几十年孤灯夜雨、长夜难眠的日子里,就显得格外绚丽,让叶莲子受宠若惊,难以忘怀。

除了禅月,叶家上两代女人,一直生活在水深火热之中。生活在水深火热之中的人,对温度的感觉通常不大正常。

吴为实在不该为叶莲子"一生中最幸福的日子"之说气馁。她对叶莲子的爱,不过是下一代对上一代的爱,这就注定这种爱,不可能像上一代对下一代那样,在所有细节上绵密周到、竭尽全力,更何谈顶替男女欢爱的甜蜜?

正如后来定居美国的黎巴嫩作家纪伯伦所说:"你是一具弓,你的子女好比生命的箭,借你而射向前方。"

吴为不过是借叶莲子而射向前方的箭。箭与弓怎能同日而语?箭是无法回头看那把借以向前的弓的,而弓却永远盯视着那凭借它而射向前方的箭。

像十月革命阿芙乐尔巡洋舰上的那声炮响似的,这日子终于在一九三六年底,被西安事变的一声枪响打碎。

那天早晨,顾秋水看到张学良将军被扣南京的报道后,没等去上军训课就赶到包天剑家里,痛哭流涕地拍着手里的报纸说:"完了,全完了!我们再也回不了东北啦!"

他完什么完?回得了回不了东北和他又有什么关系?顾秋水在东北既没有一两银子也没有一寸地。到了这时,他在东北军中更无一官半职。

可他也不是瞎起劲。

他的寄托虽然遥远,总还算是有所寄托——

有张学良,就有东北军的前程;有东北军的前程,就有包天剑的前程。而他这个脑袋一热,辞去军中职务沦为清客的人,也就有了前程。

打回东北去,是五十万白山黑水男儿的千秋家园梦。

至于没离开东北、进关以前是怎么回事?忘了。

打回去以后又能怎么样?那是以后的事。

六

顾秋水同样该有此一劫。

一九三三年保卫热河一战,被彼时的公子哥儿将军张学良,视为自一九三一年九一八事变后的翻身仗,以报国恨家仇,一洗"不抵抗将军"的恶名。

其时,他身为军事委员会北平分会代理委员长,不但可以全权指挥东北军,还可以蒋介石名义,指挥华北以及冯玉祥、阎锡山各部。

刚才还与奉军兵戎相见,对委员长蒋介石尚且离心离德的各系军阀,怎能听从一个代理委员长张学良的指挥?

在战前各有关将领讨论兵力部署、各部任务、协调作战的计划会议上,空头代理委员长张学良,饱尝所谓由他全权指挥的各有关将领不受军命,当场顶撞、驳回的耻辱。

不说作为一个指挥官,就是作为一个男人,何尝不是奇耻大辱!但他忍辱负重,委曲求全,只求一胜,守住热河。

热河一战,是张学良明知不可为而为之,"自戕"以明志的悲壮之举。

勉强拼凑的两个集团军尚未出兵,就因第二集团军汤玉麟军团属下一个旅的投敌,几处城关陷落。汤司令调转指挥刀,不曾迎战日军便向京、津撤退。负责第二集团军的总司令,竟然找不到军团指挥汤玉麟受命;而阎锡山应派的两个骑兵旅一骑未发;孙殿英军团也在赤峰观望不前,只剩下集团军光杆总司令坐守承德。

这个号称两个军团、二十万兵力的战役,投入的实际上只有东北军一支孤旅。

日军仅以一百二十八骑便占领了承德,热河相继失守。张学良满怀雪耻希望的一战,不但没有为他洗去"不抵抗将军"的耻辱,反倒使蒋介石如愿以偿,并以此为口实,逼他下野。

下野后出行欧洲回来的张学良,洗心革面、脱胎换骨之变,这里不再赘述。

第二集团军包天剑旅,正是在没有左右翼协同、毫无准备的情况下,受命向古北口挺进。

二营中尉顾秋水,在包天剑指挥下参加了古北口毫无胜利希望的一战。

败兵如决堤之水四处漫流,团长和顾秋水以及团里的一个营长,不得不左拦右截。顾秋水举着枪横在大路上喊道:"给我往前冲,往前冲!不许退,不许退!谁再退我就打死谁!"

日机的飞行高度很低,简直就在机枪的射程之内。顾秋水恨恨地甩着手里的枪,痛惜它不是一挺机枪,让他坐失战机。继而左顾右盼,好像庄稼地里即刻能长出一挺机枪。

日机嚣张地擦着人们头顶来回飞旋,不要说瞄准,就是闭着眼睛瞎打也能命中。

炸弹落下的瞬间,四野突然变得无声无息,只见肢体和军装的碎片在弹雨中飞扬,如无声电影中的画面。

怎能妄议新兵在战场上的价值远不如他们带来的麻烦？即便骁勇善战、久经沙场的军队、老兵，一旦沦为败兵，即刻就迷失往日的冷静和经验。

败兵们在暴雨般密集、猛烈的轰炸扫射下，没头没脑，忽而向东、忽而向西地逃窜。越是害怕越是挤成一团，忘记了疏散隐蔽的要点，像特地为一颗颗炸弹摆设的木偶玩具，一个炸弹下来，死伤就是一堆。

从古至今，仗，其实就是这么打的，以后还可能如此杂乱无章、如此偶然地打下去。

不管军事家们写了多少兵法，不管发明了多少新式武器，自有人类以来，战争就是这么一个古老的公式，在进攻与反攻之间，跑来跑去。

顾秋水又能高明到哪里去？他只好指挥士兵，滚入路旁的壕沟隐蔽。

这时，包天剑旅长也退到山坡底下，和那些败兵一样，直愣愣地站在公路上，不知何去何从。包天剑旅长会杀人、放枪，但是不会打仗，而且也不妨碍他日后当个不会打仗的师长。

顾秋水不愧学过炮兵，能准确辨知炸弹飞来的方向。作为一个下级军官，他惟一的选择就是在炸弹过来的时候，扑在包天剑旅长的身上。

几年军粮吃下来，顾秋水知道脑袋不过是子弹暂时托他保管的一个物件，他终于不怕死了。尤其当死亡只是一个瞬间，挺一挺就可以过去的时候。

但是他怕苦，因为不躲不闪，硬挺着把苦一点点地吃下去，需要具备一种非凡的品格。

他扑向包天剑，又搂着包天剑就势一滚，跌落在公路旁的壕沟里。炸弹在紧挨着他们的路面上挖出一个大坑，边缘正好切过他和包天剑隐身的壕沟。

除了耳朵有一阵失听，他们没有别的损失。

这是个战场上的老故事,不管过去或是后来,战场上有太多这样的故事。

虽然是个老故事,包天剑还是感念顾秋水的救命之恩。是厚道主子对忠心仆人的那种感念。

这一枚没有投中的炸弹,成就了包天剑和顾秋水的一段缘分。

包天剑旅长从壕沟站起后对顾秋水说:"到石匣,赶紧到石匣去,截住逃兵,收集溃军。"

顾秋水双脚啪地一并,举手敬了军礼,冒着日军飞机的轰炸扫射冲了出去,速度之快就像包天剑扣了一下扳机,把他从枪膛里射了出去。

这些动作的一招一式,没有因滚落壕沟而些许走样,顾秋水原本真能做个好军人。

没有死在炸弹下的顾秋水,很快就享受到这一颗没有命中的炸弹带给他的效益。

两天之后,中尉顾秋水被调至旅部,在包天剑身边做一名上尉副官。

可是包天剑只赏了顾秋水一张门票,里面的暗道机关,还须他独闯三关,一一破解。

包天剑的卫队和随行人员,人人骑有一匹好马。

顾秋水离开二营的时候,把他的老马交还了二营营部。到旅部报到后,旅部就给他另配了一匹。

那真是一匹好马,烈马,曾是热河总督的坐骑,总督退役后一直虚骑以待,奔跑起来身影不见,只觉得一股黑色疾风骤然刮过。

马像人一样有自己的性子,性子不烈的马,可能也就成不了一匹好马。就像《红楼梦》里的晴雯,要是不撕扇子也就不成其为晴雯了。

顾秋水一骑才知道,那马不但烈、不但好,更不知道谁使的坏,在马蹄上钉了个钉子。一匹烈马,蹄子上再钉个钉子,就和疯马差不多了。

这是一个货真价实的下马威。

那些在绿林里几经生死才混到这个地步的人,怎么能信服这个初出茅庐的小子?有人说了:"不就是在地沟里打了个滚儿嘛!"

不像那些人,顾秋水没有老关系,只不过包天剑对他不错而已。

在兵营里,长官的赏识并不一定能让人有个立锥之地。就算你当了老大,说不定也有人在后头开黑枪,马蹄上钉个钉子算是客气。

也不能说人们欺负他,对一个新来乍到的人,这是兵营的洗礼。他宽慰自己,天下哪一处不是营盘?可能还不如兵营的直截了当。

有人劝他换一匹,新来乍到谁能给他换?也不能找回二营那匹老马,人家跟着已然当了师长的包天剑一走一溜风,他总不能跟在后面紧追。

要想在师里站住脚,就非驯服这匹马不可!

可是连骑都很难骑上它,更不要说驾驭它。只要看见他一捋缰绳,它一炝蹶子就跑远了,怎么弄也弄不回来。偶尔骑了上去,它也是前蹦后跳,非把顾秋水摔下来压在身子底下才算罢休。

人们都没守在一旁看那匹马如何整治顾秋水,人人也都没有漏过一个顾秋水驯马的细节。

他一边绕着那马匹兜圈子,一边酸楚地想:是男人都喜欢拍胸脯说自己"男子汉大丈夫",就是你自己不拍别人也要逼着你拍,可"男子汉大丈夫"那么容易成就?

一九二八年在山西龙泉打阎锡山,顾秋水当时在炮兵连当排长。

城墙很高,不好攻,战士们刚爬到一半就被打下来了。所以那一仗从头年十月直打到来年春天,部队在山上的猫耳洞里待了将近半年。那时他刚满二十岁,老兵们本来就看不起他,又日夜在一起混了半年,连最后那点官兵界限也没有了。

他们老是问他:"你打过仗吗?"

拒流河平叛郭松龄那一仗,他根本没赶上最较劲的时候,只好支支吾吾。

好在山上有三个排、六门炮,他那两门炮在防界线后的工事里藏着。还有几门直弹道、打坦克用的平射炮和几门山炮。平射炮用不着,山炮有时还打几下。

他对那两门炮充满了兄弟情谊,如果没有那两门炮,就成就不了后来的顾秋水。

每次开炮以后,顾秋水都要站在山头上,查看一下打中没有。

对面阎锡山的部队看见了,就朝这边打机关枪。他让兵们赶快进猫耳洞隐蔽,自己殿后。子弹在他腿缝里嗖嗖地钻,跟用剃刀紧贴着腮帮刮胡子似的,几乎剃了他的蛋。一个连长就是那样打死的,子弹打在了膀胱上。他身上还有九十多块钱,让随从兵拿走了,顾秋水硬是逼着那个随从兵交出来,还给了连长的家属。

他的腿缝,夹着那些子弹,硬撑着自己不要在士兵面前张皇失措,乱了阵脚。

就是这样,他拿命换得了老兵的认可,一步一步走向"男子汉大丈夫"。

阎锡山一定没想到,他那几颗差点儿剃了顾秋水蛋的枪子儿,竟还有成就"男子汉大丈夫"的贡献。

那一天又出去驯马,营房的窗户后面,立刻闪烁起点点阴火,夜晚走坟地似的。

顾秋水左手松松地吊着缰绳,不但不护还耷拉着,和马儿脸对脸地往后退着走。退着退着,不知退了多久,马儿脑袋一仰一仰的,对着他的脸噗噗喷气。他还是耐着性子退着退着,直把马儿退得腻烦了,看准马镫子,冷不防右手一拽缰绳就骗腿儿骑了上去。这一回,他就像钉子钉在了它的身上,任它怎么蹦跶他也立志跟它同归于尽了,这才制伏了那匹马,人们也才服了他。

后来他又让兽医给它拔去了马蹄上的钉子。

那马跑得真是快啊,把那些讪笑过他的人远远甩在了后头。它哪儿是人的坐骑,它是造就英雄好汉的一匹神驹啊!顾秋水骑在那匹马上的英姿,又让那些草莽英雄生出多少艳羡和不甘哪。

因为它跑得太快,后来还是出了一回事。

部队从霸县移防,因到中药铺为朋友"借"钱耽搁了出发的时间,回来后急着追赶队伍策马猛飞,没看见前方有四个桩子。马儿跑得太快,等顾秋水看见那四个桩子时已来不及躲闪,他的右膝撞在一个桩子上,膝盖肿得不能打弯,很久很久才好利索。那时日日还要行军,幸亏他的左腿还能上马,这也算是为朋友两肋插刀一个小小的后果。

从南京报考蒋介石炮兵学校回来,马死了,人们说它得了肺病,他为这匹马心情不畅了好几天。

而后几件看似无关宏旨的小事,又为包天剑和顾秋水这段缘分结了几个死扣。

一九三四年三月间,蒋介石召集西北、东北军将领赴江南参观,顾秋水随包天剑一同前往,他们在南昌住下,然后乘汽车去南丰县参观。那时南丰县刚从共产党手里夺回,南丰县临时修建的机场上,停放着很多轰炸机和准备用来轰炸红区的五百磅炸弹。南丰城外的碉堡更是密如丛林,那是蒋介石的高级谋士杨永泰"碉堡计划"的一个部分。

顾秋水对包天剑说:"这个威风哪儿是摆给共产党看的,明明是摆给咱们看的呀!"让懵里懵懂的包天剑顿时开了窍。

同年六七月间,蒋介石又在庐山成立军官训练团,调东北军和西北军校官以上军官前往受训。将官一级先行,顾秋水又随包天剑到了庐山,虽说随从人员住在另处,享受的待遇却已经很不一般。训练结束后,蒋介石还送了每个将领两千块钱。

· 199 ·

顾秋水并不领情,说:"这两千块钱就能把欠东北军的债一笔勾销?又老把西北、东北军一块儿拽着,是什么意思?"

顾秋水从来就有乱指点江山的毛病,很难说这些话是否到位,但对彼时的包天剑,如同汉刘备遇见了诸葛孔明。

所以说包天剑能够听取顾秋水的建议,脱离东北军,不能算是贸然从事。

一九三五年十月,一一二师包天剑受命于"西北剿匪总司令部"副总司令张学良,出击耀县红军。顾秋水极力劝阻:"东北军自到西北后从没得到休整,什么'副总司令'!说是代行蒋介石总司令职权,管带兵力号称三十万。胡宗南的军队什么时候和红军交过手?还不是把我们东北军推到摩擦前沿,一箭双雕消灭双方的力量。东北军和红军在西北的几次交手什么时候得手过?十一月,装备最精良、作战最精锐的六十七军王以哲部出击陕甘红军,在甘泉受到重创,一一〇师师长牺牲了。骑兵军军长何柱国率领的骑三师、六师于吴起再受重创,辎重武器丢失殆尽。还有五十七军的黑水之战,一〇九师全师覆灭……正是在东北军这三次败仗后,毛泽东的势力才得到巩固,在此之前,光苏区就有好几个,哪个苏区的势力都比江西苏区强大,不论张国焘,还是肖克、贺龙,包括陕北的高岗……而东北军在作战中的损耗,也从没得到过补充……我们为什么要去耀县送死?"

包天剑立刻让顾秋水替他写了个辞呈,借口父亲有病,送到西安东门里金家巷张学良的办公处。

顾秋水拿着辞呈到了金家巷,没见到张学良本人,却见到了张学良的政治部少将主任应得田。

当时这两个人,头发还都乌黑锃亮,军服紧紧贴在身上,像两头矫健的豹子,没有一点多余的赘肉。虽然他们多次见面,可仍像第一次见面那样很赏识地互相打量。一一二师里,也就是这个顾秋水让应得田有些注意,不过印象里他有些夸夸其谈。

而顾秋水听说,应得田是大学学历,参加东北军以前在北平一所中学当校长,后来又被张学良送到美国留学,让顾秋水仰慕不已。

一个"胡子"拉起来的队伍,如今也有了如此资历、敏于思而慎于言的军人,真是东北军的希望,难怪张学良对他言听计从。

人说张学良有一文一武两大军师,这应得田就是那文军师。每遇抉择时刻,张学良总是亲自驾驶那辆吴为在札记里写到的,后来被长江部西北军大金仲华同志签字接收的"老福特",二人到西安远郊去研讨对策,以避人耳目。

顾秋水想,不见张学良本人也好,就把辞呈交给了应得田。

应得田善解人意地一笑,想,这样一个师长去也就去了。能指望这个一天到晚骑着马、挎着刀,跑来跑去,从没打过胜仗又没有多少文化的师长,有什么建树或高瞻远瞩?

一一二师也算是蒋介石统领下的军队,士兵们倒是穿着国民军军服,这个师长却自行其是、不伦不类地穿着一身美式军服。听说还很时髦地打着网球,到王府井隆福洋行去买衣服,可还是一个十足的老土。

应得田亲自给顾秋水写了一个回执,以示对包天剑的尊重。那个回执写得一笔一画、一丝不苟,非常工整。

当顾秋水转身离去的时候,根本没有想到他们后来还会相见。

也不会想到,整整十年后,吴为和叶莲子也会走进这个院子,正是在金家巷求得张学良姐姐张冠英老夫人的帮助,苟且一段时日,才免于沦落沿街乞讨的窘迫。

对于金家巷,叶莲子和吴为可能比当年的顾秋水还熟悉得多。

他们没等张学良同意或是不同意,就离开西安回到了北平。

顾秋水和叶莲子在北平只住了几天小旅馆,就在离包家很近的一根电线杆子上看到"吉房出租,愿租者须带家眷;有小孩、无铺保者免问"的广告。

怕是房东嫌弃无家眷的单身房客酗酒闹事,或带不三不四的女人回来有伤风化；又担心带家眷的房客有歪毛淘气、上房揭瓦、鸡飞狗跳、打架斗殴的孩子……他们那时虽还没有吴为，确是一户有夫有妻、让任何一个房主都待见的正经人家，所以很容易就在包家隔壁租到了三间朝北的房子，房主连押金也没有向他们要。

如果不是从小而高的后窗上射进一点阳光的话，那三间坐南朝北的房子可以说是终年不见阳光。房前也没有过道和廊子，不过是四合着几面碎砖头砌的薄墙，外面有多冷屋子里就有多冷，外面有多热屋子里就有多热。叶莲子和吴为不久就会在这房子里备尝冬日无钱取暖的严寒。

但院子北边与包天剑师长的宅子只有一墙之隔，只要包师长需要，顾秋水可以随叫随到。

当包天剑和顾秋水自动脱离东北军的时候，并不知道一个震惊中外并将载入史册的事件，正在张学良将军的官邸酝酿。一年以后，应得田作为西安事变的主要策划者之一，参与了活捉蒋介石的一幕。

西安事变后国共两党很快达成协议，并建立起第二次合作关系，形成抗日联合阵线，可是发动这一事件的主角张学良却成了阶下囚。正是这个应得田，为营救张学良四处奔走，不知与东北军将领开了多少会，说服这个，说服那个……而他本人，说起来也算是为西安事变尽过大力的人，却进退无门。

蒋介石既然杀不了张学良，就一定要抓住应得田和在临潼华清池山坡上活捉他的孙铭九，格杀勿论。

应、孙二人与东北军一个团长，带着一团队伍打算去陕北投奔共产党。

周恩来当时就在西安，担心影响刚刚建成的统一战线，左右为难，踌躇再三，最后还是以抗日大局为重，不便收容这两棵招风的树。

不知道留过洋的应得田，为什么就没有想到再度出洋那条路？

可能没有了经济来源。

应得田跑回北平隐蔽下来,有时到国立图书馆看看书,以排遣无着无落的时日,可是没多久,经济来源就有了问题,不是一般的有问题,而是连吃饭都成了问题。

他和孙铭九不得不去投奔在汪伪政权任军政部长的东北军老关系鲍文岳。孙铭九得到汪伪政权下一个地区专员的职务,应得田得到某省民政厅长的职务。这口饭也太大了,可是这个官至张学良前政治部少将主任的人如何安排是好?中国人对官职的敬意古已有之,既然工龄都能累计,就不要说是官龄了。

没想到两三个月后日本就投降了,鲍文岳也没得好死,他们二人自然以汉奸论处。

应得田后来非常后悔,他老是想:要是再坚持两三个月……

在美国的留洋生涯,并没有让应得田彻底改变东北军的习气,贫困也使他失去了昔日的远大目光,他在投奔鲍文岳的时候,只想靠东北军的江湖义气,找口饭吃。

不过西安事变那一段昂扬的日子,在后来惨淡的日子里,一直是他的安慰。他老是想:一个人一辈子能有这样一番经历,值了。

一九五二年,顾秋水和应得田在北京街头相遇,他怎么也想不到,这个沦落到穿件老头乐(现在叫做T恤衫)和一条中式缅裆大裤衩的人,就是当年那个文质彬彬的应得田。这让他好一阵感叹世态炎凉、时过境迁。

应得田虽在西安事变中有过那样一份贡献,可是为了一口饭,又在汪伪政权下当过某省民政厅长。西安事变后对共产党主张释放蒋介石大有意见,手下人还杀了主张释放蒋介石的东北军军长王以哲,这样一个经历复杂、大反大正的人,哪个单位敢安排他的工作?

很长一段时间,顾秋水在经济上给他一些帮助,不过也只限于混口饭吃。

后来听说他找了几趟周恩来,才得到一个闲职。对于这个闲职,他看得很重,也很认真,准时上下班,每个星期天都留在办公室里学习《毛选》,总是对顾秋水说:"东北军搞了多少年也没搞成功的事,在共产党的领导下却搞成功啦。"

那时离全民挥舞红宝书的日子还有几年,可见他是真的拥护共产党。顾秋水想起多年前应得田写给包天剑的那张回执,对包天剑那种人也能一笔一画写回执的人,是不会装假的。

顾秋水虽然没有应得田看得那么远大,但也有同感,"旧社会很多人没饭吃,包括我在内。谁也解决不了吃饭问题,可是共产党解决了,所以我拥护共产党,这叫吃谁向谁。没共产党我什么也不是。要是不解放,什么前途都没有,解放前夕我闹到靠赌博为生,反正也不贪大,总能控制住自己,小赢,够吃饭就行了。让我出苦力、做小买卖,又吃不了苦,不论干什么,一吃苦就撒手了。所以天生是个当奴才的料子,明知跟着包天剑是当奴才,还是跟下去。"

共产党却似乎不太在意他们的拥护,他们的拥护就有了点单相思的意思。

应得田本来说话就慎重,后来话更少,只是在一九六四年上演大歌舞《东方红》,"我的家在东北松花江上……"那首歌重又流行起来的时候,他的话才多了一点。一听见那首歌,应得田就会对人提起张学良的一些旧事。

"文化大革命",顾秋水被驱出北京之前,到应得田家里告别,才知道他已病入膏肓,孤零零地睡在过道里的一张小铁床上,可还不知道是什么病,当然,那时根本谈不到去医院诊治。后来结婚的老婆早已和他划清界限,而顾秋水也被限时限晌离开北京,至于医院,也未必接受他这样一个病人。

他病得几乎不能动,却挣扎着爬起来和顾秋水握了握手。

顾秋水也不能多说什么,他们只能相对无言,黯然神伤。

倒是应得田豁达,"算了,我这个病不看也罢,时候到了,也该走了……到了现在……有那么两句话你还记得吧——'宠辱不惊,闲看庭前花开花落;去留无意,漫随天外云卷云舒……'你这一走,可能不会再见了,谢谢你多年关照的一番情意。风云无定,多多保重吧……"

七

顾秋水不是没有脱离包天剑的机会。一九三四年,一一二师驻武汉南湖,包天剑派顾秋水到南京报考蒋介石炮兵学校。从汉口上船到南京正好下小雨,那场小雨竟然把一个军人淋得患了感冒,高烧不退,一到南京就住进了蒋介石的中央医院。医院环境舒适,服务设备优良,所以南京之行留给他的印象是中央军得天独厚,到底和杂牌军不同。

报考炮兵学校的计划自然告吹。

如果他不感冒,以顾秋水的实战经验和在讲武堂学过的理论,考上那个炮兵学校不成问题。那他就会离开包天剑,成为蒋介石的一名优秀炮兵指挥官,更可能混上一个什么资格,而不会有以后的下场,但也就此成为国民党反动派。

一九四九年以后,国民党反动派是什么下场?

但是他病了。

一切都是机遇,机遇是可遇而不可求的。

包天剑得知他病倒南京后,立刻给他寄了一百块钱。

那一百块钱对包天剑来说算不了什么,即便对顾秋水也不算很大一笔款项。但在病倒他乡的时候,区区一百块钱,就此把他和包天剑更紧地拴在了一起。

病好之后,顾秋水甚至没有在那繁华之地久留,只逛了一回夫子庙,就赶回武汉。

那一天,他沿秦淮河款款而行,六朝金粉繁丽糜烂的气息仍然浓郁得使人窒息,而三步一酒肆五步一茶楼的浮华,使他想起许多婉约的词句……

和胡秉宸不同,顾秋水对月牙形的泮月池、文德桥等没有兴趣,也欣赏不了小桥流水的婉约以及女人才有兴味的地方小食,诸如莲子羹、老卤干等等,只在夫子庙的关键部位大成殿里流连忘返——那时候,大成殿还没有毁于日本人的一把贼火。

在大成殿里表达了一个木匠儿子对文化的仰慕——只是仰慕而已。又到乌衣巷凭吊、寻觅江左人物王导、谢安两族旧迹。那些与六朝历史共存亡的名字,他早就默诵于心,私下里做着好高骛远的攀比……

到了九月,没有考成炮兵学校的顾秋水又得到包天剑的提升。他虽欣赏王羲之的"素无廊庙志",可也不妨碍对加官晋爵的兴趣。不过他也就此满足,没有太大的野心。

穷人家的孩子是感恩知报的。

感念也是人之常情,可是有谁像他那样,竟然为此将自己的前程做了回报?

他的文化价值观念就是这样——江湖义气,忠臣不事二主。便很轻率地、义无反顾地丢弃了他在东北军里的前程。

特别是东北军的炮兵和空军,可以说是全国各系军阀势力之冠。三十年代初,东北军的奉天兵工厂就年产大炮一百五十余门、步枪六万枝、机关枪千挺以上,迫击炮更强。至九一八事变时,东北军空军拥有飞机百余架,是当时中国力量最雄厚的一支新式空军,恐怕连蒋介石的空军也望尘莫及。可惜让蒋介石一个不抵抗命令,在日军轰炸下全部覆灭。

可以想见,顾秋水这个炮兵连长(尤其擅长指挥迫击炮)如果不离开军队,即便东北军全军覆灭,作为一个技术兵种也会有前途的。

和他一起在奉天炮兵传习班学习的班长,一九四九年解放后就任职于中国人民解放军炮兵司令部,后来又转到军事研究院。顾秋水要是在炮兵连待下去,至少会和这位班长一样。

当然也不排除另一种可能,也许会像在临潼华清池山坡上活捉蒋介石的应得田或孙铭九那样,上不上、下不下地成为一个烫手的土豆?

或许成为精通麻将、酗酒、烟枪、窑子、戏子,却不精通打仗的军官?

二十世纪上半叶,是没有出路的时期。从以后的发展历史来看,即便没有一九三一年的九一八事变,东北军难道就有出路吗?

何谈顾秋水这个小小的军官!

说起来,包天剑又给了他多少恩惠?

顾秋水为他的道德、信念付出的代价实在太大了,不但付出了他的一生,也付出了叶莲子以及吴为的一生。不过那时候,他还不知道是上了大当。

跟着包天剑离开东北军,是他一生的转折,也是他一生的失败之始,这一步走错了,就错了一辈子。人的一生祸福,实在不过一念之差。

正像叶莲子的父亲不让叶莲子嫁给顾秋水,而她非嫁不可。

正像吴为不是在二十六岁那年有了一个私生子,也会有另一种人生。

每个人的一生都有一个结,能超越它,也许就是另一种人生;不能超越它,这辈子就从那里开始走下坡路。

可吴为不像别人,人家一生有一个结就够了,就能记取那个结的教训。她那大起大落、充满戏剧性的一生,不是咎由自取又怎么解释?

情况很快有了变化。

这变化可以说非常之小,连顾秋水自己也不曾察觉,就在不知不觉中完成了。

他发现自己学会了乖巧。

开始他也没有察觉到这乖巧有什么不妥,以为不过是一种皆大欢喜的应景之举,更不知道和乖巧一起付出去的是什么。

以顾秋水这样一个人,竟学会了乖巧!

从此他们家开始了为奴的历史,顾秋水是他们家的第一个奴才,不久之后叶莲子也当了奴才。

吴为不得不是两个奴才的女儿,这和使用奴才人家的儿子胡秉宸有天渊之别。

第 六 章

一

　　吴为总以为,仅凭她和胡秉宸先后到过零霖村这一点,便和胡秉宸是几世情缘。虽然胡秉宸到达零霖村时她不过两岁多,并且还要等六七年之后才能到这里赴约,但她把这看成是胡秉宸先行订下的一个约会。
　　根据这一点,她更想入非非地认定,在她和胡秉宸相识之前,他们肯定还在很多地方有过交叉。

　　胡秉宸此行的目的,是寻找一个在零霖村附近的火车站上做着一份管理工作的同学。利用这个关系,在零霖村落脚,在此根据红白两区不同的社会环境重新包装,争取同学的资助转道重庆。
　　并且从此再也没有回过延安。
　　和他同时派往重庆,分头而去的还有他在 J 大学的同学,一同奔赴革命的胥德章。
　　不知胥德章一路是否顺利?他们能不能在指定的地点会合?
　　想到胥德章,他不知不觉皱了一下眉。他那顾盼生情、距革命党人的目色尚有一定距离的眼睛里,还显出了一丝精怪。
　　胡秉宸到延安不过六个月就入了党,当他从零霖村转赴重庆时,已是连级干部。胥德章不大服气地说:"我在大学的时候比你进步,还是地下学联的代表,你那时候什么也不参加,算是落后青年,怎么反倒比我先入党?"

对胥德章的疑惑,胡秉宸未置一词。

在学校时胥德章确实比胡秉宸进步,可是和地下党并无直接关系。而且胡秉宸估计这与胥德章初到延安、填写那许多不得不填写的表格时,下笔千言、离题万里有关。他不仅填写自己担任地下学联代表之前参加过复兴社,也将父亲的履历无一遗漏地列举,先是国民党的一个什么部长,后来又当了汪精卫的一个什么部长。幸亏表格上的栏目太小,不然连父亲几岁断奶、几岁遗精都得一一填写上。

那时候,他们谁也不懂得不必要的话少说或不说在日后的意义,以为事情一旦说清楚,也就完结。

正像吴为与胡秉宸热恋时,也曾把"犯有男女关系错误"的历史对他说个明白一样,以为一旦说清楚,胡秉宸在"可忍"或"孰不可忍"之间有个选择后,事情也就完结。

胡秉宸选择的是"可忍"。

她不是没有这方面的教训。在鬼都不知、完全可以蒙混过关的情况下,为了良心的安宁,她把私生子的隐秘向前夫韩木林做了交待。韩木林选择的也是"可忍",结果却是"孰不可忍"。

但韩木林怎能和英国绅士风度的胡秉宸相提并论?

根本不明白,当男人不再宠爱一个女人的时候,她们已往的风流账,便永远是他们的杀手锏。

婚后不久的一次口角里,胡秉宸就出其不意地说:"你知道人家说你什么?说你是个烂女人,都说我和你这种拆烂污的女人结婚是上了你的当。可我怎么就鬼迷心窍地和你结了婚?"不费吹灰之力,一枪就把欢蹦乱跳的吴为毙呆了。

这一枪与韩木林二十多年前对她的制裁相比,韩木林可就算得光明磊落。

即使在六十年代的美国,舆论对私生子也是不能宽宥的,何况在中国?

进入迷茫之前,她并没有忘记将婚前婚后的胡秉宸放在戥子上称一称,也没有忘记把她和胡秉宸在这场恋爱中的表现放在戥子上称一称,"我过去的事从没隐瞒过你……既然如此,为什么还以自杀做要挟,逼我和你结婚呢?"

吴为对形势的认识太不足了,到了这一步还不明白,胡秉宸能出这样的恶声,就是已经把她"下了岗"——虽说她上岗没几天。不要说上岗没几天,就是上岗一天让人炒鱿鱼的事也屡见不鲜。一个女人一旦被男人下了岗,就不要再提当初那气壮山河、不计前嫌的许诺,那是万千宠爱在一身的待遇。如今还揪着那种待遇不放,就不仅是对形势的认识不足,还是对自己现时身价的错误估算。

而且她这一戥子,称得上是太狠、太分毫不让了。

既然她把"言必信,行必果"视为做人的一个原则,难道就不懂得像胡秉宸这样一个优秀的男人,更会执着于这个起码的做人原则?

万万不能以此断定,胡秉宸这样说就是露出什么"嘴脸",实在是事出有因。

自胡秉宸和吴为迈出婚姻登记所那扇门的第一秒钟起,他的良心就开始不安,虽然比吴为稍稍晚了一点。吴为则是从叶莲子手里接过那个登记结婚不得不用的户口本就开始了。这样的婚姻,前景如何看好?

这是他迈进婚姻登记所那个门槛之前万万没有料到的。变化就在一瞬间,真是太奇妙了。

尽管胡秉宸对吴为多次控诉白帆对他的残酷折磨,一旦和吴为结了婚,白帆就成了一个战败者,国人历来有"哀兵必胜"之说。何况胡秉宸若不在暴怒状态下,基本善良或说是很善良。

轮到胡秉宸和吴为离婚的时候,根据他提出的那些离婚理由,吴为不免猜想,当初他对白帆的指控到底有多少含金量?难怪他会良心不安。

其实离婚何需理由?一个合则留不合则去,就是对所有不解或好事者的回答。如果当事人或旁观者都能接受这个规则,人们可能就不会为了达到离婚目的或不离婚的目的那样糟蹋自己。

而且与白帆办理离婚手续时,他们曾"约法三章",不得与吴为结婚,正是白帆同意离婚的前提。尽管"约法三章"的目的是违约,一旦违约成为现实,不得不对白帆和老战友们承担骗取离婚的责任时,胡秉宸却不敢直面脱去外衣的自己了。

良心上的不安,深深地折磨着他。胡秉宸又是个喜欢迁怒于人的人,在迁怒他人的时刻,自然把吴为当做始作俑者来仇恨,并且用这个仇恨不断熬煎她。

他们自己也没料到,这个历尽艰险来之不易的婚姻,到如今却变成了商场里优惠顾客的一张折扣券——买又没有什么值得买的,放弃又不想放弃。

这样的婚姻,前景如何看好?

吴为又怎能理解胡秉宸出言不逊的苦衷?

自他和吴为结婚后,老战友们十有八九不再和他来往,最忠实于他的一个秘书,也再没有登过他的门,他们耻于和吴为这样的女人为伍。作为一个被人前呼后拥多年的人,胡秉宸为这个婚姻,失去了多少他最看重的、他人的恭敬?只是在和吴为离婚、和白帆复婚后,他才从这种被老战友、老下级们画地为牢的孤立中解放出来。他的秘书和老战友们,才重新恢复和他的关系。

那次口角很可能不是平地风雷。

芙蓉走后,胡秉宸突然兴师问罪:"昨天晚上芙蓉来,你为什么跑到隔壁去看电视,不好好陪陪她?你利用完了人家,就不理人家了是不是?"

"她哪次来我没有热情招待?以致朋友们说我'极尽奉承'。而且我不是已经陪她坐了半小时?我后来走开也是好意,也许她希望和你单独谈谈,我老坐在那里不走,是不是很不礼貌?说到她的帮助,我当然感激不尽。你可能都不知道,胥德章让她诬陷我的时候,她非常不满,回说'这不是诬陷嘛!'他继续诱导说,'是诬陷,可在中国我们不是第一个,也不是最后一个。'她还是不肯……当初你常常让她替你送花给我;替你传递消息给我,她都一一为你尽心做到。甚至劝说自己母亲同意你离婚的要求,她是太爱、太爱你了,看不得你为离婚受白帆的折磨,这样的事有几个人能够做到?特别你病重期间,常常向我通报你的病情,让我安心,还有很多、很多……所有这些,我都一一记在心里。但你不能不看到,我终究抢替了她母亲的位置,不论怎样,我也不可能得到她的宽恕和善待。"

吴为也完全没有估计到,婚姻登记所的那个门槛,不仅仅是她和胡秉宸无法跨越的门槛。

一股抵触的暗流,突然在芙蓉那里泛起,然后一环环漾开,又在胡秉宸那里荡起涟漪,汇成更大的波澜……绝非预谋,可彼此间又那样心有灵犀。

吴为不甘地自问:她和芙蓉之间的友好善待哪里去了?

可吴为又怎能如此过分地要求芙蓉,居然希冀芙蓉从容对待一个从她母亲手里夺走她父亲的女人?她以为她是谁?

她自然也不知道,那一天早晨芙蓉来访,他们却还没有起床,仓皇中抓了件晨袍穿起招待芙蓉。当吴为弯腰为芙蓉倒咖啡时,芙蓉从她略略敞开的晨袍领子里,看到了她胸部滑腻的肌肤、弧度、线条依然优美的乳沟,却没有注意到她脸上的泪痕。芙蓉自然也就不会想一想,新婚燕尔的吴为,为什么一脸泪痕?

想到父亲昨夜就陷身在这一处沟渠时,芙蓉好像变成了白帆,恨意平地而起。

如果芙蓉注意到吴为脸上的泪痕,并且能够想一想的话,聪慧的她就会料到吴为日后的下场,她和吴为彼此可能还会像从前那样友好善待。

胡秉宸马上感应到芙蓉的敌意,他一生多次背叛白帆,但从未像现在这样忐忑异常。也许那些背叛不过都是逢场作戏,而这一次却伤筋动骨,于是他觉得他抛弃的似乎不是白帆,而是芙蓉了。

为了对胡秉宸的爱,吴为刚刚在水里洗三次,在火里烧三次,在血里煮三次,不曾稍事喘息,紧接着又进入另一种未有穷期的考验。

吴为常常感到太难太难,连这种不知陪芙蓉坐多久为好的小事,也得察言观色,赔尽小心。

她巴结、奉承芙蓉,并不是因为她怕芙蓉,或是怕胡秉宸。

芙蓉对她恩重如山。哪怕仅就拒绝与胥德章携手诬陷她那一小节而言,更不要说到其他。

她只是用她的隐忍、巴结、奉承,来回报芙蓉的恩情,感激她曾经给予她父亲,当然也就是给予她的帮助。

她还担心,哪一句话或是哪一点事让芙蓉不高兴,胡秉宸立刻就会大闹一场。

就连芙蓉的朋友,她也一一奉承。

芙蓉有几个美国朋友,看到过吴为在美国翻译出版的几本书,很想与她一见。

胡秉宸让吴为到京城上等点心店去选购了茶点。回来的路上,她问胡秉宸可不可以在一位朋友家门口停车几分钟,因为第二天早上有家出版社要来取一篇文章,她手里已经没有,朋友家里倒是存着一份。

胡秉宸说:"不行,耽误了芙蓉的茶会怎么办!"

她看了看表说:"现在才两点多,茶会是下午四点,我在里面绝不停留,拿了文章就出来。"

"不行。"胡秉宸斩钉截铁地拒绝了她的请求。

她只好回家等着接待芙蓉的朋友。

然后是招呼他们父女二人的晚餐。他们一面聊天,一面就着烤鸡喝酒。一旦就着烤鸡喝起酒来,吃喝的过程就变得非常缓慢。

眼看已经九点,她还得到朋友那里去取那篇本可下午顺便取来的文章。她是又急又不敢催促,算计着等他们喝完酒再刷碗,时间就更晚了。

所以每见他们父女在餐桌上丢下一块鸡骨头,就禁不住分秒必争地收拾一块。

胡秉宸起先还耐着性子,可是当芙蓉对着胡秉宸而不是对吴为沉沉地看了一眼之后,他就立刻说道:"你这样搞法,还让不让我们吃顿安生饭?"

"我……我还等着刷碗,然后到朋友家去取文章呢。"

胡秉宸挥挥手说:"算了,算了,你走吧,碗我们刷。"

她看了看芙蓉,不知这样一走,会不会得罪她。不过芙蓉一直置若罔闻地低头吃鸡,吴为赶快骑着车子走了。

那时的北京夜晚,既没有卡拉OK也没有酒吧,即便有几盏霓虹灯,也像饥荒的六十年代点缀在烧饼上的那几粒芝麻。

她却恨不得把自行车一扔,躺倒在大街上,对着只有几粒"芝麻"的大街,放开喉咙大喊大叫:大街啊,大街啊,我谢谢你,谢谢你给我的这份人情啦!——

可是她没有,她还没到发疯的地步,她只能在那几粒"芝麻"的包裹中,放心又松心地尽情哭泣。

可是这样的大闹,还是一而再、再而三地发生。

也尝试过和胡秉宸沟通,可是已经有了"想法"的胡秉宸,拒绝沟通。

一个把写作视为生命而不是游戏的人,最怕心里不得安宁。一想到她不得不因此失去写作所必须的身心投入,就恐惧得无法自持。

她就这么憋着、忍着,憋着、忍着,忍到极限,就开始歇斯底里,而且发作得越来越频繁,很快发展到了不能控制的地步。

如果单独面对胡秉宸还好说,一旦同时面对他们父女二人,她更是恐惧得无所措手足。

至她"逃离"前夕,一想到要与他们父女同时相对,就浑身颤抖,禁不住呕吐。

如果没有叶莲子那一处排遣的渠道,她大概早就疯了。她对叶莲子的依赖,那时已近病态。

行前,她还是不死心地和胡秉宸作了一次长谈,让胡秉宸不无伤感地回忆起他们恋爱的时光。可是芙蓉那无声的逼视,如千钧之力压在他心上,还有他对白帆的许诺……胡秉宸只好回答说:"晚了,晚了,没有时间弥补了,这真是千古之恨。"

他火急火燎地建议到卧佛寺去一趟。在他们的恋爱处于非常危险的"地下"时期,人迹稀少的卧佛寺,是他们可能温存一会儿的去处。他说:"明天就去,放过一天就失去一天的时间。"

她不懂"晚了,没有时间弥补了"或"放过一天就失去一天的时间"是什么意思,以为不过又是他常常念叨的"年龄不饶人"。

在那些比从前长大许多的松树下,他说:"记得我在这里吻你,因为低头低得太猛,被树枝剐破了额头,回到家里白帆说那是因为我对你图谋不轨,被你抓破的……我们那时见一次面真不容易,而在那些见不到你的日子里,我什么也干不下去,不论开会、办公,都在想象中用各种方法亲吻你。"

那时,他生命的一部分好像就存在吴为那里,他的生活好像变成一个又一个点,那些点就是和她的会见,而点和点之间的日子,不过是一些虚线。有多少次他对她说:"世界那么浩瀚,可对我只是一个小点,那个点就是爱你的感觉,你就是我整个的世界。"

胡秉宸实在没想到在生命快要结束的时候,又遇见了吴为,才开始尝到一个女人给予一个男人的苦、辣、酸、甜……

从少年时代就期待着一场轰轰烈烈的爱的梦想,终于实现了。如果没有吴为,没有这场恋爱,他的一生就缺了一大块。

记得一个秋天的深夜,下着不大不小的雨,雨滴在阶前的弹跃声声入耳,单调而又丰满,周遭反倒更显静寂。吴为轻轻地说着,她的声音融入了雨声。说她的幼年,她的欢乐和带有稚气的悲哀,胡秉宸静静地听着,时而问上一句,像在挖掘一个与他生命攸关的宝藏,顽强地想要挖掘出每个细节。他们就那样说着,说着,好像日子快要完了,非得赶快把一切说完,直说得眼睛都睁不开了,还挣扎地说着,听着。好像他就在她当初的生活中,一起欢欣、着急、叹气和伤心。也许他们真是那样生活过来的,也许记忆把一切都弄错了……他们是在编织,把各自过去的生活编织在一起,那些单调的、不同的色彩经过编织,掩盖了灰暗的部分,互相映衬得更加丰富,更加明亮。最后吴为又说起未来,胡秉宸在黑暗中微笑着,更加爱怜地把她抱紧,说:"对不起,未来的日子不多了,请原谅这个蒲宁式的结尾。"

她说:"你是不是不喜欢蒲宁?"

"我不知道你为什么喜欢蒲宁。我觉得他充满毫无前途的流亡情绪,哈代才是真正的大师,我在一九五八年才注意到哈代,当时的评语是惊心动魄,当然是在肚子里评的。真可怕,一个作家使你惊心动魄。还有德莱塞,什么阶层的人他都了解。"

"不过我喜欢蒲宁的那种流亡情绪,真美,凋逝的美。"她叹了一口气,那叹息却落进了雨里。

"还有你说的那个《暴风雨》,我还是不喜欢。因为我不喜欢爱伦堡,他哪一国人也不是。我倒喜欢《两姐妹》,虽然电影不行,把苏维埃政权美化了。"

"为什么?你是不是觉得爱伦堡对法国的感情太深?再好好看看嘛,尤其他对巴黎的叙述和对巴黎的爱恋。你虽到过巴黎,可惜没有机会在拉丁区的小巷子里游荡游荡。哦,电影《两姐妹》里的那些演员叮真漂亮……漂亮也是一种文化,取决于人的内涵,好比你。哎,哎,别胳肢我,其实你心里挺受用是不是?说到苏维埃政权,不管怎么专政集权,到底保护了俄罗斯的文化,不像我们的

'文革',彻底消灭,有人好像特别仇恨知识分子和文化,唉,不知要经过多少代人的努力才能重建。"

"据说老毛在北大当图书管理员的时候,每月只有七块半的薪水。有一次他给几位大学教授写信,谈他对国家大事、国家前途的看法,教授们没有回复……"

"这么说还是有点儿渊源,不过可信吗?"

"姑妄听之吧。"

…………

结果怎么样?谁也别想把吴为从叶莲子那里夺走。她只属于那个叶莲子。

既然如此,她就不该嫁人!

和吴为结婚以后,胡秉宸从没有过"家"的感觉,特别在他被老战友、老下级们画地为牢地孤立之后,常常做各式各样回不了家的梦。

就在前几天,他还梦见天色将晚,乘一列火车到一个叫做"十六铺"的地方去,因为吴为在那里。虽然有人同行,但那人在前一站下了车。火车在一个很高的路基上继续行驶,所以能看清沿途一个小而老的县城的全貌。车上有个人问:"市区为什么不设在这里?"他回答说:"因为这里平地太少,只这样一点儿大,所以新市区设在前面有空地的地方。"

不一会儿到站了,他下了车。车站很小,没什么人。好容易看见一个人蹲在地上,他问那人:"到'十六铺'怎么走?"

那人回答说:"顺着这条路往前走,还有几里。"

这时天已漆黑,他向前走去,什么路也看不见,一回头,车站也不见了。"十六铺"在哪儿呢?他能走到吴为那里去吗?就在茫然不知所措的心情下,他醒了。

胡秉宸一生都很清楚自己应该做什么,不论他的决心是对还是错,但在梦中第一次茫然不知所措,不知道能否到达将要去的地方,也不知道能否找到吴为。

还有一次梦见回家,他们的家在一个正方形的六层楼上,中间有个方形的天井,天井周围是走廊,每层都住了几户人家。但是他找不到他们的房间了,正在五层徘徊,有个人问他:"你是哪里的?"随着那人的高声提问,各个楼层都有许多人出来观看。

他回答说:"我住在六层。"

那些人不信,他又说不出到底住在六层哪一个门,非常为难,那时他真希望吴为能从房间里出来,在六层沿天井的走廊上招呼他一声。但没有,六层楼的各个门都寂然无声,他只好继续停留在窘迫中。

再不就梦见各式各样的家,或在海边,或是老式的楼房,可是推门一看,总是空空如也,里面什么都没有。

或是半夜翻转身来,搂着吴为叫白帆的事情也时有发生。

他为什么老做这样的梦?后来终于明白,他需要有个家,但是他没有。"鸟倦飞而知还",但只有空巢没有家。和吴为结婚以后,他们从来没有真正建立起一个家。

他总是游移在或是吴为或是白帆为女主人的两个家中间,哪个家都是他的家,哪个家又都不是他全部的家。

…………

看着吴为兴致勃勃的样子,胡秉宸想,一晃十几年过去,虽是人物俱在,他们到底不是当初的那个人了。

二

胡秉宸在学校的时候就觉得胥德章不顺眼。

胥德章常常穿一件黑大氅,蹬一双黑色短筒靴,让胡秉宸觉得十分张扬。还有胥德章那到处可见、不断举起的胳膊,大张的、总是在喊着什么口号的嘴,更让他想起胥德章的那位父亲,先是国民党一个什么部长,后来又当了汪精卫一个什么部长的投机分子。

他认为胥德章政治上左右极端的行为与他父亲一脉相承,而不认为那是一个狂热并热衷于追赶潮流的青年,在一个动荡、各种主义百出的时期,对众多羊头幌子下那一块块看上去没有什么明显区别的肉,缺乏分辨和打假的能力。

到延安后,胡秉宸似乎更找到了坚实的依据,越想越觉得胥德章的言行与参加过复兴社有关。

样样都要独占鳌头的胡秉宸,对过于风头(招摇?)的胥德章,不知道是不是另有一种戒备?

抗日战争胜利后,胥德章的父亲穷困潦倒,蒋介石从陪都回到南京后把他抓了起来,直到一九四九年也没释放,最终可能老死监狱。

胥德章接受了当年初到延安的经验,再也不提他还有个父亲因汉奸罪关押在监的旧事。

这是后话。

胡秉宸对胥德章的这个"不顺眼",从他们青春年少,一直延续到他们的耄耋之年。而他和胥德章,或是说胥德章和他,比之一些与他们有着血缘关系的人,甚至更天长地久地厮守在一起。

反过来说,胥德章对胡秉宸也可以说是了如指掌。这一点让胡秉宸什么时候想起来,什么时候心里就不那么痛快。

如果两个知根知底的人,毕生都得纠缠在一起,不知幸还是不幸?但他们又是隔心隔肚的莫逆之交,不然胡秉宸在几乎走上"亡命桥"头那一年,何以把胥德章作为"托孤"的人选?

可正是因为胥德章的这样一个父亲,以及胡秉宸的那个家族,他们才被派往重庆,任务就是利用家族的社会关系,开展情报工作。

这个工作如何开展?上面没有具体指示,他们心里也都没底。

当胡秉宸经历很多以后,一旦看到后人将从前的事情解释得那样一笔一画,就免不了冷笑。

三

饥肠辘辘的胡秉宸下了火车以后,没有马上去找那个同学,而是在肯定没人跟踪的情况下,走进了零霨村火车站附近的一个小食店。

这正是吴为到零霨村后,常常经过并在她的札记里提到的小食店,兼卖卤肉、茶叶蛋、掺绿豆面黄豆芽的素丸子,还有烧饼。

那个小火车站以及站外的小街,居然让胡秉宸顿生豁然、繁华之感。他是不是已经很延安了?

又觉得车站附近堆了许多铁路器材的储料场也很大,猜想着同学可能有着一份不错的职业,筹措一笔路费的计划也许不会落空。

他买了一碗大酸大辣、大红大绿的臊子面。

一九三九年那个夏天,他还不甚习惯如此激烈,并因它的激烈精髓与革命也与许多革命者似乎有了某种天然联系的食物。他在后来才渐渐习惯这种食物,特别在到达四川以后。

可是他久已不见腥荤又加饥肠辘辘,只好硬着头皮把那碗臊子面吃下去。

他一面用眼睛的余光警惕地扫视着周围的环境,一面吸食着臊子面条,被碗里那陕西有名的辣子,辣得涕泪交流。

他在淋漓尽致、声色俱厉、忘乎所以的吸食中,突然停住——他听见了自己吸食面条的动静,并被这动静吓了一跳。

在延安的时候,他必定也是这样吸食面条的,他惊讶于自己久已没有意识。任何人,不论来自哪里,不论脾性,不论男女,不论出身……只要到了延安,肯定就会这样吸食面条。

于是他的耳边,生动地再现出大食堂里众人一浪浪"横扫千军如卷席"的吸食面条的动静。

他对自己感到了陌生。

四

在这一瞬间的茫然中,胡秉宸想起了老四合院里那碗信远斋的酸梅汤。

他不觉地暗恋着北平那韵味十足的老日子,也许因为他在那个院子里出生。

胡同深处那个好几进的四合院,从前清时候起就是胡家的房产。

依稀记得,幼年时家里还养着马匹。不知谁把一匹黄骠马拉进了院子,马在院子里扬起前蹄,嘶鸣起来,吓得他紧紧搂住妈妈的脖子。

马倌却解释说,这是因为马见了贵人,小少爷至少是二品顶戴花翎的前程呢。

胡秉宸出生时早已民国,哪里还有顶戴花翎一说?可是妈妈听了马倌的胡诌,还是禁不住笑逐颜开。

吴为对这一情节毫无所知,却好几次梦见胡秉宸和马在一起,特别是这一景象。除了地点不是那条胡同里的四合院,别无不同。

后来多次到欧洲旅行,看到那些几乎无处不在、半神半马的雕塑时,她猜想,那些梦是否与胡秉宸的某些信息有关?

胡同里各色人等,谁不知道他是胡家的少爷?

一出学校门,丁字路口水果摊上的掌柜总是讨好地招呼着:"少爷放学啦!"

台阶式的货架上罩着蓝布,蓝是洋染料染不出的蓝。鲜货衬着蓝布一层层码上去,或码出一个水粉的桃心,或码出一个灿灿的金字,要看季节而定。掌柜的也穿着同样的蓝布裀,一边抄着掸子,不着边际地掸着架上的鲜货,一边朝他努着满脸的笑。

他就似睬非睬地想,没话找话!

他不愿意人叫他少爷,可也不愿意人不知道他是大户人家的少爷。

除了家里看大门的老萧,他不和这些人以及其他佣人搭话。"惟女子与小人为难养也。近之则不逊,远之则怨",是自小的庭训。

自行车接着一拐进了家。

看大门的老萧同样没话找话:"少爷回来啦!"

就是对用得着的老萧,他也不过点点头。

刚放下书包,小丫头就端来了酸梅汤。酸梅汤是佣人从离家不远琉璃厂西口路南的信远斋买来的。

他端起祖上传下来的青瓷小碗,随即就从青瓷小碗上嗅到消散已久的、胡家的那股旧味儿。

碗里那点不多的、琥珀色的、一直在冰块上镇着的酸梅汤,与冒着胡家旧味儿的青瓷小碗,似乎同化为一团爽软的玉,流溢在他的手中,就像拥着一个玉样温润、精致的女人。

端着那个青瓷小碗的胡秉宸,怎么也不会想到,有一天自己会在零霖村抱着一碗臊子面,狼吞虎咽。

直到很久以后,这种感觉才会重现,在拥吻吴为的时候,还有白帆为他生下一个小女儿的时候。

他在那个小人儿身边整整坐了一夜,那一夜他其实什么也没想,想的只是盛在祖上传下的青瓷小碗里的酸梅汤以及当时那满手的爽软。于是给女儿起了"芙蓉"那个名字,明白了什么叫做"捧在手里怕掉了,含在嘴里怕化了"那种爱到极致的困顿。

也许有必要把顾秋水和叶莲子对吴为的描绘做个对比。

顾秋水对叶莲子说:"你看她的眼睛,又黑又亮,活像两颗小黑豆。"

叶莲子说:"像黑宝石。"这个通俗的比喻,肯定来自流行的白

· 223 ·

话小说,还不如木匠儿子那个"黑豆"的比喻,像迎面砸来一大块肥沃的黑土地上的泥巴。

这样一比,就看出胡秉宸的阳春白雪,顾秋水和叶莲子的下里巴人。

胡秉宸的心因这温润如玉的女儿的到来变得善良而宽容。他不再纠缠白帆生的那个儿子是不是他的种,想起白帆那可怜的、底气不足的辩白,他甚至有些怜悯。当然,他也万万没想到可怜的白帆,在他日后提出离婚时,稳操他急迫求离的心理,与当年判若两人地说:"经过回忆和扳着指头细算,你还得承认他是你的儿子吧。再说我才睡过几个男人,吴为睡过的男人又有多少?"

在男人眼里,女人大致分作三类:母亲是神圣的,几乎与他们心中的"女"字无关;妻子和情人总是有缺陷的(不是缺点),即便占尽天下女人,也不能弥补男人对女人全方位的需求;惟有女儿才是男人心目中比妻子、情人都完美的,无可挑剔、绝无缺陷的女人,是世界上最让他们引以自豪的女人。而血缘的承袭又无时不在提醒他们,这个再优秀不过的女人,只能是他们的女儿。

但女儿到底还是女人。在远古时期,在人类还没有接受文明的教化之前,女儿和女人的界限是没有的,界限只是在人类不断进化后才渐渐形成并被人们所遵循。

虽然时间和空间的跨度那样宏阔,但谁能说清,从远古时期传递下来的某种信息已全然泯灭?

女儿是男人潜意识里的第一情人。

到了后来,一旦女朋友们就婚姻大事征询吴为的意见,她最关心的就是男方结没结过婚,有没有孩子,男孩还是女孩。如果是女孩,不由分说,她马上跳起来反对:"不行,不行,赶快打住,将来的日子一定好过不了。"

至于儿子,不过是男人的历史情结,肩负着延续家族历史的使命,对待儿子就像对待历史教科书。历史教科书是绝对不可或缺的,然而,可曾有人为一本历史教科书神魂颠倒?

胡秉宸一生爱过不少女人,就是把吴为算上,也从来没有超越过他对芙蓉的爱。就像吴为一生爱过不少男人,可是从来不能超越她对叶莲子的爱一样。尽管这是两种不能类比的爱。

如果他和吴为热恋时由芙蓉出来阻止,白帆根本用不着那样大动干戈。

他们结婚后,芙蓉似乎接过了白帆的接力棒,在胡秉宸那些战友中走家串户,把当初反对胡秉宸离婚而后已然瓦解、罢休的队伍,重又黏合起来。

吴为知道这个结结在了哪儿。

那一年远在国外访问,一位陪她购物的华裔作家对她说:"……真是可怜天下女人心,你如此费心为你先生的千金购买礼物图的是什么?又能得到什么回报?我有幸会见过你先生的千金,对我们这些毫不相干、初次会面的人,她都不遗余力地编派你,在她眼里你实在连……连娼妓都不如……"她看看吴为手里的大包小包,接着说,"这日子该是相当艰难的吧?"

她连忙打断那位女士的话,打肿脸充胖子地说:"她其实对我不错,我们还是朋友呢。"心里却凉凉地想,和胡秉宸共同生活的艰难,果然是无望改变了。

她当然知道,和文学毫无关系的芙蓉,是通过什么渠道与这些人会见的,不由得心里对芙蓉那位情人讨饶:"这真是天大的冤枉,那天保姆回去撞见你们在床上,真是和我一点儿关系也没有啊!"

那时胡秉宸和吴为结婚不久,借住的是朋友的两间房子,所以还没有条件为芙蓉准备一个房间。吴为陪胡秉宸住院的时候,胡秉宸把钥匙交给了芙蓉和她的情人,也没有向她打个招呼。如果告诉她房子由芙蓉和她情人暂住几日,她无论如何也不会让保姆回去给胡秉宸熬鸡汤,而是让保姆到叶莲子那里去熬。

从那以后,芙蓉对她就势不两立了。她不得不担起这个天大的仇恨,可她也不能向芙蓉解释,越解释就越糟。

难怪胡秉宸出院后他们回到家里,只见她的照片被芙蓉一张张倒扣着。

葡萄酒瓶也摔碎在地板上。暗红色的葡萄酒液,像陈旧干结的血迹满地铺开。散撒在地板中央的酒瓶碎片,像一只只冷眼,分毫不会放过地窥视着她。那一摊酒瓶碎片,还有那陈旧干结、暗血似的葡萄酒,像预示着她将在一所老宅子中如那瓶酒一样躺倒、断碎,她的血也将这样在地面上暗结,吴为禁不住惊骇地战栗起来。

芙蓉和情人用过的避孕套,也一个个散放在厕所的台子上。床单上、躺椅的罩单上,都印着一摊摊爱的印渍……让吴为想起契诃夫的一则创作手记:一位军官太太洗澡,让军官的勤务兵给她搓背。这绝对谈不上诱惑,而是她根本没把那个勤务兵当人,更没有当男人。那轻蔑该是何等深刻。

同样,这些用过的、公然摆放在台子上的避孕套,也绝对不能说是芙蓉的不检点,那是芙蓉有意掴在她脸上的耳光。芙蓉当然是有资格在她脸上这样掴耳光的。

二十多年来,芙蓉只对那个有妇之夫从一而终,可能还要这样过一辈子。而吴为呢?不但离婚、结婚地折腾来折腾去,还有一个私生子。按照白帆和她那个集团军八十年代初在某次省级干部会议上散发的、揭发吴为丑行的材料所指,吴为先后和八个男人上过床。

保姆还撂了耙子,对吴为说:"阿姨,我可不伺候这个。"

她不得不一一捡起芙蓉和情人用过的避孕套,并卷起那床单和罩单扔掉。

与胡秉宸有情人终成眷属的第一个早晨,吴为还没有从第一件措手不及的事情中回过神来,胡秉宸又没头没脑地对吴为说:"你得好好报答芙蓉。"

· 226 ·

好像他们的婚姻是他赏给她的,不但是他赏给她的,还是他和芙蓉一起赏给她的。

　　他是不是把芙蓉当年的帮助变成了一笔高利贷?这笔高利贷,早就让他一分不饶地索回。不但索回,还做了一笔她永远不能还清的假账。

　　尔后,她一生都得背着这笔无法还清的高利贷,并且被它逼进欠债的死角,这笔假账对她,可不就是一个不着痕迹的冷面杀手?

　　吴为结结巴巴地说:"我从没忘记过一个帮助我的人。"

　　她感到了自己的卑微,既不能像胡秉宸这样理直气壮地说"你得好好报答禅月!"又不能无私、高尚到不这样思想。

　　对禅月那种信奉"永远不向任何人屈服,永远昂着高贵的头颅"的人来说,自己的母亲为一个出卖过她的男人,这样自轻自贱、忍辱苟求,实在太让她丢脸了。她虽怒其不醒、哀其不幸,但还是忠心耿耿为这个她所轻蔑的爱情奔波。

　　在长达几年的时间里,为防备白帆和胡秉宸那些对手的暗算,禅月一直为逃避在外的胡秉宸传递着他给吴为的几百封信件。风里雨里,只要收到,便从不过夜地骑车从学校赶回家。有一次甚至出了车祸——因雪地上刹车不灵让另一辆自行车剐上,拖出十几米远,好在后面没有汽车。

　　按照胡秉宸索取回报的原则,比之芙蓉的帮助,根本反对这场爱情的禅月,是不是更应该得到他的报答?

　　吴为一直留着禅月十六岁上写给她的那封信——

　　妈妈:

　　……世界上就没有什么真正伟大的爱,那是"天方夜谭",是幻想,人活着多半是互相利用。"有人要享乐就需要别人痛苦,什么道德、良心、诚实、谦虚都是假的,是互相争夺的手段。"这是存在主义,可是不无道理。

　　没有什么是永恒的,一切事情都会终止,妈妈,我恳求您这件事不要继续下去了,事情结束得越早越好,这样也许还会给双方留下一些美好的回忆,如果事情到了非结束不可的时候再结束,那么大家的痛苦还不知会增加多少倍。妈妈,您是太善良了,不愿伤害一个人——即使是伤害过您的人。正是因为这样,妈妈呀,您才受了这样多的苦难……

记得吗,蒲宁引用过的一句《圣经》上的话——你必须忘记你的痛楚,就是想起,也如流过去的水一样……

"即使是伤害过您的人",当然是指胡秉宸为了保全自己,和白帆联手写给吴为那封信。

禅月老说:"妈,那封信怎么写的您都忘了吧,我倒替您背下来了——'吴为同志:我们(我和老胡)认真并关切地研究了你的信,作为年长的共产党人,我们愿以坦率的态度指出,这种感情不仅是不正常的,而且是没有结果的,热切希望你正视现实。白帆。'信纸上方还有这位胡某人的眉批:'正面教育,又有节制,给她自己下台阶,不要出意外,女同志容易出意外。'他是关心您吗?他是怕您出事儿,追根儿追到他的头上。听着,下面还有他的附笔——'吴为同志:你自己塑造了一个虚无缥缈的意境,又自己在里面扮演了一个多愁善感的角色,沉溺在里面出不来了。这是资产阶级的感情游戏,不是无产阶级思想,你甚至没有想到这是多么危险。我要给你泼出一大盆冷水,就近来谈一次,不要再写信了。胡秉宸附笔。'他这个始乱终弃者,比受害者白帆还来劲。"

吴为替胡秉宸辩解道:"这也可以理解,我犯过那么严重的男女关系错误,他怎么敢轻易爱上我?"

"您从没想过,当您还是他手下小职员的时候和您当了作家之后,他对您的态度有什么不同吗?"

"我还没当作家以前,他还不了解我,不知道我的价值,不知道我值不值得爱。"

"难道一个人的价值,只有在得到社会承认以后才存在吗?!妈,您怎么像个奴才一样?他和您的关系不平等,您没觉出来吗?"

茹凤对此更是激愤:"胡秉宸的感情和你的感情有本质的不同,爱情对你是一种奉献,是至上的一件事,如此你的良心才会安宁。于他则是享乐的源泉,所以他总是留一手……能想到对女人责任的男人不多,地位越高的男人越是这样。老百姓的男人还好一些,至少能想到养老婆、养家。"

吴为道:"他后来还是动了真情。"

茹凤"哧——"了一声,说:"那是一定条件下的真情,带有'逼上梁山'的性质。你别自欺欺人了,这二十多年他是怎么折腾的,我也算是亲历亲见。不在这个时代,他绝走不出这一步。你在那种时候说到'爱',可以说是呐喊出了一个时代的声音,得到了强烈的呼应,是当时文化、思想解放的一个潮流,价值很高。他作为一个政治人物,对这一点是非常敏感的,他想做风口浪尖上的那个浪尖,做'天下第一风流才子',可他没有这个素质,也不想有,这个潮流他不应该赶,他根本不是这种人。他要求的只是婚外的满足,多元满足,多对象,才是他生理上的正常要求。他不过跟你玩儿玩儿而已,开始并不认真,你一成名,他那个'还配'的感觉就出来了,浪漫一番何乐而不为?可没想到碰到你这样的对手——不肯随便玩儿玩儿。当然他对你还是有感情的,不然也不会有离婚的动力。他说和白帆没有爱,不但没有爱,白帆还有那些问题,所以破坏那个家庭就没有罪恶感,人们在另想别弹的时候都这么说。白帆干的那些事当然不都是假的,但可能没那么严重。所以一旦离了婚,他的良心就不平衡了,不得不用很多行动来弥补,而且这种弥补是以伤害你为代价的,奴像对你的伤害越厉害,越能赎回他良心上的歉疚。你爱他都爱疯了,你母亲和禅月为你操尽了心,她们太惯着你了。当初你不和胡秉宸结婚,他就用自杀威胁你,要是她们那时候也来个自杀,你就不得不考虑她们的意见了。你最对

· 229 ·

不起的两个人,就是你母亲和禅月。可能你小的时候太缺乏关爱,所以不论谁给你们一点帮助,你们就特别领情,特别知足。你倒说给我听听,他给你的爱在什么地方?如果他爱你,就应该对你母亲好一点儿……朋友们为什么对你好?因为人人都知道,你们家成就出来不容易,欺负你们太没良心了……"

问题也没有这么简单。

胡秉宸倒不一定像茹风说的那样情薄如水。吴为"乱搞男女关系"的记录,哪个男人听了不心生戒备?对这样的女人,怎么能相逢就抛一片心?

也许胡秉宸把和她的关系看得过于深沉,不是简单的"搞"女人——如果"搞"女人很容易,用不着等这么多年,几个月、几天就可以上床。

当他们确立爱情关系之后,胡秉宸对吴为说:"我们相识十几年,中间的过程是很复杂的……我不认为有一见钟情的事,如果有,很可能是一种欲望,一种浮在表面上的诱惑。爱情应该是对人格、思想深度、人的尊严、才能的了解崇敬,人生态度的一致,为共同理想的奋斗,当然也包括正常情欲在内种种因素的综合结果。它是逐步产生的,产生之后就成为强大的力量,比如说,为此可能要做出巨大的牺牲或克服很多挫折。我说的爱,是建立在高度人类文化和精神文明基础上的爱,不能要求每个人都这样做,但应该让人们懂得有这样一种爱。我有我做人的基本原则,请相信我,你碰到的是一个好人,这个人一旦明确了爱你,他就放弃一切去取得法律上的合法地位,丝毫没有动摇,虽然用尽各种策略,但态度一直鲜明,一直向前,负责到死,永不相负,难道你从我的法律行为中还看不出吗?"

理论是何等美好啊!

这应该算是坠入爱河的胡秉宸,对以往种种难以理解行为的诚挚说明,也可以说是反省。人们也不难看出热恋中的胡秉宸何等坚贞。与这样的男人恋爱,难道不值得在水里洗三次,在火里烧三次,在血里煮三次吗?

而那"新纪元"的第一个早晨,让吴为措手不及的第一件事又是什么?——白帆的电话。

当时吴为还没有从昨夜的"情迷"中清醒过来。

胡秉宸就像一个农村的好把势,在非常熟悉的土地上耕作,一寸寸开垦着手下的那块荒地,又一寸寸地精耕细作,深思熟虑地支配着每一份精力。那每一份经过深思熟虑才付出的精力,被成倍放大,极大地弥补了体力的不足。

吴为不是没有和男人上床的经验,可是只有在这样一个好把势的耕作下,才知道她这块土地的潜质并没有得到充分的开发。在这之前,她枉做了女人,而且还是个声名狼藉的女人。

她突然解开了对男欢女爱的羞涩,好像天地间只剩下了他们两个人,他们并不是躺在黑暗的屋子里,而是悬浮在杳无人迹的太空。胡秉宸正领着她向那极远极远、灿烂而不晃人的太阳漂浮。她不慌不忙地跟随着他,这个识途老马样的男人,一定会领着她准时准点地到达。

她像那些幸福而知足的人,在入睡前常常舒心地发出一声叹息那样,舒心地叹了一口气。

而胡秉宸也重温了瞬间融化的神迷……

但是,当这农人的犁头正要进入土地的深层,她也几乎就要进入说明白却又不甚明晰的地域时,情况惨变,那耕作的农人猝然倒地,额上沁出力不胜任的汗水,灰白的头发里也沾上了田里的泥土和草棵……

吴为不忍与胡秉宸对视,只管理着头,一味拂着他的胸膛,似乎这就可以拂去他的尴尬,并且心疼地想:上帝这样对待一个上了年纪的男人,实在太残忍了。

然而胡秉宸却没有丝毫的歉疚,就像一个老练的杂耍艺人突然失了手,很知道如何对观众交待一个自圆其说的理由,并且会毫不气馁地继续可能还会失手的下一轮演出。

他喘吁吁地说:"你看到了吗?就在眼前,伸手就可以摸到了。"

"是,我看到了。"仓促中来不及细想,但吴为对自己说,她一定要这样回答胡秉宸。

此时此刻,一个老男人的余生,就靠她这些话来判决。如果她应对得好,他也许还能支撑下去;如果她应对得不好,可能就会"噗"的一下截断一个男人的命根。

"你伸手摸摸,摸到了吗?"

"是,我摸到了。"

"真的?"

"真的。"

她必须努力为他制造一个他所期待并赖以支撑的神话:"亲爱的,很好,我的感觉很好。真的很好。"

吴为的谎言终于使胡秉宸重整旗鼓,他的眼睛里不但渐渐有了生气,还有了类似年富力强男人的阳刚之气。

难道他看不出来,那不过都是她说来安慰他的谎话?难道男人就是由女人的这些谎言造就的?

跟着,有人兴致勃勃打来一个早电话。吴为懒懒接过电话,问道:"请问哪一位?"

"我是白帆,叫老胡听电话。"

"请等一等。"她就把电话听筒递给了胡秉宸。

白帆的声音很响,与胡秉宸同床共枕的吴为想不听也不可能。

她问道:"昨天晚上怎么样?身体还行吗?"

听起来好像在问:你新纳的那个小妾见没见红?

胡秉宸好像早知道会有这样一个电话,早就准备下他的汇报,"天寒地冻,善自珍摄……"至于说到"昨天晚上",则请她放心云云。

别的话怎么说都合情合理,毕竟他们是多年的夫妻,只是他们关于"昨天晚上"的交流,让吴为好生难堪,好歹她是他的妻子了,他怎么能和另一个女人谈论他们的"昨天晚上",而且在那样的"险情"之后?

五

等到院子里有了砰砰的声响,就是兄弟们打排球的时间到了,小姑姑肯定也会出来打排球的。

他赶快放下青瓷小碗,脸上也难得地有了笑意。

小姑姑有一张典型的鹅蛋脸,端庄又清秀,虽说已经许了人家,可是还没过门。他猜小姑姑对他也颇有好感,但是他们既然生长在这样的家庭,就很识大体,知道什么可为、什么不可为。

球打在石榴树上或是藤萝架上,石榴花和藤萝花就纷纷落下,把他们的眼睛染得一片火红又一片紫蓝;一会儿又掉到金鱼缸里,飞起的水花溅了他们一身一脸,他这才有一绽笑颜的机会,也有了顺便、不显突兀地向小姑姑望一望的机会。他觉得小姑姑也看了他一眼,心里就有了得到交流后的模糊而不明确的快感。

有时他们也在一起玩玩"升官图",从大家坚持按清朝官制玩耍,不难看出他们难以抑制的、对胡家鼎盛时期的留恋。

对已往的荣耀,胡秉宸虽也留恋,但他的留恋是在心底,何况时代已经大变,他更愿意适应社会新潮,总是坚持按民国官制玩耍。胡秉宸自少年时代,就显出对风口浪尖的兴趣。

不论在学校还是在兄弟中间,大家都不由得听从他的意见,好像天生如此,没有什么道理。

小姑姑不玩"升官图",只在一旁观战。他对"升官图"的兴趣也不大,可这也是 个接触小姑姑的机会。

胡秉宸是性情中人,对于他的行为是否冒天下之大不韪,不很在意。

虽然是游戏,但在捻捻转儿转着的时候,心底也盼着那个捻捻转儿停在可以连进三步的"德"上。到了他"荣归"大总统的时候，还是有一份得意在心。于是大家纷纷抢食糖果、干果之类的零食，他这个赢家倒什么也不吃，只是笑眯眯地看着兄弟们大啖他的胜利果实。

他的笑很迷人，薄薄的、线条清晰的嘴唇抿着，似笑非笑的；一双比常人大出许多也黑出许多的瞳仁，忽白忽黑地闪烁在眼睑后面，因了明了又不明了的含意，让人颇费猜测。

晚上温习功课晚了，他宁愿到街头的馄饨挑子上吃碗馄饨，也不愿意让底下人给他做碗消夜。

他喜欢那点京华风情。

馄饨挑子上挂一盏马灯，马灯里燃一豆灯火，那一豆灯影在他生动的脸上轻巧地跳跃着，很人间的。

火门一开，锅里的汤就翻滚起来，卖馄饨的抄起小抽屉里的皮儿、馅儿，当场裹好馄饨下到锅里，再点上各种作料，一碗热乎乎的馄饨就煮好了。

这一碗馄饨，看着比吃着还有趣。

吃完馄饨，有时会拐到门房老萧那里，翻起他的褥子，搜出褥子底下藏着的春宫画，细细揣摩。

画片上的女人，各个都是迷迷的脸、矇矇的眼，一副其乐无穷的样子，从彼开始，他对女人有了一种大爱。

到了大学，男生里更是私下传递着女性器官的照片，且都是科学性的特写。比之扑克牌大的春宫画，有大块吃肉、大口喝酒的豪致。连同勇于开拓者的实践，丰厚遗产似的由毕业班一班一班往下传。

进入革命队伍后，由于革命的女人与革命的男人数量上的差距，肆无忌惮、以虚代实、画饼充饥畅谈男女欢爱，便成了那些出身红色，因而享有诸多豁免权者的"永恒主题"。

胡秉宸静静地坐在一隅，倾听着那来自地母，原始、赤裸、具体、形象、恣意、放浪形骸的故事,似乎比身临其境更有一番滋味,说故事的人也从来没有注意过坐在角落里,以不苟言笑、清心寡欲著称的胡秉宸。

这样丰富多彩的生理训练,是后来的几十年无法比拟的。

一九四九年以后,为培养具有共产主义道德的接班人,连正当的生理卫生课也一律免了,以致吴为上初中的时候,班上有个男同学,竟以为不论男女,人人都长了一个鸡巴。

这种时候,他绝不会想到小姑姑。

也不会想到五岁时,在老宅花园里遇到的那个婶子。

心里清清楚楚地知道,那是对小姑姑,也是对美丽得让他心跳加快的婶婶的亵渎。

记得那天还下着雨,小小的他,独自一人来到院子里。院子里有许多芭蕉,其中一棵只有他那么高。他站在芭蕉叶下,灰蒙蒙的天立刻就绿了。雨点一滴滴打在芭蕉叶子上,声音空寂而清丽。芭蕉叶子让雨水洗得绿茵茵的,圆圆的雨珠子,顺着芭蕉叶子不断滚下,如天上滴下一颗颗晶莹的玉粒。

婶子就在那时把他抱了起来,他不知道婶子从哪儿来的,好像是从绿盈盈的雨雾中幻化出来的。

五岁的他不能说出婶子有多么美丽,只感到她的美丽震动了他,以致他的心跳都加快起来。

以后他就认定,芭蕉在下雨时最美;也明白了为什么很多中国画常常画个美人站在芭蕉旁边。但芭蕉不能太高,应该比人矮些,也不能太密,不然就会喧宾夺主,本末倒置。

但是每当觉得和小姑姑有了一种模糊的交流之后,他就更想去老萧那里看春宫画。

也会抛下兄弟们(他们常常一起骑着白行车,车匪一样呼啸着从胡同里蹿出,到东安市场东北角的杂耍场去看杂耍),像独行侠那样形只影单,飞骑到那大俗之地的前门。

在前门那个地界,他最喜欢看拉洋片。

235

"往里面瞧嘞往里面看,粉色儿的幔帐挂两边,俏丫头扶来了娇小姐,掀开了幔帐就往里钻。一钻钻进了洗澡盆,这大姑娘洗澡呀,您瞧啦……"

他把眼睛紧紧贴在那个小洞上,透过小洞上的玻璃往里瞧。大姑娘是有的,却很粗俗,硕而肥的奶子垂着,因为下半身全淹在澡盆里,盆里又都是肥皂泡,关键部位根本看不见。

可那兽般的粗俗、不能欲穷千里目的遗憾,让他晚上回家就做梦。在梦里,他和一个不明性状的东西,似交欢又不似交欢地遗下他那宝贵的少年精华。

有时那交欢的对象又似是而非,好像三岁时在老宅子看到过的那个女人。

老宅子前后各有两个大院子,院子到底大到什么程度?记得从后院蹦出来的蛤蟆,都有一只海碗那么大。

光后院就有两栋楼,上下八间房,两栋楼之间有天井,天井上有顶棚。

楼后有个偏厦,偏厦很长。他站在楼上的后窗那儿,远远看见偏厦里闪烁着暗红的烛影,烛影跳着、跳着,就闪烁出一个洗澡的女人,可能是佣人,不然怎么会在偏厦里洗澡?

不过她看上去非常遥远,像在天上,也许因为他还是个孩子,小孩子看什么都是远的。可是他叫了一声,有一种窒息的感觉压在胸上。奶奶过来说:"这孩子该睡觉了。"

有很长一段时间,他的睡眠都和这个暗红的烛光剥离不清。

雅一点的唱词也有,不多。就是唱《红娘》,也是唱红娘怎么给张生和崔莺莺拉合的一场:"有情人他把门儿一关,奴家我在外面好难堪,踮着脚儿往里面瞧哇……唉,他颠凤倒鸾来销魂……"

这样的唱词他到老了还记得,在和吴为做爱的时候,还能对她重述得一字不差。

或是去合意轩、如意轩听坤书。他喜欢京韵大鼓,也许因为那些花枝招展、描眉画眼、油头粉面、搔首弄姿,半边头发盖着一只眼睛的女艺人,让他又是轻蔑又是渴望。旗袍紧裹在身上,开衩大得几乎看见底裤,让男人看了不得不直奔主题。那些女艺人的嗓音多半沙哑、苍凉、风尘而性感,更加撩拨一个情窦初开的少年人。和他们家的女人真是天地悬殊,可也别有一番风味,就像老萧常说的:"家花哪有野花香?"

不过他从没在那些"提活的"彩扇上点过一个曲目或是艺人。他不能想象,要是那些"提活的"也这么一喊"有题目,胡秉宸先生点……",他非得钻到桌子底下去不可。家里人,特别是小姑姑,虽然绝不会到这种地方来,可他觉得她们一定都能听见"提活的"这一声吆喝。

…………

由于来自女人的信息是这样芜杂,也就难怪不论什么品位的女人,都能应付裕如。

多年以后,他能写出那支让吴为自愧不如又脸红的小曲儿,功夫可能来自这些底层文化的熏陶。

那支小曲儿吴为只看了第一句,就像潇湘馆中的林妹妹那样转过身去,并把那信纸掩在了胸前。

回到家里,等到夜深人静才敢拿出来细读——

疼

俏冤家,你直把我疼煞。见到你时疼得我煞,见不到你时更疼得我煞,日日夜夜梦魂里也撇不下。

你生气时谁能够耐着性儿、涎着脸儿任着你性儿骂?你高兴时谁能够凑个趣儿、逗个乐儿、哄着你笑哈哈?有点儿委屈时节又是谁跟你并着肩儿、拉着手儿说说温存的知心话?

闷时节谁陪着你闲拉呱?忙时节到那更深人静谁给你送热茶?天寒地冻有没有人想着给我那知情识趣、玲珑剔透的人儿把衣加?伏天六月又怕那蚊儿咬着、蝇儿扰着我的小冤家。

　　似这般牵肠挂肚、挂肚牵肠,有一天直把我疼煞。那时节到了奈河桥上也,我也要回头强挣扎,为的是魂儿、灵儿、心儿、肝儿一齐都往你那边儿挂,那疼你的情儿也,更是千倍万倍地大。

怎么分析,这支小曲儿也没有黄色的成分,但却极具挑逗性。只可惜它离吴为向往的《天鹅湖》里的王子,或骑士的决斗、击剑、披风、使腿儿愈显修长的紧身裤等等太远了。

如果胡秉宸对吴为的追求,不是从这种情话开始:"你的美只有音乐才能解释,而且还得是大手笔",而是从这样的小曲儿开始,吴为很可能不会爱他。

可是到了胡秉宸给她写这种小曲儿的时候,她对他的爱已经病入膏肓,不论什么,只能照单全收了。

写出这样高水平小曲儿的胡秉宸,结婚以后却翻脸不认账。当吴为要求他不只是在床上,能不能在"床下"也给她一些温情的时候,他却说:"我不懂得怎么对待女人。"

这么说来,她只能在床上得到任何一个女人都能从任何一个发情的男人那里得到的所谓爱怜。也就是说,胡秉宸对她和任何一个男人对任何一个女人的心态、模式,别无二致。

偏偏没有什么是特别为着她的。

她原以为他们的爱情有什么不同!

吴为问道:"那么你从哪里抄来的那些玩意儿?"

他怪吴为有眼不识泰山,"完全是我的创作。"

吴为说:"你既然能写出这样的文字,还说不懂得如何对待女人?我也不是贪心要求十分地实现,哪怕一分也就心满意足。"

新婚之夜胡秉宸的那个问题,也显露出这段姻缘"没有什么不同"的蛛丝马迹——

"记不记得你在干校开车床的时候,我站在你车床前说的那句话?"

"哪句话?"

"我说'你是个拿水枪的女车工'。"

"不记得。"

"你知道那是什么意思吗?"

"不知道。"

"那就是说,为了冷却加工件,你不断从油壶喷嘴往套管里挤射进去的冷却油,好有一比……"

"你真坏。"她翻过身去。偏偏倒不过来那个"时差"——就在胡秉宸站在她车床前对男人某种创造性的活动进行如此具象描述后的两年,就接到了胡秉宸和白帆于一九七三年联手写给她的那封信。

"男人要是不坏,女人就不爱了。"

"可我当时并没有听懂你说的是什么意思。"

按理说,一个偷过人、养过私生子的女人,应该很解风月。在他没有正儿八经与她谈情说爱之前,这正是让他鄙夷之处,可又忍不住猜想,吴为的床上功夫该是何等了得,和她做爱又该是何等酣畅。

也理解了父亲为什么会讨个妓女做二房。

直到和吴为上了床,胡秉宸才知道她根本不解风月,甚至还得他来调教。这真让他不能理解,甚至让他有些失望。一个偷人、养私生子的女人,算得上是沧海桑田,怎么能不解风月!

爱恋是个技术活儿。胡秉宸的风月之说,指的就是技术上的等级。而吴为认定技术都是细枝末节,她崇尚的爱,是把命都能豁上的爱,是可以为之下地狱的爱,何谈献身!

她对技术的疏忽,导致了一个致命的弱点——不会调情。岂不知最能拴住男人心的,是调情的技术,而不是那种搭上命的爱。

她有过多次恋爱的记录,频频换场的原因倒不是见异思迁,相反,她对爱情非常专一,专一到置身某场恋爱时,绝对不会注视场外任何一个男人。

这种恋爱观导致的严重缺陷是对待她的所爱,也像对待那把就餐的叉子。

正像本书第一章第二节中写到的那样——

　　她刷得很仔细,连叉齿中间的缝,也用洗洁布拉锯般地擦了很久。

　　到了二十世纪末,除了英国的皇家御厨,或是已然寥若晨星却仍固守旧日品位的高档饭店,或是某个冥顽不化的贵族之家,还有多少人在擦洗餐具的时候,擦洗叉齿中间的缝隙呢?

哪个男人经受得起这样的擦洗?又有哪个男人愿意置身这样一把叉子的地位?

她就只好一次次换场了。

叉子也好,技术活儿也好,两者之间到底有什么不同?最后还不都是以上床作为讨论的终结?

说起来真像她非常讨厌的、绕来绕去的哲学。

他有时也到东安市场旧书摊上逛逛,翻翻旧书,一个上午就过去了,随便扔一个子儿,也许就能买到一本很好的书。好比那本《浮生六记》,就是在丹桂商场的旧书摊子上买的。

也就是在那里,他看到了小说《呼啸山庄》,并被那爱情的强烈所惊吓。在他和吴为正儿八经恋爱之前,怎么也不能相信,世界上竟会有那样强烈的爱。

那时他就怀上了一个梦想,这辈子一定要轰轰烈烈地爱一场。可在上海始于百乐门的那场情爱,却因时间、条件、地点的差错,未能如愿以偿。日后回忆起那一场因白帆的举报、领导的干预而告终的情爱时,胡秉宸不过那么一笑,奇怪自己竟甘愿为那场恋爱受到上级警告。

他一生都在不甘地等待着一场恋爱,直到吴为出现,才算圆了那个梦。可是等到晚年,回想起和吴为的情爱,也不过那么一笑,奇怪自己曾为此梦魂牵绕。

书看累了,就到东来顺饭摊上吃一份肉饼和一碗红豆小米粥。那时候的东来顺,除了雅座,楼下大棚里还经营物美价廉的饭摊,除非家长带他们到江苏风味的森隆饭店回味一下南方口味,他喜欢大棚里那不拘形式的随意。

…………

像胡秉宸这样一个俊朗又不失英雄气概,懂得品位而又不失纨袴,大雅大俗、有形有款、永远的新潮又永远的怀旧,要什么情调有什么情调,一点、一味、一丝、一毫地品味生活的全方位男人,实在世上少有,恐怕也是"五百年才能出一个"。

这样的男人恐怕也再不会有了。他是那种家庭和社会环境缺一不可地造就出来的"全才"。比之他的生长环境,后来的男人总像因为偏食患有某种营养缺乏症。

就像吴为说的:"现在猿为什么不能进化成人了?因为没有了那种生存环境。"

更有他的革命经历。虽然没有为革命而献身,但也曾时刻准备着,只是没有得到实践的机会;如果遇到那样的机会,胡秉宸绝对不会犹豫。

方方面面都很匮乏、贫瘠,并且崇尚革命,特别崇尚浪漫的革命献身精神的吴为,怎能不为这样一个既出生入死地革命,又精通中西古今爱情典籍的男人所迷醉?

这就是吴为为什么对他说:"只有我才了解你的价值。好比一件出土文物,上面沉积着万年的泥土,一般人觉得不过是个土疙瘩,也许顺手就扔了,碰巧有人知道它是文物,也能鉴别它的颜色、造型、年代……但只有我才能鉴别出他人鉴别不出的、使它得以精美绝伦的奥秘。"

可她忽略了胡秉宸日后几十年布尔乔亚的锤炼,在那种锤炼下,不但英国是脆弱的,精美更是脆弱的。

胡秉宸觉得遇到了千载难逢的知音。

过了很久很久,即便吴为对他有了更多的了解之后,也还认为:"不论怎么说,你在你那个阶层当中,还是最优秀的一个。"

胡秉宸倨傲地"哧"了一声,说:"何止我这个阶层!"

六

在一瞬的迷茫中,胡秉宸几乎带着爱意想起他的父亲,那个日本早稻田大学的留学生,爱女人,也被女人所爱的俊美潇洒的男人。

这反倒是和父亲朝夕相处时不曾想到的。

胡秉宸没有见过父亲的女人,只见过他的如夫人,据说是妓女从良,可是并不漂亮。那时他对男女之间的事理解还很肤浅,所以并不漂亮的如夫人,让他一时颇为费解。

父亲的一生过得舒舒服服,在家族的银行里做着一份经理的工作,如他们这种出身的男人那样,没有什么创造性的工作,也用不着。人生于他们不过是一场惬意的消遣。

父亲既会下围棋也会打桥牌,何况麻将,且样样玩得精通。每周定期去英国人开办的网球俱乐部打两次网球,就像女人定期到美容店去做美容一样。还喜欢算命,兼收并蓄地享受着东西方文化的行乐精粹。

与儿子们并不多话,几个兄弟中最偏爱的可能是胡秉宸,觉得他最像自己,最有前途,最可托付。所以他临死前给如夫人留下的最后一句话是:"有困难去找秉宸吧。"

在 B 大学读书的长子胡秉寰,虽然才学过人,可是沉迷佛经。三儿子身体不好,不像是长命的样子。

在一般人眼里,长子胡秉寰是个怪人,家境虽然富裕却总是剃个光头,着一袭棉布长衫。他的温文尔雅、安详沉稳,与胡秉宸的虚浮冷傲以及那刻意做出来的英国派头,迥然不同。

胡秉寰读书多而随意,精通历史、诗词歌赋,连父亲有时还得听他三分。每个星期回到家里,胡秉宸总是绕其左右,问东问西,他的历史知识、旧学底子,大都是从胡秉寰那里来的。

可是胡秉寰总是神思邈远的样子。

也从来没有听说他和女人有什么瓜葛。

实在不像胡家的男人。

临到毕业考试之前,胡秉寰突然决定回老家。可是老家的佣人没有在码头上接到他,上船去寻,只在舱中寻到他的行李,他从此就神秘地失踪了。

大学里还派人找过胡秉宸,向他打探胡秉寰可能的去向。

家里也找了很多年,最后猜想他可能在轮船上跳海自杀了。除此,他还能到哪里去?

一个不期而至的想法,间或也会掠过胡秉宸的脑际——也许他断绝尘缘,潜入深山老林修炼去了?

不了解胡秉寰的人,猜测他可能死于精神忧郁。但胡秉宸觉得,即便大哥自杀,也是由于他的不肯苟且,他是太孤独了。

有时他觉得,如果大哥不自杀,可能是他们这一代人里最有建树的人。

胡秉宸和父亲毕竟不同,也许更多实际,更多雄心,更多务实精神。

在他看来,一味消遣人生的父亲或是叔伯们,难道不是在衰退他们那个曾经显赫的家族?

还在念中学的时候,他就常常站在那所四合院的中式客厅里,对着刘墉那副对子,还有不知哪位先人所录那幅中堂"太上立德,次为立功,再次立言"出神。

他依稀记得小时练字的情景,可惜因为没有耐心,没能练出一手好字。

除了他,兄弟中以及堂兄弟姐妹中,还有谁会相看两不厌、闲来不闲地翻翻那本装在紫檀盒里,用素绢裱糊得精致讲究,彪炳胡家千古的家谱?

几十年后,这些彪炳胡家千古的记录,在"文化大革命"中被行事相当实际的白帆泡在洗衣盆里,用搓衣板一点点地搓碎了。每每想起已经化为纸浆的家族"荣耀",胡秉宸就痛心不已。他不能责怪白帆,在那个非常时期——真不好意思,比之家族"荣耀",还是保命第一。

胡家的昌盛,始自端溪砚的开采,后来又从雕砚琢砚,发展为收藏而发财致富。祖父就是从这样的玩家,最后成为一名古砚鉴赏专家。

最后家中还藏有一方端砚"绿豆眼",据父亲说是非常名贵的品种。砚身一脉暗紫,潜向幽深,又点点诡绿闪避其上,迎光更见一抹萤绿流溢其中。还有一方"龙尾"歙砚,据说也很名贵,与那方"绿豆眼"可以齐名。

那方"绿豆眼"也怪,不过随形略凿,并无纹饰,看得出是天生写意而非工匠之才。砚背序跋铭文诗赋全无,只一个"茫"字了事,但却透出一份通灵,有一份待人善解的神秘期待。若说制者、藏家、姓名、年份全无倒也无妨,反正是胡家的东西。对于石质、刻工上下,到了胡秉宸这里早说不出所以,可这一个"茫"字……头绪多端,该作如何解释?

这方砚究竟来自他那采砚的先祖,还是后人所藏?

采自南唐,还是宋、元、明、清?

究竟是第几代先祖雕凿?此人行状如何?

砚背的这个"茫"字,成了他心里一个悬案。

看来胡家也不都是条理清晰的人,比如大哥,B大学国文系的高才生,无缘无故就突然自杀了。他的自杀与刻下这个"茫"字的先祖有没有关系?

一九四二年后,胡秉宸回到故里,父亲已经过世,如夫人没有遵照父亲的遗愿而是改嫁他人,家里多少代人保存的名贵家具,也随之做了他人家的财产。

在破败的院子里,尚有几只花盆置于角落。明知那院子收拾也无可收拾,却不禁伸手去搬动那几只边缘缺损的花盆,突然看到一只花盆下压着那方"绿豆眼"。

谁压在这里的?当然不会是如夫人。难道是父亲?

他百感交集地捡起那方砚,不由得迎光摇去——曾经流光溢彩的"绿豆眼"瞎了,回身为前世一方顽石。

不过那的确是"绿豆眼"呀。

七

胡家没有一个人知道,胡秉寰在离去的前夜,对着那方"绿豆眼",对着那一个"茫"字想过什么。

是不是这一个"茫"字决定了他的去向?还是"绿豆眼"在胡秉寰离去后走了魂?

八

到了老年,胡秉宸迷恋起家谱,为这一方砚的来历费了很多心思,却终究不得其解。

由这方砚,他想到,应该,也值得把吴为列入胡家那不凡的家谱。但吴为说:"你最好还是把白帆列入胡家的家谱吧,毕竟你的子息都是她生养的,我不能再抢夺她这份荣誉。"

此话言之有理。但他又实在舍不下吴为这样一个"人物",说:"那就把你们两个都写进去。"

"你觉得这样做合适吗?"

胡秉宸说:"这有什么不合适的?"

"可我觉得很不合适。"

和吴为的离婚,终于使他为这个难以裁决的进球,吹出了决定性的一哨。

许多让胡秉宸悬而不决的问题,在和吴为离婚后终于得到了妥善的解决。

胡家的昌盛早已不是原来意义上的昌盛,难道再不会出个青史留名、重振家声而不一定是重振家业的人?

可是谁也没想到他参加了革命。

时局败落,生命更如风中草芥。何止胡家,家家都在随风飘零。

向父亲告别时,父亲沉默起来,大自鸣钟滴答、滴答的声音,颤颤悠悠消隐在客厅深处。在他们相对无言的沉寂中,自鸣钟消隐而去的行走,似乎提醒着一切将不可避免地流逝。他们抬起眼睛,相对而视,不约而同却又不很贴近地想到了"前景"这个词。

父亲似是而非地叹息了一声,只说道:"这样也好。"似乎肯定了他的选择,并掩遮着些许的愧怍。

外部世界风雨飘摇,各路英雄风云际会。家族分裂也现端倪,前景如何,实难卜料。

二房一支,民国初年就开了矿山。奶奶买了很多新矿山的股票,可是二房的人又说要赔,把奶奶手里的股票全买走了——刚买走,股票就涨了。

九

以后,胡秉宸还会在革命的道路上,与二房一名"败类"狭路相逢。

十

胡秉宸参加革命不如说是偶然。其实很多看似非常重大的事情,大部分出于偶然。

彼时学校里已常见传单,各路政治小组也很多,他却没有参加一个。就连孙中山先生的那个党,他也不太信服,总觉得辛亥革命时孙先生并不在中国,所以也不能算完全是他领导的,和后来的长征一样,相当偶然。

偶尔参加一下要求抗日的游行,在国民党市政府门口坐一夜,迷迷糊糊打会儿瞌睡,也没见市政府说出个所以,不过国民党从来没敢开枪。

闹了一阵,各大学就派代表去南京请愿。

胡秉宸没有去。正像胥德章说的,他在学校根本不是活跃分子,可能因为对那些忽然站起来喊个什么口号的行为,抱有非常不敬的想法。

南京请愿没有结果,一九三六年又出来个西安事变。

时局紧迫,何去何从,摆在了每个大学的面前。校方广泛召开座谈会,征求各方意见。

品学兼优、全校闻名的胡秉宸,自然在列。就像抗战胜利后,林伯渠老在毛、蒋二人谈判裁军问题前,就此在周公馆召集会议,统一认识,征求意见也召集胡秉宸一样。在历史的关键时刻,胡秉宸总是那风口浪尖上的人物,他似乎就是为风口浪尖而生的。

在校方召开的会议上,他同样慷慨陈词,认为应该迁校内地。

可是在校方召开的另一次会议上,他未在邀请之列,不知出于什么心态,在会议室外窃听。

这一次窃听,既展现了他日后领导地下工作的卓越潜质,也显示出他不甚平实的倾向。

于是,他抢先在布告栏里张贴了一个声明,说是校方不准备迁往内地,对此他表示坚决反对,并像欧洲那些大学的学生一样,在声明上写上了自己的学号。

到底是隔墙之耳,胡秉宸难免听错,事实是校方决定迁校。

校方对此未置一词,胡秉宸倒给自己制造了一个非此即彼的选择:回避错对问题一走了之;或承认自己听错,跟着学校迁往内地,继续完成余下的学业。

其时,他还有半年即可毕业。

考虑再三,他决定当兵。倒不一定是面子问题,当时东北、华北、华东已经沦陷,很快也要打进国都南京,中国如果再不奋起抗战,很快就要亡国。他的工业救国梦也不可能实现,不打走日本人什么也说不上。

所有正直青年都不再观望,却没有当兵救国的概念,一说打仗,就好像是农民抓壮丁,根本不是他们的事。特别在J大学这种比较保守的学校,学生们大多出身于富裕家庭,和国外也有着千丝万缕的联系。

参加抗日的出路不外两条,或参加蒋介石的军队,或参加共产党的军队。胡秉宸选择了共产党。

当胡秉宸在学校里宣布投笔从戎的消息时,就像他那张揭露校方不想迁往内地的布告,再次震动了全校。

因为没有一个学生不珍惜J大学的学位。他们在这个大学得到的学分,美国麻省理工学院一律承认,毕业后再到麻省理工学院读八个月,就能拿到博士学位。毕业后的经济效益也很诱人,其他大学毕业生每月工资只有四十元,J大学的毕业生每月可以拿六十元,并且没有失业一说。

父亲是个喜怒不形诸颜色的人,既然他不告诉父亲到哪里去,父亲也就没问,不过猜想他是要到延安去。沦陷时期,父亲通过银行的老人转过一封信给他,告诉他日本人抓共产党抓得很厉害,让他千万别回来。据他所知,日本人还多次让他那个留学日本的公子哥儿父亲出面参政,父亲却坚决不肯出山。

一别经年,后来他都不知道父亲于哪年去世。

十一

他也想起大学三年级那个寒假的晚上,难得与父亲同时坐在起居室里。也许是起居室的暖意,让那个冬日的夜晚显得很有家居的温馨,父亲突然让他到书房拿来纸笔。一向和儿子们很少交谈的父亲,这个举动让胡秉宸有点受宠若惊。不过他也像父亲一样,不大形之于色。

父亲跷着裤线笔直的二郎腿,脚上着一双优质英国皮鞋,身上自然也是一袭来自英国的吸烟袍。几乎是沉着脸,在手边那张线条简约的明代小茶几上,按照自己独创的一套方式,推算起胡秉宸的生辰八字。

那时父亲只从英国购进服饰,三十年代中国上层人物的服饰,还是英国人的一统天下;意大利服饰还要等上五十年,才能在世界上称雄称霸。

对于时尚,胡秉宸有一种自学成才的天赋,这有一点像女人。比如父亲从没带胡秉宸去过网球俱乐部,他的网球技艺却是打遍全校无敌手。

当然也不能说胡秉宸在衣着方面的品位、苛求与父亲毫无关联,包括他爱女人也被无数女人所爱的这一点。

哪怕在用水极其困难、无法洗濯的情况下,哪怕与一个兴趣不大、完全谈不上恋爱,只是调调情的女人相会,胡秉宸至少也要保持一个雪白的袖口、领口,以及认真刮过的面颊。

可想而知胡秉宸对"情调"的敏感,参加革命后,他更是失去了这方面的实践机会,想起来就让他觉得白白糟蹋了自小就耳濡目染种下的慧根。后来胡秉宸正是从吴为竖起的衬衣领子上,引发出对自己那遥远的、卓尔不群的魅力的怀念。

他暗暗瞟着吴为竖起在细长脖颈后面的衬衣领子,似乎无意地说:"我最好的年华已经逝去……在最忙碌的年月,只能很随便地穿着军衣。但即便是一件军衣,穿着都很潇洒……三十多岁,每天自己开个吉普车,进进出出。"他忽然停下,含意不明地笑笑,"……却和白帆几乎没有关系,我一辈子都没和她挽过手,一辈子都没有认真过……"说到这里,他又停下笑了一笑,眼神很邈远的,"……我不知道是否有人喜欢我……至少没有人敢喜欢我,我看上去有些可怕。刚解放的时候,我在肃反办公室当着一个处长……哦,想起来了,有个演电影的,同男人搞关系被人抓住了,送到我这里来,由我处理。过几天她忽然浓妆艳抹地到我的另一个办公室来,同我说上海话:'阿拉还是满喜欢侬格。'真滑稽……"却略过了他当时是怎样垂着眼睑,默认了那个他认为很漂亮又很淫荡的女演员的表白,然后换了话题,"……我喜欢你那件软缎衬衣、那条裙子,还有最重要的,那种知道自己是漂亮的神气。"

直到和胡秉宸离婚后,吴为还保存着一张胡秉宸大学时代的照片。那是一张全系学生的合影,几十人中,惟有胡秉宸一人将大衣领子竖了起来,礼帽低低地斜压在眉骨之上,使眉眼鼻子若隐若现于帽子阴影下,只突出坚毅的下巴和性感的嘴。那张嘴,与多年后美国当红影星保罗·纽曼(Paul Newman)的嘴,无论形状还是内容,都无比类同。而其他同学虽也西其服革其履,不过怎么看都还是戴瓜皮帽的小地主。惟恐不展地把大衣领子抚了又抚,帽子端了又端,前帽檐后翘,露出呆呆的脑门儿,惟恐他日、他人认不出照片上的自己。

试想,一顶西式礼帽这样戴,还能戴出什么兴致来?

一九四九年以后,随着胡秉宸的擢升,方方面面条件具备之后,公余之暇竟也带着猎枪到郊外去打打猎,虽然从未猎到过什么。

待他有了宽敞的住房之后,也开辟了英国家庭必有的一间书房,并且在院子里种了花,虽然那些花从来开不好,或是越开越残。

总而言之,一旦有了条件,胡秉宸就会"从头收拾旧山河"。而他周围那些并不了解英国的延安们(包括白帆),以为这不过是一种习惯,一个私人爱好。

虽然胡秉宸多次对吴为表白"我不太喜欢英国人,因为他们傲慢,一副帝国主义派头,不论《简·爱》或是《蝴蝶梦》中的男主角,我都厌恶。都是游手好闲,一辈子不工作,靠财富过着奢侈的生活,好像没钱的姑娘非爱他不可的一副贵族阶级派头,而那些女人又都是可怜巴巴的样子",却又忍不住提醒吴为:记住,我是一个忠心的顽固派——英国式的顽固分子。

其实,胡秉宸打心眼儿里赞赏英国人的是:实事求是;勇敢——作为一个伟大的民族在第二次世界大战中的表现;承认现实,虽然不像法国人那样富有浪漫气质,但从不会吊儿郎当。

当然这里说的不是一个具体的英国人,而是一般概念上的英国人——他是马,然而不是白马。

胡秉宸对英国的酷爱,也可能和他从高小到初中整整六年都在英国教会学校读书有关。六年不是一个很短的时间,总有一些影响,不管好的还是不好的。

胡秉宸从他的英国教师那里究竟受到了哪些影响?

至少是英文,所以他的中文写得很坏。也许还有踢足球和认真的态度,以及那时常说的 sportsmanship(运动员风格)——虽然现在的英国运动员也一样地粗野和踢人了。

可能还有鲁迅先生提到过的"费厄泼赖",即公正、合理那一类名词,以及那一类名词的含意。

胡秉宸可能有很多缺陷,但不逃避危险和困难的行事态度,可能就是从这一类名词来的。

他不时对英国突发的恶意,其实没有多少道理。追究起来,不过是因为他的英国教师曾经使他不快。

教过他的英国教师很多,他大多记不得了,只记得一个由于他的迟到,经常打他手板的英国校长。

后来读到英国小说,特别看到书中那些打学生板子的教师、校长时,他自然就会想起那些冷漠而又非常严格的英国教师和校长——他们在打他手板的时候,丝毫不讲价钱,而且从来不会忘记;学校里甚至专门备有一间供教师打手板用的房间。

还有一位一条胳膊丢在第一次世界大战,只剩下一条胳膊的 Mr. Smith。他和胡秉宸那一班学生相处的时间较长,常常带学生去野营。有一次到西山,班里仅带了几只水壶,又没有杯子,喝水时大家只好轮流对着壶嘴喝。至归程时饮水已经很少,胡秉宸渴了但他又很挑剔,嫌那样喝水很不卫生,便先从水壶中倒出一些冲洗壶嘴,被 Mr. Smith 大批一顿。不过他可能没有理解,考究的英国人还有相当务实的一面。

因此他对英国的恶意,难免装腔作势,并兼有鼠肚鸡肠的报复之嫌。

可是一不留神,又会流露出对英国人的万般倾慕。他曾在给吴为的一封情书中连篇累牍地说道:我昨天搞到一套《战争与回忆》,是《战争风云》的续篇,如果你手头也有这套书,请读一下第四册,一千五百二十一页——帕米拉已同一个英国空军中将邓肯订了婚,邓肯在一次冒险飞行后受了重伤(一个典型的英国人从来不拒绝这类冒险),这时候帕米拉决定解除婚约同帕格结婚。帕米拉在描写与邓肯相处的最后一个晚上是怎样说的呢?她说,事实上就是我们一起待在斯通福(邓肯的宅邸,他在那里养病)的最后一个晚上,他当然心情抑郁,不过像一贯那样,始终和蔼可亲——可怜的好人儿。这就是英国人的绅士风度。

他又接着写道:

> 我在读《战争风云》的时候,就老在注意帕米拉和维克多·亨利的结局,好像这会象征我们的什么。在经过复杂的局面和重重困难之后,他们终于结婚了。婚后他们在华盛顿第一次出场的情况,我也抄一些给你。第四册,第一千六百九

十九页——

"现在哪儿去呢?"他问,"到你们大使馆里去参加那个会吗?"

"如果你有空的话,亲爱的。如果你高兴去的话。"

....

"……大使馆里开的是什么会?"

"哦,不过是一个小小的招待会。参加的有我们记者团里的,英国采购委员会里的,还有其他这一类人。"

"可是,为什么举行这个会?"

"老实告诉你吧,这样我就可以把你炫耀一番,"她向他斜睨了一眼,"好吗?我的朋友多数都去。哈利法克斯夫人很想见你。"

"好吧。"

....

维克多·亨利这次来,显然是为了在会上让人们看一看。帕米拉手搭着他的胳膊,在大使馆花园里走来走去,把他介绍给大伙儿。到会的人寥寥无几,他们招呼他时都尽量装出英国人那种冷淡的神气,故意不去盯着他看,也不去向他问话,但是他仍旧觉出所有的目光都在打量他。三十年前,罗达(离婚的前妻)也曾把他这个海军学院橄榄球后卫拖去赴她斯威特布赖尔同班生的午餐会。有些情景并没有多大改变。帕米拉穿着一件印花上衣,戴了一顶车轮帽,看上去十分动人……

在驱车回公寓的途中,帕米拉说:"哈利法克斯夫人说你简直是一头羔羊。"

"这是一句好评语吗?"

"这是授给骑士的爵位。"

回到彼得斯的公寓里,帕格洗了一个淋浴,后来闻到了从卧室敞开的门外飘进来烤肉的香味。他穿了一条宽大的灰色旧运动裤,感到很满意,然后再穿上白色开领衬衫和褐红色套衫,趿着鹿皮鞋。这是和平日子里他下班后习惯的打扮。他听见杯子里的冰块发出丁当声。在起居室里,帕米拉穿着家常衣服,系着围裙,把一杯马提尼酒递给了他,"天哪,我不习惯看见你这副打扮,"她说,"看上去你只有三十岁。"

帕格哼了一声,"可已经不像三十岁那样顶用了。"他说时端着他那杯酒坐下了。这是有关床笫之间的一句暗示。

他对此感到非常快乐,希望她也如此,但是就新婚夫妇之道而言,这也没什么特别的。她的答复是在嗓子眼里笑了一声,然后在他脖子上吻了一下。

············

我能有这样的一天吗?成为一个招待会的家属?这一切多么凑巧,这是预示着什么吗?我为什么一开始就注视着这两个人的命运?是什么使我去注意他们?

这是一封只给你一个人看,并且看完就应烧了的信,因为里面净是孩子气的、只能在你靠在我肩膀上的时候才能说的话。

如果将来你知道我"不那样顶用了",你会讨厌我吗?至于我,你对我是神圣的,完全是神圣的,我是你的奴隶。反对个人崇拜在我们之间不适用,我永远跪在你的脚下。如果你抛弃我,我一定心脏破裂而死,而且死无怨言。我会成为这样一个人,以前是不能想象的。别笑我这些傻话。

他们后来果真像帕格和帕米拉那样结了婚。结婚初期,胡秉宸不放过任何参加她那个圈子聚会的机会,一心想要照着《战争与回忆》的范本,一还读它的夙愿。然而没想到,真到聚会上,却进入不了角色。

吴为不知道问题出在什么地方。

很多人都想看看那场大逆不道、轰动全国的恋爱的男主人公,那个吴为为之出生入死的男人。

胡秉宸对大家的致意、寒暄,只是不着痕迹地点点头。就像还在他的部长办公室里回答下属的问候,还流露出些许的冷傲。也许他本意并非如此,那不过是一个过于自尊的人,对生疏的周边环境不由自主的戒备、自卫,或不过表示他并不输于那些社会名流。

吴为的几个朋友,担心他在完全不同的人群里感到冷落、不自在,没话找话地陪他闲聊:"听说您也是J大学毕业的,咱们俩算是校友了。"

胡秉宸回答说:"我从来没读过大学。"

又一位朋友问道:"您都在哪个部门工作过?"

他等于没有回答地回答道:"好几个部门。"

旁边坐着一位被打过右派,坐了十几年牢的作家,语出惊人地说:"你们何苦喋喋不休地向胡先生问长问短,你们还看不出胡先生不屑回答吗?"作家红头涨脸地把玩着手里的酒杯,可能有点醉了,不肯罢休,自视甚高地接着说下去:"作家是什么?都是人精,处理问题可能不如政治家老谋深算,但不等于看不出问题,不然还当什么作家!"

胡秉宸就不光是君临臣下,而是龙颜大怒了。

回到家里,吴为问他:"你怎么对我的朋友一句真话也没有?"

他说:"要像你那样什么都对人家说,我干地下党的时候,早就没命了。"

"可现在又不是地下党时期,人家问你的又不是什么机密,你怎么就不能对人家说点儿什么?"

"我为什么要和这些不相干的人说那么多?"

"人家不过一片好心,怕冷落了你。"

"什么好心!你那个朋友是坏人,应该再让他劳改二十年。"

在期待已久的亮相中,胡秉宸失败了。

几番经历之后吴为就知道,关于"反对个人崇拜在我们之间不适用,我永远跪在你的脚下"等等,不过是胡秉宸的即兴之言。人在冲动的时候,什么美好的话说不出来?

只有女人才会崇拜一个男人,而男人只能把玩女人,却不会崇拜一个女人。

于是吴为想,胡秉宸关于"英国人"的理论,不过理论而已。

而所谓的英国绅士,其实也像凡人一样鼠肚鸡肠、斤斤计较。英国人的优越感,对事对人那种不着形迹的蔑视,难道不是品位最正宗的假道学?

十二

胡秉宸虽然把占卜、堪舆之类看做邪术,但父亲对很多人的推算都很准确。他说的也不多,只一两句,点拨出最重要的人生转折。

最后,父亲抬起眼睛看着他说:"五十多岁之时,你有一步官运。"

然后犹豫了一下,带着些时不再来的思虑,决断而又浅尝辄止地补充说:"也有一步桃花运。"他犹豫再三,终于没有说出胡秉宸有两次婚姻的前景。

胡家的男人,没有一个不是娶两房太太的,不是三个也不是四个,就是两个。至少在近两代都是这样,如果往上追溯,可能更是一番繁华景象。

父亲此时没有说出的话,在他与吴为热恋时由白帆点拨出来。在白帆的点拨之前,胡秉宸对胡家近几代男人的这一际遇,一直熟视无睹。

那一年,他大约二十七岁,健壮而又情欲旺盛,如果再不和女人睡觉,就会生病。

周围男性,几乎都是年龄相当的光棍,除了革命,人人还面临那个年龄段上迫切的生理需要。而他们的工作性质,又决定了他们只能封闭在一方窄小的天地,基层组织也没有考虑到这个天地"麻雀虽小,五脏俱全",也存在着一个生态平衡的问题。

地下党里有个曾经留学德国的同志,可能受西方性观念的影响,谈论起性爱肆无忌惮,还自告奋勇地担当起协调的角色,不但向大家热诚宣讲手淫与健康身心的理论,还具体传授实践的方法:"用肥皂水帮助摩擦效果更好,下面那些工作点还有人主张用油,乡下照明不是用桐油吗?晚上熄灯后,桐油灯就放在床边,灯盏里总有剩油,伸手就可以蘸着。"

大家听了笑不可遏,胡秉宸却鄙夷地调过脸去,他与众人不大谐调的毛病,一直也没有得到彻底的改造。

可这并不妨碍胡秉宸偶然消遣一番,既不用肥皂水也不用桐油润滑。想到肥皂水把裤裆弄得湿漉漉、黏糊糊的感觉,挑剔的他从不予以考虑。至于桐油,还会在衣服上留下斑斑油污,很难除掉,更不可取。

但他认为手淫的办法绝对不可久用,长此以往,对男人的性能力可能还会产生不良的影响。

对周围一些来去匆匆、游击式的性关系,他也觉得不能尽兴,不能酣畅。在两性关系上,他还是相信中国传统的"采阴补阳"的说法,对稳定和长期的性关系,有着一种延年益寿的向往和解释。

恰巧胡秉宸这时需要一个烫头发、涂口红的女人,配合、掩护他的地下工作,领导上向烫头发、涂口红的白帆征询,肯不肯充当这个角色,她答应了。

以过去的观念,除了和柳彤、王局长那两档子事,白帆 生都称得上是听党的话的好干部,模范党员。不过柳彤和王局长那两档子事,用现在的标准看,除了对胡秉宸有点意义之外,对党,对他人,真算不了什么。

· 257 ·

没想到白帆在接受党的任务同时,还接受出这样一个意外——只看了胡秉宸一眼,就被这样一个男人震慑得不知东南西北。可她同时也遭上了她那一"劫"。

经过了延安的胡秉宸,对女人的概念已经相当具象,这和他到延安后就遭遇的一次恋爱有关——

因为拿的是周恩来的介绍信,所以一到延安,他就住进了陕甘宁边区政府的招待所,在那里等待分配工作。

这封介绍信不只让胡秉宸住进了陕甘宁边区政府的招待所,初次品尝到革命等级的滋味,使他起始就站在一条比较超前的起跑线上,也为他美好的革命前程做了铺垫。

招待所院子很小,一圈马厩似的平房,这种房子胡秉宸在家时是不屑一顾的。可是延安的等级,是革命的等级,很少人不迷恋革命的等级,正常状态下,那不也是衡量对革命贡献大小的尺度?

在那个小院里,他一头碰上一个平生从未见过,比小姑姑和老家的婶子更美的美人,一个从四川来投奔革命的女人。

他们一见钟情,马上就谈起了恋爱,但那场恋爱,与胡秉宸阅读《呼啸山庄》时所向往的却又不是一回事。加之胡秉宸刚到延安,还没有学会工农干部与女人相处那套单刀直入的路数……四川美人识字不多,除了一起唱唱歌,没有什么可以多说,不过美貌弥补了识字不多的遗憾,照样让他热血沸腾,晚上睡不着觉。辗转反侧之中,他有一种焦躁得像是被烘烤着的感觉,思绪就翻飞得非常具体,不像和小姑姑的交流那样不着边际。

在此之前,胡秉宸还真没有机会在女人身上多费心思。

理工科大学,女性同学本来就少,即便有个把女性也谈不到风情,漂亮的女人本不该去学习那种枯燥的事情。

多年后胡秉宸对吴为卖弄地说:"当时有个女同学很爱我,可我那时候对女人没有一点儿兴趣,后来她去了英国,成了一个很好的电气专家,前些年回国我还见到了她。"

那时吴为已经走出胡秉宸的迷谷,回他说:"那是因为她不漂亮。如果漂亮,你早就得手了。"

胡秉宸很不满意吴为的回答,他想:一个男人,一旦在一个女人面前脱去了衣裳,也就等于脱去了面具。

然而他们不能结婚。当时延安规定女人不限,男人结婚必得符合"二五八团"的规格,缺一不可。

胡秉宸是一门也不门。

不过早在读《空想社会主义》那本书的时候,他就批判、否定了绝对平均主义,认定等级在任何时候都应该存在,平均主义只能造就平庸和懒汉。

几天之后,四川美人就分配到抗大,等待分配工作能等多久?革命需要干部。

她到抗大后,很快就和抗大一个大队长,符合"二五八团"的长征干部结了婚。胡秉宸和她的那场恋爱也就非常短暂,如同快餐。

大队长常常向人夸耀:"我的老婆全党第一。"

在鉴别女人美丽不美丽这个方面,阶级出身没有什么决定性的影响或观念上的差异。世家出身的他,和工农出身的长征干部,可以说是"英雄所见略同"。

解放战争期间,胡秉宸还不死心地打听过她的下落,听说离了婚。那时她不但学会了识字也学会了写字,离婚前还给丈夫写了一封信,那封信也写得相当有水平,她说:"你是个好首长,但不是个好丈夫。"

可要是让胡秉宸回头再把她找回来,却未必还能找回旧时的情怀。

在说完这些情况后,那带来消息的人又风马牛不相及地说道:"有一次打完仗,我找了个妓女一夜干了她四次。"似乎是一种注解。

顾秋水就没有胡秉宸这样的思想境界,他在延安的恋爱被上级领导活拆散后,怪话连篇:"没想到在这儿连男人的鸡巴也分等级。不管到了哪儿,男人在鸡巴上的待遇,应该是一律平等的。"这个从小当兵的人,深谙军队就是等级运作下的机器,如果上级军官毫无缘由地抽他一个嘴巴子,他绝不会有第二句话,但男人睡女人的权利却不该分等级。

顾秋水对共产党的不满,可能也始自他的鸡巴遭受了不平等的待遇。

这种理由实在不能登大雅之堂,但怎能要求一个在军阀队伍里混了多年的兵痞,像胡秉宸那样考虑空想社会主义和绝对平均主义,并指望他怀有美好的情操?

延安使胡秉宸成长。不论在家的时候已然把一个少爷当得如何头头是道,还是像父亲那样已然是个有形有款的公子哥儿或是上了大学,都算不得成长。

从此,他对两性关系不再坚持《呼啸山庄》那种形而上的观点,甚至劝说那些不安于夫妻生活的男人:为什么一定要看女人的上面?蒙上脸,哪个女人的下面都一样。

胡秉宸领导的那部分工作,除了白帆和常梅,再没有别的女人,在很长的时间里,他成为这两个女人角逐的对象。

白帆却对芙蓉一口咬定,当初胡秉宸死死地追求过她。

比之常梅,烫头发、涂口红的白帆,不但不丑,还可以说是漂亮,并且还是共产党员。她的缺陷,只是粗糙而已。

一个地下工作的负责人,怎么能和一个不是共产党员的女人长年累月地睡在一起?女人本来就不大可靠,常常不按规矩出牌,随时可能出现难以预料的举措。

后来他们这个系统出了大事——果不其然,就是因为一个女人!

共产党员白帆最终战胜了常梅,成为解决胡秉宸民生大计惟一适当的人选。

常梅被淘汰出局,日后嫁给了胥德章。

由于胡秉宸的这一选择,常梅几十年如一日地和白帆结为亲密战友,一生都在关注等待着,收拾白帆和胡秉宸尔后的日子。

无论如何,对于胡秉宸,白帆有点像他吃着的那碗有点饥不择食又难以胜任的臊子面。

可是白帆在床上的表现却很够劲,与性欲炽烈的他,可以说旗鼓相当。只是她在高潮来到时,那像指挥员鼓动战士冲锋陷阵、不断"顶住,顶住!"的喊叫,让他觉得和她做爱像是冲锋打仗,而且是一场敌我力量悬殊的硬仗,使兴味正浓的他略感败兴。

男人在与女人做爱过程中,大多愿意扮演指挥者、控制局面的强者,而白帆"顶住,顶住!"的喊叫,使他有一种受女人指挥的感觉。

胡秉宸又是一个喜欢冒险,有着浪漫气质的人,不但不会恐惧打仗,可能还盼望着有一天在战争中献身。可是做爱和打仗,应该是两回事。

难怪他和吴为进入状态的初期,会对吴为那样说:"我从不知道,一个女人的嘴唇是这样地柔软芬芳,和你接吻就好像喝上品龙井'狮峰',回味极佳。我和白帆几十年接的吻也不如和你一天多。有个海外的女作家说,如果你不知道要不要和那个女人结婚,就和她接个吻。和你接吻真是不得了,那真是一个温暖黑暗的无底深渊。我有两个野心,一个是娶你做老婆,一个是写三篇文章让人们争论二十年。结果是什么也写不出来,每天一睁开眼睛就是你,神魂颠倒,一天十几个小时,很快就过去了……"

当胡秉宸对吴为这样情话款款的时候,的确忘记了不久前他还对白帆那样的表白:"你也不想想,我能跟吴为那样烂的女人搞关系吗?连她写给我的信,我都如数交你存档了,你还不相信我?"

随着他和吴为的关系越陷越深,就在白帆开始反击吴为之前,胡秉宸又把这些信,从白帆那里偷了出来还给吴为,使白帆在她的"自卫反击战"中痛失一批重磅炸弹。

读者可能还记得,本书第二章第一节里的一句话:"除政权易手之外,一九四九年还将是很多事情的分界线。"

一九四九年以后,胡秉宸眼见周围不少人因忽视这条分界线,继续按照过去的习惯办事,影响了自己大有可为的前程。特别对待女人的习惯,这一条分界线的前后,更是非常不同。

一九四九年以后的胡秉宸已经相当成熟,懂得了"楷模"在各种台阶上的意义。他必须和白帆在大方向上保持一致,以便同心协力,致力于方方面面"楷模"的营造。

他们彼此不再旧事重提,而是和和气气地过起日子,比之刚进城就出了"陈世美"的那些家庭,他们可以说是模范夫妻,所以年年得到模范家庭的称号,那块光荣匾也高悬在客厅的门楣上。对于胡秉宸这种出身的人,那块高悬的匾,实在张扬。每当他独自坐在客厅里的时候,免不了会对着那块匾,胸有成竹地一笑。

如果胡秉宸后来不陷入吴为的情劫并终究不能自拔,他们这个模范家庭还会继续下去,他也不会赶那个"陈世美"的晚集,在如过江之鲫的"陈世美"之后,给社会一个重新讨伐"陈世美"的机会,好端端地败坏了一世的名声。

吴为真是害了他,也害了白帆,还有他们一家。

胡秉宸倒是不再"闹事"了,可能是生活的安定,倒让白帆生出事来。使她在任王局长秘书期间,与王局长"一晌贪欢",让人想起"饱暖思淫逸"或"积习难改"那样的老话。

在男性的一统天下,"秘书"对女性可能是个相当危险的职业。不过分析起来,她和王局长的关系不能算是对权力的无奈,也和现在某些"小秘"的种种心计不能同日而语。因为那时胡秉宸也官至局长,她也不缺少经济保障。

他们的私情,也像她和柳彤的私情一样,又栽在政治运动上。

有才有干的王局长,不幸于一九五七年的反右斗争中被打成右派。他本不必在他的检查中交待与白帆的那点私情,可是他担心,要是他不交待白帆却交待出来,岂不罪加一等?何况那时他已无法与白帆串联,或订立攻守同盟。

王局长在共产党内,也算有点资历的干部,和胡秉宸不相上下,就算他和白帆有订立攻守同盟的可能,根据他的经验,也是无济于事的。从来没有一个攻守同盟敌得过一个又一个政治运动的逼、供、信,仅就这点来说,比国民党厉害多了,国民党怎能不失败?

事后白帆质问王局长:"谁也没有让你交待这种事,你为什么主动这样做?"

王局长回答说,"我要是不交待你却交待了呢?你又不是没有这样的先例,比如说对那位柳彤同志。"两人的话都很实际,比之他们曾经有过的那段私情,真是无情至极,可也不能说他们谁对谁不对。

白帆无以应对。

如果不是一九四九年后柳彤在"肃反审干"运动中成为审查对象,有人到白帆这里进行外调,白帆也不会沉不住气,外调的人刚说了一句:"柳彤把什么都交待了……"她就竹筒倒豆子似的把柳彤不那么彻底的交待,完全彻底地交待出来。

白帆其实是个非常坚硬的女人。但女人终究是女人,常常在关键时刻难以把握大局。换了胡秉宸,无论如何不干这样的蠢事。

其实白帆自己也不十分肯定,她不屈不挠地掰着指头,对月经期以及往返于两个男人之间的日期进行细算,以确定孩子的归属,但让胡秉宸一声"你还有没有廉耻!"的咆哮,吓得无法研讨下去。

他不知道应该自豪还是应该尴尬。这可真是彻底的唯物主义了,连这种事情也能这样不动声色地拿到桌面上来,进行这样唯物主义的讨论。

胡秉宸不止一次地说:"难怪你当初不让他姓我的姓,而是姓了个杨！杨柳,杨柳,杨后藏着'柳',再加上个'白',真是藏头诗式的好名字。"

比起白帆在得知他和其他女人关系后的不依不饶,他实在有权就此结束和白帆的关系。但是想到"楷模"的营造,他只能忍痛,对此忽略不计,与白帆相安无事地度过一个又一个他从前绝对不肯善罢甘休的关节。

其实到了现在,这个问题已经变得非常简单,到医院查一查血,做一个亲子鉴定,就能迎刃而解。可是出于同样的考虑,胡秉宸不想闹得满城风雨。不论到了什么时候,他们都应该是"模范家庭"。

不过名字的问题,实属偶然。

没姓胡秉宸的姓,当时只是出于地下工作的考虑。

幸亏组织上考虑到白帆是个年轻的老干部,又没有什么右派言论,不但对群众封锁了她和王局长的这段隐情,还从她和胡秉宸的家庭幸福考虑,对胡秉宸也封锁了这个消息。胡秉宸始终不知道白帆还有这么一个段子,不然这肯定又会成为他的一个杀手锏。

政治运动何止在政治上将人置于死地,也让很多人为这些算不了什么问题的问题,丢尽脸面。

即便如此,白帆对"运动"并不生恨,只是日后在吴为介入她和胡秉宸的关系时,她才想到,一场接一场的"运动",正是这样混淆了革命和不革命的高低贵贱,抹杀了这一等人和那一等人之间的区别,从而使吴为这种人有了和她分庭抗礼的可能。但这并不妨碍她拿着私生子的把柄修理吴为。

时势不但造英雄,也给白帆造出一个忠心耿耿的丈夫。

一九四九年后胡秉宸多次有机会去上海,也多次经过那个一夜销魂的饭店和百乐门和为他地下工作提供诸多方便、做过多次掩护的姨夫家,却是过门不入。

尽管里面住着他曾经为之情迷,几乎导致和白帆的分手以致闹到组织出面干预的表姐绿云……一天到晚画着双妹雪花膏之类的广告,并把广告上的女人个个画得像她那样丰满开放,也有些许俗艳的表姐啊!

那么对吴为呢?

也许从胡秉宸初始写给吴为的几封信,可以探出他的心迹。

自吴为成为作家后,胡秉宸就开始给她写信,比之从来不给她留下片纸只字的过去,可以说是零的突破。而一九七三年使他和吴为角色互换的那封信,只能算是与白帆的合作。

这些信既无抬头也不具名,内容更是含糊,好在"明眼人一看便知",二人自然心领神会。即便如此,对于把前程看得很重的胡秉宸来说,为这些信还是承担了极大的风险——

A.《人民日报》一篇十分动人,我怀疑火车站一篇能否比这篇更成功,因为境界到底不能比。也许你有什么鬼办法。

《人民日报》一篇好在"短",好比一座又端庄又妩媚的小山头,刚刚走完,觉得已经差不多了,一转过去,还有一座!而每座山头之间又没有什么冗长、平淡的路要走。使人读了余音袅袅。

读　者

B. 不要再打电话来,也不要再这样写信,不论你怎么"亲启"、"内详"都是一样。我每天收到若干封信,也有写"大人"亲收的,也是一样按公文程序处理。至于电话,参加听的人至少有一打,还不算那一头的,徒然增加许多麻烦。如果要我办什么事,可以写信到家里,还要对家中人问好。所以首先是不要这样打电话和写信。

你那个火车站的主题,我看有些像十九世纪的东西。什么"传宗接代"! 都是十九世纪的事,离我们已经很远了。还有什么"统一论"! 在许多地方已经无可挽回地一去不复返了。在我们这里,二三十年内也要成为历史陈迹。那些电影喽小说喽,只在人们怀旧时才去看看,读读。老太太们叹一口气,说声今不如昔。在实际生活中很快就要不存在了,这是没有办法的事,历史是无情的。

当然,无论如何,我们还处在变化的时代,各种胃口的人都有,所以祝你成功。

读　者

C. 你撤回稿子的决定使我大为震惊,我不过随便发表一个意见,没想到使你做那样的决定。我有许多意见并不为多数人所理解或赞同,所以在一定时期内并不是合适的。而且我并没有看见你的稿子,没有真正的发言权。再说,高尚的、优美的情操总是使人向往,我想你的稿子可能在这方面是很成功的(虽然"统一"并不一定是一致的,也没有必要绝对的一致)。

我很担心由于一个随便的意见扼杀了一篇有价值的创作。

如果写信,仍请写到家中,每次都被人拆了,多出许多事来。

并请不要忘记向白帆同志问候。

读　者

D. 不知道为什么没有消息。我很希望你的那篇文章没有撤回来,老觉得随便发言好像扼杀了好文章。

读　者

E. 可否到我家来,与我和白帆同志一起喝杯茶?她会很高兴的。

读　者

F. 可以来看看我吗？我希望同你谈一次,下星期二(二十五日)晚六点三刻来看我,好吗？那时我有空,而且家里人都看电影去了。

读　者

G. 寄一点东西给你,它显得不三不四而且可笑,但还是寄给你,因为前三节是七一年想的,后一节是七九年想的,所以是个思想的窗口。

可能寄给你这些是生活中的错误,但是想到上一封信会使你不愉快,在节日前夕,想寄些使你高兴的东西。

很想看看你,哪怕是"后脑勺"也好,在我的年纪来说,实在是滑稽可笑的。我写了许许多多没有结果的信,这也是一种报应循环吧。

读　者

H. 为,这个称呼多好,多美好,只是我怕一共只写过三四次,这样的日子就过去了。

这些日子,一种不祥的感觉侵蚀着我。一种惶恐的感觉,一种不安,一种忧伤,那么深深地笼罩着我。我希望那仅仅是一种幻觉,一种由于渴望,由于担心带来的幻觉,但我怕不是。你上次的信是那么深深地伤害了我,我不能从这中间恢复过来,虽然后来好像是过去了,但那只是浅浅的,没有能从灵魂深处解脱我。

我知道,当一种思想打开了头,它就会悄悄地向前发展,不断充实自己,不可抗拒地终于成为一个明确的想法。就好像一张宣纸,不经意间有一头浸在水里,水就慢慢地,然而不断地浸润着它,不知不觉地,静悄悄地,不可抗拒地,终于成为一个灾祸。你再也不能使一张被浸渍过的纸张恢复原来的洁白和平整了。你的信是不是这样一个开端,还是可以完全忘记的?

我有一个幻觉,当我们终于说出多年不能说出的话以后,一切也就随之结束。好像是做了个总结,归入了档案。该不会吧?如果我这个说法太不公平,请别生气,我是那样地悲哀,不能不把我的灵魂对你打开。

当我读到你写的"这可真够凄惨的"那一段的时候,我深深地感动了。但现在我怕不只是凄惨,还要深刻得多。

你能够给我一句话,说,这一切都是胡思乱想,都是错觉吗?我怕就是这样也很难使我恢复过来。

我一生中,一切都是那么清楚、明确,哪怕在最困难的时刻,现在却变得这样软弱,这样无能为力,请不要笑话我和我的信吧。

读者于深夜
在收到今天的信以后

星期天我要试一试,在那条路上能不能看见你。
…………

到了他们的婚姻即将结束的时候,胡秉宸突然对她说:"我搞女人从来不主动。"

她听了不觉一惊,这是否就是一九四九年后,胡秉宸处理女人问题的关键所在?

是对他们这段婚姻的否定,还是就公老虎和母老虎间胜负难分的格局,再咬一个回合?还是一种炫耀?

"照你这样,又怎么能把女人搞上手呢?"

谢幕的时刻即将来临,胡秉宸终于可以亮出他的秘密武器:"想办法让她们主动。"

回首他们二十多年的关系,可不就是按照这个模式运行的!

可是关于"宣纸"那封信写得多美啊,即便以作家为职业的吴为,也从未写出这样凄美的情书。她怎么也不愿意相信,那是一个爱情的阴谋。不,不是,无论如何胡秉宸后来还是爱上了她——相信这个世界上没有多少人能像她那样,享有这样的爱。

从胡秉宸这些信可以看出,他经历过何等艰苦的挣扎,最后还是一点点落入这个劫难。

他是如何从起始的深恶痛绝到坠入情网?实在是个谜。

十三

和吴为做爱简直是换了人间。那真是三月、烟雨、江南,让胡秉宸想起《忆江南》这样的词牌子,或是婉约派词人温庭筠。回肠荡气之间,还有一逞男人雄风的良好感觉。

他睡了几十年的白帆,何曾让他品味过这样的韵致?

白帆可不是白白把他糟蹋了几十年?

不过天长日久下来,江南烟雨总给他一种序曲的感觉,作为序曲,江南烟雨雅则雅矣,却只能是剧中情节的提示。即便莫扎特之后,序曲在歌剧中的地位大大提高,甚至可以作为音乐会的独立曲目演出,可它毕竟不能代替后面正剧的跌宕起伏。老听下去,还会腻烦。

他甚至有点怀念白帆年富力强时那种具有原始风情的粗犷、淋漓和她的"顶住"。

她那一触即发的兴奋点,在性爱过程中,真是男人的一处宝藏。可惜已是明日黄花,美人迟暮。

每当那时,白帆的身体绷得像一张拉满的弓,使他得以将两只脚蹬在她硬挺、平撑的脚面上。他给白帆那双脚的蹬力有多大,白帆回报他的反作用力就能有多大,两个人真有一种翻山倒去、生死共存的酣畅。

加之他们两人高矮相当,各部件的位置也很相称,而他就无法与比他高出半个脑袋的吴为照此办理,否则就会有"小人国"攀上一头大象而无从控制的张皇。

有时他异想天开,如果把吴为的"序曲"和白帆的"顶住",还有吴为年轻的胴体和白帆那个兴奋点合二而一,岂不美哉?

但他从来没有自省过,为什么吴为总是停留在一部歌剧的序曲之中?

也从来没想过,他是否还是当年的好汉一条?

胡秉宸最后还是排除万难地和吴为结了婚,应验了胡家近几代男人两个老婆的命数。

虽然一夫一妻制让他在法律上不能同时拥有两个妻子,但在实际生活中,他却游刃于两个妻子中间。

有时吴为而不是胡秉宸不禁发出感慨:一九四九年以后取消了一夫多妻制,好,还是不好?如果不取消一夫多妻制,女人们可能就会安于她们各自的地位,像旧生活那样,大太太闭起眼睛、不闻不问吃斋念佛,小妾们安于自己的妾位,无所谓名分的正式、大小,更不会想入非非,闹出那许多流入市井成为茶余饭后谈资的离婚案。男人们也就满足了对女人总体的要求,更不必为平衡与诸多女人的关系绞尽脑汁、费尽心思,结果是大家都不满意。她甚至想,新中国在男女之间造成的最大误会,可能就是取消了一夫多妻制。

说到底,男人对女人的关系,实际上是个管理问题。

也就难怪胡秉宸老对吴为抱怨、不解地说:"一百多万人的一个大部我都管得好好的,怎么就管不好两个女人!"

十四

在落地灯的阴影下,父亲脸上的线条见棱见角,使他的话更具不可怀疑的权威性。

平时不大与他交谈的父亲,顷刻之间与他似乎有了一种默契和理解。

他不由得问父亲:"只这一步,以后还有没有?"他问的是一步好运,而不是桃花运。

父亲似乎有点惋惜也有点冷酷地说:"没了。"

他果然应验了父亲说的,不论是那步好运,还是桃花运。

十五

在臊子面的背景下,胡秉宸也同时想起他那个谱系复杂的家族。

如果在家里,或是在父亲面前,他肯定不会这样吸食面条,也不会在这样一碗臊子面前,尽失颜色。

孔子说"食不厌精"。他现在有什么条件侈谈"食不厌精"?

"食不厌精"既要有文化做基础,也要有经济做基础。

山东菜好,是因为年年有河工。所谓黄河大堤年年修,不过是发大水的时候在黄河上掘个口,水退下去的时候再堵上。老爷们说是在河工上检查,还不是天天想着法儿吃,反正是朝廷出钱。

又好比清江府的菜有名,那是因为漕工,漕运总督就驻清江府。

河南菜也是靠河工发起来的,广东等省靠洋务,扬州靠盐商。这些都是肥得流油的缺,衙门里上上下下哪个不吃?

四川是天府之国,当官的关起门来吃,杜甫在四川写的诗,有多少写的是那些官员的吃喝!这个"饮"那个"饮"的。

说到淮扬名点,也是一边吃鸦片烟,一边躺在烟榻上琢磨,琢磨好了就找个顶尖的大师傅来做,总之是变着法儿吃。这些地方,哪个不是几百年地吃下来,菜就自然愈弄愈精。

至于他们祖上,可能是广收博采,集各种流派之大成,岂有他哉。

到了他这里就变得既可奢华,也可就简。

· 271 ·

他的确改变了很多。

也或许说,他又回到了先祖那个境地。

这是一种进步还是回归?

不过从他那个家系的历史来说,那个拿着一把凿子开山的先祖,想必也是这样绘声绘色地吸食面条,更可能生嚼大葱大蒜——那种他革命一生也不能接受的挑战。

在用一方方未凿的石块交换什么的时候,锱铢必较得让人汗颜也未可知。

从什么时候起,他们这个家族开始禁止子女这样吸食面条或是汤水?

在很多时候,界限是很模糊的。只有在少数人那里,界限的分野分分秒秒才能读出,就像掐着赛跑的秒表。

延安的生活是浓缩的、高密度的、无隙可入的,只有离开延安之后,他的头脑才有些许空隙,才可能突然使他产生明晰这个变化的愿望。

他觉出了延安和他想象中的不同,但他并不在意这不同。

他从那一碗臊子面上生发的联想,不是为了一个今不如昔,也不是昔不如今的结论,而是对曾经和现在生活距离的一个测量。

何况胡秉宸从小就显示出叛逆精神,喜欢想来想去。正因为他好想一点什么,这一辈子也就"成也萧何,败也萧何"。

就像吴为,她的一生成也因为认真,败也因为认真一样。

在这一碗臊子面的大酸大辣中,胡秉宸感到他和延安已经密不可分。什么"绿豆眼""龙尾",都已断裂,如今只有这碗大酸大辣的臊子面,才是禁得起锤炼的,颠扑不破的。

总之,在吃完那碗臊子面后,胡秉宸至少觉得,他为那个理想献身的决定没有错。

十六

遗憾的是吴为并不知道。她认为与她在零霖村先行订下一个约会的胡秉宸,在吃完那碗臊子面、随意向周遭扫望过去的时候,对埋伏在零霖村四面的塬,根本不曾入眼。

第 七 章

一

那天早晨的雾很浓,朝阳也还没有翻过塬头,它从塬背后散放出来的光影也很懵懂。

半个多世纪前的雾不但很浓、很纯粹,连太阳也和现在很不相同,一副清纯的样子,不像现在这样勉为其难,愁眉苦脸,忧心忡忡。

那时的太阳、雾们、鸟儿们……天地间万物和吴为的关系也比现在深刻。不像现在,不知是她抛弃了它们还是它们抛弃了她,总之是两不相关。

没有充分燃烧的秋秸秆的湿气,从每个黢黑的窑洞口涩涩地冒出,与浓稠的雾气勾兑在一起,聚散在农家长满衰草的窑顶上;

聚散在每孔窑口差不多都长着的那棵因为缺水,几十年也长不大,因而就长得风姿绰约的松树上;

聚散在不明白为什么,老是长得委委屈屈的各种树梢上;

聚散在残挂枝头,却为寒素的山坳勾勒出点点彩头的红柿子上……

那时候的秋天也很冷,吴为的鼻头和指尖让寒气夹得紧疼。庄稼茬儿上、树上、灌木上、茅草上,已经挂霜,霜气倒是很薄,毛乎乎的,哈口气就融了。

她一路走,一路惹是生非地对着路边那挂霜的茅草哈气。茅草上的霜气,又顺着她的嗓子涌进她的腔子,她的腔子里也就挂上一层爽冽的霜气。她仰起头,亮着满是霜气的嗓子,对着四周的塬一声声喊唱。她的喊唱穿云破雾,不知天高地厚地在天地间悠游,然后仰着脸儿,静待着塬返给她一个回响。

来了,来了;去了,去了……

四周的塬,却没有返给她一个清亮亮的回响,而是一叠更远一叠地把她的喊唱递向无际,一任它漾开,消散。

她停下脚步,辨析着这个越离越远的回答。

不要说她那个只有十年资历的脑子,就是一个圣明的脑子,恐怕也不能参悟塬的这个回答。

她正是揣着那个越走越远的回答,来到粗约六人抱的老槐树下,并在那棵老槐树下,生发出写一本书的痴愿。

然后一抬头,看到老槐树上贴着一张黄表纸,上面用清扬俊逸、凌锋力骨的柳体楷书写着:天皇皇,地皇皇,我家有个夜哭郎,过路君子念三遍,一觉睡到大天光。

在闭塞的关中,倒有的是好写家。自古以来那本就是藏龙卧虎的地方,传说黄帝的史官、汉文字的创造者仓颉,就累死在离零霉村十五公里的岐山县。可惜她那时还不知道岐山县有个仓颉庙,不曾到那里顶礼膜拜。

吴为的眼睛,像所有固执而又容易痴迷的人那样,一把抓住那些柳公权体,把那陌生的嘱托朗朗地念了三遍,相信那夜哭的孩子就此会有安静的睡眠。

以后的以后,就像那个早上一样,她确信自己的认真真能给他人一些什么,也相信随便哪一个人经过这里,都会像她这样认真地念上三遍。

这陌生的信赖,实实在在感动了她。一个不曾谋面、被困顿烦扰的陌生人,竟把这等解救的重任,委托给不相识的她以及其他不相识的人,并相信可以得到人们热诚的帮助。

　　此外,还有一点惟恐不能胜任的不安,因为这张黄表纸,如此轻易、因而就无比沉重地把信赖交给了如她这样一个不谙世事的少年。于是她的脸上便显出一副无遮无拦而又心事重重的样子,这种脸相就此留在她的脸上,风吹雨打也不曾蚀损。

　　这就是那天早上她经过老槐树的时候发生的两件事。

　　虽然她一生没有皈依过任何宗教,然而她离开那棵老槐树的时候,就像对什么许下了诺言,知道从此以后是不可背叛的了。但不可背叛什么,却不很清楚。

　　在她没有发疯之前,就常常似真似幻地悬浮在那棵华冠如盖的老槐树四周,特别是她深感困顿的时节。

　　她的记忆,取向确实有些特别。不像很多孩子的记忆,只包罗着儿时的童真,她却操劳地记住一些不该由她记住的事物。许多对于一个孩子来说当初看似无可领会意义的场景,偏偏抢占了她自两岁到十岁的那个年龄段,甚至以后的生命空间。

　　后来验证,那些场景,桩桩件件,很有轻重。

　　好比说天津河南地(如今那个地段早已埋葬在某栋高楼大厦的下面)那个窄长低洼的院子,她甚至能画出那个院子的形状和几间小屋的布局;

　　二太太家的楼梯;

　　夜半,水的呼啸,风的呜咽,乘风乘水断续而至的哭声;

　　叶莲子的血;

　　柳州的桥;

　　陷入弥天大火;

　　…………

　　一个两岁的孩子,怎么能懂得把对以后的人生最具本质意义的沉淀物,从生活的杂汤里捞出?

二

自吴为在一九四八年这个秋天的早晨写下那个句子后,发生了很多事。

也许她等的就是这些事情的发生。

那时候,吴为还不认识这个"霾"字,她把它念做"狸"。

可能她在一本不知该看还是不该看,更不知看懂了还是没看懂的书里看到了这个字,并且不知为什么被这个字所动,错以为那是一个和湿漉漉、冷飕飕、不清不楚的阴暗天气,或一种她暂时还不明白,但已能感知、深不能测的征兆有关。

那一年,她十岁,小学四年级。

十岁的孩子还在读四年级,应该算是超龄生。但不是因为留级,而是叶莲子交不起学费,有一阵子,吴为不得不陪着失业的叶莲子失学在家。

吴为后来果然成为一名作家,但她决定要写一部书的时候,根本不知道什么是作家,她只是想写一本书而已。

也不知道有一天她会成功,会从这个土坳坳走向世界的很多地方。

更不知道日后有一天她会陷在这个想法里不能自拔——上帝给我们的本是一个全新的人,我们还给他的却是一个残缺不全、破烂不堪的皮囊和灵魂。

向她这一生失去的何止是健康的体魄,结实的牙齿,乌黑的头发,没有一丝褶皱的青春,潭水般的明澄心境,没有启过封也没有揭卜过保护膜的灵魂……最惨痛的是她不得不面对"竟是东风唤不回"的叶莲子。

人们总是说,你还得到了许多。

她着三不着两地回答:"什么是人生最大的痛苦?既不是失恋,也不是失业、失败、失学、穷困、饥饿、灾荒、病痛……而是眼睁睁地看着生命一点点离开你挚爱的人,而你束手无策,回天无力。"

有多少次她对着苍天发誓,她宁愿放弃一切所谓的成功,换回她失去的叶莲子以及当初这个朝阳冉冉升起的早晨。

可世间哪有那样便宜的事?

不过她写下的那个句子,确有很多可以探讨的关节。

她写的是:"在一个阴霾的早晨,那女人坐在窗前,向路上望着……"

那是一个女人。

为什么不是一个男人?

那是一个翘首以待的女人,而不是无牵无挂的闲适女人。

她企盼的是什么?

她能如愿以偿抑或是不?

她将如何面对那不论如何的结果?

…………

只有十岁的吴为,怎么就知道这样开篇?

她从小就是个没心没肺的孩子,浑然一片,随心所欲,心神恍惚,不求上进……并且一生没有长足的改进,直到住进精神病院之前,也还是这样的一个老人。

也许正因为如此,十岁的她才不知深浅地想要写一本书,并先行写出这个句子。

三

也许还有一件事,值得一提。

发生这两件事的前一天,辛老师在音乐课上教唱了一首关于母亲的歌。下课之前他叫起吴为,让她重唱一遍。

歌词是——

> 母亲的光辉,
> 好比灿烂的旭日,
> 永远地、永远地照着我的身。
>
> 母亲的慈爱,
> 好比和煦的阳光,
> 永远地、永远地温暖我的心。
>
> 谁关心你的饥寒?
> 谁督促你的学业?
> 只有你伟大慈祥的母亲。
>
> 她永不感到疲劳,
> 她始终打起精神,
> 殷勤地期望你上进,
> 为你尝尽了人世的苦辛。
>
> 她太疲劳了,
> 你不见她的额上,
> 已刻上一条条的皱纹?
>
> 世界上惟有有母亲者,
> 是最幸福的人,
> 可是你怎样报答母亲的深恩?

"唱得很好。"辛老师说。

吴为从小就显出唱歌的天分,在所有的课程中她只喜欢音乐课,也就难怪她后来曾嫁给一个会唱两句歌的人,并觉得自己是嫁给了音乐。

教音乐的辛老师因此很喜欢她。

可是唱着,唱着,她突然号啕大哭起来,怎么止也止不住,直哭到手脚冰凉,浑身抽搐。

同学们和辛老师都吓得不轻。大家以为是恶鬼附体,连香山慈幼院毕业的辛老师也无计可施。

对吴为这种没心没肺、喜欢曲谱的孩子来说,她那天在音乐课上的表现却很离谱。

下课以后,辛老师把吴为在音乐课上发生的事告诉了叶莲子。叶莲子并没有多想,那时人们对歇斯底里还没有什么认识,据说歇斯底里是后现代病。只是在吃晚饭的时候,叶莲子问吴为:"今天上音乐课的时候,你怎么了?"

吴为回答不出,她不知道她怎么了,但听了母亲的问话之后,又大哭起来。

能不能说她后来的发疯早有根基?

四

离开那棵粗约六人抱的老槐树后,她遇到了同班同学于田——那个距零霏村不远的火车站站长的儿子,发色棕黄的英俊少年。

很难揣度他为什么要对吴为说,"你准备好了吗?今天考地理。"

吴为说:"没有。我就怕地理……"她没有说下去,除了音乐,哪门功课她不怕?包括语文,作为一个未来的作家那必不可少的铺垫。

于田说:"别怕,我知道考试题。"

于田对吴为有没有一点朦胧的感情,也就是所谓的初恋?不得而知。即便他对吴为有所爱恋,也仅限于这一次对地理考试题的泄露。

"你知道考题?!"

"嘿嘿。赵老师对我爸爸说的,我爸爸又告诉了我。"英俊少年于田,就这样交待出了地理赵老师。

"哼!"刚刚念了三遍"天皇皇,地皇皇"的吴为,一身正气。尽管害怕地理考试,也没有向于田探问地理考题的细目。

除了一声不满意"哼!"吴为没有更多的想法。

问题出在考试前那课间休息十分钟。偏偏那个课间休息,她没有去跳绳,而是待在教室里临时抱佛脚地翻看地理教科书,翻着翻着,突然心血来潮地对同学说:"赵老师不公平,他把考题告诉了一个人。"她丝毫没有领导同学造反的远大志向,只不过对这件不公正的事发泄一下她的不满。

可是她的心血来潮,煽动了所有用功或是不用功的同学。

十岁的吴为,哪里是赵老师的对手?赵老师临场改了考题,吴为不可避免地因造谣惑众受到惩罚。

赵老师既不厉声斥责也不吹胡子瞪眼,只是让她伸出手来。

刚才还是义正词严的吴为,顿失气贯长虹的精气神儿,看着那三尺长、一寸半宽、半寸厚的板子,傻了,连赵老师说的"伸手"是什么意思都不明白了。

每历两害相夹,她总盘算不清孰轻孰重,无法取舍。对着那样一条板子,她的心智更加迷离,盘算不出伸手让赵老师打还是不伸手让赵老师打哪样更好,最后算计着躲过伸手就是上上。

怕归怕,却没有交待出于田,也许那时她就把"好汉做事好汉当"视为一种崇高的品德,联系到日后死活不肯出卖胡秉宸,总算一脉相承。

既然她不乖乖地伸出手,也就怪不得赵老师抡起板子,往她身上抽。

三尺长、一寸半宽、半寸厚的板子,一下下就抽在了吴为的身上。

而一个十岁女孩的身体又过于绵软柔弱,赵老师的板子抽上去只能引起微弱的反弹。照她对赵老师的冒犯,如此微弱的回响,太不饱满、太不热烈、太不足以消平心头之恨,于是赵老师把板子挥舞得越来越急。

风华正茂的赵老师,正当其时地把一个年富力强的男人使不完的力气,尽情倾泻在那个只不过长了十年的小身子骨儿上。

头几下板子抽下去的时候,吴为还能感到似一条条火焰蹿过肋骨的灼痛,但她没有喊疼也没有呼救,虽然她的母亲叶莲子,作为这个学校的教师就在隔壁教室里教课。起始她甚至听见叶莲子的声音:"打开你们的笔记本,照着我念的听写下面的句子……"

她不喊不叫,只是因为叶家女人不喊不叫的传统,并非因为勇敢。

而且她的胆子太小,几下狠抽就让她失去了神志,什么也看不见、听不见、感觉不到了。

干脆说,那一会儿她疯了,无知无觉了。

她越是疼痛,双臂越是违反常情地向上大张,让她的两肋更无遮拦地暴露在板子之下。随着板子的抽打,又如暴风雪中的雪花,无声无息地飘扬、旋转,看上去很像后来流行一时的相当轻浮的舞姿。

她的脑子是不是早有问题,这算不算后来发疯的序曲?

同学们被这从未见识过的抽打惊呆了,即便最淘气的男生也未曾领教过这样的抽打。教室里鸦雀无声,只有板子一下下落在吴为躯体上那肃穆的声响。

始作俑者于田更是坐立不安。没有想到他一句卖弄或是讨好的话,竟换来这样一个结果,可他一时又不知怎样才能阻止这缓慢的、与残杀差不多的过程。

最后,他不得不尖声喊了出来:"赵老师!你,你,你不能再打啦!"

赵老师这才惊愕地罢手。

火车站站长是校长麻将桌上的牌友,也是至交。可怜赵老师堂堂须眉,为了每学期的那张聘书,不得不低三下四地泄题,又恼羞成怒地从一个只成长了十年的小身子骨儿上,找回自己的尊严,也算一种填平补齐。

千真万确,这是吴为平生第一次也是最后一次,从男性那里得到的呵护和关爱。

尔后每每想起这一点,吴为总觉得面子上很不好看,因为这呵护和关爱,不过来自一个没有长大成人的"准男人"。

她从小崇拜"骑士",认为"骑士"最优良的品格就是保护自己的女人。可是除了这个小男孩的呵护和关爱,她再未有过如此的幸运。

由于这种"骑士"情结,日后在与男人的关系中,她只好自己出面,反串"骑士"这个角色。

这就是她有时为什么会怀念那个叫做于田的男孩,特别在和她以血爱恋的胡秉宸结婚以后。

更猜想着,当于田长大成人、升格为男人之后,当他的女人受难时,还会不会挺身而出?

五

这场毒打的丑陋和早上在老槐树下的经历,天地悬殊。

不过那不也是吴为的"自找"?

"自找"这一类事不但没有从此杜绝,还会在吴为身上屡屡发生,就像胡秉宸后来常说的那样:"活该,你所有的麻烦都是自找的。"

的确如此。综观世上不断被麻烦缠身的人,哪个不是自找?就连把吴为分析得头头是道的胡秉宸,他和吴为的一段姻缘不也是一个自找的大麻烦?

可见赵老师的板子抽得还是不够狠毒,还不足以将吴为那"自找"的恶习彻底摧毁。

淘气的吴为,终于安静下来,难得一动不能动、双颊通红地躺在了床上。

如果不是这样,叶莲子平时很难找到她,她总是从学校后的高坡翻出墙外,不知一天到晚从不停歇地在山野里跑来跑去忙些什么。逢到考试叶莲子就发愁,为吴为的学习不好、考试不及格而哭泣。秦老师就劝慰道:"她还小呢,大了就好了。"

从塬上婉转穿过的珍珠泉,正是从这一处高坡进入丹阳观,又从高坡下惟一的古柏足下绕过,再款款地流向荒观之外。它不经意的流向,与这荒观的正殿,还有观后那和吴为重逢后即遭雷殛的老歪槐,恰好在一条中轴线上。

丹阳观后这棵仅存的古柏,居然荫翳出一片树林的森然,更有巨蛇盘桓出没于树干之间。上下课敲打的铜钟,就悬挂在这棵古柏的一处枝桠上。

观内早就断绝了香火,如今已变做只配流难人用来苟且栖身的"野店"。当初定然不是这般这样,它闳达伟阔的气势还在,正殿、侧殿、山门,样样俱全,可它为什么被人抛弃?

从古柏足下绕过的泉水,断续吟唱着,似丹阳观鼎盛时期道士们随水而去的诵经声,如今又随这潺潺的泉水,一声声从遥远闪回。

叶莲子又在无数个不眠的长夜,将它们一句句默记于心。

及至冬天,西北风从那古柏的树梢中穿过,呼啸出沁人魂魄的、隐喻着、叙述着万世之劫的乐声。

从那时起,吴为就喜欢上了刮风的日子。那冬日的、从丹阳观古柏中穿过的西北风,把她还不会述说也永远述说不出的她和叶莲子的凄苦,替她们说了出来。那风,就是她们的语言,她们的哀歌,那风就是她。

每当那泉水、那风之乐响起来的时候,小小的吴为,就感到若有所思、若有所悟、若有所依、若有所归。她就在那泉声、风声中,慢慢长大……

逢到雨季,负载着万千意绪的大雨,一旦扑落塬上,都会被塬化作泥泞,那化解的过程可不就暗示着一种慷慨的抚慰……也就难怪吴为以为水声、雨声、风声,就是最美的乐声。

叶莲子把吴为肋骨上的板痕数了又数,就是数不清楚——它们黑紫、黑紫,一条摞一条地错叠在吴为细瘦的前胸后背,让她何从辨数?她也一遍又一遍于事无补地问道:"还疼不疼?"

此外,叶莲子还有什么可说?

再不就举着一双泪眼,向侧立一旁的泥塑神胎默默祈祷:保佑我们这对流浪天涯的母女,保佑、保佑吴为平安无事吧!

她们刚刚流落丹阳观并住进这间侧殿的时候,半夜里,常有劲风平地而起,长驱直入地推开插着门闩的两扇殿门,不是推开一条窄缝,而是向左右两边彻底摊平。

天光随之劈门而入,照亮一座座侧立一旁的泥塑神胎,点亮他们凶神恶煞的双目,一个个目光如炬地逼视着她和吴为,让她们逃也无处逃、呼也呼不出地定在那一处安身立命的侧殿里。

那插着门闩的殿门何以自动开启?让她们好生惊惧。门扇在风中发出哐哐的声响,似有许多人来来往往,出出入入。

更有塬的低啸长吟,阴幽幽地传送过来。

直到很久以后,他们才能两不相关地各行其是。等到他们可以两不相关、各行其是的时候,那平地而起的劲风也不再光顾,似与她们母女,已成莫逆。

……………

吴为很疼,可是她摇摇头,对守着自己的妈妈深情地笑了笑。

"不疼,就是喘气的时候里面不舒服。"她把眼睛垂下,瞟了瞟自己的小胸脯。

　　这个从小就营养不良的肋骨上,本就没有多少皮肉,就连那点不多的皮肉,似乎也让赵老师的板子抽飞了。似乎被板子刮得一干二净的肋骨,就没有一点遮挡、血糊拉拉地暴露在任人随意蹂躏的状态下。

　　她本就细瘦的身坯,自赵老师抽打之后也好像变得更窄更瘦,腔子里的每一个脏器,却好像变得很大、很大,挤得里面一点空隙不剩,只要轻轻一喘,肺部一个极轻微的收缩、起伏,就挤压、胀迫得两肋彻疼。

　　叶莲子脱去吴为身上的衣物,让她一丝不挂地躺在床上。现在,再轻、再薄的衣物也会让吴为感到压痛。

　　吴为觉得畅快多了,她小心翼翼,一小口、一小口地喘息着。

　　叶莲子说:"乖,你哭吧,哭吧,哭了就不疼了。"

　　虽则有"哭天天不应,哭地地不灵"那句老话,可是对一无所有、走投无路的人来说,哭泣还是他们惟一不需代价和老本儿就能得到的一点安慰。

　　可是幼年以及青少年时期的吴为不爱哭,不像后来,动不动就涕泪交流。

　　就是被人打成这个样子,她也不哭不闹,只是瞪着眼睛熬。就像每次得了重症,无医无药,靠的也是一个熬,从不像别的孩子那样又哭又闹,倒让叶莲子分外心疼。

　　她只是握住叶莲子放在她身旁的手,眼睛里满是与十岁年龄极不相称的悲凉和疑惑。

　　与父亲的眉眼相去很远的赵老师,让她想起远在香港和桂林的日子,还有父亲砸在她身上的烙铁——烙铁呼啸、裹挟着铁锈味的风,砸在她的小肚子上,小肚子立刻鼓起一个又紫又红的包,等到那些鼓包褪色的时候,就有一种仁慈的痒感。她伸出小手指,轻轻地挠着它,尤其坐在吹着风的树阴下,真是一种消消停停的享受。

——或是捉住她的两条腿,像抡起一只车轮,往地板上咚咚地摔去。摔得她眼冒金星,不知道头长在脚上,还是脚长在头上。

　　她不知道她做错了什么。在父亲面前,她绝对是个守规矩的模范儿童。不像她揭发赵老师泄题,总还有个挨打的理由。

　　父亲为什么那样恨她,打她?

　　如果说从父亲那里得到的有关男性暴力的体验,还只是一个男人的问题,那么赵老师的毒打,就可以使她对男性的暴力做一个总体的总结了。

　　叶莲子误以为吴为的悲凉和疑惑是创伤过重造成的痴呆。她自谴自责,怨恨自己没有能力保护自己的孩子,揪心地对吴为说:"妈对不起你,妈对不起你……"

　　吴为摇摇头,说:"妈——"她实在不明白,叶莲子的这个"对不起",和她出生十年来也许算不得离奇的遭际,有什么关系。

　　在这个十岁的悲凉和疑惑之后,她认定这个世界上,惟有叶莲子身后,于她才是一个绝对安全的去处,并躲进这个只会哭泣的叶莲子身后,从此再没有,也不肯从叶莲子的身后走出来了。

六

　　她们的困境,可从吴为六七岁时写给顾秋水的一封信中,略见一二。

　　吴为用来写信的那张纸,显然不是从小学生的笔记本上撕下来的,不是。她算是失学在家,从墨荷的父亲,那个地主兼业余猎人就传下来的对知识的热爱,到了叶莲子这里,是连一个小学生的学费也交不起了。吴为自然也就没有一个小学生必备的笔记本。

　　那是从叶莲子用来糊窗的纸上裁下来的一小块黄麻纸。

　　抗战胜利后的那个冬天就要来临,叶莲子不得不破费一点钱,把后墙上那漏风的窗户糊上。后墙外,曾是张学良将军卫队营十分荒阔的操场。

从"工合"遣散出来的叶莲子,又变成童年那个寄存在他人家里的包裹,因为转手又转手,谁也不记得那包裹的主人了。可是为了有一口饭吃,她只得拉下面皮,辗转于关系中的关系,最后来到西安,投靠张学良将军的姐姐张冠英老夫人。

建国巷里,张学良将军卫队营的几十间房子,自西安事变后已是人去楼空。

张老夫人想,空着也是空着。就把叶莲子母女安排在大院紧西北角的一间营房里。

除了张老夫人自己带着孩子住在大院套着的小院里,大院里还住着近二十家随张学良将军一同来到西安的东北军旧人。房租不收。

那一间不交租金的房子,是张老夫人对她们最大的援助。

起始,张老夫人还在大院中办有一个印染厂,毕业于立信会计学校的叶莲子,还在那个印染厂胜任过会计的职务。

可是生长在辽阔的黑土地上,并跟随家人过惯戎马倥偬生活的张老夫人,却无法在这方寸之地上辗转腾挪,印染厂只好关张。叶莲子在那个印染厂的工龄,以日而计。

一九四五年的张冠英老夫人,处境已经相当困难。

和叶莲子可以说是同病相怜——丈夫有了别的女人,把她和孩子们抛弃了。

她不愧是张作霖的女儿,抄起一杆枪就瞄准了她的丈夫,她孩子们的爹。

那个脑后挽了个髻儿,身穿一件没有腰身的直筒黑布旗袍,持着一杆长枪而不是手枪站在硬风地里的女人,真是顶天立地。

不过到底夫妻一场,还是给丈夫留了条后路,"我是一枪撂倒你还是你就此滚出家门,从此不再照面?"

丈夫决定从此不再照面。

幸亏娘家有钱,她把几个孩子拉巴出来了。

东北军自九一八事变进关后,不论职位高低,过的都是坐吃山空的典当日子。张学良将军被蒋介石软禁之后,连张冠英老夫人,也不得不靠变卖首饰度日。

当时西安泰丰烟草公司经理、西安大华纱厂厂长,没少低价收购她的翡翠、珍珠,最后她剩下的可能就是一个琥珀烟嘴。

二小姐、三小姐用粗呢子做两件大衣就算是好衣服了,整天吃的也是大酱拌茄子。

张冠英老夫人只能冬天是身黑布棉袍,夏天是件黑绸大褂。

吴为那时经常出入张老夫人家,为张老夫人的几个儿女唱歌跳舞,或跟着留声机一起唱《松花江上》《渔光曲》,特别是叶莲子最爱唱的《秋水伊人》,那歌词和顾秋水的名字、叶莲子的遭际不谋而合。有时,听着听着吴为咿咿呀呀、童声童气不着调的唱词,她会涩涩地哑然一笑,这首歌可不就是为她而写的?难怪一开始就对它情有独钟。

吴为经常出入张家,还藏着一个对叶莲子也不肯承认的目的,如果碰上开饭的时候,他们会赏她一顿饭吃,一顿可以吃饱的饭。更特别地为着"演出"后,那几个姐妹兄弟奖励她的几个沙果或一个石榴。

好事的吴为,在张老夫人家还煽动了一次"革命"。

丫头翠环是河南逃难过来的难民,家里生活无着,她妈不得不给她插个草棍儿,打算把她卖了。

张老夫人虽则到了靠变卖首饰度日的地步,倒常让厨子蒸一大堆馒头,拿到大门外施舍逃难的人。翠环她妈在门外排队领馒头,一眼就看出张家的慈善,抽冷子钻进大门,进门就下跪,央告张老夫人把翠环买下。

翠环来到后,什么也不多、什么也不少地和大家一起吃着大酱拌茄子。

可是翠环的心很大。

几十年后,她用这个关系,让女儿上了大学,又在女儿大学毕业后,用这个关系分配在张学良纪念馆工作。可她根本不提"丫头"这段事。

三小姐走的时候甚至还给翠环找了婆家,聘姑娘一样把她聘了出去。

可是她太懒,二小姐只说了句让她以后干事勤快点,她就不乐意了。

然后就出了吴为鼓动她造反出逃的事。

翠环没有出逃,她往哪儿逃?哪儿有这里的日子好?她一决定不出逃,就把吴为鼓动她造反出逃的事禀报了张老夫人。张老夫人只问了吴为一句:"是你给翠环出的主意,让她逃跑呀?"

吴为从小就爱干这种"没有抓住偷牛的,倒抓住了拔橛的"事。

即便叶莲子再舍不得,顾秋水离开宝鸡时不便带走的皮鞋、西服等等,也只好一一进了当铺。

那一件件衣物,都是她的所爱,她的一个念想,好像押着顾秋水的这些衣物,就押着一份团聚的希望,押着一份顾秋水回心转意的可能。

当她不得不典当自己营造的这份前途、希望时,和自杀有什么两样?

她站在当铺高高的柜台下,自欺欺人地安慰自己:等有钱的时候再把它们赎回来。可是直到一九四九年全国解放,她也没能把顾秋水的衣物赎回一件。

不过三小姐在西京招待所(相当于西安彼时的五星级饭店)举行婚礼时,叶莲子还是参加了那个婚礼。参加婚礼的差不多都是东北军里的旧人,尽管顾秋水已经不认她这个妻子,她也不能给顾秋水丢人。她体面地要了一辆人力车,夹着一只里面除了那笔车费,一分钱也不多、一分钱也不少的手袋,特地换上那件留待求职或应付"场面"的、镶有深灰窄边的浅灰旗袍,大襟上还别了一条雪白的手帕,到婚礼上去了。

未来的女人吴为仰望着叶莲子,开始了如何做一个优雅女人的基础课。

离开顾秋水以后,吴为一直跟着叶莲子为一口饭而挣扎,从来没有机会看到一个正式的叶莲子。长大以后,她多次对叶莲子说:"我真不明白,您怎么会嫁给了老顾?真是一朵鲜花插在牛粪上。"

等到她们母女在那一间营房落下脚的时候,营房后的操场,已在日机轰炸下变成弹坑累累的荒地,零乱地注解着一个战乱的时代,与没膝的荒草,相辅相依成同是天涯沦落人的景象。

据说夜深人静的时刻,还有东北军人的游魂出没其间。

荒地四周,散漫地长着一片片杨树林。

杨树是一种模棱两可的树,是看人眼色行事的树,或是说善解人意的树。人们欢乐的时候,它就在风中欢唱,一片片树叶,拍着手儿似的哗哗响;人们忧伤的时候,它就在风中萧瑟地唱起"梧桐夜雨"。

特别是晚秋,满院秋虫唧唧的时节,除了萧瑟的"梧桐夜雨",杨树叶子还一阵阵刷刷落下,伴着吴为无忧无虑的鼾声,让叶莲子更难入睡。她又愁生活无着,又愁吴为还没冬天御寒的棉衣,又愁没钱让吴为上学……一个人有那么多的事情可愁啊。

其实不论哪个时代,人人都有很多可愁的事,但身边至少还有几个或一个商讨主意的人。

她把吴为搂了又搂,把那床小薄被往吴为身上更紧地掖了掖。唉,吴为,吴为,你什么时候才能长大呢?

长大又怎么样?长大后的吴为带给叶莲子的灾难,比被顾秋水抛弃后的饥寒交迫、无依无靠,更加深重。

所以叶莲子在冬天到来之际,不得不破费一点钱,买些黄麻纸来糊后墙上那漏风的窗,吴为也才有可能从那糊窗纸上裁下一小块,开始她平生的第一篇创作。

七

不知道吴为给她父亲那封信,算不算她的第一篇创作?但那无疑是她课外作业之外的第一次作业。

她用一本书代替尺子比着,先用铅笔在那一小块不规格的黄麻纸上画出一条条横格,如果没有那些横格为依据,她不可能在一张无依无靠的纸上,写出一行行整齐的字。她希望她的爸爸觉得她字写得不错,信也写得不错,那么他也许会寄给她们一点钱,作为对她的奖励,也许她就可以用那笔钱交学费。

她读书很不用功,但是真到没书可读的时候,她就知道事情不妙——可能因为失学总是和没饭吃联系在一起的缘故。

就算如今中学的绘图课上,有了丁字尺的帮助,也不一定能把一条横线画得尽善尽美,何况一个只有几岁、心浮气躁的吴为?任凭她如何努力,也很难在一本书的比照下,将那些横格画得匀称。而吴为那时的几岁和现在孩子们的几岁无法相比,那是贫瘠、没有见识的几岁。

那些横格,大多一头宽、一头窄,还有一条横线,因为她的铅笔一滑,从她期望的走向上出溜出来,分出一个小岔儿。

不过她的确写得非常整齐。

她拿起毛笔,用幼稚的笔迹写着——

爸爸:

　　一年不见了,现在很是想念您,您现在好吗?现在西安很冷,我还没有棉衣穿,现在方阿姨给我一件衣服,妈妈现在正在给我改小。妈妈现在也找不到工作,我们现在没有钱,所以我还没有上学。您那里冷吗?您现在穿上棉衣了吗?请常常来信。现在您的身体好吗?请您写信言明。我很好,妈妈问您现在好。

女　儿
民国三十三年十一月十九日晚

她在信里无的放矢地用了很多个"现在",从这封信里,实在看不出她有当作家的天分。

对于吴为这封精雕细刻的信,顾秋水的回信是——

亲爱的孩子:

你的信我收到了,邹伯伯又回重庆去了,叫你妈给他去信,让他给你们一点帮助。

爸　爸
十二月二十七日

不多不少,连日期、标点符号在内,一共五十一个字块。

吴为也没有得到她预想中的奖励。

这样比起来,胡秉宸和白帆的离婚,可以说是相当负责,相当有良心。对于白帆提出的任何要求,二话不讲,签字画押。

由白帆起草的第一号文件是——

一、现有住房在没有更妥善的安排办法之前,由白帆同志全部占有,胡秉宸同志只可用楼下朝北一个小间。子女原住室不变,客厅、饭厅为公用。待住房问题有了妥善的安排,经双方协商后另行解决。

二、家中所有用具,除子女已有的外,无论何时分用,均由白帆同志首先选择,所余部分由胡秉宸同志使用。

三、白帆同志的保姆费,由胡秉宸同志永久负担,并从他月工资收入中抽出百分之二十,补贴白帆同志的生活。在住房尚未妥善解决之前,房租水电等一应费用,也由胡秉宸同志负担。

以上所有费用,由胡秉宸同志的秘书代领,后交白帆同志安排使用。

此外附有信件一封——

亲爱的同志,我珍爱的丈夫:可能以后就该称呼"前"丈夫了?至少允许我现在,再从心底发出一次这样的呼叫吧。

往日的爱情,已经永远消逝,
幸福的回忆,
像梦一样留在我心头。
你的笑容和美丽的眼睛,
带给我幸福并照亮我青春的生命。
但是幸福不长久,
欢乐变忧愁,
那甜蜜的爱情从此就永远离开我,
在我心里只留下痛苦,
啊,我独自悲伤地叹息。

上面是一首小夜曲,也唱出了我的心情,录以献你。

我为什么失去了爱情,失去了你?那是一个复杂而又曲折的故事。

回忆过去四十年,解放前我们相处得不好,原因和责任双方都有,明人何须细说。当然你不曾虐待我,正如西方绅士还总是为妇女让座那样蛮有教养。

然而解放后,我们的感情却是好的。所以我仍然相信,既失去,又没有完全失去你。眼下近在咫尺,却如隔关山万重;日后谁又知道呢?也许万重关山从头越,一切从零又开始。

谁说时光不能倒转?不,冬去春来、周而复始本是规律,而决定的因素是:你不是那样忘情的、无情的人。而你,留给我那么多美好的回忆……

当然,也许这只是呓语,那就博你一粲。

白 帆

他们二人在处理离婚案的务实精神以及浪漫情怀的表述方面,那种一刀下去,既保持了切割面光洁度的高系数,又使务实和浪漫精神两相得彰的行为方式,不但在他们那一代人中间,即便在现代人中间也算思想超前。

退一万步说,即便没有这份文件,白帆还有妇女儿童权益保障委员会的保护,强制胡秉宸执行他应负的责任。

即便没有妇女儿童权益保障委员会,白帆自己还有老革命的资格,那资格也会使她有一份丰厚的生活保障。

顾秋水既没有胡秉宸的责任和良心,叶莲子也没有能力写这样一份旱涝保收的文件,更没有一个妇女权益保障委员会来保障叶莲子最基本的生存。

她只好两眼一抹黑地闯日子,直到一九四九年全国解放以后才算翻了身。

诚如白帆预言的那样,胡秉宸果然和她万重关山从头越,一切从零又开始。

到底是时光倒流,还是白帆对胡秉宸的了解终究比以研究人为职业的作家吴为深刻?不得而知。

他们是否知道,世界上从没有过一个重新开始的零,与原来的那个零分毫不差。

在处理这些问题上,比他们年轻二十多岁,对创作的细节无比重视、珍爱的吴为,却对生活中的一应细节,缺乏感觉。

她最终不得不同意离婚之后,在给胡秉宸的信中这样写道——

亲爱的秉宸:

你好,七月九号来信早已收到。事到如今,我同意你离婚的决定。

因种种原因,我近期不可能回国,所以你我离婚的一应手续、办理时间,劳你运作,如果需要我做什么,请来信。

我们之间不存在财产纠纷,已在你处的东西完全归你所有。千万,千万!我只希望得到几件有关我母亲的纪念品:

一、她过去经常躺在上面睡觉的长沙发(在我们的卧室里放着);

二三十年前她亲手买的一个两层小书柜,咖啡色带玻璃拉门的,在保姆的房间里放着。还有保姆房间里那个放衣服的大柜和放在你书房里的白色矮方桌,是我和母亲生活困难时期的纪念。

至于我写的书,如果你愿意留就留下,如果不需要就给我。

我的照片和国外的评论资料请还给我。对别人没什么用,对我还有些用。

就是这些。

吴　为

尽管胡秉宸立过遗嘱,各存一份在秘书和吴为手中,吴为也永远不可能为一根鸡毛与他讨论如许——

我长期身为国家公务人员,每月工资作为日常生活费用,并无积蓄。量入为出,也无债务。过去家中一些家具杂物,在八五年离婚时,已全部留给前妻,只身出走,现时的所有家具等物,全都是我妻吴为用她的稿费买的。我死后,其全部所有权属于我妻,任何人不得异议。按制度应由配偶继续居住的房屋,也由我妻吴为继续居住。

胡秉宸

八

抗战胜利的那一天,叶莲子像万众一样欢腾,以为国家有了救,她也有了救。以抗日为己任的顾秋水,自然也就没有什么可抗了,他们夫妻终于可以团聚,便准备着到天津再次上演一出《千里寻夫》,就像那年贸然到香港,上演那出《千里寻夫》一样。

一般来说,男人比女人较多理智,也更善于总结经验,顾秋水从来没有忘记过叶莲子到香港上演的那一出《千里寻夫》。

宝鸡一别,音信全无的顾秋水,于抗战胜利不久抢先来了一封信,并在宝鸡之别后,第一次给叶莲子寄了五块钱。这区区五块钱,使顾秋水在叶莲子心中树立起更加美好的形象,寻夫热情也更加高涨。

低头接着再看顾秋水的信,满纸千难万苦——

莲子:

邹可仁已由北平来津,见面以后,对我非常冷淡,他说从未给你寄过钱,至于今后怎样办,是否会寄些钱给你,他也没有表示。总之,仰人鼻息,诚属没出息的事。

我们的"事"也非常的渺茫,更没有什么把握,看来也没有什么好办法,不过是往前瞎摸。我是随着人家干"事",人家要是不爱干,我也就完了。我现在很灰心,最后恐怕白扯一回。而且我爱干不干,人家又何必一定给咱们钱用呢?这完全是个人情愿的事,我们也没有向人家要钱的权利。

至于你失业在家,没钱吃饭的事,我也没有办法。我们到处要饭吃,到处丢人丢脸,我常觉得活着已是多余了。早先同你再三讲,你总不开窍,等到走上死路的时候,就晚了。

谁让你死心眼儿,死死地缠住我!把我缠死你也好不了。你不想另求活路,只好两人一齐死。咱们就泡吧,你也许解恨,我也不想好了!

你的思想太旧,太顽固不化,让你自逃生路你偏不干,现在我可顾不了你了,过几天看看不行,我只好同要饭花子一起要饭吃了。

为了养大孩子并给她以教育,你应当牺牲自己,就当我死了。托你那个姓方的女朋友或其他什么人,给你介绍个男人,最好是小有资产的商人结婚,不但你可以得救,孩子也会有个较好的环境。她刚刚到这个世界上来,该得到一份她应有的幸福,为什么叫她和我们一起受苦,和我们一样一辈子做个穷苦的人?

你不要再盼着我们还会相逢,我要远走高飞了,哪儿死哪儿埋。你赶快带着孩子找生路要紧,以后我不会再写信给你了。

永别了。

顾秋水

身陷洪荒才有的那种天地倒换的大倾斜、大裂变,陡然降临,不论望不到边的茅地,还是望不到边的森林,顷刻间就被这裂变吞没,再也看不到一丝生命的颜色。

迷乱中,叶莲子伸出手在腿上抓挠着,本能地想要抓住一些什么,可她想抓住的那些东西,反倒从她的指缝中间滑泻而去,她甚至感到它们在指间的流动。

那么吴为出生以来的不幸呢?从顾秋水的信来看,也全是叶莲子不开窍,不肯再嫁一个"小有资产的商人"造成的。

随着生活的有着有落,叶莲子已经不再抓挠她的腿。可在玩笑的尴尬中,这种已经隐退得很深的毛病,还会不觉地重现。

禅月一看叶莲子开始抓挠腿,就说:"得,姥姥又没辙了。"却不知叶莲子这种毛病从何而来。

她难道没有自食其力、自谋生路吗?顾秋水北平一别,一个大子儿也没留下,四年光阴是怎么过来的?为了省钱,一个冬季她连白菜也没有吃过一棵——白菜呀,又不是鸡鸭鱼肉!后来更是到包家当了女佣。

宝鸡一别,"工合"遣散。在不论怎样向顾秋水求救、呼吁,他都置之不理的日子里,吴为记得一次又一次跟着叶莲子到有钱有势的人家,乞讨一份工作的自轻自贱。

其中一次,更是此生难再——

当她们毫无防范地推开那扇诗书人家的大门时,连定神的瞬间也不曾舍给她们,一团毛茸茸的东西,塌了一堵墙似的,带着嗜血动物的腥气,扑压上来。

那只扬着前爪站立起来的狼狗,比叶莲子还高出半个头。叶莲子转身把吴为搂在怀里,用她的身体和手里那只棕色木提手、赭石色哔叽布料、没有肩带的手袋,杯水车薪、无济于事地左挡右拦。

那只为她们立过如此功劳的手袋,也就这样活灵活现、一丝不走样地,不只烙在吴为的眼睛上,也烙在了她的心上。

主人虽然喝退了那只狼狗,但叶莲子的脸还是被它的爪子抓破了,她那件深蓝夹紫红细条的棉布旗袍下摆,也被撕裂了。

爱哭的叶莲子,却没敢在主人眼前掉泪,嗓子吓得像是劈了岔,嘴里还不停地赞美着主人的狗:"真是——真是只好狗,好狗!"

等她们进了阔大的客厅,叶莲子侧身在椅子上坐下,吴为也依在叶莲子的膝头之后,她才发现,对主人的狗赞不绝口的叶莲子出了问题。她胸口里的气儿,像是卡在了什么地方。或好不容易冲了出来,"咕涌"一下顶在吴为的后背上;或憋在那里,犹犹豫豫析出一缕荡荡悠悠的烟魂,随风化去……总而言之,她呼出来的气像是拐了几道弯,才从吓得拧了个儿的气管里,颇费周折、颇为艰难地挣扎出来。

可是主人并没有因为叶莲子脸上的伤、撕裂的旗袍或是对狗的赞美,给她一份工作。

虽然被狗这样咬过,吴为却并不记恨狗们。

她长大之后,更觉得那不是狗的过错。

难道不正是人把一只只遗世独立、桀骜不驯、茹毛饮血的狼,驯化为依附于人的狗?

它们一旦被人驯化,就成为人们最忠实的奴仆,或像有些人说的"奴才"。也许在实际意义上,奴仆和奴才没有什么本质上的区别,但吴为宁愿说是奴仆,她不知道这是不是她的虚荣。

哪怕是一只毫无战斗能力的哈巴狗,在不速之客造访或闯入时,也要明知不可为而为之地一面汪汪不已,一面胆怯地后退着。可真到了生死攸关的时刻,它们会忠心耿耿地为主人献出它们的一切,乃至生命——正所谓"誓死捍卫"。

如若一时走了眼,错把主人的朋友当成居心不良的入侵者,还会受到主人的申斥,或更有甚之地被踢上一脚,根本不考虑它们的自尊,让它们在人前丢尽脸面。可它们并不记恨也不计较或是说没脸没皮,下次照旧恪尽职守。

可是狗们反倒不如做狼的时候那样受到人的敬畏了。

而它要求于人的,不过一杯残羹剩饭,一根让人剔尽精华的骨头……

对狗的恶意可能古已有之,她时常在国人的言谈话语中,听到对狗的攻讦,如"狗娘养的""狗杂种""狗咬吕洞宾,不识好心人""惶惶然如丧家之犬""狗仗人势""疯狗""夹尾巴狗""狼心狗肺""狗日的"等等,等等。

这是否因为它们已经沦为奴才的缘故?

吴为一生都对"奴才"特别敏感,也拒绝再做一个"奴才",可事实上,奴性已渗入她的骨髓——惨就惨在这里。

所幸狗是不懂人话的,如果懂得人话,它们该有多么伤心。

它们也许会想,还不如当初做条人见人怕的狼——这不过是她的,也就是自以为比狗高尚的人的猜想。狗们是不会生出这等阴暗心理的。

后来她甚至养过一只狗,从此知道只有狗才是她最忠实的朋友。

在她强颜欢笑不肯言说自己凄惨的孤独时况,一回头,那狗却在巴巴地望着她,潮湿的眼睛里含着一汪比人的眼泪更值得珍惜的狗泪。

只有它才能看出,她不过是勉力地让他人,更让自己相信,她的日子过得有滋有味。

她喜欢在晚间,在昏暗的街灯下游走,像一只无家可归的野狗,在这一棵树下嗅嗅,又在那一处墙角嗅嗅那样,没有必要,也没有目的地东遛遛,更没有必要,也更没有目的地西看看。那时谁也认不出她就是那名扬四海,或臭名昭著的吴为。

只有那只狗跟在她的后面,忧心地守护着她……

不过这时她还怕什么呢?根本不看十字路口的红绿灯,横冲直撞地走过去,巴不得一辆汽车把她轧死才好。

当她困难到了极点,知道事实上没有一个人可以帮助她的时候,只有它会走过来,对她摇摇尾巴,默默守着她坐下。那真是一份最不必说"谢谢"、最不用回报的慰藉。

她不再光辉灿烂,人们也都渐渐地忘记了她——这和世态炎凉无关,只不过因为她不再闪光并隐入黑暗,而过眼的事物又多得让人眼花缭乱,哪双眼睛还会在黑暗中流连?而她差不多吃光当尽……惟有一只狗,宁肯和她守着一钵清水也绝不改换门庭。她就是它的家,它也是她的家,对不对?

相信在她弥留之际,也只有一只狗才会守在她身旁,固执地以为或是盼望她还有活的希望。等到她化为灰烬而又没有人会保留她的骨灰时,它只好满世界跑着,去寻找她已无处可寻的气息,甚至穷尽它的余生。

只有一只狗才会觉得,失去了她也就失去了它的家。除它,还有谁会觉得因她化作飞灰,他们失去了丁点的什么?

她以生命爱过的胡秉宸,能为她掉一滴泪吗?

…………

九

叶莲子只能憋着一肚子委屈自责自谴,怨恨自己没有能力保护自己的孩子,揪心地对吴为说:"妈对不起你,妈对不起你!"也不敢找赵老师问一句:"你怎么能这样打一个小孩子?"

她不能,也不敢。

她本来就是这个学校的"黑人",就像现在那些没有户口的人。就连这个"黑人"的位置也朝不保夕。

教师名册上并没有她的名字,而是另一个已经远走高飞的教师的名字。

这份工作是廖瑞鸿帮她找的。

朱校长请她出示毕业文凭。

她根本就没念过中学,除了一张立信会计学校的毕业证书,哪儿来一张中学毕业文凭?

她的教学本领,全是从香港撤退到柳州以后逼出来的。连她那张立信会计学校的毕业证书也是逼出来的,为此她还得感谢那个香港女人阿苏和她的丈夫顾秋水。

老实本分的廖瑞鸿,却能为她说出一番滴水不漏的话:"这么多年的颠沛流离,中国人丢失的何止是一张毕业证书,就是金银细软还不是照样散失殆尽?"

叶莲子不笨,对这句话心领神会,但是要她撒谎说自己中学毕业,于她是太难、太难了。想到失业已久,不要说吴为的学费交不起,马上还要面临乞讨……她只好狠下心来,丢掉廉耻,硬着头皮对朱校长说:"我所有的东西,都在逃难中丢失了。"

说是南京大学经济系毕业的朱校长,他那个毕业证书也不过是花钱买的。

对于叶莲子的回答,朱校长自然心领神会,便说:"既然我们不能证明什么,也不能否认什么,那就只好委屈你顶替那位教师的名字,做一名代课教师。代课教师的工资嘛,按正式教师的一半儿付发。"

叶莲子在心里快速地盘算着:一袋面,两块钱;一百个鸡蛋,一块钱;一斤香油五毛钱……且不说鸡蛋和香油,十块钱可以买五袋面,有这五袋面,就不用发愁她们娘儿俩可能挨饿或是讨乞了。

至于另一半工资的下落,非朱校长不能回答。

作为一个"黑人",不但叶莲子不能享受其他教师应有的待遇,连吴为也变成了"黑孩子",不能像其他教师的孩子那样和父母一起吃教师的伙食,只能和学生一起,天天吃盐水青菜。

其实教师的伙食有什么好?不过是豆腐或是黄豆芽。可是叶莲子那母亲的心,在豆腐和黄豆芽一上桌的时候,就开始碎了。她的胃不好,可能和老是就着眼泪,吃那不好消化的豆腐和黄豆芽有关。

经过西安的饥饿,吴为不觉得盐水青菜有什么不好,至少她可以吃饱饭了,而且想吃几碗就吃几碗,她实在太满足了。所以在从幼女向少女的转型时期,吴为吃了一个大肚子,她的身材从来没有苗条过,可能和那时的浑吃有关。

就是这样,李老师还在不断找叶莲子的岔子。

昨天她在常识课上对学生讲:"土豆是茄科植物。"

却被李老师当做笑柄,在教师办公室对众人说:"你们听听,叶老师对学生说土豆是茄科植物,哈——哈——哈哈——"

土豆难道不是茄科植物而是蔷薇科,或是据说可以令人忘忧解愁的萱草百合科植物?

李老师一哈哈,叶莲子就发毛,连非常肯定的土豆是茄科植物也变得不那么肯定了。李老师毕业于香山慈幼院,背景也很牢靠,不像她,既没有背景也没有一张中学毕业文凭。

而且她还没有接到下学期的聘书。

那间除了架在凳子上的一副木板什么也没有的小屋,本来就不热闹。

而那独一无二的木板上,再躺上一个如此年幼就能不声不响忍着一顿毒打之痛的吴为,一旁再坐着一个只会握着吴为的手,可怜巴巴空熬一份愁苦、焦虑的叶莲子,那屋子就安静得简直能听见叶莲子的心,被孤苦无助揪了一把又一把的声响。

这时有人敲门。叶莲子以为是秦老师,她现在多么需要一句即便什么实惠也带不来的同情话。但不是。

秦老师正行走在朱校长和赵老师之间。他对朱校长说:"你用谁不是用?你要是解聘叶老师,她们母女就得上街讨饭去。"

对秦老师,朱校长总是惧着三分。

这可能因为秦老师有过一个空军士官生的资历。可是没等他从那个空军士官生成为一名正式空军,就因在一次篮球赛上折断腿而退役。

不过这个资历,在那个时代还是很受人仰慕。特别秦老师为人方正,在同仁中很有威望。

他又对赵老师说:"她们母女二人本来就那么可怜,我们虽然不能给她们什么帮助,可也不能残害她们。那孩子是淘气,不过也不能这么打。她才几岁,禁得起这样打吗?有什么问题可以和她母亲说,不要这样打孩子。这个社会本来就不公平,我们作为一个男子汉,总不能做这个社会的帮凶吧?"

敲门的是校工马文忠,他来向叶莲子借钱。他常常向这个教师中最为穷困的叶莲子借钱,叶莲子也从不指望马文忠借去的钱能有回来的那一天。

就像吴为将"犯有男女关系的错误"自行坦白后,特别在"文化大革命"中,一位贫农出身的革命派,总是向没钱的吴为借钱而且从来不还的情况一样。真是"历史的经验值得注意"。

已近期末,叶莲子不得不倾尽一学期来从牙缝里抠下的钱,给校长的太太买了几瓶蝶霜,希望这几瓶蝶霜能让校长太太影响校长,给她一份下学期的聘书。蝶霜在化妆品中算是国产名牌,地位相当于现在的大宝。

更加一贫如洗的叶莲子,这次无论如何拿不出钱"借"给马文忠了。

可她知道,这个所谓的校工,是万万得罪不起的。不然她那几瓶蝶霜,也就等于白送。

马文忠肩负着校长的重任,每天下塬给学生和教师伙房采购,顺便为校长太太效劳。校长太太的菜金也好,油盐酱醋茶也好,顺理成章地就在在校师生的伙食费里开销。至于马文忠自己,也会从中得到不少实惠,使学生和教师的伙食坏上加坏。

她可以被解雇,马文忠却是不可以解雇的。马文忠是"二校长"。

她不得不把千思万缕的牵挂,从吴为的伤痛上拉出,挖空脑袋搜索,还有哪些东西可以拿出来顶替马文忠的这笔借款,让他满意而去。

想来想去,只有顾秋水在珍珠港事件后冒死潜回香港,替邹可仁取回丢失在香港的财物时,顺便从邹太太箱子里给她留下的一件大衣。顾秋水虽已离开旧军队多年,终究难改兵痞积习。顾秋水想,他不能白白给邹家卖命,这件大衣就算他们对他应有的回报。

那件大衣颜色深蓝,领子似荷叶浅曲,镶有同色细皮窄边,腰处收身,长及脚踝。虽然旧得深蓝里泛出了紫光,但风韵犹存,是她冬天惟一的御寒衣服。

她不好意思地挼搓着那件大衣,好像借钱的是她而不是马文忠,嗫嚅着说:"真对不起,一时拿不出钱……真是再也没有什么值钱的东西了,这件大衣还可以当点儿钱,等我以后有了钱肯定给你。"

马文忠提出借钱时还有点恶笑的脸,马上拉了下来,他觉得这个看起来老实的叶莲子生生不给他面子。可他也不能掀开她的箱子搜查,只好扯过那件大衣,说:"我要不是急着等钱用,也不会张这个口,好吧,大衣我先拿去,钱的事儿以后再说。"

这件大衣像马文忠向叶莲子"借"过的钱一样,从此销声匿迹。

这里不得不对 clarinet,也就是竖笛,也叫做单簧管或是黑管那个乐器,作一点赘述。

与其他木管乐器的发音完全不同,它能使八度上的泛音不只在八度上,而是在十二度上发生,是木管乐器中性能最高的乐器,即便比它音域广阔的乐器,也不能比它发出更好的效果,尤其在控制渐强或是渐弱的时候。

而降 B 调的移调单簧管——也许称它为"黑管"更符合以下行文的听觉效果——它的音域可以从低音谱表第三线的 D 音开始,吹奏三个半的音程。

特别是它的低音部分,音色消沉、悠远、辽阔而神秘,中部音色优美而洒脱,高音部分尖锐而狂野。所以在管弦乐器中,它的表现力最为自由丰富。

当叶莲子如萧萧落木在塬上飘零的时候,当零霖村的日子,于叶莲子不过是一阵又一阵黄风,掀起一层黄土掩盖另一层黄土的无穷反复,她就是这样一支在低音区徘徊不已的黑管。

像一支配置失衡的交响乐,这支循规蹈矩的黑管,在低音区实在叙述得太多、太久,为什么它就不能从各路乐器慢板沉滞的叙述、铺垫中,突兀而锥心地挣扎出来,给它们来一个 finalt,飞扬、飞升、萦绕,最后不是消散而是凝固在苍穹,只留下定音鼓,在那个 F'''' 下面,为她的坚忍一下下叩击出行文的重点?

有什么能像那个 F'''' 的不甘、吁求和尖啸那样,为不会呼救的叶莲子,喊出她的无助?!

这件穷叶莲子之所有的大衣,却使马文忠感到深受愚弄。而秦老师的义正词严,对赵老师如风过耳,对吴为的那顿毒打,仍然不足以消解他的心头之恨。这两个小男人,双管齐下到朱校长那里连告状都算不得,而是说了不少这个女人的"小话"。

自然是"寡妇门前是非多"的小话。

他们的小话,不能说事出无因。

顾秋水把叶莲子扔在宝鸡"工合"以后,陆先生的确给了叶莲子母女一口饭吃,可是生活上的很多琐碎,还得靠叶莲子自己解决,比如说挑水。东北女人似乎都没有受过肩挑的训练,还有劈柴,诸如此类。

住在隔壁单身宿舍的廖瑞鸿,身强力壮、为人和善,在吴为还没有足够的力量担负起这些任务之前,常常帮助叶莲子买粮、买柴、担水。

对于叶莲子,廖瑞鸿知道的并不很多,只听说她的丈夫把她们扔了。

"工合"的待遇本来就差,可以说是宝鸡所有机关中待遇最差的一个。他一个人生活就很难维持,一个女人带着个孩子就更难了。

她看上去总是郁郁不乐,永远穿着一件阴丹士林布的旗袍,虽衣着朴素,但庄重大方,容貌气度雍容不俗,看得出很有教养。多年以后,"工合"旧人也许忘记了叶莲子这个名字,却依稀记得那个穿着阴丹士林布旗袍的女人和她的音容笑貌。

"工合"的活动,叶莲子参加是参加的,看上去却很勉强。她也可以不去,可能又担心不去会让赏了她一口饭吃的陆先生不高兴。

偶尔叫在阅览室见到她,翻翻书籍或杂志,廖瑞鸿瞟过她手里的读物,不过是《工合月刊》《工合通讯》,或是小说《安娜·卡列尼娜》。

有时开晚会、舞会,叶莲子也带着孩子在旁边站站或是坐坐,自己却从不唱不跳。

廖瑞鸿对这个不言不语的女人,充满莫名的同情,宝鸡又只有一条街,就是不想碰见,也会在街上常常碰见。

有次到西城关的饭铺下小馆,在那小馆的楼上,他看见叶莲子带着吴为"下馆子"。她们要了一碗羊肉泡馍,就摆在吴为的面前。

吴为吃得鼻涕交流,看得出那孩子久已不食肉味,可一旦在碗里看到一块肉,总是大呼小叫地说:"妈妈,妈妈,肉,肉。你吃,你吃呀!"夹着那块肉就往叶莲子的嘴里塞。

叶莲子一边躲闪,一边静静地说:"小心,别掉在地上……你吃吧,妈妈吃饱了。"

他站在她们背后看了很久,最后忍不住走过去说:"我可以坐在这里吗?"

叶莲子这才看见他,温婉地笑着说:"您请。"

她笑是笑着,可是她的笑里全是拒绝。

谁见了这拒绝也会明白,这个女人到了山穷水尽、难以活下去的地步。

她自己可能也知道人人都明白她的山穷水尽,又懂得不能向任何人求救,于是不管见了谁,就先硬硬地隔离起一道退避三舍的警戒和绝不求援的樊篱。

又因这山穷水尽,有一份自惭形秽的畏缩。由于自尊自爱,这份畏缩又被千辛万苦地包裹着。

廖瑞鸿要了一碗红烧肉和一盘雪里蕻炒肉丝,这对穷困的他也是不小的破费,对吴为说:"吃吧。"

叶莲子推谢着:"您自己用吧,她吃饱了。"

吴为却不懂事地分辩着:"我没吃饱。我能吃一点儿吗,妈妈?"

还没等叶莲子回答,廖瑞鸿就代她说道:"当然,妈妈同意你再吃一点儿。"

看着吴为狼吞虎咽的吃相,叶莲子调过脸去。

好在油灯很暗。

可是吴为偏偏还嚷着:"妈妈,你吃呀,你快吃,你怎么不吃呢?这肉可好吃了——哎哟,可好吃啦——"她一边说,一边在凳子上扭来扭去,不知怎样才能表达她的惊喜。

出生伊始,除了苦难,吴为几乎没有经历过如此的铺张:那窄小的、没有上过油漆的松木楼梯,那悬在一根梁木上的暗色油灯,那张小八仙桌,那碗羊肉泡馍,还有那碗红烧肉和点缀着几根鲜红辣椒丝的雪里蕻炒肉丝——特别是那几根鲜红、醒目的辣椒丝,如此旗帜鲜明地安慰着她饥饿的肚子和心灵。噢——还有那个小饭馆的气味……在她并不久远的生命之旅中,简直具有开篇的意义。

不过回到家里,她就开始胃疼,并拉起了肚子。

何况廖瑞鸿和她们还是邻居。日本飞机场就在不算很远的运城,说来就来,每当警报响起来的时候,他还常常陪着她们一起跑防空洞。

于是他的同情就有些变质。如果他在篮球场上投进一个球,而恰好叶莲子就站在球场边的话,他就会得意地朝叶莲子望望。

但她多半没有注意他的投球,她之所以站在球场边,不过是因为无着无落、心绪彷徨,又不知怎样才能消受那份悙惶,便试着寻找一个可以暂时分散的地方。

这个拿文明棍、穿西装,全副装备非常西化却土得不得了的廖瑞鸿,从未入过叶莲子的眼。就是他不土,她也不可能和他设计什么前程。

但不论叶莲子与他距离如何渺茫,他总会在她困顿时伸出援助的手。自"工合"相识起,从未停止,好比这个代课教师的位置。

叶莲子怎能不知道廖瑞鸿企盼着什么?

她在最艰难的日子也舍不得典当的顾秋水那个英国烟斗,最后给了秦老师,而不是廖瑞鸿。

她既不能还报廖瑞鸿,也就不能接受秦老师的爱慕,否则她就同时对不起两个男人。

除此——为秦老师缝缝补补之外,她就再不能多做些什么。

秦老师明白个中艰涩,只在看到她眼泪汪汪的时候才会问一句:"你怎么了?想开点儿,什么难事都会过去,再说,还有大家呢。"他说的那个"大家",就是"我"。

叶莲子也不回答,只是含泪凄然一笑。

秦老师就想,唉,她又想起了以往的事。

零霖村于一九四九年五月二十七日解放,一夜之间,叶莲子从"黑人"变成了光荣的人民教师,从此不再流落天涯。

朱校长不知何处去了,校长一职由秦老师递补。

李老师也好,还是什么老师也好,再不敢欺压她。

叶莲子的脸上,终于有了那种真正可以叫做笑的玩意儿——既不是顾秋水赏给她的,也不是为求一口饭吃强做出来的,而是完完全全属于自己的私人财产。

她在那位女军代表身上,看到了如她一样无依无靠的穷人的希望,认定那宽大的灰军装就是她的护翼,以致每每看到那种宽大的灰军装,就想跑过去抓住它,放在脸上贴一贴。

特别是吴为得了风湿性心脏病,而且病情发展很快,军代表马上和医院联系,让吴为住进医院,病情很快得到了控制。直到治愈出院,叶莲子没有为一分钱操过心。她老是说:"要是不解放,吴为早就没命啦!"

叶莲子对共产党感恩戴德,也以叶家翻身的事实教育着吴为。在她退休前的几十年里,孜孜不懈地追求着进步,以成为共产党中的一员为至上的荣幸。

她拼却全力奔向那个目标,也确实接近了那个目标,但在最后的冲刺中被拦在界外,并且永远不知道她被罚"出局"的真相。

零霭村解放的第二天,马文忠就报名参加了中国人民解放军。

两年后回到学校,向全体师生作了题为《英雄平叛四川残匪》的报告。那时候叶莲子还没离开零霭村,回想当年马文忠"借"钱的往事,只能是一片迷茫。

二十多年后,还有一场叫做"文化大革命"的政治运动。据地理赵老师揭发,秦老师曾在国民党空军服役并计划劫机飞往台湾,秦老师因此被革命小将打断了腿。按说折断一条腿本不是大不了的大事,秦老师又不是没有这方面的经验?当他还是一名国民党空军士官生的时候,就在篮球场上断过一条腿。但在革命风暴中折断的这条腿,却未能得到及时的修复,于是伟岸的秦老师变成了一个侏儒。

"文化大革命"后期,一度被废黜的政治力量回归原位,地理赵老师从革命变成反革命,妻子与他离婚,又祸不单行地得了癌症。秦老师虽然拖着一条未能修复的断腿,照顾病床前亲情空缺的赵老师,却无法使他免去疼痛的折磨。赵老师离世前的那些日子,疼痛至极的惨厉哀号响彻整个病房,听者无不为之动容。

十

泄题事件之后,吴为害怕了人。

她那独来独往的行径便始于此。

就连乡里人忌讳和厌恶的乌鸦,也比人更让她感到可亲可近。

冬日的黄昏,她常常站在丹阳观下的寒风中,对着远处的水坑以及水坑那边越来越朦胧的景物发呆。只有乌鸦的黑翅在天空中掠过时,她的思绪才随之流动起来。一阵寒风把另一阵寒风逼进乌鸦的喉咙,又在它们的喉咙里化作一种叫做"寒"的气味飞出。吴为正是在零霭村冬日黄昏的乌鸦喉咙里,嗅到了那种叫做"寒"的滋味。除此,她再无从领略那种叫做"寒"的东西。

那时候的乌鸦也多,一阵阵乌鸦,黑压压地一片过来了,又黑压压地一片过去了,很成阵势。

特别在傍晚,乌鸦的聒噪给暮色添上多少凄迷,而不是乡里人所说的霉晦。

可她不明白,为什么一到傍晚它们就没有了主意,到处找而又老也找不到落脚的地方。它们在黄昏的暗影里彷徨着,黑潮般地刷——过来了,刷——又过去了。

它们一次又一次投向那些砖窑、树林、废塌的庙寺——其中必有一处是它们晚来可以栖息,类似家园的地方——却好像一次又一次发现自己的失误,便越来越失控、越来越心慌意乱地聒噪着,从那些砖窑、树林、塌废的庙寺上一再惊掠而起。

乌鸦们在寻觅的呼唤中嘶哑了喉咙。那嘶哑的声音,在向晚越来越紧的寒风里,是那样有苦无处诉地让她心有灵犀一点通……

乌鸦们肯定不知道,正是它们,在吴为的心里早早留下了对黄昏的依恋和伤情。

特别在漫天漫地雨水横流的日子,乌云和雨水挤迫着它们,重压着它们,刁难、戏弄着它们,逼着它们在茫茫的天际不停地飞,飞,飞……

它们不得不更加仓皇地扑闪着翅膀,以抖落雨水的重荷……不过一眨眼的工夫,就不得不再次扑闪着翅膀。而那翅膀的抖动,是越来越无力了。除了累死,还有什么希望?

她伤情地想,不知道自己能为人人讨厌的乌鸦做一点什么。

她也曾在风雨晦暝的天气,独自跑到渭河边上,偷吃农民种在河滩的花生。虽不是农家的孩子,却通熟农家孩子一切偷食庄稼的办法。

她在花生秧上跳跃着,把小身子的重量,一次又一次跺在花生秧上,不一会儿,衣着单薄的她,鼻子上就冒出了密密的汗珠。等到脚下的沙土渐渐松动,就拔起那花生秧。那时的土地比现在慷慨,花生秧下长着一串串丰满的花生。她顾不得抖净花生秧上的沙土,就坐在潮湿的河滩上,急不可待地把剥出的花生粒塞进嘴里。满口立时是新花生的鲜美微甘,还有沙土深层的湿润气味。这气味从口里直贯全身,她似乎也变做了沙土下的花生。

她嚼得是那样努力和激动。

忽然从地下传来一阵滚滚的闷响,这闷响带着沉稳的振动穿过她的全身,冲百会而出。她像是被定住,不知所措地停止了咀嚼,半张着嘴巴,带着满腮的沙土,大睁着眼睛向四处张望。

这才感到四野是如此荒蛮、空旷。

渭河两岸,那似乎比空旷更不能穷尽、比荒蛮更不能追溯的塬,威迫地逼视着下方,使她不得不悚然回头……除了眼前饱经沧海桑田、已然委顿的渭河,再没有什么值得塬如此这般地逼视。

渭水陡然黑森起来,在快速层叠起来的阴云下,翻滚着、绞拧着、汹涌着,徒劳地想要张扬出它们初始的阔大气象……

无奈,它们挣脱不了既是它们驰骋的天地,又是紧锁它们的镣铐的河道了。

南北两岸的塬和横贯东西的渭河,吸引而又抗拒、仇恨而又痴爱、期许而又绝望地互相挤压着,揉搓着,厮杀着……几乎搓碎偶然来到这里,并偶然看到这惟有上天才能知晓其隐秘的吴为。

在塬和渭河的对峙中,原本辽阔的天地被挤压得越来越窄,直至纠缠为一体,你中有我、我中有你地分不清哪儿是塬、哪儿是渭河,更不要说夹在当中,如一粒尘埃的小姑娘吴为。她像一枚化石那样,揳进了分不清是塬还是渭河之中。从此她独具一种感动,一种强烈到让她恐怖的感动。

夜晚,当叶莲子批改学生作业的时候,吴为就坐在丹阳观山门的门槛上,向着黑暗凝望。

夜气凝重而迟缓地在塬上游移着,如无伴奏合唱的尾声,将熬过一天安危终于安息下来的苍生,浸漫在它的温厚中。

· 313 ·

在她的记忆中,星光和月色并不常常照耀在塬上。想起塬上的夜,总是分不出天地的一脉沉黑,间或在塬的断层上现出一点暗红,该是哪家窑洞里的油灯,尖锐地镶嵌在厚重而沉甸甸的黑暗之中,满怀无辜,羞涩地传递着浮躁的外部世界不可理喻的矜持,倒显出无以呼应的孤零。

十岁的她,不明不白地叹出一口气,又叹出一口气。

有什么能把这一脉荒原的哀伤抚平?

她从黄土的叠层或裸露的断层上,渐渐阅读出而不是塬对她叙述出的,无从装饰、无从营造、无垠无际,比史前更久远的苍凉以及那摄人魂魄的神秘和宿命。她老是想,沉默的塬,最终会和人类算一笔总账,不过她是看不到了。

但每一次阅读,又毫不留情地让她明白了何为永不可知,又因这永不可知而生出永不可及,因这永不可及而生出无望,在无望的沉落中,在沉落的钝痛中,一种大悲大悯向她袭来。

自那时起,她就对古老、不屑、威严的塬,有了神秘的认同。

没有退身之地的她,因这认同而了然,而苍然……终于认可了塬是她们最后的停泊地。

她的背景可不就是塬!

有这样的塬在下面托举着她们,难道不是最厚实的铺垫?

零霭村周际的塬,更是在吴为一个十几岁的黑夜和叶莲子融为一体。

这并不是说她不知天高地厚地拿叶莲子的苦难和塬作比,但说叶莲子是这塬下的一粒泥土、一个细部、一个道具,恐怕还是合适的。

那个深夜,她突然对零霭村周际的塬和叶莲子,想念得不能自已,便独自一人,半夜搭乘火车从西安返回零霭村。虽然她在零霭村的停留不过几个小时,还必须在第二天清晨上课之前返回西安。

夜色浓密、结实得可以实实在在把握在手里。

眼前什么也看不见,可是她的塬,带着她上坡、下坡,越过低洼,折过老树……使她无误地迈出左脚、右脚,右脚、左脚……

黑暗中,她的塬以一尘不染的纯净包裹着她、护卫着她,并从另一个世界招回许多远走的灵魂,陪伴、翻飞在她的周围,使她自小在光明世界中受到的惊吓消散得无踪无影。只剩下她对塬、对母亲的深刻依恋,这两件最为简约不过的情感。

如此,她怎能期待与那个对零霨村周际的塬根本不曾入眼的胡秉宸相知又相守?

十一

一切似乎恢复了原状。

在于田的恳求下,由于站长出面说项,还有秦老师的相助,叶莲子终于得到了下学期的聘书。赵老师继续教他的地理,吴为也继续上她的地理课,与过去稍微不同的只有一件事——每上一次赵老师的地理课,吴为就尿一次裤子。

平心而论,她这个毛病,不能全算在赵老师的账上。

离开顾秋水以后,吴为尿裤子尿床的毛病已渐好转,可是赵老师的一顿毒打,又把这个毛病打回来了。

如果人们在一九四四年的冬季,从宝鸡西城关走过,总能看到一个几岁的小女孩,蹲在宝鸡"工合"办事处的灰砖墙外,什么也不做,就是把冻得淌个不停的鼻涕吸回鼻腔里去。

集体宿舍的门锁着。叶莲子不能恳求大家:别锁门啦,天寒地冻,让小吴为有个避风的地方吧——一个几岁的小孩子,独自待在宿舍里,来了强盗小偷,出了事情算谁的?

她又没有钱送吴为进幼稚园,只能任吴为像只小野狗,在街上东游西荡。

吴为无处可去,只好蹲在"工合"墙外,和在门房里当差的妈妈,只隔一扇墙。离妈妈很近了是不是?

每天,每天,她就蹲在那里,苦等妈妈下班的时刻。那个时刻,因暂别严寒,晚饭可待,僵冷的四肢、身体和脸颊将在妈妈的揉搓下暖和过来,以及一个大概叫做家的地方可以归去而变得非常具体。那种苦等,才真该叫做渴望,非常具体的饥寒交迫中的渴望。长大以后她学会了一首歌,第一句歌词就是"起来,饥寒交迫的奴隶……"每当唱起这句歌词,这些景象和饥寒交迫之感就会重现,更不要说她从两岁起就当了奴才。于是她越发唱得投入,庄严神圣、满腔热血、耳根发热,可不知为什么总还是被人归入资产阶级。

大学毕业的品行鉴定中,她独享七个资产阶级头衔,什么资产阶级人生观、资产阶级恋爱观、资产阶级价值观、资产阶级人道主义、资产阶级人性论、资产阶级文艺观、资产阶级审美观,将所有资产阶级搜罗殆尽,可谓集资产阶级之大成,一条条从上到下铺排过来,整齐对仗,和谐华丽,壮观浩荡,一派汉魏之风。

想来不足为怪,不要忘记,吴为还有那样一位外祖母,血液的颜色可能会遗传。

四十年代初,宝鸡城里只有一条贯通东西的小街,几乎没有楼房。

可是爱好楼房的居民,总是在他们房子临街的前檐上,砌上几米高的砖块,伪装楼房,以求壮观。

西北的风很大,有一天大风刮倒了一扇伪楼,一个"工合"同仁的儿子,就被那扇伪楼砸死。

宝鸡城实际建在坡上,北城墙便依塬而建,是个墙塬一体的山城。出南城门就是下坡,往坡下走三百多米就是渭河。山上有狼,不仅晚上,也不仅城外闹狼,狼们有时还会进城,肆无忌惮地在大街上跑来跑去。

叶莲子亲眼见过被狼咬伤的难民孩子,耳部、腮部血肉模糊,他们一般住在城外无门、无窗、无遮挡的废窑洞里。

一九四四年日本人攻陷郑州、洛阳后,关中告急,日本飞机说来就来,随时都会开个不大不小的玩笑,在宝鸡城里扔个炸弹。

叶莲子无时不在担心,在街上东游西荡的吴为会不会遇见狼?西北的风又多,谁知道哪一扇伪楼会倒塌?她冷不冷?日本飞机会不会来空袭?……

小孩子既没有耐心也没有耐力,不过在街上冻了一会儿,吴为就感到冷得难熬,忍不住在墙外叫妈妈。

叶莲子听到吴为的喊叫,心就乱了,连忙跑出去,给蹲在墙角的吴为搓一搓冻得黢紫的脸蛋,擦擦她的鼻涕,暖暖她的小手,吴为就觉得她的等待变得非常美好。

住惯了英国的陆太太,"扬"着英国式的脸子(这种脸子,尤其在早年的英国黑白片里常常看到)说:"顾太太,你该知道,对你我们是没有义务的,如果你再在工作时间里做其他的事,我们恐怕就更无法忍受了。"

叶莲子无地自容。其实她大可不必如此,在英国住了很久的陆太太,除了对在英国生活过的人,谁也看不起。

陆太太进步归进步,抗战归抗战,就像宋美龄也抗战一样,这不等于她有共产意识或平民意识。

尽管陆太太很英国地表示了对叶莲子的不满、轻蔑,根本不知道英国为何物的吴为,还是看出了藏在英国教养后的冷酷。她不明白,她的玩伴陆虎、陆豹和陆燕的妈妈,怎么能这样对待自己的妈妈?

再看看妈妈的脸,知道妈妈受辱是因为自己,决定此后再不让妈妈受这样的侮辱,也从此不再到陆燕家去玩耍——虽则他们有时还会给她一块极其罕见的巧克力。

当陆先生对邹可仁和顾秋水承诺,找到工作更好,找不到工作也会有叶莲子和吴为一口饭吃的时候,并没有一个法律上的契约或是合同。

习惯于西方企业管理机制的陆太太,深恶痛绝叶莲子公私空间混杂,上班时间竟跑到外面照顾孩子,所以"工合"遣散时,叶莲子第一拨儿下了岗。

她的深恶痛绝无可厚非,这种大锅饭的弊病,日后果然是影响社会主义经济发展的一个大碍。

吴为再也没有见到她的伙伴,那个在欧洲出生,总是穿着一条英格兰呢裙,一边摇头晃脑、一边唱着《杜鹃花》的陆燕——

淡淡的三月天,
杜鹃花开在山坡上,
杜鹃花开在小溪旁,
多么美丽呀,像村家的小姑娘,
像村家的小姑娘。

去年村家小姑娘走到小溪旁,
和情郎唱支山歌,
折枝杜鹃花插在头发上。

今年村家小姑娘,
走到小溪旁,
杜鹃花谢了又开呀,
记起了战场上的情郎。

摘下一枝鲜红的杜鹃,
遥望那烽火的天边,
哥哥你打胜仗回来,

>　我把杜鹃花插在你的胸前，
>　不再插在自己的头发上。
>　…………

只听说"文化大革命"期间，陆燕一头栽倒在地上。不知她是否从父亲的遭遇上早就预见到自己的结局？反正是毫无留恋地断了气。当她终于逃脱"革命"对尊严的侮辱时，是否会像小时那样，淘气地跳着脚、拍着手，哈哈大笑？

在昔日的一张照片上，陆燕头顶一个与脑袋不相上下的大蝴蝶结，圆瞪着一双愕然的眼睛，不知在那一瞬看见了什么，让她惊诧不已。

不论上代人的过节儿还是后来的社会分类学，到底与她们何干？吴为反正是失去了那可爱的玩伴。

陆先生于一九四七年最后撤离"工合"，转而在日内瓦联合国难民局任远东事务顾问。

那时候周恩来和陆先生还是朋友，问他道：你辞掉了联合国的职务吗？

他说：没辞。

周恩来说：别辞，我们还没有参加联合国，但上海还有联合国的驻华办事处，你不妨去那里工作，将国际难民输送出去，以减轻我们的负担。

一九四九年大陆解放前夕，陆先生本有机会去台湾。台湾方面也有电报、信件，往还于日内瓦之间。

但陆先生想来想去，还是决定返回大陆。

之后，联合国秘书长任命陆先生为联合国上海办事处主任。在此期间，他从天津运走两千多名国际难民（因国际船只不能进上海），工作告一段落后回到了北京。

一到北京，有关方面就派他到革命大学学习，以他的历练，一眼就明白是让他交待历史问题。

再想见见当年的朋友周恩来,难了。后来根本就见不到了。

不过他不该那样感叹:我不再是朋友了。

日理万机的周恩来,怎么可能会见每一个曾经帮助过共产党的朋友?不论那位朋友为中国革命的胜利做了多少工作。如果他继续会见每一个帮助过共产党的朋友,还如何处理比会见朋友更重要的国家大事?

不要以为什么党派也没参加过,一九二三年就入北京大学化学系,曾任北京大学学生干事、东北同乡会主席的陆先生,交待起历史问题就能轻易通过。

陆先生的复杂还在于一九二九年赴英国学习经济学,对英格兰、爱尔兰、丹麦的农民合作运动颇有研究,认为用"和平过渡"的办法解决农村问题才是最好的途径,与毛泽东用"暴力行动"解决农村问题唱了一个反调。

虽然一九四九年,共产党正是用"暴力行动"解决了农村问题,但陆先生还是不肯接受毛泽东的暴力革命。

他一再声明,九一八事变后,一九三二年,他放弃了在英国读博士的奖学金,毅然回国参加了他所谓的革命。可是在毛泽东《别了,司徒雷登》那个名篇里,主角司徒雷登——燕京大学的教务长,却留任陆先生为学生辅导委员会主任。

陆先生不但动员学生到农村去帮助农民,自己也脱去英国西服,换上对襟大袄,和学生们一同奔赴河北农村,与农民办起了棉花生产合作社。

如果翻阅燕京大学一九三二年的校刊,还可以在校刊上查到有关此行的报道。

至一九三七年,竟发展了二百四十多名大学生参加这一工作,联合了北大、清华、齐鲁、南开等著名大学,影响非常之大。可他一再说明的是,这是因为五四运动使知识分子认识到与工农结合是社会的大趋势,而不是别的理论使然!

十二

贴着地皮,顺街飕飕窜来的冷风,偏偏到了吴为这里还要狰狞地拧个旋儿,毫不留情地把她身上那一点点温暖拧走了。

雪花纷飞起来,她的头发和衣服也就湿了。她真渴望一点火。可是,她连《卖火柴的小女孩》那盒可以安慰自己的火柴也没有。

不,她不能叫妈妈,不能。陆太太瞪着妈妈的眼睛,比在地皮上狰狞地拧了一个又一个旋儿的冷风还冷酷。

她从墙角里站了起来,在街上遛了一遛,鞋子很快就湿了。她跳起来,跺一跺僵冷的脚,可是这样一跳她就更饿了。

往手上哈点热气吧——从嘴里哈出来的气也是冷的。

怎么没有人到街上来呢?要是街上多一点人,可能还不那么冷了。她盼哪,盼哪,半天也看不到一个人影。

五十多年前,中国不过"四万万同胞"。西北又是偏远的,而西北的一个小山城,地界更荒凉,人口更稀少。街上本就行人寥落,更不要说在冬季。吴为在街上半天没有看到一个人该是正常的,好比陆先生为兴办农村生产合作社,联合北大、清华、齐鲁、南开等著名大学,发动了二百四十多名大学生就成为壮举,可在二十世纪末,哪怕一个年级的大学生也不止二百四十多。

噢,有了,可有了,有个人打着伞过来了,吴为觍着脸凑上前去,希望那人能够瞄她一眼,要是再对她说句什么话就更好了。可是雨伞遮着那人的脸,他没有看见这个往前凑的小女孩。

还要等多久妈妈才下班呢?

吴为荡米荡去、荡米荡去,不过在街上流浪了几小时,却感到好漫长、好漫长。那街上的严寒,也就一同没了尽头。

冬季什么时候才能完?

每天早上,当她看到窗纸渐渐亮起来的时候,总想对着那个渐渐到来的白天大哭一场。可是她不能哭,她要是哭了,妈妈怎办?妈妈不上班,她们就更没有饭吃了。

她越来越无法对付那日复一日、无尽无休而又不可抵挡的严寒了。她对严寒产生了一种与绝望相杂的恐惧,她垮了。

她那个尿裤子尿床的毛病,并没有好彻底,一旦面临崩溃或是极度的恐惧就会复发。

当一个比一个更严寒的日子来临的时候,她就只好尿裤子。

她的裤裆外面,常常结着一层细细的冰碴儿。

下班点一到,叶莲子就冲出"工合"大门。她总是先去摸吴为的裤子,一摸一手冰碴儿。爱哭的叶莲子,一面无济于事地揉着吴为冰凉的屁股,一面眨巴着眼睛里的泪问道:"告诉妈妈,冷不冷?"

不只吴为的裤子外面结了一层细细的冰碴儿,连她的嘴巴和意识也像结了一层冰碴儿。不论叶莲子说什么,吴为都是一副解不开冻的样子,不予回答。

叶莲子赶紧拉着吴为回到宿舍,为她换下尿湿的棉裤,再忙不迭地端着茶缸,到食堂买饭。

那只白色的搪瓷茶缸,称得上是非同寻常,不但不甘寒碜地在杯口为自己点缀了一圈亮蓝,还兼起饭锅、水壶、洗漱、饮水、盛具等重任。

每当叶莲子端着那一茶缸颜色不明的熬菜,冰凉的、掺杂着草棍儿细沙石的米饭,或一咬一嘴牙碜的杂面馒头回来时,总是等不及跨进门槛就对吴为说:"看看,饭来了。"那口气就像在说"法国大菜来了!"

然后她点起炭火炉子热饭,烘烤吴为尿湿的棉裤,屋子里就蒸腾起一股很怪的气味。

当炭火旺了起来,茶缸子又在炭火上放好之后,她们母女二人总是不约而同地对视一眼。多少说不尽的意味,就在她们母女二人那一眼对视之中沟通。一直孤军奋战的叶莲子,到了此时,该是不再孤寂的了。

吴为贴在那一眼炭火旁,几乎怀着一份敬仰的心情,注视着叶莲子如何战战兢兢地翻动着茶缸里的饭菜。

凡与吃饱肚子有关的事,不论对叶莲子或对吴为,都相当庄严而神圣。

尽管叶莲子小心翼翼,生怕哪一粒米掉在茶缸外面,可总有几粒米,还是丧尽天良地掉了出去。

没等叶莲子弯腰去捡那几粒米,吴为已经用她的小手指从炉底和地缝中抠了出来,并重新放进茶缸。

叶莲子一面搅动着那填一个肚子差不多而填两个肚子就差很多的菜饭,一面愧怍地想,吴为跟着她这样无能的妈妈,平白、无辜地多受了多少委屈!

除了尽量把饭省给吴为吃,她还能有什么办法?尤其是早饭,她从来没有吃过,她得让吴为吃得饱一点,吴为得在街上熬一天哪,在如此天寒地冻的时节!不要说对一个小小的孩子,就是对一个成年人怕也不好熬啊!

不过她们也有一线开心的时刻。每当星期六,同事们或去看电影,或去下小馆。叶莲子既没钱,又没心情,还是个不善言谈交往的孤苦之人,只能在宿舍里待着,那宿舍于是就成了她们的天下。吴为这时也像化了冻,深感满足地围着叶莲子转来转去,对妈妈说说在街上晃荡一天的所见所闻。

叶莲子给吴为洗干净手脸,又在炭火炉的热灰里埋上几个土豆,她们便拥坐在炭火炉旁,耐心地守候着那几个即将烤熟的土豆。

在炭火的烘烤下,吴为那营养不良的小脸,竟也泛出些许健康的红色——哪怕是昙花一现呢,也让叶莲子有那么一会儿喜从中来。

十三

幼年的吴为,既不尿裤子也不尿床,为什么长大以后,反倒尿起裤子、尿起床来?

即便对一个已经发疯、不懂得害臊为何物的人,议论她尿裤子或尿床的往事,也还是相当残忍的。可在本书的下一部,却不得不追溯她之所以尿裤子、尿床的缘由。